Eine Privatklinik, in der die Patienten besonders verwöhnt werden, das Pflegepersonal aber auch nicht zu kurz kommt. Die selbstbewusste Helen Dawson weiß zunächst nicht, wie weit die Pflege der Patienten gehen kann, als sie den Job auf Empfehlung ihres Gelegenheitsgeliebten Dr. Max Fenton annimmt. Als sie den anziehenden Schauspieler Duncan kennen lernt, der sich bei Filmaufnahmen verletzt hat, treten ihre Skrupel schnell in den Hintergrund.

Deanna Ashford

DIE PRIVATKLINIK

Erotischer Roman

Deutsch von Ulrich Georg

Wunderlich Taschenbuch

Die Originalausgabe erschien 2000
unter dem Titel «Doctor's Orders»
bei Black Lace, London

+

Neuausgabe Juli 2005

Deutsche Erstausgabe
Veröffentlicht im Rowohlt Taschenbuch Verlag,
Reinbek bei Hamburg, Januar 2004

Umschlaggestaltung any.way, Andreas Pufal
(Foto: Photonica/Noel Sutherland)
Satz aus der Sabon PostScript
von hanseatenSatz-bremen, Bremen
Druck und Bindung Clausen & Bosse, Leck
Printed in Germany – ISBN 3 499 26575 3

KAPITEL 1

Dr. Helen Dawson war die wohl freundlichste und ausgeglichenste Assistenzärztin im St. Matthew's, einem schäbigen städtischen Krankenhaus in einer heruntergekommenen Londoner Gegend bei den Docklands. Schlecht gelaunt sah man sie selten, und die zwei Schwestern, die vor dem Eingang zur Inneren am Plaudern waren, sahen erstaunt auf, als Dr. Dawson mit wütendem Blick und verkniffenem Mund an ihnen vorbeistürmte.

Aber Helen Dawson war viel zu sehr mit ihren eigenen Problemen beschäftigt, um die überraschten Blicke des Personals zu bemerken. Sie marschierte entschlossen die Treppe hinauf, die in den zweiten Stock führte. Der Grund für ihre Verärgerung war Professor Max Fenton, leitender Facharzt und für ihre Abteilung zuständig. Er hatte zum wiederholten Mal Helens Entscheidung bezüglich einer Patientin übergangen, und sie war entschlossen, diese Angelegenheit heute endgültig mit ihm zu klären.

Max Fentons Büro lag im West-Flügel in der Byron Suite, dem privaten Teil des Krankenhauses. Das im Rest des Krankenhauses vorherrschende zerkratzte Linoleum und die abblätternde, weiße Farbe wichen dort schnell einem dicken, grauen Teppich, einer Tapete in warmen Rosé-Tönen und indirekter Beleuchtung. Normalerweise bemerkte Helen diesen Unterschied sofort, und er löste in ihr jedes Mal heftigen Groll über den chronischen Geldmangel im Gesundheitssystem aus. Aber heute lief sie ohne ein Auge für die Veränderungen in ihrer Umgebung am Büro von Professor Fentons Sekretärin Ella Carter vorbei.

«Sie können da nicht rein, Dr. Dawson», sagte Ella diensteifrig, «er hat gesagt, dass er nicht gestört werden will.»

«Interessiert mich nicht», murmelte Helen atemlos und ging schnurstracks, Ellas Einwand missachtend, in das Büro ihres Chefs.

Max sah an seinem großen Mahagoni-Schreibtisch gerade einen Stapel Papiere durch. Die Morgensonne fiel durch das Fenster hinter ihm, und das gleißend helle Licht ließ sein silbergraues Haar fast weiß erscheinen. Max war gerade von einem Mediziner-Kongress in Südkalifornien zurückgekehrt, und die dort entstandene, tiefe Bräune ließ das Blau seiner Augen noch strahlender erscheinen.

«Dr. Dawson?», eröffnete Max Fenton kalt, «was fällt Ihnen ein, hier so einfach reinzuplatzen?»

«Entschuldigen Sie die Störung!» Helen versuchte, ihren Zorn zu unterdrücken. Sie wusste, dass Max Wutausbrüche nicht schätzte, denn er selbst hatte sich immer unter Kontrolle. «Ich muss Sie sofort sprechen.»

«Was ist denn so wichtig, dass es nicht ein paar Stunden warten kann?» Max nahm ungeduldig seine Brille ab. «Ich habe Ella doch gesagt, dass ich unter gar keinen Umständen gestört werden möchte. Hier ist noch eine Menge zu tun, und ich muss in spätestens einer Stunde im Fernsehstudio sein.»

Neben seinen zahlreichen ärztlichen Pflichten moderierte

Max Fenton regelmäßig eine medizinische Ratgebersendung, die sich mit allen Aspekten des weiblichen Körpers befasste. Sein gutes Aussehen und sein Charme, gepaart mit seinem profunden medizinischen Fachwissen, hatten ihm eine ganze Legion weiblicher Fans eingebracht. Das war auch der Grund für die nahezu unkontrollierbare Patientenschwemme, die seine Praxis in den letzten Monaten erfahren hatte. Helen missgönnte ihm diesen Erfolg keineswegs. Max war seinem Berufsethos treu geblieben und machte oftmals Überstunden, um so viele Kassenpatienten wie möglich behandeln zu können.

«Sie haben meine Entscheidung ignoriert und die Behandlung von Laura Marchant abgelehnt», sprudelte es aus Helen hervor.

«Allerdings», bestätigte Max Fenton, «ich bin nämlich zufälligerweise der Ansicht, dass Laura Marchants Probleme nicht durch plastische Chirurgie zu lösen sind. Es wäre weitaus besser für sie, wenn wir sie in die Psychiatrie verlegen würden. Wir können in einem städtischen Krankenhaus nur die Bedürftigsten behandeln, und Sie wissen, wie eng der Budgetrahmen dieses Jahr ist. Wenn sie sich dieser Operation unbedingt unterziehen will, muss sie eben das Geld auftreiben, um sich privat behandeln zu lassen.»

«Ich finde Ihre Einstellung außerordentlich engstirnig», erwiderte Helen scharf, «und ich stimme mit Ihrer Diagnose in keinster Weise überein. Laura ist meine Patientin, und sie braucht keinen Psychiater, sondern diese Operation. Ihre finanzielle Lage würde es niemals erlauben, sich privat behandeln zu lassen. Ich fordere Sie nachdrücklich auf, die Sache nochmal zu überdenken, Max.» Laura hatte in Helen eine Sympathie geweckt, die jenseits aller logischen, medizinischen Argumente lag.

«Helen, Sie sind eine brillante Ärztin, aber Sie haben noch eine Menge zu lernen. Sie sollten Ihr medizinisches Urteilsvermögen niemals durch irgendwelche überflüssigen Emotionen trüben lassen», sagte Max, lehnte sich in seinem Stuhl zurück und sah sie an, als wolle er sie mit seinem Blick durchbohren.

Helens Haut prickelte. Max war unglaublich attraktiv, und sie fand ihn äußerst begehrenswert. Doch sie kämpfte gegen ihr Verlangen an. Sie war entschlossen, sich diesmal nicht von ihm beeindrucken zu lassen und sich ganz auf das anstehende Problem zu konzentrieren. «Ich finde, bei unserem Beruf sollten wir gerade die emotionale Ebene gelegentlich in Betracht ziehen», konterte sie herausfordernd.

«Sie sind manchmal wirklich eine ausgesprochen starrköpfige Person.» Er musterte sie lasziv von oben bis unten, und obwohl Helen sich nach außen hin unter Kontrolle hatte, klopfte ihr Herz wie verrückt.

Irgendwann hatte ihr jemand erzählt, in einer solchen Situation sei es hilfreich, sich sein Gegenüber nur in Unterwäsche vorzustellen. Aber das Bild von Max, nur mit einem Calvin-Klein-Slip bekleidet, bewirkte genau das Gegenteil und brachte sie noch mehr aus dem Gleichgewicht. Er war groß und schlank, und seine Muskulatur glich der eines Schwimmers oder eines Langstreckenläufers. Der Gedanke an seinen goldgebräunten Körper und ein Gemächt, das nur mit einem kleinen Stück weißer Baumwolle verdeckt war, drängte sich immer mehr in den Vordergrund. Helen schluckte. Ihr Mund wurde mit einem Mal trocken, und ein Feuerwerk obszöner Gedanken explodierte in ihrem Kopf.

Sie versuchte, sich auf das Problem ihrer Patientin zu konzentrieren, aber die Kontrolle entglitt ihr mehr und mehr. Max lächelte süffisant. «Wir sollten dafür sorgen, dass wir bei diesem Gespräch ungestört bleiben. Finden Sie nicht auch, Helen?», sagte er mit zweideutigem Grinsen.

Max ging zur Tür und drehte den Schlüssel um. Helen beobachtete ihn still, und in ihre aufwallende Erregung mischte sich eine gewisse Angst. Immer wenn sie und Max zusammentrafen, löste er eine Unzahl von gegensätzlichen Gefühlen bei ihr aus. Sie fühlte sich zu starken Männern hingezogen. Sie wirkten wie ein Aphrodisiakum auf sie, und es bereitete ihr ein geradezu perverses Vergnügen, von ihnen dominiert zu werden. Das war Max sofort aufgefallen, als sie anfing, für ihn zu arbeiten. Und es war bereits mehr als einmal vorgekommen, dass er dieses Wissen schamlos zu seinem Vorteil ausgenutzt hatte.

Der heutige Tag war da keine Ausnahme, dachte sie, als er sich vor ihr aufbaute. Unter dem dünnen, weißen Stoff seines Hemdes zeichneten sich deutlich die Konturen seiner festen Brust und seiner schlanken Taille ab. Die üppige Form seines großen Schwanzes war selbst durch die Falten seiner grauen Hose deutlich auszumachen. Sie versuchte, einen Anfall von Verlangen zu unterdrücken, der ihr befahl, sich in seine Arme zu stürzen und ihn anzuflehen, sie zu ficken. In ihrer Beziehung war Max sowohl in privater als auch in beruflicher Hinsicht der dominante Part. Doch sie war entschlossen, sich seiner sexuellen Macht über sie nicht zu beugen und ihren Standpunkt durchzusetzen. «Ich werde von meiner Entscheidung, Laura Marchant zu behandeln, nicht abweichen. Du hast mir in der Klinik freie Hand gegeben, Max. Aber immer wenn es dir in den Kram passt, torpedierst du meine Entscheidungen.»

«Du bist so erregend, wenn du resolut wirst, Helen. Vielleicht sollte ich deine Entscheidungen öfter torpedieren.»

Er beugte sich vor, und ihr stieg ein warmer, männlicher Duft in die Nase. Helens Nippel wurden steif und drückten gegen den dünnen Stoff ihres Kleides. Die Hitze zwischen ihren Beinen wurde immer größer, ihr Höschen wurde feucht, und die Naht ihrer Strumpfhose presste sich hart gegen ihre geschwollenen Schamlippen.

«Es ist mein Ernst, Max», sagte sie scharf, und ihre Wangen erröteten vor Wut und Erregung.

«Selbst wenn ich einer Operation zustimmen würde, wären die Ergebnisse, die wir bei Laura Marchant erzielen könnten, minimal. Sie wird sich ganz sicher nicht über Nacht in eine strahlende Schönheit verwandeln», sagte er mit zynischem Unterton. «Deinen Berichten zufolge bin ich mir sicher, dass ihre Probleme bei weitem nicht nur mit ihrer äußeren Erscheinung zu tun haben. Meinst du nicht auch, dass unsere begrenzten Mittel unter diesen Umständen effizienter eingesetzt werden könnten?»

«Ich finde, dass wir nicht immer die Kosten in den Vordergrund stellen sollten. Medizinische Fortschritte erreicht man so jedenfalls nicht.»

«Da hast du bis zu einem gewissen Grad sicher Recht, Helen. Aber was Laura Marchant angeht, überzeugt mich das noch nicht.» Max sah auf seine Uhr. «Ich gebe dir zehn Minuten. Los, versuch mich irgendwie von meiner Meinung abzubringen.» Er lehnte sich an seinen Schreibtisch, und sein Blick ruhte erwartungsvoll auf ihren prallen Brüsten, die durch den tiefen Ausschnitt ihres kurzen Baumwollkleides nur dürftig verdeckt wurden.

Es war totenstill im Zimmer. Der Lärm des belebten Krankenhauses drang kaum in den Kokon des luxuriösen Raumes. Helen zögerte einen Moment. Max spielte mit ihr, und sie wusste genau, was er von ihr erwartete. Mit einem entschlossenen Kopfschütteln kämpfte sie gegen ihr Verlangen an. «Nein, Max! Diesmal nicht», sagte sie leise, aber mit fester Stimme.

«Ich zwinge dich zu nichts, was du nicht willst, Helen. Das weißt du doch. Nur zu, nenn mir ein paar plausible Gründe, warum wir Laura Marchant operieren sollten.» Er hielt inne, dann fuhr er fort: «Aber wie heißt es so schön? Taten sprechen mehr als Worte.»

Seine Hände ruhten auf dem Schreibtisch. Helen sah die langen, zartgliedrigen Finger, die die größten Wunder der Chirurgie zu vollbringen wussten, aber auch in der Lage waren, ihr die unglaublichsten sexuellen Höhepunkte zu bescheren. Sinnlos zu leugnen, dass sie von ihnen berührt werden wollte. Sie ließ ihrer Phantasie freien Lauf, und ihre Knie wurden weich. «Du bist ein Mistkerl, Max!»

«Aber genau so willst du mich doch.» Seine stahlblauen Augen sahen sie herausfordernd an.

«Zum Teufel mit dir!» Ohne einen weiteren Gedanken an die Konsequenzen zu verschwenden, zog sie ihren weißen Kittel aus und zerrte ungeduldig an den Knöpfen ihres kurzen Baumwollkleides. Ihre Finger, die sonst so flink und präzise waren, nestelten ungeschickt an den winzigen Verschlüssen. Endlich gab ihr offenes Kleid den Blick frei auf ihre vollen, für ihre schlanke Figur etwas zu üppigen Brüste, ihre schmale Taille und die kleine Rundung ihres Bauches. Darunter trug Helen nur einen Seidenslip, der ihr helles, gelocktes Schamhaar nur knapp bedeckte. «Ist das überzeugend genug?», fragte sie provozierend.

Max sagte kein Wort. Sein kühler Blick schien jeden Zentimeter ihrer bloßgelegten Haut abzutasten. Sie zitterte und bekam eine Gänsehaut. Helen verabscheute sich, verabscheute das köstliche Vergnügen, das ihr dieses unterwürfige Verhalten bereitete. Aber sie wollte Max. Ihr Körper schmerzte vor Verlangen, als er vortrat und sanft ihre linke Brust mit der Hand umschloss.

«Und wie», murmelte Max und presste dabei ihre Nippel zusammen. Er zog an ihren Zitzen, bis sie so groß wie Zapfen waren. Helen stöhnte leise auf. «Was würden wohl deine männlichen Patienten von dir denken, wenn sie wüssten, was du unter diesem unscheinbaren, weißen Kittel trägst?» Seine Finger schoben sich unter ihren weichen Slip, und er zog Helen dicht zu sich heran. «Vielleicht sollte man dich in die Urologie zu den Impotenten versetzen. Die wären sicher dankbar für so eine Medikation.»

«Das ist nicht gerade ein besonders professioneller Kommentar», entgegnete Helen und spürte, wie sich Max' harte Erektion gegen ihren Bauch presste.

«Als du mein Büro betreten hast, habe ich jegliche Professionalität fahren lassen, Helen. Jetzt will ich dich nur noch ficken, bis du um Gnade flehst.»

Er wirbelte Helen herum und drückte sie mit seinen starken Armen gegen den Schreibtisch. Die abgerundete Holzkante drückte gegen ihre Schenkel genau unterhalb ihrer Pobacken. Max nahm einen kleinen, silbernen Brieföffner vom Tisch und zerschnitt das kleine Stoffband, das ihren Slip zusammenhielt. Er stöhnte auf, als ihr Höschen sich löste und den Blick auf die hellblonden Locken freigab, die ihr Geschlecht verdeckten. Er zog Helen noch näher zu sich und rieb seinen steif aufgerichteten Penis gegen ihren Bauch.

«Wieso gebe ich dir nur immer wieder nach?», presste Helen atemlos hervor. Max biss hungrig in ihre vollen Brüste und bearbeitete ihre harten Nippel mit seinen vollen Lippen. In Helens Magengrube machte sich ein köstliches Gefühl der Lust breit, und als Max ihr die Zunge in den Mund schob, schoss dieses Gefühl in ihre Möse und ließ sie noch feuchter werden.

«Weil du es genießt, du kleines Luder.» Max liebkoste zärtlich ihren Rücken. Seine Finger fuhren an ihrem Rückgrat bis zu den sanften Rundungen ihrer Pobacken hinunter. Er streichelte die empfindliche Haut an der Innenseite ihrer Oberschenkel und berührte dabei sanft ihr Schamhaar. Helen zitterte vor Verlangen, ihn endlich in sich zu spüren. Seine Finger glitten zwischen ihre Schamlippen und drangen so tief ein, dass Helen vor Wollust laut aufstöhnte.

Er griff ihre Hände an den Gelenken und presste sie an seinen ausgebeulten Schritt. Helen spürte, wie sein harter, stolzer Schwanz gegen den Stoff seiner Hose drückte.

«Fick mich!», bettelte sie und öffnete gierig seinen Reißverschluss. «Fick mich bitte, Max!» Sein steifer, nackter Riemen ragte stolz aus seiner offenen Hose.

«Gierige Schlampe», grunzte er und drückte sie auf den Schreibtisch, von dem er ungeduldig Bücher und Papiere auf den Boden fegte. Das polierte Holz fühlte sich kalt und rutschig an. Max spreizte ihre Beine auseinander und steckte seine Finger noch tiefer in ihre Möse. Seine Knöchel drückten gegen ihren empfindsamen G-Punkt und ließen sie wie im Fieber aufstöhnen. Er kniff hart in ihre linke Brustwarze, und Helen wimmerte vor Schmerz und Lust.

Max sah zu ihrer Muschi hinunter. Auf den hellen Schamhaaren, die ihren rosafarbenen Schlitz bedeckten, bildeten sich bereits Tropfen. «Wie schön!», stöhnte er und ersetzte seine Finger endlich durch seinen großen, harten Schwanz. Mit einem Stoß drang er bis zum Anschlag in sie ein. Seine Peniswurzel rammte die empfindliche Spitze ihres Kitzlers. Helen verspürte sofort den Drang, die Beine zu heben und sie um seine schlanken Hüften zu schlingen, aber wie immer behielt Max die Kontrolle. Er presste seine Finger in das zarte Fleisch ihrer Oberschenkel und hielt sie so fest umklammert, dass sie sich nicht bewegen konnte. Dabei stieß er immer weiter zu.

Helen gab sich jetzt ganz der Leidenschaft hin. Seine Stöße wurden schneller und tiefer, und er trieb sie immer weiter an die Grenze zum Orgasmus. Seine dicke Schwanzwurzel prallte wieder und wieder gegen ihre Klit, bis das intensive Gefühl sie überwältigte. Helen merkte, wie ihr Scheidenmuskel sich in immer kürzeren Abständen um ihn spannte. Sie begann wie wild zu zucken, und in einem plötzlichen Rausch der Ekstase kam sie schließlich.

Danach lag sie da – mit weit offenen Augen und ganz still. Alle Spannung war aus ihrem Körper gewichen. Max atmete schwer. Der Schweiß tropfte ihm von der Stirn. Mit ein paar Taschentüchern wischte er sich ihren Geruch vom Schwanz und stopfte seinen halbsteifen Penis zurück in die Hose. Er sah auf sie herunter. Helen lag immer noch breitbeinig auf seinem Tisch, ihre blonden Haare fächerartig auf dem dunklen, polierten Mahagoniholz ausgebreitet.

«Du hast mich überzeugt», sagte Max und strich dabei sein graues Haar glatt. «Wenn du es wünschst, kann Laura Marchant ihre Operation haben.»

«Manchmal hasse ich dich beinahe», sagte sie atemlos. Seine Hand, die ihr aufhelfen wollte, lehnte sie ab.

«Ich weiß, dass du das nicht ernst meinst.» Max lächelte, als er sie dabei beobachtete, wie sie splitternackt von seinem

Schreibtisch kletterte. Ihr Haar fiel in ungeordneten Strähnen auf ihre Schultern. «Wenn deine Patienten dich so sehen könnten – ihre spröde Dr. Dawson, eine heiße Verführerin ...»

«Ich sehe schrecklich aus», sagte sie mit zitternder Stimme, während Max sich bückte, um ihr Kleid aufzuheben.

«Ich fürchte, dein Höschen ist nicht mehr zu flicken.» Max nahm die zerrissenen Stofffetzen, stopfte sie in einen Briefumschlag und warf sie in den Papierkorb.

«Du kostest mich ein Vermögen an Unterwäsche», beschwerte sich Helen nicht ganz ernst gemeint.

«Dann erlaube mir, dir etwas Neues zu kaufen. Ich kenne da einen phantastischen, kleinen Laden in Mayfair. Der hat die erotischste Wäsche, die ich je gesehen habe. Du kannst es ja als verfrühtes Weihnachtsgeschenk betrachten.»

«Im Juni?» Sie gab ein leises, gequältes Lachen von sich. «Du weißt doch, mir ist nicht wohl dabei, wenn du für mich zahlst, Max.» Es war schon schlimm genug, dass er praktisch über jeden anderen Aspekt ihres Lebens die Kontrolle hatte.

«Wie kannst du bei einigen Dingen nur so stur und bei anderen so nachgiebig sein? Du bist ein wandelnder Widerspruch, Helen.»

«Aber genau das magst du doch so an mir, Max.» Sie kämpfte mit den Knöpfen ihres Kleides.

«Helen.» Max schob ihre Hände beiseite und schloss die Knöpfe, als wäre sie ein hilfloses Kind. «Du bist einfach zu unabhängig.» Er küsste sie sanft. «Aber nicht nur das, du bist auch intelligent und sehr, sehr schön. Du könntest bei allem, was du anpackst, erfolgreich sein. Wieso lehnst du es immer wieder ab, wenn ich dir einen gelegentlichen Auftritt in meiner Sendung anbiete, um deine Finanzen ein bisschen aufzustocken?»

«Ich glaube nicht, dass ich mit der Aufmerksamkeit umgehen könnte, die bei so einer Aufgabe auf mich zukäme.» Bei ihren Verabredungen wurden sie oft von hysterischen Fans belästigt. Max hatte eine natürliche Gabe, mit solchen Momenten fertig zu werden, aber Helen hasste diese andauernden, ungewollten Störungen ihres Privatlebens.

«So schlimm ist es nun auch wieder nicht.» Max zupfte ein paar Büroklammern aus ihrem Haar und fuhr mit den Fingern durch ihre zerzausten Locken. «Ich schlage vor, du gehst in mein Badezimmer und kämmst deine Haare, bevor Ella dich sieht. Du weißt ja, was für eine Klatschbase meine Sekretärin ist.»

«Ella plaudert oft mit mir. Sie ist felsenfest davon überzeugt, dass du eine geheime Affäre mit jemandem aus dem Krankenhaus hast.» Helen lächelte. «Sie hat nur noch nicht kapiert, dass es sich bei der geheimnisvollen Frau um mich handelt.» Sie zog ihren weißen Kittel an und hob einen Stift auf, der aus ihrer Tasche gefallen und unter den Stuhl gerollt war.

Max stapelte die verstreuten Bücher und Papiere wieder auf den Tisch, streckte sich und sah auf seine Uhr. «Ich muss gleich los», sagte er.

«Können wir heute Abend zusammen essen?», fragte sie.

«Sicher doch. Wir essen bei mir. Ich bestell' uns was. Wir haben nämlich eine Menge zu besprechen», fügte er in ernstem Ton hinzu.

Sie zuckte zusammen. «Hast du was gehört? Wurde schon eine endgültige Entscheidung über die Zukunft des Krankenhauses getroffen?»

«Ja», antwortete Max, «ich habe heute Morgen einen Anruf bekommen. Kurz bevor du in mein Büro geplatzt bist.»

«Nach deinem Gesichtsausdruck zu urteilen, waren es keine besonders guten Nachrichten.»

«Da hast du leider Recht», bestätigte er.

«Verdammt!», brach es frustriert aus ihr heraus. «Dann wird St. Matthew's definitiv geschlossen?»

«Das ist nicht das Ende der Welt, Helen.» Max zuckte mit den Achseln. «Wir sprechen heute Abend über die Zukunft.»

«Sicher.» Helen stimmte zu und versuchte ihre Enttäuschung zu verbergen. Das Personal hatte sehr hart gearbeitet, um das Krankenhaus vor einer Schließung zu bewahren. «Wie du meinst, Max. Wir sprechen heute Abend darüber.»

Das Inamoratia, ein elegantes, sehr teures Restaurant in der Nähe des Tower of London, war wie gewöhnlich sehr gut besucht. Zu den Stammgästen gehörte eine Reihe Prominenter, und die Besitzer rühmten sich der Tatsache, dass auch diese Besucher hier in Ruhe essen konnten. Das Restaurant besaß eine strikte Regel: Fans oder sonstige Bewunderer, die eine der bekannten Persönlichkeiten belästigten, wurden kurzerhand und höflich hinauskomplimentiert.

Drei Tage waren vergangen, seitdem Helen erfahren hatte, dass das St. Matthew's seine Pforten schließt. In dieser kurzen Zeit war eine Menge passiert. Sie und Max hatten ein paar überaus wichtige Dinge zu klären, und sie wusste, dass das in diesem Restaurant ungestört möglich war.

Helen trug ein kurzes Kleid aus schwarzem Satin, das Max eine geradezu obszöne Summe Geld gekostet hatte. Es war schräg geschnitten, hatte einen tiefen Ausschnitt und wurde an den Schultern von Spaghettiträgern gehalten. Es hatte solch ein gewagtes Rückendekolleté, dass man unmöglich einen BH darunter tragen konnte. Das war für Helen gar kein Problem, denn trotz der Größe und Üppigkeit ihrer Brüste waren sie immer noch so fest und in Form wie zu ihrer Teenagerzeit. Auf einen Slip hatte sie auf Max' Geheiß ebenfalls verzichtet.

Helen war voller Selbstvertrauen und fühlte sich sehr sexy, als sie das Restaurant betrat. Der weiche Satinstoff umschmeichelte bei jedem Schritt ihre erigierten Nippel und strich sanft über ihren Bauch und ihr Geschlecht. Das spärliche Kleid war kurz – es endete gut 20 Zentimeter über ihren Knien – und am Saum ausgestellt. Das Wissen, dass eine indiskrete Bewegung ihre blonden Schamhaare dem Blick der Öffentlichkeit preisgeben würde, erregte sie nur noch mehr.

Max saß bereits an ihrem üblichen Tisch, dem Helen sich unter den bewundernden Blicken einiger anderer männlicher Gäste mit forschem Schritt näherte. Sie war 29 Jahre alt und nicht nur extrem klug, sondern auch wunderschön – groß und elegant mit feinen Gesichtszügen, graublauen Augen und goldblondem Haar.

«Ich habe schon bestellt», sagte Max, als sie sich an den kleinen, runden Tisch neben ihn setzte.

«Ich bin nicht sehr hungrig», antwortete sie und griff nach ihrem Rotweinglas.

«Immer noch aufgebracht, dass das Krankenhaus schließt und ich in die Staaten gehe?»

Max hatte ihr noch am selben Abend von seinen Plänen erzählt, an dem auch sie von der Schließung des Krankenhauses erfahren hatte. Er und eine kleine Gruppe von Investoren planten, in Übersee eine Reihe von Schönheitskliniken zu eröffnen.

«Es ist alles so schnell gegangen.» Sie hatte es immer noch nicht verwunden, dass er sich ihr nicht anvertraut hatte. Nach ihrer Kenntnis war das Vorhaben in Amerika in der frühen Planungsphase gewesen, doch jetzt hatte sie erfahren, dass es schon fast unter Dach und Fach war.

«Ich verstehe deine Gefühle ja», lächelte Max beruhigend und legte unter dem Tisch seine Hand auf ihr Knie und ließ sie langsam an ihren Seidenstrümpfen hochgleiten. Seine blauen Augen verdunkelten sich vor Begierde, als er bemerkte, dass er weiter oben nur noch auf nackte Haut stieß. «Wie ich merke, hast du meinen Wunsch erfüllt», wisperte er mit rauer Stimme.

«Macht es dich an, dass ich unter dem Kleid nichts anhabe?» Sie lächelte verführerisch. Max' erregter Gesichtsausdruck gab ihr ein Gefühl von Macht.

«Mehr, als du ahnst», raunte er, unterbrach seine Expedition und ließ die Hand auf ihrem bloßen Oberschenkel liegen. «Ich werde dich wahnsinnig vermissen.»

«Ich dich auch.» Zumindest den Sex würde sie sehr vermissen. Und das, obwohl Max ein egoistischer Mistkerl sein konnte und manchmal eher an sein Vergnügen dachte als an ihres.

«Wenn du nicht so auf deine Unabhängigkeit bestehen würdest, könntest du früher nachkommen.»

«Ich lasse mich nicht von dir aushalten, Max. Nicht mal für ein paar Monate. Ich komme, sobald ich eine Green Card und eine Zulassung als praktizierende Ärztin für die Staaten bekomme.»

Max hatte Helen eine Assistenz in der Princess-Beatrice-Klinik angeboten, einem exklusiven Privatkrankenhaus, das ihm und seinen amerikanischen Finanzpartnern gehörte. Helen hätte es zwar vorgezogen, den Kassenpatienten ins King's-Cross-Krankenhaus zu folgen, doch die dortige Abteilung für plastische Chirurgie hatte schon genug Personal. Hätte man ihr nicht beinahe das doppelte Gehalt angeboten, hätte sie niemals einen Job in einem Privatkrankenhaus angenommen. Aber da im Moment ihre Ausgaben die Einnahmen bei weitem überschritten, war sie mehr oder weniger gezwungen gewesen, dem sehr großzügigen Zeitvertrag zuzustimmen.

«Wie soll ich nur jemals ohne das hier auskommen?», schnurrte er, während seine Hand wieder höher glitt und an ihrem blonden Schamhaar spielte.

«Vielleicht findest du bald eine andere?», sagte sie schulterzuckend und öffnete ihre schlanken Schenkel, damit seine Finger zwischen ihre Schamlippen gleiten konnten. Das Wissen, dass Max sie vor all diesen Leuten fingern wollte, war höchst stimulierend.

«Niemand bereitet mir solche Freuden wie du, Helen», flüsterte er ihr ins Ohr. «Diese heiße, kleine Pussy gehört ganz allein mir. Vergiss das nicht.»

Max' geschickte Finger setzten ihre aufreizende Entdeckungsreise fort. Helen stöhnte leise auf, ihre Augen begannen zu glänzen, und die Geräusche an den Nebentischen wurden in den Hintergrund gedrängt. Aber das Vergnügen wurde vom unerwarteten Klang einer männlichen Stimme unterbrochen.

«Max! Du hier? Damit hätte ich nie gerechnet!» Die tiefe Stimme mit starkem amerikanischen Akzent löste bei Helen sofort eine Gänsehaut aus.

«Duncan! Was führt denn dich zurück nach England?», fragte Max überrascht. Seine Finger unterbrachen ihr Spiel, aber seine Hand blieb zwischen ihren Beinen liegen. Seine Begrüßung wirkte beiläufig, er machte keine Anstalten, aufzustehen oder die Hand des Mannes zu schütteln, wie er es normalerweise bei einem alten Bekannten getan hätte.

Helen erkannte sofort, dass es sich bei dem Besucher um den weltberühmten Filmstar Duncan Paul handelte, in den sie als Teenager total verliebt gewesen war. Diese Art von Verknalltheit hatte sie danach nie wieder erlebt. Damals war er noch nicht so bekannt gewesen. Er hatte die Hauptrolle in einer Action-Serie gespielt und stand zu der Zeit noch ganz am Anfang seiner Karriere. Er war groß und muskulös, hatte schwarze Haare und dunkelbraune Augen und war in Fleisch und Blut sogar noch attraktiver als auf der Leinwand.

«Was dagegen, wenn ich mich einen Moment zu euch setze?» Duncan wartete die Antwort nicht ab, sondern zog sofort einen Stuhl heran und setzte sich zu ihnen an den Tisch. «Ich bin ein paar Monate für einen Dreh hier. Diesmal bin ich ausführender Produzent und stecke gerade mitten in der Vorbereitungsphase.» Duncans tiefe Stimme raubte Helen fast die Sinne. Ein Prickeln glitt über ihre Haut, und ihr war flau im Magen. Dabei ruhten Max' Finger immer noch Besitz ergreifend auf ihrer nackten Möse.

An dem kleinen Tisch war kaum noch Platz für eine dritte Person, und Duncans Anwesenheit ließ Helens Erregung fast unerträglich werden. Er war unglaublich sexy. Die Nähe der beiden Männer und das Gefühl von Max' Hand in ihrem Schritt machten sie unglaublich geil. Ihre Brüste schwollen an, und ihre Nippel wurden so hart, dass die schmerzenden Spitzen das Kleid regelrecht aufblähten.

«Helen.» Max sah zu ihr hinüber. Er war sich ihrer Erregung vollständig bewusst, denn seine Handfläche war schon ganz feucht von ihrem Saft. «Das ist mein Cousin Duncan Paul. Duncan, darf ich dir Dr. Helen Dawson vorstellen.»

Helen lächelte überrascht. Max hatte es nie für nötig gehalten, ihr zu sagen, dass er mit so einem berühmten Filmstar verwandt war.

«Du bist ja ein richtiger Geheimniskrämer, Max.» Duncan sah Helen bewundernd an, während er ihre Hand zu seinen

Lippen führte. «Es ist mir ein Vergnügen, Sie kennen zu lernen, Teuerste.»

Langsam kroch die Lust über ihre Haut, und sie zitterte leicht. «Ich bin eine große Bewunderin Ihrer Arbeit, Duncan.» Helen versuchte, ihrer Stimme etwas Abgeklärtes zu geben, aber es fiel ihr sehr schwer, gefasst zu klingen. Max' Finger waren mittlerweile in ihre Möse eingedrungen, wo sie sich spielerisch hin und her bewegten. Dabei saß sie so dicht an Duncan, dass sie die Männlichkeit, die von seinem Körper ausging, riechen konnte.

Helens Körper war entflammt, sie hatte das Gefühl, zu schweben und jeden Moment zu kommen. Halt suchend, griff sie nach ihrem Weinglas und versuchte, ihre Erregung zu unterdrücken. Das war nicht leicht, denn Max' forsche Finger glitten immer tiefer, bis sie glaubte, vor Lust laut schreien zu müssen. Nervös blickte sie zu Max, der so ruhig und unbeteiligt aussah, dass man unmöglich ahnen konnte, was er unter dem Tisch mit ihr machte.

«Nach deiner Wirkung auf sie zu urteilen, scheint Helen tatsächlich ein großer Fan von dir zu sein, Duncan», sagte Max. «Ich habe sie noch nie so überwältigt gesehen.» Während er das sagte, presste er seinen Daumen hart auf ihre Klit, und Helen musste sich mit aller Macht beherrschen, um nicht laut aufzustöhnen. Ihre Oberschenkel zitterten und auf ihrer Stirn bildeten sich kleine Schweißperlen, während Max' Finger sich immer schneller in ihr bewegten.

«Es ist schön, jemanden kennen zu lernen, der meine Arbeit schätzt. Max verschweigt seinen Freunden grundsätzlich, dass wir verwandt sind», sagte Duncan zu Helen. «Ist ihm zu peinlich, schätze ich. Er hält die meisten meiner Filme für Müll!»

«Nicht alle», verteidigte sich Max. «Nur die, in denen du alleine die Welt rettest», fügte er scherzend hinzu.

Als Helen mit einem explosionsartigen Orgasmus kam, brach der Stiel ihres Glases unter dem Druck ihrer Finger und blutroter Wein ergoss sich über das weiße Tischtuch. «Oh, Gott!», stieß sie hervor.

Duncan griff nach einer Serviette, tupfte den Wein auf und sah Helen besorgt an. «Sie haben sich doch hoffentlich nicht geschnitten, oder?»

«Nein. Es klingt dumm, aber es ist einfach zerbrochen», sagte Helen, zog ihr Kleid zurecht und stand in einer hektischen Bewegung auf. «Entschuldigen Sie, ich muss mich frisch machen», fügte sie mit zittriger Stimme hinzu, nahm ihre Tasche und stürmte in Richtung Damentoilette.

«Duncan hat dich wirklich angemacht, nicht wahr?», fragte Max und schaffte es, dabei bemerkenswert kühl und unbeteiligt zu klingen.

Duncan hatte sich wieder zu den Leuten gesellt, mit denen er zu Abend aß, bevor Helen zurückkam. Bisher hatte Max seinen Cousin nie um sein Aussehen oder den Ruhm beneidet. Doch jetzt schon, denn nach ihrer Reaktion zu urteilen, war Helen wirklich heiß auf Duncan. Dieses Wissen störte ihn und machte ihn extrem eifersüchtig.

Während des Essens war es ihm noch gelungen, Helens neugierigen Fragen über Duncan auszuweichen. Sie hatten stattdessen über ihren neuen Job und Max' bevorstehenden Umzug in die Staaten gesprochen. Doch jetzt, beim Verlassen des Restaurants, konnte Max sich nicht länger beherrschen. Er musste genau wissen, was Helen von seinem weltberühmten Cousin hielt.

«Ich muss zugeben, er sieht umwerfend aus. Als Teenager war ich ziemlich verknallt in ihn», gestand Helen und lachte peinlich berührt. «Ich hätte nie gedacht, dass ich den Mann mal kennen lerne. Und schon gar nicht hier. Und dann auch noch zu erfahren, dass du mit ihm verwandt bist ...!»

«Du bist über deine jugendliche Schwärmerei wohl noch nicht ganz hinweg», bemerkte Max, als sie den Aufzug betraten. Mit ihnen stieg ein älteres Paar ein. Die Frau trug einen Mantel aus echtem Nerz und blickte Max nachdenklich an, als der Lift sich in Bewegung setzte. Er ignorierte sie bewusst und trat dichter an Helen heran.

«Wusstest du, dass ich jedes Mal, wenn ich die Gabel zum Mund führte, deinen Saft riechen konnte?», wisperte er in Helens Ohr. «Das hat mich so geil gemacht, dass ich mein Gesicht am liebsten in deiner Muschi versenkt und dich trockengeleckt hätte.»

«Wenn du das getan hättest, wären die restlichen Gläser wahrscheinlich auch noch zu Bruch gegangen. Und das Geschirr auf dem Tisch gleich mit. Der Oberkellner war wegen des einen Glases schon sauer genug», flüsterte sie zurück und errötete leicht. Sie blickte kurz in Richtung des älteren Paars und fügte hinzu, «ich will dich jetzt sofort, Max.»

Max lachte heiser. «Ich wäre dir nur allzu gern zu Diensten, aber dann bekämen die beiden Alten wahrscheinlich einen Herzanfall. Und nach einer Wiederbelebung steht mir heute Abend wirklich nicht der Sinn», erwiderte er, als sie das Parkhaus im Keller erreichten.

Max und Helen folgten dem älteren Paar in den engen, kargen Flur. Beide konnten es kaum erwarten, endlich die Abgeschiedenheit von Max' Mercedes zu erreichen. Doch plötzlich drehte sich die alte Dame um und lächelte Max schüchtern an. Dabei verstellte ihr fülliger Leib ihnen beinahe den Weg. «Sind Sie nicht dieser hinreißende Arzt aus dem Fernsehen? Der, der die Sendung über den Körper der Frau macht?»

«Das bin ich in der Tat.» Max zog Helen näher zu sich heran und ließ seine ungeduldige Hand unter ihr Kleid wandern, um ihren nackten Po zu umfassen. Er berührte ihr zartes, verlockendes Fleisch, und es machte ihn so geil wie selten zuvor. Er war heute Abend definitiv nicht in der Stimmung für Fanbetreuung.

«Ich liebe Ihre Sendung», plapperte die Frau munter drauflos. «Die letzten beiden Ausgaben waren unglaublich informativ. Sie sind wundervoll, und ich …»

«Das freut mich», unterbrach sie Max, mit dem letzten Rest Geduld, den er aufbringen konnte. «Geil» war für seinen Zustand schon gar kein Ausdruck mehr. «Ich verstehe, dass Sie den Bericht über plastische Chirurgie interessant fanden, aber was Sie in Ihrem Alter weiblichen Fruchtbarkeitsproblemen abgewinnen können, ist mir schleierhaft», fuhr er barsch fort. «Wenn Sie uns entschuldigen würden.»

Max zog Helen an dem Paar vorbei in das Parkhaus. Schwaches Licht und der Geruch von Feuchtigkeit und Autoabgasen erfüllten das höhlenartige Gewölbe.

«Das war gemein», bemerkte Helen. «Du hättest ruhig diplomatischer sein können. Die arme alte Dame ist jetzt sicher völlig außer sich.»

«Na und?», keifte Max zurück. Er war angespannt und erregt. Die berauschende Mischung aus Lust und Eifersucht ergriff immer stärker Besitz von ihm. «Ausnahmsweise habe ich mal gesagt, was ich denke.»

«Das sieht dir gar nicht ähnlich, Max. Du verlierst doch sonst nie die Beherrschung, wenn Fans dich ansprechen.»

«Vielleicht sollte ich mir das öfter mal gönnen», grummelte er und zog sie ungeduldig in Richtung seines Autos.

«Nicht so schnell. Du tust mir weh», beschwerte sich Helen.

«So ein Pech.»

«Ich glaube, ich mag diese neue Seite an dir nicht.»

Max ignorierte sie. Sein Mund hatte sich zu einer grimmigen Linie zusammengezogen. Das Einzige, woran er denken konnte, war Helens Reaktion auf Duncan. Max fühlte sich mit einem Mal unsicher. Ein unschönes Gefühl für einen Mann, der sich seiner sexuellen Anziehungskraft normalerweise ausgesprochen sicher war.

«Verdammt!» Die hohen Absätze ließen Helen stolpern, als Max sie zwischen seinem schwarzen Mercedes und einem weißen Rolls-Royce in eine Nische zog. «Was zum Teufel ist denn in dich gefahren?»

«Nichts!» Er würde schon dafür sorgen, dass sie Duncan vergaß. Er würde dieser kleinen, geilen Schlampe zeigen, wer ihr Meister war. Max hatte noch nie so eine überwältigende Eifersucht gespürt. Helen gehörte ihm ganz allein, und er hatte vor, ihr das unmissverständlich klar zu machen.

«Wieso bist du so unvernünftig?» Helen klang wütend, als er sie gegen die Motorhaube des Mercedes stieß. «Du bist betrunken, oder?»

«Von ein paar Flaschen Burgunder?», knurrte er. «Im Gegenteil, Helen. Ich bin erschütternd nüchtern. Mir hat nur dein Benehmen heute Abend nicht gefallen. Du findest es wohl normal, dich wie eine läufige Hündin zu benehmen, nur weil sich irgendein Mann neben dich setzt!»

Das Blut hämmerte in Max' Venen. Sein Schwanz wurde steif und presste ungeduldig gegen den Reißverschluss.

«Du bist ja eifersüchtig!» Sie tat überrascht. «Das ist doch albern. Ich war erregt, weil du mich in einem vollen Restaurant mit der Hand gefickt hast.»

«Hältst du mich für blöd? Du warst ja kaum feucht, als ich anfing. Aber als Duncan auftauchte, bist du sofort klitschnass geworden. Der Unterschied war unglaublich», ließ er seiner Wut freien Lauf.

«Ich will dich und nicht ihn!»

Max wusste, dass Helen log, aber es war ihm egal. Er griff nach den Trägern ihres Kleides, zerrte sie über ihre Arme und riss dabei den Saum auf. Seine Lust verstärkte sich, als es zu Boden fiel und ihre entblößten, vollen Brüste freigab, die in dem dunklen Licht blass leuchteten.

«Helen», keuchte er, beugte sich zu ihr hinunter, nahm einen ihrer festen Nippel in den Mund und saugte an ihm wie ein hungriges Kind.

Das Echo der Betonwände ließ Helens Stöhnen noch lauter erscheinen, und Max wusste, dass er seine Kontrolle über sie noch nicht verloren hatte. Er merkte, wie die Spannung aus ihr wich. Sanft ließ sie ihre Finger durch sein Haar gleiten und drückte sein Gesicht noch fester an ihren Busen. Max drückte und knetete ihre Brüste und biss mit den Zähnen in ihre Nippel, bis sie ihn mit lautem Stöhnen anflehte: «Fick mich! Gleich hier und jetzt!» Sie griff ungeduldig nach seinem Reißverschluss und befreite seinen hart geschwollenen Prügel.

Max presste die Lippen auf ihren Mund und küsste sie leidenschaftlich. Seine Zunge drang tief in ihren Mund, während Helens Finger aufreizend an seinem Schwanz auf und ab wanderten. Max Verlangen wurde immer größer, und er war kurz vorm Explodieren.

«Es macht mich unheimlich an, wenn du so die Fassung verlierst.» Helen fuhr mit der Hand in seine Hose und streichelte seine prall gefüllten Eier.

«Dann werde ich von nun an öfter die Fassung verlieren», keuchte er und griff zwischen ihre Beine.

Seine suchenden Finger drangen in ihren heißen, feuchten Spalt, während sie seinen pulsierenden Hodensack weiter massierte. Er war jetzt so erregt, dass er die Zähne zusammenbeißen musste, um seinen Orgasmus zurückzuhalten. Er wirbelte Helen herum, drückte sie gegen die Motorhaube und schob ihren Rock hoch. Sie wehrte sich nicht und beugte sich gehorsam nach vorn, den Bauch gegen das kalte, schimmernde Metall gepresst.

Bis auf ihre Strümpfe war Helen jetzt ganz nackt. Das schwarze Satinkleid lag wie ein zerknülltes Band um ihren Bauch. Max fühlte sich an die Nutten erinnert, die er in Amsterdam besucht hatte. Eine von ihnen hatte ihn die hohe Kunst gelehrt, eine Frau zu dominieren.

Auf dem polierten schwarzen Metall sah ihr Körper noch blasser, ihre Haut noch strahlender aus. Max' Blick fiel auf ihr Hinterteil, das nie verlockender auf ihn gewirkt hatte. Mit seinem Fuß drückte er ihre Beine weiter auseinander und öffnete damit ihre Pobacken. Ihr rosiges Arschloch schien es kaum erwarten zu können, von seiner harten Latte ausgefüllt zu werden. Analverkehr war für Helen bisher nicht infrage gekommen, und deshalb hatte Max auch nie versucht, sie dazu zu überreden. Doch jetzt hätte er alles gegeben, seinen Pimmel in diese süße enge, jungfräuliche Öffnung zu schieben. Aber er wusste, dass hier weder der richtige Zeitpunkt noch der richtige Ort dafür war. «Bald», dachte er, krallte seine Finger in ihren Hintern und brachte seine Eichel am Eingang zu ihrem feuchten Geschlecht in Position. Sie gab einen spitzen Schrei der Ekstase von sich, als er mit einem Stoß in sie eindrang.

«Du gehörst mir, Baby. Ganz allein mir», flüsterte er ihr ins Ohr. Er stützte sich mit beiden Händen auf der Motorhaube ab und rieb seinen Bauch gegen ihren Po, um gleich darauf noch tiefer in das willige Fleisch einzudringen. Als er anfing, sich im altbekannten Rhythmus zu bewegen, bemerkte er kaum, dass das Auto im Einklang mit seinen Stößen leicht schaukelte.

Aus der Ferne hörte Max Motorenlärm, dem Türknallen und Gesprächsfetzen folgten. Die Leute würden in Richtung Lift gehen, vielleicht an diesem Auto vorbei, beiläufig in die Nische schauen und sehen, wie er Helen in der abgasgeschwängerten Wärme des Parkhauses durchfickte. Die Vorstellung, dabei beobachtet zu werden, stimulierte ihn, und das Blut rauschte in seinen Ohren.

Wie in einem wilden Lusttanz wurden Max' Bewegungen immer schneller und heftiger, und auch das Auto schaukelte immer stärker. Aber gerade als ihn sein Orgasmus zu überwältigen drohte, ging die Alarmanlage des Mercedes los, und das Vorderlicht begann zu blinken. Der störende Lärm wurde immer lauter, als Max schließlich in einem gewaltigen Aufbäumen seinen Höhepunkt erreichte.

«Mist!», murmelte er und lehnte sich einen Moment völlig erschöpft gegen Helen. Nervös suchte er seine Hosentasche nach dem Autoschlüssel ab. Als er ihn gefunden hatte und auf den Knopf drückte, hörte zumindest der Alarm auf. Seine Vernunft kehrte in einem plötzlichen Schub wieder zurück. «Der Wachmann wird jeden Moment hier sein.»

Während er die Tür des Mercedes öffnete, kam Helen weit genug zu sich, um ihr Kleid mit zitternden Händen zu ordnen. Sie setzte sich auf den Beifahrersitz, rührte sich nicht mehr und sagte kein Wort. Als Max den Motor anließ, sah er im Rückspiegel, wie sich der Wachmann mit schnellen Schritten auf sie zubewegte. Er rollte rückwärts aus der Parkbox, wendete und fuhr mit quietschenden Reifen davon.

KAPITEL 2

«Na, was hältst du davon?», fragte Max.

«Sehr eindrucksvoll», antwortete Helen.

Max hatte darauf bestanden, mit ihr zur Princess-Beatrice-Klinik zu fahren, um ihr die Räumlichkeiten des exklusiven Privatkrankenhauses zu zeigen. Das riesige, alte Herrenhaus stand auf einem großen Gelände und war beständig erweitert worden. Es war eindeutig das modernste und am besten ausgerüstete Krankenhaus, das Helen je gesehen hatte. Alles war erstklassig – die Operationssäle, die Intensivstation, die Labore. Es gab sogar einen Swimming-Pool und ein Fitnessstudio.

«Wir haben hier die modernsten und besten medizinischen Einrichtungen, die es gibt», prahlte Max. «Das Personal ist stolz darauf, auf jedwedes Bedürfnis unserer Patienten sofort eingehen zu können.»

«Ein ganz schöner Unterschied zu St. Matthew's», stellte Helen fest. Nach dieser Führung wusste sie, warum das Princess-Beatrice als das teuerste Privatkrankenhaus Englands galt. Sie würde hier besser bezahlt werden als jemals zuvor. Und doch bedeutete die Anstellung einen Rückschritt in ihrer Karriere.

Als Assistenzärztin in diesem relativ kleinen Krankenhaus

würde sie für das allgemeine Wohlbefinden aller Patienten zuständig sein – sowohl für die chirurgischen als auch die allgemeinmedizinischen Aufnahmen. Es würde eine große Veränderung bedeuten. Als Helen sich entschloss, Chirurgin zu werden, hatte sie die Allgemeinmedizin hinter sich gelassen. Sie arbeitete nun seit fast zwei Jahren für Max und hatte sich dabei ganz auf die plastische Chirurgie spezialisiert.

«Das ist unsere neue Entbindungsstation.» Max führte sie zu einer Doppeltür am Ende des Flurs. «Sie ist gerade fertig geworden. Deswegen haben wir im Moment auch noch keine Patienten.»

«Die Frage, ob ihr hier die allerneuesten Geburtstechniken anwenden könnt, erübrigt sich wohl.» Helen folgte Max auf die Station. Sie wusste, dass nur ein paar auserwählte Frauen es sich leisten konnten, ihre Babys hier zu entbinden. Aber trotzdem freute sie sich darauf, bei der einen oder anderen Geburt mithelfen zu können. Ihre Zeit auf der Entbindungsstation war ihr noch in guter Erinnerung. Es hatte immer etwas zutiefst Befriedigendes gehabt, ein neues Leben auf die Welt zu bringen.

«Wir bemühen uns, die Kreißsäle auf der Entbindungsstation so freundlich wie möglich zu gestalten.» Max führte Helen in einen großen Raum mit Blumentapeten an den Wänden und gerüschten Vorhängen an den Fenstern. Die medizinischen Gerätschaften waren diskret hinter einer Stellwand verborgen.

«Es muss sicher schwer sein, hier alles steril zu halten», sagte Helen fachmännisch und schaute sich dabei interessiert ein sehr modernes Ultraschallgerät zur Fötus-Beobachtung an, das neben dem Bett stand.

«Das psychische Wohlbefinden unserer Patienten ist uns

ebenso wichtig wie das physische. Die meisten werdenden Mütter fühlen sich in so einer angenehmen Umgebung einfach besser und sicherer. Wir können hier auf jede eventuell auftretende Komplikation reagieren und müssen die Patienten deshalb auch nicht in ein städtisches Krankenhaus überweisen, wenn es Probleme gibt.» Max zog die gesteppte Tagesdecke zurück. «Sieht doch aus wie ein normales Bett, oder? Es ist ein bisschen hart, aber recht bequem. Und wir können es für Kaiserschnitte einsetzen, wenn es nötig ist.» Er drückte auf einen Knopf, und das Bett bewegte sich geräuschlos in eine Sitzposition.

«Da sind ja Steigbügel dran. Ein bisschen altmodisch für so ein modernes Gerät», sagte Helen mit trockenem Lächeln. «Mag sein», stimmte Max zu. «Aber die sind manchmal ganz praktisch. Wir haben eine ganze Reihe von wohlhabenden Patientinnen aus anderen Kulturkreisen. Dort bestehen einige höher gestellte Familienmitglieder unbedingt darauf, der Ankunft eines Erben beizuwohnen. Und das ist einfacher, wenn die Frau flach auf dem Rücken liegt und ihre Beine gespreizt sind.»

«Ziemlich barbarisch.» Helen schüttelte es bei dem Gedanken. Sie setzte sich zögernd auf das Bett und fragte sich, wie es wohl sein musste, in einer Runde männlicher Zuschauer ein Kind zu gebären. «Und sehr erniedrigend.»

«Haben wir das Recht, solche Sitten zu hinterfragen?» Max zog Helens Schuhe aus und hob ihre Füße auf das Bett. «Wie fühlt sich das an?»

«Überraschend bequem», gab sie zu. Max beugte sich vor und brachte die blitzenden Bügel aus verchromtem Stahl in die richtige Position. «Was tust du denn da?», fragte sie, als er ihren Knöchel packte und ihr Bein auf die gepolsterte Einbuchtung des Steigbügels platzierte.

«Ich möchte nur, dass du ein Gefühl für die Vorrichtung bekommst.» Er lächelte, legte das andere Bein auf den anderen Steigbügel und zurrte ihre Knöchel mit Klettverschlüssen fest.

Helen hatte die Steigbügel nie besonders gemocht. Sie hatten sie immer an barbarische Folterinstrumente erinnert. Aber manchmal waren sie einfach notwendig. Zum Beispiel bei Zangengeburten oder wenn genäht werden musste. «Es fühlt sich recht merkwürdig an. Ich habe mich noch nie selbst in die Position der Patientin begeben.»

«Das sollte jeder Arzt ab und zu mal tun. Zumindest kurz», sagte Max ernst.

«Selbst männliche Ärzte?»

«Ich denke schon. Obwohl das wirklich nicht ganz dasselbe ist.» Er ging am Fuß des Bettes vorbei und schob eine geblümte Trennwand beiseite. Helen war überrascht, sich auf einmal in einem großen, in der Wand eingelassenen Spiegel zu sehen. Nicht gerade das, was man normalerweise in einem Kreiß- oder Operationssaal erwartete. «Ich finde, du siehst unglaublich sexy aus, Helen.»

«Was für eine abwegige Bemerkung.» Aber sie musste Max zustimmen. Die Frau, die sie in dem Spiegel sah, wirkte auf erregende Weise hilflos. Ihre an den Metall-Steigbügeln befestigten Beine ragten hoch in die Luft und waren auf bizarre Weise gespreizt. Zwischen ihren Schenkeln konnte sie den blassen Keil ihres cremefarbenen Satinslips sehen, der sich eng über ihr Geschlecht spannte. «Die Erniedrigung hat in gewisser Weise etwas Aufreizendes», gab sie mit einem Achselzucken zu.

Max lachte. «Ich weiß, was du denkst, Helen, und die Antwort ist nein. Es macht mich nicht an, meine Patientinnen so zu sehen. Sie sind geschlechtslos für mich, nur ein Teil meines

Berufs. Während du, meine Süße, sehr erregend bist.» Er strich liebevoll über ihr Bein und bog die Steigbügel noch ein wenig weiter auseinander, bis sie spürte, wie sich die Muskeln ihrer Oberschenkelinnenseiten anspannten. In dieser Position presste sich der Slip so eng an ihren Schritt, dass die Konturen ihrer Schamlippen zu sehen waren.

«Du kannst mich jetzt wieder runterlassen.» Es gelang ihr nicht, den Blick von der hilflosen Frau im Spiegel zu lösen. Ein Teil von ihr wollte in der Position verharren, Max anflehen, sie zu berühren und zum Höhepunkt zu bringen. Aber sie war sich nur allzu bewusst, dass jeden Augenblick ein anderer Arzt oder eine Schwester hereinkommen könnte. Was würde das Personal denken, wenn es die neue Assistenzärztin und einen der Krankenhausbesitzer bei Spielchen mit medizinischen Gerätschaften ertappen würde?

«Noch nicht.» Seine Stimme hatte plötzlich einen rauen, strengen Ton angenommen. «Es macht mich scharf, dich so zu sehen.»

«Aber wir könnten jederzeit überrascht werden.» Helen beugte sich vor und versuchte an die Verschlüsse zu kommen, die ihre Knöchel festhielten. Aber Max drückte erneut auf den Knopf, und das Bett fuhr langsam zurück in eine halb aufgerichtete Position. Er presste sie mit beiden Händen gegen die Matratze. «Nein, Max!», sagte sie, immer noch besorgt über eventuelle Störungen.

«Ich habe noch etwas zu erledigen, bevor ich dich freigebe.» Er drückte sie mit dem Gewicht seines Körpers nach unten, griff nach ihrem linken Handgelenk und befestigte es mit einem Klettverschluss an der Seite des Bettes.

«Was immer du vorhast, es gefällt mir nicht.» Sie wehrte sich, und ein kalter Schauer lief ihr den Rücken hinunter, als sie den wilden Ausdruck in seinen Augen bemerkte. Es war in ihrer Beziehung zwar durchaus schon zu Fessel-Spielen gekommen, aber die hatten bisher immer in der Abgeschiedenheit seiner Wohnung stattgefunden. «Das ist weder der richtige Zeitpunkt noch der richtige Ort.»

«Im Gegenteil. Zeit und Ort sind genau richtig», grunzte er und fuhr fort, sie festzubinden. Er griff ihren anderen Arm und fixierte ihn an der anderen Seite des Bettes.

«Bitte, Max!» Helen fühlte sich immer hilfloser, doch das Spiegelbild der Frau, die in sinnlosen Bemühungen an ihren Fesseln zog, erregte sie mehr und mehr. «Keine dummen Spielchen, Max! Nicht jetzt!»

«Das ist kein Spiel», sagte Max todernst. «Es gibt da etwas, das ich dir unmissverständlich klar machen möchte, bevor ich in die Staaten gehe.» Er schob ihren Wollrock bis zur Taille hoch, knöpfte ihr dünnes Oberteil auf und legte ihre Brüste frei. «Du gehörst mir. Und das bleibt auch so, solange ich fort bin.»

«Wieso solltest du was anderes glauben ...» Sie stockte, als sie sich an seine Wut wegen Duncan erinnerte. «Du bedeutest mir sehr viel, Max. Das weißt du doch!»

«Vielleicht reicht mir das ja nicht?!» Zärtlich streichelte er die sanfte Haut ihres Busens und presste und rieb das stramme Fleisch, bis Helen einen leisen Schrei der Verzückung von sich gab. Er kniff fest in beide Nippel, bis sie dunkelrot waren. «Ich kenne in New York einen Silberschmied, der auf Intimschmuck spezialisiert ist. Ich glaube, ich werde ein Paar Brustwarzenklemmen bei ihm in Auftrag geben, um diese hübschen Titten zu verzieren.»

«Tut das nicht schrecklich weh?» Helen zuckte bei dem Gedanken an die kleinen Klemmen, die sich in die empfindsame

Haut ihrer Nippel graben und den Blutfluss schmerzhaft behindern würden, unwillkürlich zusammen.

«Mir wurde gesagt, der konstante Druck sei ziemlich erregend.» Max nahm das sterile Tuch vom Wagen neben dem Bett fort und gab den Blick auf eine säuberlich ausgelegte Reihe von chirurgischen Instrumenten frei, die Helen fast alle aus ihrem Krankenhausalltag kannte. Nur wirkten sie jetzt ganz anders auf sie. Sie hatten etwas Eigentümliches, fast Bedrohliches bekommen.

«Was hast du mit mir vor?», fragte sie ängstlich.

«Nichts, wonach du dich nicht insgeheim sehnst, meine Süße.»

Max nahm eine kleine chirurgische Schere mit abgerundeten Spitzen. Er strich mit dem stumpfen Ende der geschlossenen Klingen langsam über die Innenseite ihrer Oberschenkel und hielt inne, als er die blonden Locken erreichte, die seitlich aus ihrem Slip hervorquollen. Helen hielt unwillkürlich den Atem an, während er mit der Schere langsam weiter über den stramm gespannten Satinstoff fuhr.

«Ich fürchte, deine Unterwäsche wird mal wieder Schaden nehmen. Aber keine Sorge, ich habe ein Dutzend neuer Slips in dem kleinen Geschäft in Mayfair bestellt. Und jedes Mal, wenn du sie trägst, wirst du an mich denken.»

Neue Höschen waren das Letzte, woran Helen dachte, als Max vorsichtig den zarten, cremefarbenen Satin zerschnitt. Der Stoff sprang auseinander, und er klappte ihn auf, um ihre Möse freizulegen. Die kalte Klinge der geschlossenen Schere strich über ihre Muschi, und als sie langsam zwischen ihren Lippen entlangglitt, hatte das etwas sehr Bedrohliches, auf merkwürdige Weise aber auch Erregendes. Der harte Stab berührte ihre Klit, und sie gab unbewusst einen Seufzer von sich.

Doch sie wollte nicht das leblose Metall spüren, sondern sehnte sich nach der Wärme von Max' Fingern und Lippen.

Sanft und mit großer Präzision ließ Max die Schere an den Seiten ihres Muschitunnels entlanggleiten. Die Bedrohung war mittlerweile ganz einer Erregung gewichen, die sie feuchter und feuchter werden ließ.

«Ich will dich, Max», stöhnte sie, und ihr Blick blieb an der verlockenden Prachtbeule hängen, die sich in seinem Schritt abzeichnete. Sie war so geil darauf, seinen dicken Riemen tief in sich zu spüren. «Bitte, ich kann nicht mehr!», flehte sie atemlos.

«Du warst schon immer ein gieriges kleines Luder», keuchte Max und lächelte kalt, als er die Schere mit lautem Klirren in eine Nierenschale fallen ließ. «Ich glaube, ich muss dir eine echte Lektion erteilen», fügte er hinzu und nahm eine schmale, abgerundete Sonde vom Instrumententisch.

«Nein, Max!» Helens Augen weiteten sich nervös, als er sie gegen seine Hand schlug.

Max lehnte sich nach vorn und schlug Helen hart auf ihre Oberschenkel. Zu dieser Art spielerischer Bestrafung war es schon häufiger gekommen, aber er war noch nie so unerbittlich wie heute gewesen. Ihre Haut zog sich zusammen und wurde langsam rot. Er schlug wieder und wieder zu, bis auf der Innenseite ihrer Oberschenkel ein fast regelmäßiges Zickzackmuster aufleuchtete. Die Schmerzen wurden langsam unangenehm, und ihre Haut brannte.

«Hör auf!», keuchte sie. «Das reicht, Max!»

Max hielt inne und betrachtete fasziniert die zuckende Öffnung ihrer Vagina. Er fing an, sich wie hypnotisiert den Schritt zu kneten, öffnete dann den Reißverschluss seiner Jeans und packte das geschwollene Organ endlich aus.

Helen starrte hungrig auf sein riesiges Rohr. Er umfasste den Schaft mit seiner Faust und wichste es auf noch größere Ausmaße hoch. An seiner Eichel hing bereits ein kleiner Wollusttropfen. Sie hätte jetzt alles gegeben, um ihn in sich zu spüren, aber Max drückte ruhig auf den Knopf, der das Bett steuerte. Er ließ das obere Teil so weit runterfahren, dass nur noch ihr Becken Halt hatte. Ihre Beine streckten sich immer noch hoch in die Luft und waren weit gespreizt. Als Max zwischen ihre offenen Schenkel trat, konnte sie ihre Erregung kaum mehr beherrschen.

Sanft zog er ihre Schamlippen auseinander und fuhr mit den Fingern über den warmen, glitschigen Schlitz. Helen stöhnte vor Verlangen, um gleich darauf wieder zusammenzuzucken, als er mit der Metallsonde direkt auf ihre Spalte schlug. Der beißende Schmerz ließ ihre Möse brennen, und sie hatte kaum Zeit durchzuatmen, bis Max erneut zuschlug, diesmal direkt auf ihren Po. Es schmerzte fürchterlich und war gleichzeitig unglaublich erregend.

Als er sie wiederum direkt auf die Schamlippen schlug, stöhnte Helen nur noch hilflos. Jeder schmerzende Hieb ließ sie feuchter werden, während Sterne vor ihren Augen tanzten. Sie bettelte ihn an aufzuhören und zerrte heftig an ihren Fesseln, aber Max ignorierte ihr Flehen. Es gab kein Entkommen, und sie musste sich auf die Lippen beißen, um nicht laut zu schreien. Der Schmerz und die Wollust mischten sich zu einer einzigartigen, grenzenlosen Ekstase. Max beugte sich zu ihr hinunter, sog ihre misshandelte Klit in seinen Mund und saugte so hart, dass sie schließlich mit einem langen, markerschütternden Orgasmus kam.

Noch am ganzen Körper von dieser Anstrengung zitternd, sah Helen sich im Spiegel. Sie konnte das rote, geschwollene

Fleisch ihrer Vagina sehen, das aus ihrem hellen Schamhaar hervorstach. Sie fand den Anblick ihres eigenen, wunden Geschlechts höchst erregend.

Max zog die Steigbügel noch weiter auseinander und erhöhte so die Dehnung ihrer Beinmuskeln, bis sie unter der ungewohnten Spannung schmerzten. Ihre Muschi stand weit offen, und der Lustsaft ließ ihre Schamlippen feucht glänzen. Max starrte auf die freigelegte Möse und rieb sich dabei weiter am Schwanz, von dem bereits etwas Vorsaft tropfte. Helen konnte seine Lust auf sie förmlich riechen. Doch er zögerte noch, und dieses Zögern verwirrte sie. Unwillkürlich leckte sie ihre Lippen und fragte sich, was er wohl gerade dachte. Wie immer hatte sie keine Ahnung, was Max als Nächstes tun würde.

«Tu es jetzt oder lass mich gehen!», bettelte sie.

«Was soll ich tun, Schätzchen?», fragte Max mit einem süffisanten Grinsen.

«Fick mich!», antwortete sie.

«Dafür ist später noch Zeit. Jetzt will ich dir erst mal ein neues Instrument zeigen, das ein befreundeter Gynäkologe gern seinen Patientinnen empfiehlt. Er meint, es funktioniert viel besser als die üblichen Vaginal-Dehner, die normalerweise angewandt werden, um die Scheidenmuskulatur zu stärken.» Max hielt die Instrumente hoch – drei polierte Metallbälle, die an einer Silberkette hingen. Sie ähnelten eher einem Sex-Spielzeug als einem medizinischen Gerät. «Er schwört, dass einige Patientinnen schon einen Höhepunkt bekommen, wenn sie sie nur kurze Zeit tragen.»

Die Vorstellung, ihre Möse von diesen drei Kugeln ausgefüllt zu haben, ließ Helen nervös schlucken.

«Die Ergebnisse waren offenbar bemerkenswert.» Die Kugeln sahen schwer aus, und als Max seine Hand bewegte, klickerten sie leise. «Probier sie doch mal aus.»

Helen zitterte, als er sich nach vorne beugte und ihre Muschi mit Gleitmittel einölte. Er ließ den ersten Ball hineingleiten und dann in schneller Abfolge den zweiten und dritten. Helen gab ein leises Stöhnen von sich, als sie das ungewohnte Gewicht in ihrem Körper spürte. Die kalte Härte und die Schwere der Kugeln weckten erneut ihre Geilheit. Sie zog ihre Beckenmuskeln zusammen und wurde von einer Welle erotischer Vorfreude erfasst.

«Die fühlen sich merkwürdig an.» Das Bewusstsein, einen solch merkwürdigen Gegenstand in sich zu haben, ließ sie ihre Muskulatur erneut anspannen.

«Merkwürdig, aber gut», schnurrte Max und liebkoste ihren offenen Spalt. Seine eingeölten Finger rutschten nach unten und reizten den engen Muskelring, der ihr Poloch bewachte. Er streichelte die Rosette, bis sie anfing, sich zu entspannen.

«Ja», keuchte sie und war überrascht, wie gut es sich anfühlte, als er mit einer Fingerspitze in die jungfräuliche Öffnung eindrang. Plötzlich hatte sie das heftige Bedürfnis, sich gegen den eindringenden Fremdkörper zu wehren. Helen kämpfte dagegen an. Ihre Schenkel zitterten, und die schweren Kugeln in ihrer Vagina rollten hin und her und ließen ihr gesamtes Geschlecht vor Wollust zittern.

«Das gefällt dir, was?», flüsterte Max, zog ihre Arschbacken auseinander und rieb sanft mit seinem Penis gegen die unerforschte Öffnung.

Helen verspannte sich, hatte Angst – und war doch erregt. Sie hatte sich diesen Moment schon oft vorgestellt, hatte das Unbekannte ausprobieren wollen. Aber irgendwas hatte sie immer zurückgehalten. Nun war Max kurz davor, eine ihrer dunkelsten und heimlichsten Sehnsüchte zu erfüllen. Er streifte sich ein Kondom über und begann seinen Schwanz vorsichtig in den engen Muskelring zu schieben. Es war ein ganz neues Gefühl: atemberaubend schmerzhaft und gleichzeitig überaus aufreizend. Schließlich gewann die Erregung die Oberhand, und Helen stöhnte vor schmerzhafter Lust, als sein pochender Lusthammer immer tiefer in ihre verbotene Tiefe eindrang. Ihre Nerven waren durch diesen doppelten Angriff auf ihre Sinne aufs äußerste stimuliert. Helen fühlte sich so ausgefüllt, dass sie meinte, ihr Körper könnte diesen ungewohnten, extremen Zustand keine Sekunde länger ertragen. Doch als Max langsam anfing, seine Hüften zu bewegen und noch tiefer in sie einzudringen, war das Gefühl so geil, heiß und einmalig, dass sie alles andere um sich herum vergaß. Seine Stärke und Übermacht überwältigten sie, und sie gab sich der immer tiefer empfundenen Lust ganz und gar hin.

Sandra Pope spreizte ihre Schenkel noch weiter. Mit der einen Hand massierte sie ihre Lippen, während die andere ihre Klit mit Daumen und Zeigefinger knetete. Der Anblick antiquierter Erotiktoys im Nebenzimmer steigerte ihre Lust, und sie spürte deutlich, wie sie sich langsam ihrem Orgasmus näherte.

Es war reine Neugierde gewesen, die Sandra veranlasst hatte, in diesen Trakt des Gebäudes zu gehen. Sie hatte gehofft, einen Blick auf die neue Assistenzärztin zu erhaschen, aber nicht damit gerechnet, so eine heiße Szene zu erleben – der attraktive Max Fenton fickt die neue Assistenzärztin in den Arsch!

Wäre sie es doch gewesen, die auf dem Bett festgebunden und jedem brutalen Stoß von Max ausgeliefert gewesen war. Sie wollte seinen Schwanz auch in ihrer Pospalte spüren und konnte sich vorstellen, wie gut sich das anfühlte. Riesengroß, heiß und unglaublich fordernd. Selbstvergessen rieb sie immer härter an ihrer Möse. Dabei waren ihre Augen ununterbrochen auf Helen und Max gerichtet. Sie stöhnte leise, und ihr Körper zitterte, als ihr Orgasmus schließlich wie eine Woge der Lust durch sie hindurchjagte.

Erschöpft lehnte sie sich in ihrem Stuhl zurück und atmete tief durch. Sie stellte sich den Moment vor, in dem sie und Helen Dawson sich wieder begegnen würden. Sie hatten sich vor langer Zeit auf einer Privatschule in Sussex ein Zimmer geteilt und waren zu Teenagerzeiten eine Zeit lang eng befreundet gewesen. Sandra hatte sich nie vorstellen können, dass aus der 15-Jährigen, die immer behauptet hatte, Jungs nicht zu mögen, diese hemmungslose, sexy Frau werden würde. Die meisten Jungs, denen sie damals über den Weg gelaufen waren, hatten Helen für frigide gehalten. Sie hatte sich nie küssen lassen, geschweige denn für jemanden ihre Beine breit gemacht.

«Wie ein Mensch sich mit der Zeit doch verändern kann», dachte Sandra, als sie den Rock ihres blauen Kostüms wieder herunterzog. Helen hatte sich in den letzten Jahren offensichtlich sehr verändert und könnte sich vielleicht als nützliche Ergänzung des Personals herausstellen.

Sandra ging zum Waschbecken, schrubbte sich die Hände und rückte ihre weiße Schwesternhaube gerade. Alle Schwestern im Princess-Beatrice-Krankenhaus trugen altmodische Uniformen: Kleider, gestärkte Schürzen, Rüschenhauben und Strümpfe mit schwarzen Nähten.

Sandra war Oberschwester oder Oberin, wie sie sich gern nennen ließ. Sie genoss die Macht und das Ansehen, die mit dieser Position einhergingen. Es würde schön sein, sich Helen zur Abwechslung einmal ebenbürtig zu fühlen. Sandra hatte sich ihrer Freundin, die in der Schule als hübsch und klug galt, immer unterlegen gefühlt. Sie war das Mädchen gewesen, dem man sehr wahrscheinlich eine erfolgreiche und rosige Zukunft vorhersagte.

Leise verließ sie das Beobachtungszimmer. Als der Architekt damals diesen verborgenen Raum vorgeschlagen hatte, hatte Sandra das für pure Platz- und Geldverschwendung gehalten. Aber jetzt erwies er sich als durchaus nützlich. Es würde sicher aufregend werden, andere Kollegen in die Entbindungsstation zu locken und sie bei ihren sexuellen Aktivitäten zu beobachten.

Mit schnellem Schritt ging Sandra über die weißen Flure in die Schwesternstation, die im Westflügel im zweiten Stock untergebracht war. Dort befanden sich auch die meisten der wirklich teuren Suiten. In einer von ihnen hielt sich gerade der berühmte Filmregisseur Christopher Skinner auf. Sandra besuchte ihn mindestens zweimal pro Tag. Es gab gewisse Dinge, bei denen nur sie für ihn da sein konnte. Mr. Skinner hatte einen leichten Diabetes, der aber durch Medikamente und die richtige Diät gut in Schach zu halten war. Durch seinen anstrengenden Beruf, das ungesunde Essen, die Arbeit am Set und die Überstunden war er nach jedem Film sehr erschöpft und gönnte sich ein paar Tage in diesem exklusiven Krankenhaus – offiziell, um sich auszuruhen und neue Kraft zu tanken, aber eigentlich, um in den Genuss der Dienste seiner Freundin Sandra Pope zu kommen.

«Ich habe den Wagen vorbereitet ins Zimmer gestellt», sagte Schwester Cowan, als Sandra auf sie zukam.

«Danke.» Sandra betrat Mr. Skinners Zimmer und schloss die Tür hinter sich. Sie würde nicht gestört werden. Die letzte Schwester, die bei einer ihrer Sitzungen mit Christopher reingeplatzt war, hatte sie am nächsten Tag gezwungen, die Kündigung einzureichen. Mittlerweile überprüfte Sandra alle Schwestern, die im Westflügel anfangen sollten, und stellte sicher, dass sie mit ihr auf einer Wellenlänge lagen. Es wäre sonst unmöglich gewesen, den Ruf des Krankenhauses aufrechtzuerhalten, wirklich jeden Wunsch der reichen Klientel befriedigen zu können.

Christopher Skinner lag mit geschlossenen Augen auf seinem Bett, so als würde er schlafen. Er war ein leicht untersetzter Mann mittleren Alters – aber für eine Frau, die wusste, wie reich er war und welchen Einfluss er im Filmgeschäft hatte, durchaus nicht uninteressant. Er war Sandra in den letzten Jahren richtig ans Herz gewachsen. Manchmal fragte sie sich sogar, ob ihre Beziehung irgendwann einmal festere und langfristigere Formen annehmen würde. Christopher wusste, dass er sich auf ihre Diskretion verlassen konnte. Sie ließ niemals etwas über die vielfältigen Bedürfnisse ihrer Patienten nach außen dringen.

«Ich habe gehört, dass du ein böser Junge warst, Christopher», sagte Sandra mit strenger Stimme.

Der Patient öffnete die Augen und nickte. «Ja, Schwester Oberin, allerdings», gab er zu und grinste dabei wie ein frecher Schuljunge.

«Du weißt, dass du bestraft werden musst, wenn du nicht artig bist?», bemerkte sie kalt in dem herablassenden Ton, den Christopher so liebte.

«Ja», stimmte er mit vor Aufregung zitternder Stimme zu.

Sandra zog sich ein paar dünne Operationshandschuhe über und riss seine Bettdecke weg. «Sehr böse, wie mir scheint», ergänzte sie leise, als sie das Zelt bemerkte, das sich unübersehbar in seiner Pyjamahose wölbte. Sie öffnete die Knöpfe und befreite seinen halbsteifen Schwanz, der unter ihren Augen immer größer und härter wurde. Angewidert verzog sie die Mundwinkel. «Hast du wieder gewichst?», fragte sie in scharfem Ton.

Christopher wurde rot, und ihm entfuhr ein leichtes Keuchen, als Sandra begann, den Schaft seines Schwanzes mit ihren Gummihandschuhen zu massieren. «Ich hab ihn nur mal kurz angefasst», flüsterte er nervös.

«Du weißt doch, dass ich dir das ausdrücklich verboten habe!» Sandra schlug ihn sanft auf sein Gehänge.

«Ich konnte nicht widerstehen», stammelte er und sah ängstlich zu ihr hoch. «Ich bemühe mich wirklich, all Ihre Befehle zu befolgen, Schwester Oberin. Ganz ehrlich.»

«Aber deine Bemühungen reichen nicht aus», sagte Sandra herrisch. «Bestrafung scheint das Einzige zu sein, was bei dir hilft. Stimmt's, Christopher?» Erneut bekam er einen Klaps auf den Pimmel – diesmal schon etwas härter –, der unter dem Schlag zuckte und noch steifer wurde.

«Da haben Sie wohl Recht, Schwester Oberin», stimmte er kleinlaut zu.

«Zieh die Pyjamahose aus und dreh dich um», befahl sie barsch.

Gehorsam zog Christopher seine Hose herunter und drehte sich auf den Bauch. Sandra ließ ihre Finger über die runden, leicht behaarten Backen gleiten und kniff dabei mehrfach mit ihren Gummihandschuhen in sein nacktes Fleisch. Christopher gab ein lüsternes Stöhnen von sich, denn er wusste genau, was ihn erwartete.

«Halt still!» Sie schlug ihm mit der flachen Hand auf den Hintern. Christopher presste seinen Bauch gegen das stramm gespannte Bettlaken und grunzte aufgegeilt. «Und sei leise! Keinen Laut!», fügte Sandra unter einem weiteren Schlag hinzu.

Nun begann sie mit seiner Bestrafung. Das Geräusch der

Gummihandschuhe, die auf seinen zitternden Hintern klatschten, hatte auch für sie etwas Befriedigendes. Schon nach ein paar Minuten dieser Misshandlung wurde sein Po feuerrot, und auf seiner hellen Haut zeichneten sich ihre Fingerabdrücke ab.

«Beweg dich nicht nochmal», zischte Sandra ihn an und schlug dabei so hart zu, dass ihr Handgelenk schmerzte. «Sonst überlege ich es mir vielleicht und komme dich heute Abend nicht besuchen.»

Er erstarrte und hielt sich an den Seiten des Bettes fest, um ihren Befehlen nachzukommen.

Sandra setzte ihre brutalen Hiebe immer weiter fort, bis Christophers Po dunkelrot war und Schmerz und Lust es ihm unmöglich machten, weiter in dieser Bewegungslosigkeit zu verharren. Sie lächelte und bemerkte voller Genuss, wie sich eine tiefe Erregung in ihrem Bauch ausbreitete. Der Anblick eines hilflos auf dem Bett liegenden Mannes erregte sie außerordentlich.

Sandra war sich ihrer wahren Berufung erst bewusst geworden, als sie im Princess-Beatrice-Krankenhaus anfing. Damals hatte sie rein zufällig Christophers ungewöhnliche sexuelle Bedürfnisse entdeckt. Nachdem sie ihm deren Befriedigung angeboten hatte, entdeckte sie bald, wie viel Spaß es ihr machte, einen Mann durch Schläge und Bestrafungen zu dominieren. Sehr schnell hatte sie gelernt, wie sie ihr Talent hier vollständig entfalten konnte. Aber sie war keine reine Domina. Im Gegenteil. Vor kurzem hatte ihr Freund und Kollege Justin Sandra gezeigt, wie aufregend es sein konnte, bei diesem Spiel den unterlegenen Part zu übernehmen.

Seit sie vor zwei Jahren Oberschwester geworden war, hatte sie sich darauf konzentriert, die richtige Art von Patienten für diesen ganz besonderen Service des Krankenhauses zu gewinnen. Die Privatsuiten im Westflügel waren jetzt ein Ort, an dem die Reichen und Berühmten sich entspannen und von den Anstrengungen des Lebens erholen konnten. Und das ganz im Verborgenen. Dort konnten sie jedes erlesene Vergnügen in einer diskreten und sicheren Umgebung genießen.

«Und was sagt man, Christopher?», fuhr sie ihn an.

«Es tut mir Leid», gab er unterdrückt zur Antwort.

«Braver Junge.»

Sie nahm eine Tube und rieb seine roten Hinterbacken mit einer kühlenden, antiseptischen Salbe ein. Als sein gequältes Fleisch sich langsam beruhigt hatte, verteilte sie die Salbe zwischen seinen Pobacken und um die Rosette herum. Er blieb zunächst ruhig, konnte aber kaum einen leisen Aufschrei unterdrücken, als sie mit einem ihrer glitschigen Finger in sein enges Loch hineinfuhr. Sie drang so tief ein, dass sie Druck auf den sensibelsten Punkt ausüben konnte. Vorsichtig massierte sie sein Inneres, wohl wissend, dass zu schnelles Vorgehen einen sofortigen Orgasmus bei ihm auslösen würde.

Christopher stöhnte vor Lust und hob leicht die Hüften an.

«Wage es ja nicht, zu kommen!», zischte Sandra und minderte den Druck ein wenig. «Wenn du abspritzt, darfst du den Stöpsel nicht mehr benutzen.»

Er klammerte sich an der Matratze fest und drückte sein Gesicht in das Kissen. «Ich versuche ja, Ihre Befehle zu befolgen, Schwester Oberin, aber es fällt mir sehr schwer», antwortete er mit zittriger Stimme, während sie langsam ihren Finger herauszog.

Sandra nahm einen weißen Analdehner aus Plastik von dem vorbereiteten Wagen. Er war der größte aus der Sammlung, die Christopher grundsätzlich mitzubringen pflegte. Langsam und mit großer Präzision schob sie das glatte Objekt tief in sein Rektum und drehte ihn dabei leicht, um das Gefühl des Ausgefülltseins noch zu verstärken. Keuchend vor Lust hob Christopher seinen Hintern an, bis der Analdehner tief in ihm steckte. «Fest zudrücken», befahl sie, «dreh dich um und lass ihn dabei drin!»

Christophers Gesicht war knallrot, und als er sich umdrehte, war sein ganzer Körper erwartungsvoll angespannt. «Lassen Sie mich kommen», flehte er und schaute dabei auf seinen stolz aufgerichteten Schwanz, der so hart und rot war, als würde er gleich explodieren.

Sandra war sehr versucht, ihr Spiel zum Abschluss zu bringen. Das Ganze hatte sie selbst so unglaublich geil gemacht, dass sie auch ihre Lust zum Höhepunkt treiben wollte – jetzt sofort.

Doch ihre Vernunft gewann die Oberhand. Das würde erst heute Abend fällig sein, wenn sie zu Christopher zurückkehrte. Auch er musste so lange warten und sein Verlangen ein paar Stunden unterdrücken. Das war ein entscheidender Teil der Bestrafung, den er genoss und auch erwartete.

Einen berühmten und wichtigen Mann wie Christopher zu demütigen hatte für Sandra etwas besonders Aufregendes. Sie hatte die Macht, ihn zu einem winselnden, jammernden Wicht zu machen, der alles tat, um von seiner süßen Qual befreit zu werden. Weil sie dieses Spiel selbst so genoss, hatte sie für die Spezialbehandlung, die sie ihren Patienten bot, nie etwas anderes als Dankbarkeit erwartet. Doch einige von ihnen bestanden darauf, ihr für diese Dienste eine hübsche Summe Geld zu geben, und so hatte sich mittlerweile eine stattliche Summe auf ihrem Auslandskonto angesammelt. Wenn sie es wollte, könnte sie in einigen Jahren aufhören zu arbeiten. Sandra war sich aber keineswegs sicher, ob sie diesen Ort jemals freiwillig verlassen könnte.

Während sie einen Moment durch diese Gedanken abgelenkt war, fiel ihr nicht auf, dass eine von Christophers Händen zu seinem schmerzenden Schwanz gewandert war. «Nein!», fuhr sie ihn an und riss seine Hand von seinem gequälten Luststab weg. «Wenn du das nochmal tust, werde ich heute Abend nicht wiederkommen!»

Christopher verzog den Mund. «Es tut ... tut mir Leid», stammelte er zögernd.

«Wenn du dich benimmst, darfst du nachher tun, was du willst», erwiderte sie und verschwieg dabei wohlweislich, dass sie selbst auf keinen Fall auf die Freuden ihres Abendrituals verzichten wollte.

«Tragen Sie nachher das Gummi-Korsett unter Ihrer Uniform?», fragte er.

«Vielleicht», sagte sie vage. «Wart's ab!»

Sandra nahm ein Paar schwarze Gummihosen, bestäubte sie von innen mit Talkumpuder und zog sie über Christophers Füße bis zu den Hüften hinauf. Das enge Gummi schmiegte sich an seinen stämmigen Körper und presste sein massiges Fleisch zusammen. Außer am Bund und den Beinen hatte das Kleidungsstück nur noch eine Öffnung: ein kleines, rundes Loch, das gerade genug Platz für Christophers Schwanz ließ. Der Rand dieser Öffnung schnitt tief in seine Peniswurzel und sorgte dafür, dass die Erektion so lange gehalten wurde, wie er in der engen Hose steckte.

«Fühlt sich gut an», gab er mit einem lausbübischen Lächeln zu. Die Kombination des eng anliegenden Gummis, das den Blutfluss seines Schwanzes staute, mit der Härte des Plastikstöpsels, der sein Arschloch ausfüllte, machte ihn beinahe wahnsinnig vor Lust.

Sandra beneidete ihn fast um dieses Vergnügen und starrte

selbstvergessen auf seinen dicken Penis, der rot und geschwollen aus der Öffnung der Gummihose herausragte. «Wenn du dir deinen Saft rausholst, bevor ich wiederkomme …», ermahnte sie in strengem Ton und berührte dabei seine Eichel, die erregt zitterte.

«Ganz bestimmt nicht, Schwester Oberin», versprach Christopher mit einem Gesichtsausdruck, dem die Vorfreude auf die stundenlange Tortur bereits deutlich anzusehen war. «Erst wenn Sie heute Abend wiederkommen.»

«Du bist ein braver Junge.» Sie nahm seine linke Hand und legte sie auf ihr Bein unter der gestärkten Uniform. Ungeduldig wanderte seine Hand an ihren Strümpfen vorbei und bahnte sich ihren Weg zwischen ihre Oberschenkel.

Sandra trug selten Unterwäsche, und sie wusste, es würde Christopher enttäuschen, wenn er jetzt einen Slip ertastete. «Höschen», grunzte er. «Und ganz feuchte», fügte er hinzu. «Sind Sie schon gekommen?»

«Nein. Aber ich habe vorhin etwas gesehen, was mich sehr heiß gemacht hat», sagte sie andeutungsweise. Sie wollte seine Neugier auf die erregende Begegnung zwischen Helen und Max wecken, die sie auf der Entbindungsstation beobachtet hatte.

«Was denn? Erzählen Sie's mir!», bettelte er und schob dabei einen Finger unter das Höschen, um ihre feuchte Möse zu berühren.

«Vielleicht heute Abend.» Sie musste sich zwingen, von ihm abzulassen. «Ich habe noch einiges zu tun, Christopher. Und jetzt ab unter die Decke, du schmutziger Junge! Ich werde nach dem Essen wiederkommen, um nachzusehen, ob du brav gewesen bist und meine Befehle befolgt hast.»

«Gefällt dir die Wohnung?», fragte Max, als sie Helens neue Bleibe verließen und an den ehemaligen Stallungen entlang ins Krankenhaus zurückgingen. Er hatte Helen beim Umziehen in die Personalwohnung geholfen, die ihr zugewiesen worden war. Sie befand sich im so genannten Stallblock, ganz in der Nähe des Hauptgebäudes, und war eine von einem halben Dutzend anderer Personalunterkünfte.

«Sehr gemütlich. Besonders das Bett», bemerkte sie augenzwinkernd.

«Ja. Nur schade, dass wir nicht mehr Zeit hatten», konterte er mit heiserer Stimme.

Max hatte darauf bestanden, dass Helen die Liebeskugeln auf dem Weg zu ihrer neuen Wohnung in sich behielt. Sie waren schwer, und sie musste sich stark konzentrieren, um sie unter Kontrolle zu halten. Es war unglaublich stimulierend, sie beim Gehen in sich zu spüren, und als sie mit ihrer Besichtigungstour endlich beim Schlafzimmer angelangt waren, ließ sich ihr Verlangen nach Max kaum noch steigern. Eine gute Stunde verbrachten sie schließlich in ihrem neuen, vierpfostigen Bett.

«Du wirst mir fehlen, Max», sagte sie, den angenehmen Schmerz zwischen ihren Pobacken immer noch genießend.

«So soll es sein.» Er legte den Arm um ihre Taille und zog sie zu sich heran. «Aber ich bin ja erst mal nur sechs Wochen in New York.»

«Sechs Wochen sind eine lange Zeit.»

«Die gehen schneller vorüber, als man denkt. Und du wirst ja auch vollauf mit deiner neuen Stelle beschäftigt sein», sagte er und blieb vor dem Büro der Oberschwester stehen.

Helen freute sich nicht auf die bevorstehende Begegnung. Schon in ihrem alten Krankenhaus war sie mit der Oberschwester nicht besonders gut ausgekommen. Sie hegte keinen Zweifel, dass diese hier ebenso steif und knochig sein würde wie all die anderen, deren Weg sie in ihrer bisherigen Laufbahn gekreuzt hatte. Doch sie hatte sich vorgenommen, ihr Bestes zu geben, um mit der Frau auszukommen. Und sei es auch nur, um sich das Leben im Krankenhaus leichter zu machen.

«Ganz ruhig», flüsterte Max, als er sie in das hell gestrichene Büro führte. «Sandra», sagte er mit einem warmen Lächeln in Richtung der dunkelhaarigen Frau mit der altmodischen Uniform, «ich habe Ihnen Helen Dawson mitgebracht, unsere neue Assistenzärztin.»

«Als Max deinen Namen erwähnte, klingelte sofort etwas bei mir, aber ich hätte nie erwartet, dass du es wirklich bist, Helen. Ich dachte, du wärst nach Australien gezogen», sagte Sandra mit einem unverbindlichen, aber doch recht freundlichen Lächeln.

«Man darf nicht alles glauben, was man hört», antwortete Helen und konnte ihre Überraschung kaum verbergen. Sie hatte nie erfahren, was aus Sandra geworden war, nachdem sie mit 16 die Schule verlassen hatte. Dass aus dem vergnügungssüchtigen, flirtbegeisterten Mädchen eine Krankenschwester werden würde, hätte sich Helen nie träumen lassen. Sie musste sich wirklich ziemlich ins Zeug gelegt haben, um in dem Alter schon Oberschwester zu sein.

«Ihr kennt euch?», fragte Max überrascht.

«Sehr gut», antwortete Sandra und lächelte ihrer Schulfreundin wissend zu.

Helen merkte, wie ihr eine leichte Röte ins Gesicht stieg, als eine ganze Reihe von unterdrückten Erinnerungen an ihrem geistigen Auge vorbeizogen.

«Wir waren gute Freundinnen», erklärte sie.

«Was für ein Zufall. Ist es nicht schön, gleich am ersten Arbeitstag einem vertrauten Gesicht zu begegnen?» Max nahm an, dass Helen sich freute, Sandra wieder zu sehen.

«Ich werde mir alle Mühe geben, dass sie sich gleich wie zu Hause fühlt», sagte Sandra.

«Das wäre sehr nett. Wenn Sie mich jetzt entschuldigen würden, meine Damen, ich muss dringend zurück nach London.»

«Aber sicher doch.» Helen lächelte Max unverbindlich an, als wären sie nur Kollegen. Sie hatten sich entschlossen, ihre Verbindung auch hier geheim zu halten. Die intimere Verabschiedung hatten Sie ja schon in ihrer neuen Wohnung hinter sich gebracht.

«Ich rufe Sie von New York aus an.» Max drehte sich zu Sandra um. «Ach, übrigens, ich habe Dr. Dawson zwar rumgeführt, aber sie kann sicher noch ein bisschen Hilfe beim Eingewöhnen gebrauchen.»

Sandra nickte und lächelte Max freundlich an. «Wird mir ein Vergnügen sein. Ich habe uns bereits Tee in mein Büro bestellt. Dabei lässt es sich besser über die Arbeit sprechen. Und es gibt ja sicher auch einiges Privates auszutauschen. Wir haben uns doch bestimmt eine Menge zu erzählen, nicht wahr, Helen? Erinnerst du dich noch an den Urlaub, den wir mal zusammen in Cornwall verbracht haben? War das nicht herrlich?»

«Ja, ganz herrlich», erwiderte Helen nervös. Sie legte keinerlei Wert darauf, sich die damaligen Nächte in Erinnerung zu rufen, die sie und Sandra in einem Doppelbett verbracht hatten.

KAPITEL 3

Die beiden Frauen gingen in Sandras Büro und setzten sich dort auf eine Couch, die an der Tür zu einem kleinen Balkon stand. Von dort hatte man einen herrlichen Blick über das Krankenhausgelände. Doch Helen nahm die Aussicht gar nicht wahr. Sie war viel zu sehr damit beschäftigt, die Überraschung über dieses unerwartete Wiedersehen zu verarbeiten, und beobachtete Sandra aufmerksam.

Körperlich hatte diese sich in den letzten Jahren kaum verändert. Sie war immer noch ein paar Zentimeter kleiner als Helen, dabei aber weitaus üppiger gebaut. Ihre Brüste waren sogar noch größer, als Helen sie in Erinnerung hatte. Das Haar war dunkel und lockig wie früher, und in ihren braunen Augen blitzte immer noch der Schalk. Männer fanden sie wahrscheinlich sehr attraktiv. In ihren Teenagerjahren waren die Jungs immer hinter Sandra her gewesen. Helen wirkte damals eher schüchtern, und ihre kühle, blonde Schönheit hatte die Männer geradezu verscheucht.

«Milch und Zucker?», fragte Sandra.

«Keinen Zucker und nur einen Tropfen Milch bitte.» Helen war gar nicht wohl bei dem Gedanken, dass Sandra jetzt wieder in ihr Leben treten sollte. Sie hätte lieber vergessen, was alles zwischen ihnen passiert war, als sie noch Freundinnen waren.

«Du hast doch früher mindestens zwei Stück Zucker in deinen Tee genommen, wenn ich mich recht erinnere», bemerkte Sandra, als sie ihr die Tasse reichte. «Probleme mit der Figur dürftest du ja wohl kaum haben. Du bist immer noch herrlich schlank.»

«Übers Zunehmen mache ich mir auch keine Gedanken. Aber meine Vorlieben haben sich über die Jahre eben verändert.»

«Tatsächlich?» Sandra lehnte sich in die geblümten Kissen zurück und sah Helen intensiv an.

«Sehr sogar», antwortete Helen. Sandras stechender Blick verstärkte ihr Unwohlsein nur noch. «Ist das nicht ganz normal, wenn man älter und reifer wird?»

«Nicht unbedingt. Komischerweise ist bei mir der Eindruck entstanden, dass zwischen dir und Max Fenton was läuft. Und das hat mich doch sehr überrascht. Ich hatte immer erwartet, dass aus dir mal eine Lesbe wird.»

«Eine Lesbe?», reagierte Helen erstaunt. «Auf keinen Fall!» Sie errötete leicht. «Wie kommst du denn auf die Idee?»

«Tja, wie wohl?» Sandra lächelte herausfordernd. «Vielleicht durch dein Benehmen, als wir Zimmergenossinnen waren. Schließlich hast du mich damals verführt.»

«Das erinnere ich aber ganz anders. Das war doch nur mädchenhafte Neugierde. Mehr nicht», sagte Helen abwehrend, obwohl die Erinnerung an die Geschehnisse immer plastischer wurde.

Es hatte alles recht unschuldig begonnen. Als Teenager waren sie mit Sandras Eltern in den Urlaub nach Cornwall gefahren und hatten in einem gruseligen alten Bauernhaus gewohnt.

In der ersten Nacht hatten die beiden Teenager sich so vor Gespenstern gefürchtet, dass sie sich sehr schnell in ihr gemeinsames Doppelbett geflüchtet hatten. Die Matratze war alt und durchgelegen, mit einer tiefen Kuhle in der Mitte. Es blieb ihnen also gar nichts anderes übrig, als sich eng aneinander zu schmiegen. Helen hatte das Gefühl von Sandras warmen Kurven damals sehr genossen.

Dann hatte Helen zugegeben, nicht zu wissen, wie man französisch küsst, und Sandra hatte sich sofort angeboten, es ihr zu zeigen. Erst berührten ihre Lippen sich nur zögernd, aber bald fand Sandras Zunge den Weg in Helens Mund. Diese erste sexuelle Begegnung, das langsame Erforschen eines fremden Mundes, hatte Helen völlig überwältigt. Nervös waren ihre Hände über Sandras Körper gewandert, und sie hatte sich dabei heimlich gewünscht, dieser wäre nackt.

Eine von ihnen – Helen wusste nicht mehr, wer – hatte vorgeschlagen, ihre Nachthemden auszuziehen. Danach wurden die Zärtlichkeiten zielstrebiger und ungehemmter. Sie streichelten sich gegenseitig über die Brüste, und bald glitten die Hände weiter nach unten, um das geheimste weibliche Körperteil zu erkunden.

Das Streicheln und Reiben zwischen gespreizten Schenkeln stellte sich als höchst erregend heraus und hatte die beiden veranlasst, ihre Forschungen während des gemeinsamen Urlaubs fortzusetzen. So waren die unbeholfenen Berührungen immer geschickter geworden, und bald wussten sie genau, was zu tun war, um einen weiblichen Körper zum Höhepunkt zu bringen. Die gemeinsam erlebten Orgasmen wirkten damals wie eine Droge auf ihre Sinne. Die restlichen Urlaubstage freuten sie sich am meisten auf die intime Nähe ihrer Nächte.

Sie setzten ihre Liaison auch fort, als die Schule wieder anfing. Wären sie nicht eines späten Abends von einem Lehrer nackt gemeinsam im Bett erwischt worden, wären sie wahrscheinlich sehr viel länger zusammen gewesen. Er drohte ihnen mit Schulverweis, wenn sie nicht aufhörten, sich zu sehen. Sie wurden in verschiedene Wohnheime gesteckt, während der Stunden auseinander gesetzt, und so versiegte ihre Freundschaft gemeinsam mit ihrer jugendlichen Leidenschaft.

«Soweit ich mich erinnere, war das weitaus mehr als mädchenhafte Neugierde», sagte Sandra leise. «Ich war damals echt scharf auf dich, Helen. Du wusstest genau, wie man mich antörnt. Unser Sex war viel besser als das ungeschickte Rumgefummel der unerfahrenen Jungs, die ich kannte», fügte sie lachend hinzu.

«Na, das ist wirklich lange her. Ich schlage vor, wir vergessen die ganze Sache am besten», sagte Helen schroff.

«Manchmal holt die Vergangenheit uns aber ein», bemerkte Sandra. Helens peinliche Berührtheit schien sie regelrecht zu amüsieren. Sie stellte die Teetasse auf den kleinen Beistelltisch. «Wie lange bist du mit Max zusammen? Ich fand ihn ja schon immer verdammt sexy. Ist er gut im Bett?»

«Ich möchte meine Beziehung mit Max Fenton nicht diskutieren.» Helen verstand nicht, wie Sandra so leicht bemerkt haben konnte, dass sie und Max etwas miteinander hatten. Weder sie noch er hatten sich irgendwas anmerken lassen. Soweit Helen wusste, war im St. Matthew's nie jemand dahinter gekommen, dass sie eine besondere Art von Beziehung zueinander hatten.

«Ich könnte mir vorstellen, dass er ein sehr phantasievoller Liebhaber ist.» Sandra lächelte wissend. «Er fickt doch sicher gern an ungewöhnlichen Orten, oder?»

Helens Gesicht wurde immer röter. Sandra konnte doch unmöglich mitbekommen haben, was vorhin zwischen Max und ihr abgelaufen war – oder doch? «Mein Privatleben geht dich nichts an, Sandra. Wir sollten unsere Beziehung auf das Berufliche beschränken», entgegnete Helen. Sie versuchte, sich im Griff zu behalten und nicht die Fassung zu verlieren. «Max und ich sind gute Freunde. Mehr nicht.»

«Wie du meinst.» Sandra lächelte vielsagend. «Ich kann verstehen, dass du deine Beziehung zu Max unter den gegebenen Umständen geheim halten willst. Er ist einer der Hauptaktionäre und sitzt im Vorstand dieses Krankenhauses. Für die meisten Leute ist er hier der große Boss. Du weißt ja, wie das Personal tratscht.»

«Willst du damit andeuten, dass ich diesen Job nur aufgrund meiner Beziehung zu Max bekommen habe?» Wütend knallte Helen ihre Teetasse auf den Tisch.

«Du meine Güte, nein! Ich bin sicher, dass Max nicht der Typ ist, der einer Frau einen Job gibt, nur weil er sie fickt. Du bist doch bestens qualifiziert für die Position, Helen. Fast ein bisschen zu qualifiziert, wenn du mich fragst.»

«Ich habe sehr gute Gründe für den Stellungswechsel», antwortete Helen.

«Aber natürlich. Jammerschade, dass du deinen alten Job verloren hast, als das St. Matthew's geschlossen wurde. Das Krankenhaus hatte einen sehr guten Ruf. Das Gehalt hat dich hierher geführt, stimmt's? Die Bezahlung ist wirklich sehr gut, und für einen Großteil des Personals ist das auch der Hauptgrund, hier anzufangen. Bleiben tun sie dann natürlich, weil es ihnen so gut gefällt. Wir sind hier eine enge und verschworene Gemeinschaft.» Sie legte Helen eine Hand aufs Knie. «Ungemein eng.»

«Wirklich?», stammelte Helen, als sie das sanfte Streicheln

von Sandras Fingern spürte. Sie wollte sich wegdrehen, brachte es aber irgendwie nicht fertig. Sandra war die einzige Frau, die Helen jemals attraktiv gefunden hatte, und sie spürte die sexuelle Anziehungskraft zwischen ihnen noch immer. Eine Tatsache, die sie sich nicht rational erklären konnte und die ihr Sorgen bereitete.

«Wir waren damals so gute Freundinnen. Und wir haben praktisch alles geteilt ...», sagte Sandra mit leiser, hypnotischer Stimme, während ihre Hand auf Helens Bein immer höher glitt. «Wir könnten diese Gelegenheit doch nützen, um unsere Freundschaft zu erneuern, meinst du nicht auch, Helen?»

«Ich glaube, das ist keine so gute Idee», stotterte Helen und fühlte sich auf einmal schwach und ein wenig zittrig.

Sie blickte nervös nach unten. Sandras langsame Handbewegungen nahmen sie geradezu gefangen. Schon ruhten ihre Finger auf dem Oberschenkel und näherten sich gefährlich ihrem Schritt. Die Wärme von Sandras Handfläche schien Helens Haut zu verbrennen – selbst durch den dünnen Stoff ihres Kleides.

«Wieso ist das keine gute Idee?», fragte Sandra und rückte näher, bis Helen ihr verlockendes Parfum und den immer noch bekannten Duft ihres weiblichen Körpers riechen konnte, den die Zeit beinahe aus ihrem Gedächtnis gelöscht hatte.

Sandras steife, altmodische Uniform war hauteng, und die geschnürte Taille ließ ihre Brüste noch voller erscheinen. Sie waren in einen BH eingeschnürt, und Helen fragte sich, wie sie wohl aussähen, wenn sie nackt und bloß wären. Sicher weich und unglaublich angenehm. Ganz das Gegenteil von Helens kleiner, spitzer Brust. Sie konnte sich noch gut an Sandras großen, rostbraunen Hof erinnern. Und ihre Nippel waren immer steif gewesen. Riesige, rotbraune Zitzen, die genau richtig waren, um daran zu knabbern und zu lutschen.

Doch Helen versuchte mit aller Macht, solche erotischen Gedanken aus ihrem Kopf zu verdrängen. Auf keinen Fall würde sie die Beziehung erneuern. Es war ein Fehltritt im jugendlichen Überschwang gewesen, getrieben von der Neugierde, während einer Zeit der ungezügelten, erwachenden Sexualität. Sie war keine Lesbe und würde es auch niemals sein. Abgesehen von ihrer kurzen Affäre mit Sandra, hatte sie bisher nur rein heterosexuelle Beziehungen gehabt.

Sie bildete sich ein, diese Episode mit Sandra längst hinter sich gelassen zu haben. Sie wollte von Männern gefickt werden, nicht von Frauen.

«Was in der Vergangenheit war, ist vorbei», sagte Helen zögernd, während Sandras Finger zwischen ihre Schenkel glitten und sich ihrer feuchten Muschi näherten. Sie kämpfte gegen das plötzliche Bedürfnis an, sich zurückzulehnen, ihren Rock hochzuziehen und die Beine weit zu spreizen, um sich ganz Sandras Liebkosungen hinzugeben.

«Wie du meinst. Aber ich mache dich immer noch an. Hab ich Recht?»

Ihre weichen Brüste schmiegten sich verführerisch an Helens Arm. Sie zitterte, und ihr Herzschlag beschleunigte sich, als Sandras Hände neckend über ihr Geschlecht glitten. Das Gefühl von Sandras zärtlichen Händen war selbst durch den Rock und ihr Höschen noch so aufregend, dass Helen sich auf die Lippen beißen musste, um Sandra nicht anzuflehen, fester an ihrer Möse zu reiben.

«Du machst mich nicht an», log Helen. Sie hatte nicht die Absicht, Sandra zu verraten, wie erregt sie war und wie gern sie das heiße Spiel fortgesetzt hätte.

Helen konnte es sich nicht leisten, ihr Leben hier im Princess-Beatrice-Krankenhaus durch irgendwelche sexuellen Affären zu komplizieren. Und schon gar nicht durch eine mit Sandra Pope. Es wäre Wahnsinn gewesen, das auch nur in Erwägung zu ziehen.

«Du warst schon immer eine schlechte Lügnerin», lachte Sandra, und Helen rutschte ans äußerste Ende des Sofas.

«Wie schon gesagt», entgegnete Helen mit leicht zitternder Stimme, «ich habe vor, meine Beziehungen hier auf das rein Berufliche zu beschränken.»

«Versuchen kannst du's ja», antwortete Sandra kühl. «Du kannst dich gern abschotten, aber leicht wird das nicht werden.» Sie blickte aus dem Fenster. «Wie du siehst, ist dieses Gelände hier recht abgelegen, und wir sind ewig weit von der nächsten Stadt entfernt. Wenn du dich nicht mit irgendjemandem befreundest, wirst du hier sehr einsam sein.»

«Ich kann doch rausgehen und die Umgebung erkunden.» Helen holte tief Luft und spürte dabei immer noch die pulsierende Hitze zwischen ihren Beinen. «Ich könnte mir auch ein Auto kaufen. In London wäre das ein unnötiger Luxus gewesen, aber hier scheint es durchaus seine Vorteile zu haben.»

Sandra sah Helen mit zusammengekniffenen Augen an. «Du solltest dich wenigstens mit deinen Kollegen bekannt machen. Am meisten wirst du mit dem anderen Assistenzarzt, Ben Taylor, zu tun haben. Er hat vor, dich heute Abend gegen acht in deiner neuen Wohnung zu besuchen. Er will dir die Kureinrichtungen zeigen, mit dir in die Kantine gehen und dich ein paar Leuten vom Personal vorstellen. Natürlich nur, wenn du nichts dagegen hast.»

«In keinster Weise», sagte Helen kühl. «Ich freue mich schon darauf, ihn kennen zu lernen.»

«Ben kann dir alles erklären – in welchen Nächten du Bereitschaft hast und so weiter. Du wirst ihn mögen. Er ist ein charmanter Kerl.»

«Davon bin ich überzeugt», antwortete Helen. Obwohl Sandra nicht von ihrer Abfuhr beleidigt zu sein schien, fühlte Helen sich noch immer unwohl in ihrer Nähe. «Tja, danke für den Tee, Sandra.»

«War mir ein Vergnügen. Wir sehen uns dann irgendwann morgen, wenn ich meine Runden mache.»

«Ja», bestätigte Helen. Es gelang ihr nur mit Mühe, beim Aufstehen ihre zitternden Beine zu verbergen. «Dann bis morgen.»

«Bis morgen.»

Zara Dawns Krankenzimmer war ein einziges Blumenmeer. Große Sträuße von ihrem Manager, ihrem Pressesprecher, dem Produzenten ihres letzten Films und vor allem von ihren Fans. Aber Zara hatte im Moment keinerlei Sinn für diese Zuneigungsbekundungen. Sie war mal wieder nervös und ungeduldig.

Wie viele glamouröse Filmstars war Zara hinsichtlich ihres Talentes und ihres Aussehens extrem unsicher. In jungen Jahren war sie felsenfest davon überzeugt gewesen, dass sie die Welt mit ihrer Schönheit erobern würde. Aber als die ersten Falten kamen und ihre Haut anfing, nicht mehr so rosig wie einst auszusehen, hatte sich Zaras Unsicherheit mehr und mehr verstärkt. Das war kein Wunder, denn auf der großen Kinoleinwand wurde jedes Zeichen des Alterns und jeder Makel um ein Vielfaches verstärkt.

Um ihre Unsicherheit auszugleichen und ihr Image aufzupolieren, war Zara in den letzten Jahren dazu übergegangen, sich immer jüngere Männer zu suchen. Es war nicht nur besser, in der Öffentlichkeit mit einem attraktiven jungen Mann gesehen zu werden, es war auch gut für ihr Ego.

Warren Hart, ein Möchtegern-Rockstar, war diesbezüglich die letzte Neuerwerbung. Seine erste Platte war in der Garage des Elternhauses entstanden und immerhin auf Platz 5 der Charts gelandet. Seine zweite Scheibe, in einem Luxusstudio aufgenommen und von einer großen Plattenfirma in die Läden gebracht, war ein totaler Flop. Trotzdem lebte Warren immer noch in der Überzeugung, eines Tages erfolgreicher als die Stones oder Oasis zu sein. Sogar größer als Elvis, wenn er die richtigen Songs fand.

Zara und Warren hatten sich vor fast sechs Monaten bei einer Promi-Party kennen gelernt. Sein roher, unverstellter Sexappeal und sein sehniger, hagerer Körper hatten sie sofort in ihren Bann gezogen. Warren war keine klassische Schönheit. Er hatte schlechte Haut, ungewöhnlich große Gliedmaßen, langes, dunkles Haar und ein Ziegenbärtchen. Aber seine eindringlichen dunklen Augen und sein teuflischer Blick hatten Zara angezogen wie das Licht die Motte.

Wie alle Männer fühlte Warren sich zunächst geschmeichelt von Zaras Interesse. Doch sein Ego stand dem von Zara in nichts nach, und so musste sie zu ihrer Überraschung feststellen, dass sie es war, die sehr schnell seinen Launen ausgesetzt war. Aber der Sex mit ihm war so unglaublich, dass Zara sich mit seinem arroganten und manchmal grausamen Benehmen abfand. Ihre weit reichenden und jahrelangen Erfahrungen mit Männern machten Zara zu einer talentierten und einfallsreichen Liebhaberin. Warren dagegen war ungehobelt, ja fast primitiv, und seine angeborene Neugierde ließ ihn mit jeder erdenklichen sexuellen Perversion experimentieren. Ihre Nummern waren die aufregendsten, die sie je erlebt hatte.

Obwohl Warren ihr oft sagte, wie sehr er sie liebte, war Zara doch überzeugt, dass er viel zu ichbezogen war, um sich wirklich etwas aus ihr zu machen. Die Tatsache, dass er wohl nur bei ihr blieb, weil sie reich war und ihn in die richtigen Kreise einführen konnte, ließ sie völlig außer Acht.

Heute stand der Dreh eines kurzen Fernsehberichts für Warren an, und er hatte versprochen, sie danach zu besuchen. Zara sah auf die Uhr. Es war bereits nach fünf. Er war also mal wieder viel zu spät. Sie ließ ihre Hände durch ihr kunstvoll gelegtes, schulterlanges honigblondes Haar gleiten. In ihrer Jugend war es platinblond gefärbt gewesen, aber sie fand, dass die dunklere Farbe mittlerweile besser zu ihr passte.

Ihre Unsicherheit hatte sich in letzter Zeit noch gesteigert. Warren war erst 26, und über ihr Alter sprach sie nicht einmal. Heute würde er sie das erste Mal nach ihrer Operation besuchen, deshalb hatte Zara sich besonders viel Mühe mit ihrem Make-up gegeben, und die Spuren der Fettabsaugung an ihrem Kinn waren perfekt abgedeckt. Zu ihrer Erleichterung war ihre Kieferlinie nun deutlich definiert. Die Straffung der Oberlider verriet sich zwar noch durch ein paar Blutergüsse, aber es sah bei weitem nicht so schlimm aus, wie sie es sich vorgestellt hatte. Den gelblichen Verfärbungen, die ebenfalls durch Fettabsaugungen an ihrem Bauch und den Oberschenkeln entstanden waren, schenkte sie keine große Aufmerksamkeit. Die sollten verschwunden sein, wenn sie nach Hause kam und Warren sie das erste Mal wieder nackt sehen würde.

Es war die Angst vor der Zukunft, die Angst vorm Verlust ihrer Schönheit gewesen, die Zara veranlasst hatte, eine Unsumme Geld für diese Schönheitsoperation auszugeben. In der Öffentlichkeit hatte sie immer standhaft behauptet, nie zu derart extremen Mitteln greifen zu wollen, um ihr Aussehen zu bewahren. Daher hatte ihr Pressesprecher auch mitgeteilt, dass sie sich wegen einer nicht ausgeheilten Lungeninfektion ins Princess-Beatrice-Krankenhaus begeben hätte. Nach ihrem Aufenthalt wollten sie und Warren für drei Wochen auf die Bahamas fliegen, und im Anschluss daran würde sie für eine neue Fernsehserie vor der Kamera stehen.

Plötzlich flog die Tür auf. «Und?», rief Warren und schloss die Tür mit einem Fußtritt, «wie ist die Lage, Baby?»

«Gut», erwiderte sie aufgeräumt. «Es geht mir ausgezeichnet.»

«Du siehst klasse aus», bemerkte er nahezu desinteressiert. «Viel besser, als ich erwartet hatte. Ich bin total am Arsch!»

Er beugte sich zu ihr hinunter, um ihr einen Kuss auf die Wange zu drücken. Zara wurde fast übel von dem Geruch von Zigaretten und Schnaps, den er verströmte. «Wie ist denn das Interview gelaufen, Warren?»

«Total beschissen», nölte er. «Die Schlampe hat mir nicht eine der Fragen gestellt, auf die ich mich vorbereitet hatte. Sie hat mich nur die ganze Zeit voll gesülzt, wie schlecht meine letzte Single in den Charts gelaufen ist. Echt demütigend. Sie hat sogar erwähnt, dass ich bei dir wohne, und angedeutet, dass ich so 'ne Art Gigolo bin, die blöde Kuh.»

Zara seufzte. Manchmal stand Warren sich wirklich selbst im Weg. «Vielleicht wäre es ja besser gelaufen, wenn du vorher nicht so viel getrunken hättest.»

«Keinen Tropfen hab ich heute Morgen angerührt.» Warren ließ sich auf den Stuhl neben dem Bett fallen. «Nur gestern Abend ein paar Bier mit Freunden.»

«Wo?», fragte sie beiläufig.

«Bei dir. Wo sonst?»

Er grinste und offenbarte dabei seine gelben, schräg stehenden Zähne. Zara, die seine Exzesse durchaus gewohnt war, fand, dass er heute noch schlechter als sonst aussah. Sein Gesicht war bleich und pickelig. Er hatte schwere, dunkle Ringe unter den Augen, und sein Haar war fettig und ungekämmt. Selbst seine Kleidung sah zerknittert und unsauber aus. Sie hatte zwar keine Beweise, war sich aber sicher, dass er neben seiner Sauferei auch noch andere Drogen nahm. Das würde er vor ihr allerdings niemals zugeben, denn seitdem eine Freundin von ihr vor zehn Jahren an einer Überdosis gestorben war, engagierte sich Zara sehr gegen Drogenkonsum.

«Keine Sorge, wir haben deine kostbare Einrichtung nicht zerlegt. Wir waren ganz brav. Nach dem Theater, das du das letzte Mal gemacht hast.» Sein freches, jungenhaftes Grinsen ließ ihren Puls sofort hochgehen. Es kam nur noch selten vor, dass sie in ihm den großspurigen, jungen Mann sah, in den sie sich vor all den Monaten verliebt hatte. «Hier! Gefällt er dir?»

Er strich sein strähniges, fettiges Haar zurück und gab den Blick auf sein linkes Ohrloch frei. Unter seiner üblichen Goldcreole prangte ein riesiger, glitzernder Diamantohrring.

«Ist das einer von meinen?», fragte sie besorgt.

Er sah aus wie einer der Diamantohrringe, die sie von einem unermesslich reichen arabischen Prinzen geschenkt bekommen hatte, der eine Zeit lang ihr Liebhaber gewesen war. Der Schmuck war ein Vermögen wert und eines ihrer kostbarsten Besitztümer. Sämtliche Juwelen waren katalogisiert und wurden in einem Safe gelagert. Für sie waren die Stücke eine Art privater Rentenvorsorge.

«Natürlich ist das deiner.» Warrens Grinsen wurde breiter.

«Sieht toll aus, was? Das Loch hab ich mir selbst gestochen – mit einer Nadel. Ich weiß noch nicht so genau, wo ich den anderen hinstecken soll. In die Nase oder in den Schwanz. Was meinst du?»

Zara konnte nicht glauben, was sie da hörte. Niemand hatte das Recht, sich an ihrem geheimen Schatz zu vergreifen. Der gehörte ihr allein. «Die lagen doch zusammen mit den anderen Stücken im Safe», sagte sie wütend. «Wie zum Teufel bist du da rangekommen?»

«Was glaubst du denn?», fragte er höhnisch. «Ich habe den Safe geöffnet. Und zwar mit der Kombination. Ich musste ihn nicht aufsprengen.»

«Die Kombination habe ich dir aber nie gegeben.»

«War auch gar nicht nötig», sagte er voller Stolz. «Du hast so verdammte Angst, irgendwas zu vergessen, dass du alles aufschreibst. Ich habe gesehen, wie du einen Zettel mit der Kombination unter eine deiner Schubladen im Ankleidezimmer geklebt hast.»

«Du hast mich dabei beobachtet und sie dann gestohlen?!», fuhr sie erbost auf.

«Du hättest eben nicht so verdammt unvorsichtig sein sollen. Jeder, der auch nur halbwegs bei Verstand ist, hätte dort nachgesehen.» Er drehte an dem Diamanten und sah sie dabei aus schmalen Augen an. «Du brauchst gar nicht so sauer zu gucken.»

«Sauer? Das ist noch untertrieben», entgegnete sie angewidert. «Du hast meinen Schmuck gestohlen!»

«Ich habe mir nur das genommen, was ich mir redlich verdient habe.» Sein Blick wurde hart.

«Verdient?!»

«Ja. Hiermit.» Warren knetete sich den Schritt, bis sein

Schwanz hart wurde und sich eine sichtbare Beule in seiner hautengen Jeans abzeichnete.

«Du Mistkerl!», zischte sie. Trotz ihrer Wut spürte sie ein starkes Verlangen nach ihm und starrte auf das unübersehbare Stück fleischiger Männlichkeit. Warren war vielleicht ein bisschen unproportioniert gebaut und auch nicht allzu groß, aber sein Riemen war im Gegensatz dazu geradezu gigantisch. «Hast du etwa erwartet, dass ich dich dafür bezahle?!»

«Dafür, dass ich dich ficke? Wieso nicht? Ich hab's dir doch immer gut besorgt.»

«Und ich habe es dir besorgt.»

«Das dachtest du zumindest», konterte er. «Vielleicht bin ich ja auch nur ein guter Schauspieler. Ich bin erst 26, und du bist alt, reich und sehr berühmt. Den Rest kannst du dir wohl selbst ausrechnen», fügte er roh hinzu.

«Als wir uns das erste Mal begegnet sind, hast du mir gesagt, du wärst ein großer Fan und schon immer heiß auf mich gewesen.»

«Als 13-Jähriger bestimmt, aber das ist ganz schön lange her. Die Jahre haben dir ganz schön den Lack abgekratzt. Wieso solltest du wohl sonst eine Schönheitsoperation machen lassen?»

«Wie kannst du es wagen, mich als alt zu bezeichnen?», schrie sie. «Geh mir aus den Augen, du Mistkerl!»

«Kommandier mich ja nicht rum, Schlampe.» Er sprang auf, zog ihre Bettdecke zurück und grapschte brutal in ihr Nachthemd. «Du weißt genau, dass ich dich nur anfassen muss, und du tust alles, was ich will.»

Er knetete und drückte so hart an ihren Brüsten, dass sie vor Schmerzen wimmerte. «Nein, Warren, nicht!»

«Nein, Warren, nicht», wiederholte er und ahmte dabei

ihre hohe Stimme nach. «Du willst mich, gib's zu.» Er kniff in ihre Nippel und ließ die empfindliche Spitze immer wieder durch Daumen und Zeigefinger gleiten. Mit der anderen Hand schob er ihr Nachthemd nach oben. Jetzt bedeckte nichts mehr ihren von Blutergüssen übersäten Bauch und ihre Schenkel. «Das ist ja echt kein schöner Anblick da unten», sagte er mit höhnischer Stimme und fasste ihr zwischen die Beine. «Aber ich wette, deine kleine Fotze ist so gierig wie immer.»

«Du fieses Schwein!», keuchte sie, als er hart an ihrer Möse rieb, öffnete dabei aber trotzdem ihre Schenkel.

«Klitschnass.» Mit einem Stoß trieb er drei Finger in ihre Vagina.

Seine Brutalität machte sie an, und sie war zu schwach, um sich gegen seinen Frontalangriff zu wehren. «Ich will dich nicht», stöhnte sie wenig überzeugend, und Tränen der Erniedrigung traten in ihre Augen.

Warren stieß seine Finger wieder und wieder in ihre nasse Möse, und Zara antwortete mit einem lauten Stöhnen. Warren lachte triumphierend. «Du kannst wohl gar nicht genug kriegen, was, Zara? Und nach deiner Schönheitsoperation kannst du dich ja nach noch Jüngeren umsehen. Lunger doch mal ein bisschen vor den Schulen rum. Da kannst du sicher einiges an Frischfleisch abgreifen. Ein paar 14- oder 15-Jährige.»

Sie hätte alles darum gegeben, ihn zum Teufel zu jagen, aber die Worte wollten ihr einfach nicht über die Lippen kommen. Sie hatte seit Tagen keinen Sex mehr gehabt, und ihre Lust übertraf den Ekel vor ihm. Sie wimmerte und konnte gar nicht genug von seinen Fingern bekommen, die immer härter und tiefer in sie eindrangen. Sie war ihrer immer mächtiger werdenden Geilheit willenlos ausgeliefert, die sie dem befreienden Orgasmus immer näher brachte.

«Du brauchst es so dringend und bist so leicht gefügsam zu machen», zog Warren sie hämisch auf.

Zara reckte ihr Becken seinen stoßenden Fingern entgegen. Was er sagte, war ihr in diesem Moment vollkommen gleichgültig. Warren riss ihr das Nachthemd ganz vom Leib und begann, eine ihrer vollen Brüste in seinen Mund zu saugen. Er leckte hungrig über ihre steifen Zitzen und ließ sie durch die Zähne gleiten. Gleichzeitig drückte er mit aller Härte auf ihre Klit. Das war zu viel für Zara. Ihre Lust und ihr Hass verbanden sich zu einem überwältigenden Gefühl, das schließlich zu einem alles übersteigenden Orgasmus führte.

Danach zitterte sie nur noch, und ihre Leidenschaft machte einem Gefühl von Demütigung und Missbrauch Platz. «Blöde Schlampe!», zischte er, um dann triumphierend hinzuzufügen: «Jetzt habe ich dir gezeigt, wer hier das Sagen hat.»

«Du Teufel!» Entkräftet schlug sie ihm mit zitternder Hand ins Gesicht.

«Miststück!», schrie er wütend und schlug so hart zurück, dass ihr der Kopf dröhnte.

Er packte Zara bei den Schultern, schüttelte sie und warf sie zurück aufs Kissen. «Ich werde diesen verdammten Safe öffnen und jedes Schmuckstück verkaufen oder irgendwo verstecken, wo du es nie wiederfinden wirst.»

«Wenn du das tust, werde ich dich verhaften und einsperren lassen. So schnell kannst du gar nicht gucken», schrie sie und blickte ängstlich auf seine Hand, die erneut zum Schlag ausholte. Mit der anderen schloss er den Reißverschluss seiner Jeans.

Pfleger Colin Deakin stand auf dem Flur und gab zwei Schwestern, die gerade zum Dienst erschienen waren, Anweisungen, als er die Laute aus Zara Dawns Zimmer hörte.

«Überlassen Sie das nur mir», sagte er zu den Schwestern. Der Besucher von Miss Dawn war ihm schon verdächtig vorgekommen, als er eben am Schwesternzimmer vorbeigegangen war. «Sie kümmern sich um die anderen Patienten.»

Ohne zu klopfen, betrat Colin Zaras Zimmer. Er kam gerade rechtzeitig, um zu sehen, wie Warren mit der einen Hand zum erneuten Schlag ausholte und mit der anderen seinen Reißverschluss zumachte. Colin reagierte schnell. Er war nicht umsonst jahrelang in der Armee gewesen. «Unterlassen Sie das!», rief er laut, durchquerte mit schnellem Schritt den Raum und zog Warren von Zaras Bett weg.

«Nimm deine verdammten Hände weg!», brüllte Warren, während er herumwirbelte, um Colin ins Gesicht zu sehen. «Sonst schlag ich dich zu Brei.»

«Das würde ich an Ihrer Stelle nicht tun, wenn Ihnen Ihr Leben lieb ist. Davon werden Sie sich garantiert nicht mehr erholen.» Verächtlich betrachtete Colin Warrens hageren Körper.

Warren murmelte etwas Unverständliches, hob die Fäuste und bemühte sich verzweifelt, gefährlich auszusehen. Vergeblich. Es war klar, dass er Angst vor Colin hatte und dessen beachtliche Größe und muskulöse Statur ihn einschüchterten. Obwohl Colin beim Militär nur Sanitäter gewesen war, hatte er mehr als einmal hinter den Feindeslinien um sein Leben gekämpft. Man sah ihm den ehemaligen Soldaten von Kopf bis Fuß an.

«Und?»

«Ist ja schon gut», murmelte Warren. «Beruhigen Sie sich,

Mann. Das war doch nur eine kleine private Auseinandersetzung.»

«Eine private Auseinandersetzung, die das Wohlergehen meiner Patientin gefährdet. Raus mit Ihnen!» Colin zeigte auf die Tür.

«Ich lasse mich doch von Ihnen nicht rumkommandieren», sagte Warren schon etwas kleinlauter. Er sah nach unten und schloss seinen Reißverschluss jetzt ganz.

«Das werden wir ja sehen.»

«Das ist die Schlampe doch gar nicht wert.» Warren sah kurz zu Zara und bewegte sich schnell in Richtung Tür. «Von mir aus könnt ihr beide zur Hölle fahren», rief er und schlug die Tür laut hinter sich zu.

Besorgt trat Colin an Zaras Bett. Er sah sie zum ersten Mal, denn seit ihrer Ankunft hatte er keinen Dienst gehabt. Mit seinen 34 Jahren war er zwar viel zu alt, um in Schwärmereien für Filmstars zu verfallen, aber er bewunderte sie seit Jahren und hatte sich schon auf ihre erste Begegnung gefreut. Dass sie unter solchen Umständen stattfinden würde, damit hatte er allerdings nicht gerechnet.

«Alles klar, Miss Dawn, er ist jetzt weg», sagte Colin beruhigend. «Hat er Sie verletzt?», fragte er, als er einen Handabdruck auf ihrer weichen, blassen Haut bemerkte.

«Nur meinen Stolz», schluchzte Zara. Sie versuchte mühsam, die Beherrschung wiederzuerlangen.

Die ersten Tränen, die über ihr Gesicht rollten, verschmierten ihren Mascara, und sie griff nach den Taschentüchern, die auf dem Beistelltisch lagen. Die Farbe ihrer großen, tränengefüllten Augen war unglaublich. Sie kamen Colin noch blauer vor als auf der Leinwand. «Soll ich veranlassen, dass er nicht mehr zu Ihnen vorgelassen wird?», fragte er fürsorglich.

«Sie brauchen wirklich Ruhe, um sich von der Operation zu erholen.»

«Wenn Warren in der Nähe ist, ist an Ruhe wirklich nicht zu denken.»

Zara nahm einen kleinen Spiegel und versuchte sich darauf zu konzentrieren, die Mascaraspuren aus ihrem Gesicht zu entfernen.

Beim Griff nach den Taschentüchern war das Laken, mit dem sie ihren Körper hastig bedeckt hatte, unbemerkt verrutscht. Ihr zerrissenes Nachthemd gewährte Colin einen Blick auf ihren herrlichen Busen. Der Nippel ihrer linken Brust sah rot und wund aus. «Dieser verdammte Mistkerl!», dachte Colin wütend, ließ sich aber nichts von seinem Zorn anmerken. Aufgrund seines Berufes war er den Anblick einer nackten Frau natürlich gewöhnt – trotzdem durchfuhr ihn bei diesem Körper eine warme Welle der Erregung. Zara war in Fleisch und Blut noch schöner, als er sie sich vorgestellt hatte.

«Ich werde den Empfang informieren, ihn nicht wieder reinzulassen.»

«Ich bezweifle, dass der nochmal wiederkommt», entgegnete Zara. «Wenn Warren wütend ist, verschwindet er oft tagelang. Wahrscheinlich reißt er sich ein paar Nutten auf, mietet sich in einem billigen Hotel ein und säuft sich tagelang voll.»

«Klingt ja nach einem echt netten Kerl», bemerkte Colin ironisch.

«Ich bin eine Närrin, nicht wahr?» Zara hatte ihre Fassung wiedergewonnen, aber ihre Hand zitterte immer noch, als sie den Spiegel zurück auf den Nachttisch legte.

«Wir tun doch alle manchmal dumme Dinge», sagte Colin. Er hätte Zara gern gefragt, was sie in einem Idioten wie Warren sah. Sie war berühmt, schön und hatte laut der Klatschpresse ein ganzes Heer von reichen und einflussreichen Bewunderern. «Soll ich Ihnen etwas zur Beruhigung geben? Sie sind ja völlig außer sich.»

Sie schüttelte den Kopf. «Ich nehme nur ungern Tabletten. Es geht auch schon wieder.»

«Es gibt noch andere Dinge zur Beruhigung», bemerkte er.

«Zum Beispiel?»

«Kräuterpräparate, ätherische Öle. Ich war gerade auf einer Fortbildung für Aromatherapie-Massage. Das kann bei Stress geradezu Wunder wirken.»

«Ach, deshalb habe ich Sie hier noch gar nicht gesehen.» Bewundernd blickte sie auf seine starken, gebräunten Arme und seinen muskulösen Körper, der durch die figurbetonte weiße Uniform gut zu erkennen war. «Warren hat Ihnen doch keine Angst eingejagt, oder?»

«Ich war lange beim Militär. Im Gegensatz zu einer Horde wütender Kriegsgegner ist Ihr Freund Warren geradezu ein Schmusekätzchen.» Colin lächelte trocken. «Wir bringen jetzt erst mal ihre Kleidung wieder in Ordnung. Wo haben Sie Ihr Ersatznachthemd?»

«Oh!» Sie blickte auf den zerrissenen Fetzen, der ihre Brüste kaum mehr bedeckte. «Was soll's?», sagte sie und versuchte, ihrer Stimme einen beiläufigen Tonfall zu geben. «Ich habe in meinen Filmen schon weitaus mehr gezeigt.»

«Aber das ist wohl nicht ganz dasselbe», erwiderte Colin einfühlsam.

«Sie sind sehr verständnisvoll. Schauen Sie, in der oberen Schublade müssten welche liegen. Nehmen Sie irgendeins.»

Colin zog die Schublade auf und nahm das erstbeste Nachthemd heraus – ein zartes, weißes Seidenkleid, das wahrscheinlich mehr gekostet hatte, als er im Monat verdiente. «Das ist sehr hübsch.»

«Fast ein bisschen jungfräulich», sagte sie spöttelnd. «Davon bin ich allerdings weit entfernt.»

«Es ist genau richtig für Sie.» Colin legte das Nachthemd auf den Stuhl neben ihrem Bett. «Fast so schön wie seine Besitzerin.»

«Sie schmeicheln mir», sagte sie fast verschämt und zog dabei die Decke höher, um sich zu bedecken. «Also diese Aromatherapie – meinen Sie wirklich, das könnte helfen?»

Colin suchte die ätherischen Düfte aus, mischte sie und rührte sie unter die Basis, die er für seine Massage verwenden wollte. Die Kombination würde Zara beruhigen und ihr helfen, den unschönen Vorfall mit Warren zu vergessen. Colin konnte nur ahnen, was zwischen den beiden vorgefallen war, aber seine Annahme lag sehr dicht bei der Wahrheit.

Zara hatte sich bereits auf die Massage vorbereitet, als er das Krankenzimmer erneut betrat. Sie lag auf dem Bauch und hatte ein großes, weißes Handtuch unter sich gelegt. Ein weiteres bedeckte ihren Körper.

«Sie werden sich gleich besser fühlen. Viel entspannter», versicherte Colin, als er das Handtuch hinunter zur Taille schob. Er rieb sich die Hände, um sie anzuwärmen.

Zaras Haut hatte die noble Blässe von Elfenbein und war einfach makellos. Ihr ganzer Körper war perfekt – kurvig und nicht so spindeldürr wie bei den meisten Schauspielerinnen, denen Colin hier bisher begegnet war. Das war keine Frau, die auf die 50 zuging, sie sah aus wie eine 30-Jährige.

Colin versuchte, sie nicht unter einem erotischen Aspekt zu betrachten, aber das fiel ihm immer schwerer, als er das lieblich duftende Öl auf ihren Rücken goss und anfing, sie mit sanften, kreisenden Bewegungen zu massieren.

«Das fühlt sich gut an.» Zara legte den Kopf auf ihre verschränkten Arme.

«Entspannen Sie sich. Denken Sie an gar nichts», sagte Colin und war sich dabei vollauf bewusst, dass er eine Frau berührte, die er seit Jahren anbetete. Er spürte eine tiefe, warme Erregung in seinem Körper, und sosehr er sich auch bemühte, es fiel ihm von Minute zu Minute schwerer, dieses Gefühl zu ignorieren. Sie lag auf ihren vollen Brüsten, die verlockend an den Seiten ihres Körpers hervorlugten. Als Colin mit den Händen an der Seite ihres Rückens entlangfuhr, berührte er kurz ihre sanften Kurven. Er hätte Zara am liebsten umgedreht, umarmt und ihre Brüste mit zärtlichen Küssen bedeckt. Sein Herz schlug schneller, und das Blut schoss in seinen Unterleib. Sein Schwanz wurde hart. Gott, wie sehr er diese Frau begehrte.

Langsam zog er das Handtuch weiter nach unten und stellte überrascht fest, dass sie splitternackt war. Es war das erste Mal, dass er eine Patientin massierte, und die Damen, an denen er sich während seiner Fortbildung versucht hatte, waren immer mit Höschen zu den Massagen erschienen. Zaras Po war fest und stramm. Man merkte deutlich, dass sie ins Fitnessstudio ging. Colin presste seine Finger auf ihren Gesäßmuskel und knetete ihn. Dabei wurden ihre Pobacken leicht auseinander gezogen, und er erhaschte einen Blick auf ihre rosig braune Rosette. Seine Erregung wuchs, und er versuchte, sich mit aller Kraft auf die Massage zu konzentrieren. Langsam wanderten seine Hände tiefer, um ihre Beine auszustreichen.

Zara gab ein genussvolles Seufzen von sich. Sie war jetzt sehr entspannt, und ihre Beine öffneten sich einen Spalt. Colins glitschige Ölfinger glitten wie unbeabsichtigt zwischen ihre Schenkel und berührten dabei leicht ihr dunkelblondes Schamhaar. Er spürte, wie sie kurz zitterte, und war sehr versucht, weiter vorzustoßen, mit seinen Fingern in den seidigen Pelz einzutauchen, sie tief in ihre Vulva zu stecken und die feuchte Hitze ihrer Erregung zu spüren. Auf seiner Stirn bildeten sich bereits kleine Schweißperlen. Aber er versuchte immer noch, seine Erregung zu unterdrücken und die dunklen, verlockenden Schatten zwischen ihren Beinen zu ignorieren. Seine Hände glitten weiter nach unten und strichen nun über ihre Waden.

«Sie hatten Recht. Das tut wirklich sehr gut», sagte sie leise, als er sich schließlich ihrer Füße annahm.

«Freut mich, dass es Ihnen gefällt», antwortete er mit vor Erregung rauer Stimme. «Sie können sich jetzt umdrehen», fügte er hinzu und bedeckte sie wieder mit dem Handtuch. Er wusste nicht, wie es um seine Beherrschung bestellt sein würde, wenn er ihre Vorderseite massierte.

Zara drehte sich um und sah ihm dabei tief in die Augen. «Das muss doch eigentlich gar nicht sein», sagte sie und legte das Handtuch beiseite. Ihr Blick fiel auf sein Namensschild. «Sie sind ein sehr gut aussehender Mann, Colin», fügte sie mit einem sanften Aufschlag ihrer veilchenblauen Augen hinzu.

Während er auf ihren nackten Körper starrte, fragte sich Colin, ob das eine unausgesprochene Einladung war. Er sah üppige, volle Brüste mit rosigen Brustwarzen. Auf ihrem flachen Bauch waren zwar immer noch die Spuren der Operation zu sehen, aber das erregte ihn fast noch mehr. Er musste schlucken, und sein Blick blieb an ihrem verheißungsvollen Schamdreieck hängen. Die plötzlich in ihm aufsteigende Wollust schien ihn zu überwältigen. Sein Schwanz wurde steinhart und war durch die enge, weiße Baumwollhose deutlich zu sehen. Aber er wagte es nicht, nach unten zu sehen. Wagte es nicht, Zara ins Gesicht zu blicken oder ihr zu gestehen, wie geil er auf sie war.

«Was für ein schönes Kompliment, Miss Dawn.» Er drehte sich um und goss mehr Öl auf seine Handflächen.

«Ist Ihnen meine Nacktheit unangenehm?» Sie verschränkte die Arme hinter ihrem Kopf, sodass Colin gar nicht anders konnte, als auf ihre vollen Brüste zu starren.

Aber noch kämpfte er gegen das unwiderstehliche Verlangen an, sich die Kleider vom Leib zu reißen und sich einfach auf sie zu werfen. «Das ist mein Beruf. Nackte Körper beeindrucken mich nicht», antwortete er und versuchte dabei, seine Stimme so professionell und kontrolliert wie möglich klingen zu lassen.

Er begann, sie von vorne zu massieren, ließ seine Hände an den Armen hinuntergleiten, und während sie langsam in Richtung Taille wanderten, sagte er sich immer wieder, dass er ein Profi und dies nur Teil seines Jobs war. Es gab im Krankenhaus eine Menge Gerede über die Dinge, die im Westflügel zwischen dem Personal und den Patienten vor sich gingen. Colin hatte noch niemals dort gearbeitet, und der Klatsch über die sexuellen Eskapaden hatte ihn bisher auch nicht interessiert. Doch jetzt fragte er sich langsam, ob in den Geschichten ein Körnchen Wahrheit steckte. Schließlich ließ er das erste Mal zu, sich von der sexuellen Anziehungskraft einer seiner Patientinnen betören zu lassen.

Wie von selbst fanden seine Hände wieder den Weg nach oben und berührten die Unterseite ihrer herrlichen Brüste. Zara protestierte nicht. Im Gegenteil – sie gab ein leises, ermunterndes Stöhnen von sich. Colins Finger wanderten höher und umfassten ihren Busen, den er so lange streichelte, bis er von einem feuchten, glänzenden Ölfilm bedeckt war. Seine Hände zitterten, als er ihre rotbraunen Brustwarzen umkreiste, die zarten Spitzen streichelte und schließlich so lange an ihnen zog, bis sie dunkel und hart waren.

«Sie haben ja richtige Zauberhände, Colin.» Ein leichtes Lächeln huschte über ihr Gesicht, und sie nahm ihn bei den Handgelenken, um seine Finger auf ihren Bauch zu legen. «Tiefer!», wies sie ihn sanft an.

Mehr Ermunterung brauchte Colin nicht. Er streichelte ihren Bauch und berührte dabei mit den Fingerspitzen ihren Schamhügel. Zaras Körper begann zu zittern, und sie öffnete die Schenkel. Von seiner Erregung angestachelt, ließ Colin seine Finger tief in ihren Muschispalt gleiten. Ihr Fleisch war warm und herrlich feucht und ließ sich seine Erkundungstour allzu gern gefallen. Als er anfing, mit ihrer geschwollenen Klit zu spielen, stöhnte Zara vor Vergnügen.

«Sind Sie sicher?», fragte er, und seine Stimme zitterte vor Verlangen.

«Ja!», keuchte sie. «Mach's mir mit den Fingern!»

So tief er konnte, stieß Colin drei Finger in ihre heiße, nasse Möse und öffnete ihr Loch mit langsamen Bewegungen immer weiter.

«Ist das gut?» Schon jetzt hätte er seine Finger gerne herausgezogen und sie stattdessen mit seinem gierigen Schwanz tief durchgefickt, aber er biss die Zähne zusammen, stellte seine eigenen Bedürfnisse hintenan und stieß seine Finger fester und tiefer in sie.

«Oh ja!» Sie warf sich den Bewegungen seiner Hand entgegen, während er sie mit den Fingern in einem sanften, erotischen Rhythmus fickte. Als er den Daumen erneut gegen ihre Klit drückte, schrie sie fast vor Wollust.

Colins Atem ging immer schneller. Er versuchte, seinen Schwanz an der Seitenkante des Bettes zu reiben, um des Drucks in seinem Schritt irgendwie Herr zu werden. Dabei stellte er sich vor, dass sein Riemen tief in ihrer Möse steckte. Plötzlich zog sich das Fleisch um seine Finger in kurzen Wellen zusammen, und Zara kam. Colin musste sich schwer zusammenreißen, um einen Laut der Enttäuschung zu unterdrücken.

Der Orgasmus ebbte langsam ab, und Zara warf sich entkräftet zurück in die Kissen. Ihr wunderschönes Gesicht glühte noch von der eben empfundenen Leidenschaft. Colin sah sie an und führte dabei seine feuchten Finger zum Gesicht, um ihren betörenden und erregenden Geruch einzusaugen. Er sehnte sich danach, sie langsam und zärtlich zu nehmen und lange Nächte voller Sinnlichkeit mit ihr zu verbringen. Doch er war sich bewusst, dass es dazu wahrscheinlich niemals kommen würde. Mehr als diesen kurzen Augenblick der Intimität konnte er von einer solch berühmten und schönen Frau nicht erwarten.

«Danke, Colin», sagte sie leise und machte dabei keinerlei Anstalten, ihren entblößten Körper zu bedecken. Sie starrte ihn mit ihren hypnotischen blauen Augen an.

«Möchten Sie sich jetzt ein bisschen ausruhen oder unter die Dusche gehen?», schlug er mit leicht zitternder Stimme vor, der jetzt doch eine gewisse Enttäuschung anzumerken war. Sein harter Schwanz drückte noch immer gegen seine enge, weiße Hose. Er wollte sie nur ungern allein lassen, doch sein Körper sehnte sich nach ein paar ungestörten Minuten, um sich endlich den ersehnten Orgasmus zu verschaffen.

«Eine kalte Dusche?», neckte sie ihn und beäugte die Beule in seiner Hose.

«Sieht aus, als könnte ich eine eiskalte brauchen.» Er lächelte unsicher.

«Wieso sollte man diese Ladung an eine kalte Dusche verschwenden?» Sie setzte sich auf die Bettkante und stellte die Füße auf den Boden. Ihre Beine waren breit gespreizt, und die Tatsache, dass er einen völlig unverstellten Blick auf ihre immer noch leicht geschwollenen Schamlippen hatte, schien sie nicht zu stören. Colin musste hart schlucken, und das Herz schlug ihm bis zum Hals.

«Miss Dawn», protestierte er schwach, als sie ihn zwischen ihre offenen Schenkel zog.

«Meinst du nicht auch, dass du mich jetzt gut genug kennst, um mich Zara zu nennen?» Colin konnte nicht glauben, dass sie tatsächlich seine Hose und seinen weißen Slip herunterzog. «Sehr eindrucksvoll.» Sie starrte auf seinen riesigen Schwanz. «Du enttäuschst mich nicht, Colin.»

Sein Bauch war flach und fest, sein Schwanz groß und pulsierend. Auf seiner Eichel glitzerte ein Wollusttropfen. Sein dicker Stamm war von einem kleinen Busch dunkelbrauner Schamhaare umgeben, der auch einen Teil seiner schweren Eier bedeckte, die verlockend zwischen seinen muskulösen Schenkeln baumelten.

Zara umschloss seine Schwanzwurzel mit ihren Fingern. Ihre Nägel waren rot lackiert und bildeten einen scharfen Kontrast zu seiner blassen, empfindlichen Penishaut. Das langsame Auf und Ab ihrer Hand ließ Colin vor Geilheit fast wahnsinnig werden.

Seine Knie zitterten, als er sah, wie sie mit ihrer rosa Zunge lüstern über ihre Oberlippe strich. Zärtlich küsste sie seine Eichel und leckte dabei den durchsichtigen Lusttropfen auf. Ihre Zunge glitt in seinen winzigen Schlitz und bohrte sich so tief hinein, dass sein Schwanz vor Erregung zuckte und der Saft in seinen Hoden kaum noch zu halten war. Schließlich saugte sie seine Eichel ganz in ihren Mund und fing an, ihn mit geübten Zungenschlägen zu blasen. Dabei massierte sie seine Eier sanft mit ihren Händen.

Colins Geilheit steigerte sich langsam ins Unerträgliche. Noch kämpfte er dagegen an, aber die Erregung steigerte sich immer mehr und drohte in einer großen Explosion aus ihm herauszubrechen. Doch er wollte diesen Moment so lange wie möglich hinauszögern. Gierig starrte er auf Zaras Muschi, deren feuchte, rosa Öffnung zwischen ihren offenen Schenkeln klaffte. Die Zärtlichkeit ihres Mundes und ihrer Hände trieben ihn fast in den Wahnsinn. Schließlich konnte er den stetig steigenden Druck, der sich in ihm aufbaute, nicht länger zurückhalten, und er spritzte seinen Saft tief in Zaras willige Kehle.

Sie schluckte die ganze salzige Ladung und entließ seinen Penis aus der heißen, feuchten Höhle ihres Mundes. Lüstern leckte sie sich die Lippen. «Man sagt, dass Sperma das beste Schönheitselixier für eine Frau ist», sagte sie und lächelte zu Colin hinauf.

Seine Beine zitterten immer noch von der Heftigkeit seines Ergusses. Im Eifer des Gefechts hatte er jeden Sinn für Zeit und Ort verloren. Fast überstürzt zog er seine Hose hoch, denn jeden Moment konnte eine der Schwestern vorbeikommen. «Ich weiß gar nicht, was ich sagen soll.» Er sah auf ihren wunderschönen Körper, der immer noch feucht von dem Öl glänzte, das er mit seinen eigenen Händen auf ihr verteilt hatte.

«Aber du musst doch gar nichts sagen.»

Sie nahm ihr Nachthemd, zog es sich über den Kopf und ließ es im Aufstehen ganz über ihren Körper gleiten. «Ich würde es vorziehen, wenn du dich in Zukunft persönlich um mich kümmern würdest. Ist das möglich, Colin?»

«Die Bedürfnisse meiner Patienten stehen für mich immer an erster Stelle», sagte er mit einem leicht ironischen Unterton und konnte sein Glück kaum fassen.

«Freut mich, das zu hören. Ich denke, ich werde dich während meines Aufenthaltes regelmäßig beanspruchen müssen», fügte sie mit einem warmen und vielsagenden Lächeln hinzu.

KAPITEL 4

Als Sandra Christophers Zimmer betrat, saß er nur mit einem dicken, weißen Bademantel bekleidet in einem Lehnstuhl.

«Du hast dein Essen ja nicht mal angerührt, du böser Junge», fuhr sie ihn an, als sie das Tablett auf dem Beistelltisch sah.

«Ich hatte keinen Hunger.» Seine Stimme klang ein bisschen angestrengt. Er öffnete den Bademantel, um ihr seinen geröteten, angeschwollenen Penis zu zeigen. Das Fleisch glänzte und war unglaublich hart. «Mein Schwanz ist kurz vorm Explodieren», stöhnte er. Mittlerweile erzeugte selbst die kleinste Bewegung einen unerträglichen Druck auf seinen ausgefüllten Anus. «Es ist herrlich schmerzhaft.»

«Hat das Warten dir Freude bereitet?», fragte sie.

«Ja», bestätigte er. «Es war quälend.»

«Das hört man gern.»

Sandra hatte immer noch die steife, dunkelblaue Uniform mit dem gestärkten Kragen und den engen Manschetten an. Langsam knöpfte sie ihr Kleid auf und ließ sich dabei alle Zeit der Welt. Sie wusste, dass Christopher kaum erwarten konnte zu sehen, was sie darunter trug. Ihr Kleid glitt zu Boden, und sein erregtes Keuchen verriet ihr, dass sie ihn nicht enttäuschte.

«Sie sehen hinreißend aus», murmelte Christopher, und auf seinen Wangen bildeten sich zwei kreisrunde rote Flecken.

Sie stand jetzt nur noch in einem engen, schwarzen Gummikorsett, langen Nylons und unglaublich hohen, schwarzen Stilettos vor ihm. Das Korsett war ein Geschenk von ihm gewesen, als er vor einer Woche im Krankenhaus eingetroffen war, und Sandra hatte es heute zum ersten Mal an. Das Gummi war fest und dick genug, um sie richtig einzuschnüren, und ihre Figur wirkte darin noch mehr wie ein Stundenglas. Es saß so eng an der Taille, dass sie ihren früheren Liebhaber Justin bitten musste, ihr beim Schließen der Rückenverschlüsse zu helfen. Das Material hielt ihre Brüste, sodass sie in einem geradezu bizarren Winkel vom Rest ihres Körpers abstanden. Beide Körbchen hatten in der Mitte ein kleines, rundes Loch – nur ein paar Zentimeter groß –, das die Brustwarzen und ein wenig von ihrem Hof freilegte. Ihre Nippel sahen dadurch noch größer und prominenter aus. Die einzige andere Öffnung war ein enger Schlitz, der vom oberen Teil ihrer Muschi bis zu ihrem Poloch reichte und so den Zugriff auf beide Lustlöcher ermöglichte.

Das Gummi roch sehr stark, und Christopher schnüffelte gierig, während er voller Ehrfurcht diesen herrlichen Anblick genoss. «Ich habe Sie noch nie so sexy gesehen», gestand er und ließ seine hungrigen Augen über ihre Kurven gleiten, die in diesem Korsett etwas ungemein Obszönes hatten. «Oder gefährlicher», fügte er mit einem Blick auf die Peitsche in ihrer Hand hinzu. Die kurzen Lederriemen des Instruments hatten kleine, goldene Enden, die seinem bereits geschundenen Körper grandiose Schmerzen zufügen würden.

«Das ist noch nicht alles.» Sie ließ die Peitsche gegen ihre Hüfte knallen und öffnete ihre Schenkel, damit er ihre rasierte

Fotze in all ihrer Schönheit betrachten konnte. Sandras innere Schamlippen waren sehr groß, und ohne die störenden Haare stach das pinkfarbene Fleisch deutlich sichtbar aus dem Schlitz ihrer Muschi hervor.

«Wundervoll», stöhnte er und konnte seine Augen gar nicht mehr von ihr abwenden. Christophers Atem ging schneller, als Sandra einen Fuß auf die Armlehne seines Stuhles stellte. Das enge Gummi schnitt tief in ihre Schamlippen, und ihre rote Möse klaffte so weit auf, dass Christopher mit einem Blick all ihre Schätze sehen konnte.

«Versprichst du mir, allen meinen Befehlen zu gehorchen?», fragte sie ihn, während er wie hypnotisiert auf ihren offenen Schritt starrte.

«Natürlich, Schwester Oberin», antwortete er willig.

Sandra nahm ihn bei der Hand und führte ihn zu einem Holzstuhl mit gerader Rückenlehne ohne Armstützen, den sie genau für diesen Zweck in den Raum hatte stellen lassen. «Setzen!», befahl sie ihm barsch.

Christopher ließ sich zögernd nieder. Der harte Stuhl war mit Absicht gewählt worden, um noch mehr Druck auf den weißen Stöpsel auszuüben, der tief in seinem Anus steckte. Sandra lächelte erbarmungslos, spreizte die Beine und zog ihre Schamlippen auseinander, um sich dann langsam auf dem steinharten Schwanz niederzulassen. Christopher gab ein ächzendes Stöhnen von sich, als ihre heiße, glitschige Möse seinen Schwanz ganz umschloss.

«Und jetzt fass mir an die Titten!», befahl sie und setzte sich mit ihrem ganzen Gewicht auf seine zitternden Beine.

Christopher beugte sich dienstbeflissen nach vorn und zog fest an ihren Brustwarzen. Er kniff so hart zu, dass Sandra schnell den schmalen Grat erreichte, auf dem sich Schmerz und Vergnügen in erregender Weise miteinander vermischen. Im Gegenzug melkte Sandra seinen schmerzenden Prügel mit ihrem nassen Muschifleisch und brachte ihn gefährlich nah an den Rand des Orgasmus.

Aber sie wusste, dass er mit seinen abgebundenen Eiern und dem engen Gummi um seinen Schwanz gar nicht kommen konnte.

Ihre Folter zeigte Wirkung. Christopher leckte gierig an ihrer linken Zitze und versuchte verzweifelt, mehr Tittenfleisch aus der engen Gummiöffnung herauszusaugen. Der gesamte Hof war jetzt blutrot, und ihre Nippel fühlten sich an, als würden sie jeden Moment vor Lust platzen.

«Gieriger Junge», keuchte sie und gab mit einer leichten Aufwärtsbewegung die Hälfte seines Schwanzes frei. Jedoch nur, um sich gleich darauf wieder hart niederzusetzen und ihr Becken kreisen zu lassen. Sie begann, sich schneller zu bewegen, und hüpfte so lange auf und ab, bis Christopher vor Schmerz wimmerte. Die intensive Behandlung seines harten Riemens war fast zu viel für ihn, und sein Körper schrie förmlich nach Erlösung.

«Lassen Sie mich kommen», bettelte er in äußerster Erregung.

«Armes Baby», sagte Sandra mit solch höhnischer Stimme, dass er vor Geilheit zitterte.

«Ich flehe Sie an, Schwester Oberin», wimmerte er. «Normalerweise zwingen Sie mich nicht, so lange auszuhalten.»

Sandra lachte leise, stand in Zeitlupentempo auf und gab seinen von ihrem Mösensaft glänzenden Schwanz frei.

«Nicht bewegen!», befahl sie. Sie trat einen Schritt zurück, nahm die Peitsche und strich mit den goldenen Spitzen über seinen Penis. Die winzigen Goldkugeln bewirkten einen stechenden Schmerz bei Christopher, der ihn fast ohnmächtig werden ließ. Dreimal fuhr sie mit der Peitsche über seinen Schwanz, bis jeder Zentimeter von dem süßen Schmerz gekostet hatte.

Christopher zitterte und bettelte stammelnd: «Ich flehe Sie an. Ich halte es nicht mehr aus!»

Er ging vor ihr auf die Knie und sah dabei so flehend und unterwürfig aus, dass sie fast Mitleid für ihren bewundernden Sklaven empfand. «Erst musst du meine Muschi küssen. Steck deine Zunge tief in meine heiße Fotze», sagte sie und fuhr dabei mit der Peitsche langsam über seinen Rücken.

Christopher hob den Kopf, fuhr mit der Zunge zwischen ihre rosigen Schamlippen und ließ sie zärtlich in dem feuchten Tal kreisen. Hungrig schnappte er nach ihrer Klit. Er spitzte die Lippen, zog ihr empfindlichstes Lustorgan in seinen Mund und begann, wie wild daran zu saugen.

«Ich sagte, steck mir die Zunge in die Fotze!», sagte sie streng und musste ein Zittern unterdrücken, als er mit seiner Zunge erneut tief in ihre Vagina eindrang. Sie presste Christophers Gesicht so hart gegen ihre Vulva, dass er kaum noch Luft bekam. Trotzdem tat er immer noch genau das, was ihm aufgetragen war. Er leckte und saugte mit sanften, kreisenden Bewegungen, bis Sandra den unvermeidlichen Orgasmus in sich aufsteigen spürte.

Christopher wusste ganz genau, dass sie gleich kommen würde, und er nahm ihre Klit zwischen Daumen und Zeigefinger. Sandra versteifte sich sofort und trat einen Schritt zurück. Ihre plötzliche Bewegung überraschte Christopher, und er fiel fast um. «Habe ich etwas falsch gemacht, Schwester Oberin?»

«Du hast meine Befehle nicht genau befolgt. Stimmt's, Christopher?», fragte sie kalt und setzte sich dabei auf sein

Bett. Sie ließ die Schwänze der Peitsche über ihre offene Muschi gleiten, und die winzigen Perlen fühlten sich dabei an wie der Kuss eines Liebhabers. Sie gab einen tiefen Laut der Erregung von sich und steckte sich den dicken, lederbezogenen Griff tief in den Körper. Hart und schnell stieß sie ihn rein und raus. Christopher starrte sie dabei an und wagte es nicht, auch nur ein Wort zu sagen.

Es fühlte sich gut an, aber der Griff war viel zu klein, um bei Sandra die Stimulation ihres Geschlechtsorgans zu bewirken, die sie brauchte. Sie hob die Hand und befahl Christopher zu sich.

Nur mühsam konnte er sich aufrichten. Sein steinharter Penis schlug immer wieder gegen die Gummihose, als er langsam auf sie zukam. «Kann ich sie jetzt ausziehen?», fragte er flehentlich.

«Aber mach schnell», keuchte sie und ließ die Peitsche auf den Teppich fallen.

Christopher nahm keinen Moment die Augen von ihr, als er sich aus der einengenden Hose pellte. Seine Bewegungen waren sehr ungelenk, denn er hatte immer noch den Dildo in seinem Anus. Wie eine Schlange, die sich häutet, rollte er das Gummi über die Beine. Seine Haut glänzte vor Schweiß, und an einigen Stellen waren Druckstellen von der eng anliegenden Gummihose zu sehen. Er warf das völlig verschwitzte Kleidungsstück auf den Boden und rieb sich mit der Handfläche seine malträtierten Eier.

«Willst du den Stöpsel rausziehen?», fragte Sandra, obwohl sie die Antwort bereits kannte. Christopher genoss den Fremdkörper in sich, das permanente Gefühl des Ausgefülltseins, die konstante Reibung von innen, die auf ihn wie ein Aphrodisiakum wirkte.

«Nein», sagte er und trat zögernd zu ihr.

Sandra ließ sich auf das Bett fallen. Ihr Korsett war so eng geschnürt, dass sie in dieser Position nur sehr flach atmen konnte. Aber sie empfand diese Enge als sehr angenehm, und es schien ihr, als habe sie dadurch schärfere Sinne.

Sie spürte, wie Christopher ihre Schenkel weiter spreizte und mit einem zufriedenen Grunzen seinen Schwanz in sie schob. Sie packte ihn bei den Handgelenken und platzierte seine Finger dort, wo sie sie haben wollte – auf ihren Brüsten. Er wusste genau, was sie brauchte, griff sofort nach ihren Nippeln und kniff so hart hinein, dass der Schmerz fast unerträglich war. Dabei wurden seine Stöße immer heftiger und gieriger. Jetzt war sie es, die auf sehr erregende Weise von Christophers steinhartem Prügel bestraft wurde. Eine Revanche für die langen Stunden, die er für diesen außergewöhnlichen Moment hatte warten müssen.

Sandra gab sich der schmerzvollen Freude hin, die sie so sehr wollte. Sie hob die Beine und schlang sie um Christophers Taille. Die scharfen Ränder der Korsettöffnung und die haarige Wurzel seines Schwanzes, die sich immer wieder gegen ihre schmerzende Klit drückte, zwangen sie in einen reißenden Strudel der Wollust hinein, und mit einem ohnmächtigen Schrei kam sie.

Helen war von Ben Taylor aufs angenehmste überrascht. Er war ein charmanter, junger Mann, ungefähr in ihrem Alter, der schon seit gut anderthalb Jahren hier im Krankenhaus arbeitete. Ben war knapp fünf Zentimeter größer als sie, hatte ausgeprägte Gesichtszüge, eine etwas zu groß geratene italienische Nase und braunes Haar, das ihm fast bis zu den Schultern reichte. Helen fand, dass er mehr wie ein Hippie als ein Arzt aussah.

Er wirkte sehr sanft, und alle im Krankenhaus schienen ihn zu mögen. «Definitiv jemand, mit dem man sich befreunden konnte», dachte Helen. Sie fand Ben attraktiv, obwohl er nicht unbedingt der Typ Mann war, auf den sie stand. Sein Aussehen und seine sanfte Art standen in völligem Kontrast zu Max' aggressiver Männlichkeit. Es würde sicher eine willkommene Abwechslung sein, mit jemandem wie Ben zusammenzuarbeiten.

Nachdem sie im Personalkasino etwas mit ihm getrunken und einige Mitglieder des Krankenhauspersonals kennen gelernt hatte, ging Helen früh zu Bett. Am nächsten Tag begleitete sie Ben bei seiner Visite und machte sich mit dem Ablauf und den Prozeduren des Krankenhauses vertraut. Ernsthaft krank war keiner der Patienten. Ein paar waren wegen Schönheitsoperationen hier, die anderen wegen vergleichsweise geringer Beschwerden. Überarbeiten würde sie sich hier sicherlich nicht.

Sie hatten gerade die Visite beendet, als Ben sie zu einer Dinnerparty am heutigen Abend einlud. Unter normalen Umständen hätte Helen sofort zugesagt, aber da sie wusste, dass Sandra Pope die Gastgeberin war, zögerte sie zunächst. Nach kurzem Abwägen entschied sie jedoch, dass eine Absage unfreundlich und abweisend wirken könnte. Da Ben nebenbei bemerkte, dass Sandras Freund Justin Masterson, der Krankenhauspathologe, ebenfalls anwesend sein würde, nahm sie die Einladung kurz entschlossen an.

Als Helen abends an einem Tisch in Sandras Wohnung saß, überfielen sie allerdings doch Zweifel, ob es richtig gewesen war, zu kommen. Eigentlich hätten drei Paare zum Essen erscheinen sollen. Gillian, eine Schwester im Princess-Beatrice-

Krankenhaus, und ihr Freund Henry hatten jedoch in letzter Sekunde abgesagt, weil sie sich nicht wohl fühlten.

«Das war köstlich», sagte Helen gut gelaunt, «aber ich kriege keinen Bissen mehr runter», fügte sie hinzu und schlug eine zweite Portion Zitronenmousse aus.

Der Abend war bisher angenehm und ohne weitere Vorkommnisse verlaufen, und doch musste Helen sich sehr zusammenreißen, nicht die ganze Zeit neugierig auf Justin zu starren. Sie hatte noch nie jemanden gesehen, der weniger Ähnlichkeit mit einem Pathologen hatte. Normalerweise sahen diese Menschen eher ernst aus und waren auch nicht mehr die Jüngsten. Justin dagegen war höchstens Anfang 30. Er war groß und schlank, und sein Teint so dunkel, dass er auf eine mediterrane Herkunft schließen ließ.

Sein Haar war so kurz geschoren, dass nur noch ein kurzer Flaum auf eine dunkle Farbe schließen ließ. Er trug enge, schwarze Lederhosen und eine passende, sehr kurz geschnittene Weste. Beide Arme waren mit großflächigen Tattoos bedeckt. Er erinnerte Helen an die Biker, die man oftmals in amerikanischen B-Movies sieht. Und das war noch nicht alles. Justin war offensichtlich ein großer Piercing-Fan. Beide Augenbrauen waren mit einem Silberring, seine Nase mit einem Stecker und jedes Ohrloch mit einer ganzen Reihe von Silbercreolen durchstochen. Auch seine Zunge zierte ein silberner Stecker, der sichtbar wurde, sobald er den Mund aufmachte.

«Es wird Ihnen hier gefallen, Helen.» Seine Erscheinung ließ es zwar nicht ahnen, aber er sprach völlig akzentfrei, was sie zu der Annahme veranlasste, dass er wahrscheinlich eine höhere Schule besucht hatte.

Auf Helen wirkte er wie ein Mann mit starken Gegensätzen. Das ganze Essen hindurch hatte er Sandras Brüste gestreichelt, mit den Fingern ihre Schenkel liebkost und sie dabei auch immer wieder gegen ihre Möse und dann gegen seine harte Beule gepresst. Helen tat ihr Bestes, um dieses unhöfliche Benehmen zu ignorieren, aber irgendwie fand sie es auf seltsame Weise erregend.

Im Gegensatz zu Sandra war Helen mit ihrem schicken schwarzen Hosenanzug viel zu formell angezogen. Sandra trug lediglich ein winziges schwarzes Seidenkleid, das ihre vollen Brüste und ihre offensichtlich rasierte Muschi kaum bedeckte. Irgendwann während des Essens war eine ihrer harten, braunen Brustwarzen zwischen das weit gewebte Muster ihres Kleides gerutscht und jetzt für jedermann sichtbar. Sandra musste das bemerkt haben, machte aber keine Anstalten, sich zu bedecken. Vielleicht amüsierte sie der Gedanke, dass Helen und Ben davon peinlich berührt sein könnten.

Justin lächelte und spielte gedankenverloren an Sandras hartem, kleinem Nippel herum, als Helen antwortete: «Ganz sicher wird es mir hier gefallen.»

«Noch mehr Wein?», fragte Ben und lenkte Helens Aufmerksamkeit für einen Moment von dem Paar ab.

«Ja, bitte», antwortete sie. Der Wein war köstlich, hatte ein angenehmes Bouquet und einen ungemein fruchtigen Geschmack, der dazu verführte, weitaus mehr zu trinken, als sie vertrug. Der übermäßige Weingenuss und die warme, sinnliche Atmosphäre hatten sie sehr beschwingt und einen gewissen Realitätsverlust bei ihr ausgelöst.

«Wir stehen uns hier alle sehr nah», sagte Justin und leerte sein Rotweinglas.

«Das hat Sandra mir bei unserem ersten Gespräch schon gesagt.» Seine Weste öffnete sich einen Spalt, und Helen bemühte sich angestrengt, ihn nicht unverhohlen anzustarren. Deutlich konnte sie seine flachen, kupferfarbenen Nippel sehen, die von einem kurzen, dunklen Haarpelz umgeben waren. Beide Brustwarzen waren mit einem Silberring gepierct, durch den jeweils eine dünne Silberkette gezogen war, die über seinem Waschbrettbauch baumelte.

«Großartig, nicht wahr?» Sandra berührte die Ketten. «Das war meine Idee. Stimmt's, Justin?»

«Ja», bestätigte er und starrte Helen dabei herausfordernd an. «Sandra hat mir erzählt, dass ihr als Teenager sehr enge Freundinnen wart.»

«Ja. Wir waren eine Zeit lang recht gut befreundet», bestätigte Helen zögernd.

«Wir wurden damals in der Schule nackt zusammen im Bett erwischt. Als der Lehrer uns entdeckte, hatte sie gerade ihre Zunge in meinem Fötzchen. Das war Helen unglaublich peinlich.»

«Tatsächlich?» Justin kicherte. «Und ich wette, du hast jeden Zungenschlag genossen, meine kleine, gierige Schlampe.»

«Meine Erinnerung daran sieht völlig anders aus», sagte Helen steif. «Vielleicht war es ja Sandra, die ihre Zunge in ihrem Fötzchen hatte?» Justin zog seine Weste aus und gewährte Helen einen noch deutlicheren Blick auf seinen ungewöhnlichen Körperschmuck. «Sie liebt es, Mösen zu lecken.»

«Helen spricht nur sehr ungern darüber», unterbrach Sandra ihn mit einem zweideutigen Lächeln. Sie fuhr mit den Fingern über Justins Brust, zog spielerisch an den Ketten und ließ ihre Hand langsam über die Beule in seiner Hose gleiten. «Sie zieht es vor, die Vergangenheit hinter sich zu lassen. Aber so prüde, dass sie das hier nicht fasziniert, ist sie scheinbar doch nicht.» Sandra zog fester an den Ketten und zog Justins Nippel damit so in die Länge, dass er ein heiseres, erregtes Stöhnen von sich gab.

Helen war in der Tat fasziniert. Sie konnte die Augen nicht von Justins durchbohrten Brustwarzen wenden und merkte, wie sich in ihrer Muschi eine angenehme Hitze ausbreitete.

«Gefallen sie Ihnen?», fragte Ben.

«So was habe ich vorher noch nie gesehen», gab Helen zu. Nur zu gern hätte sie selbst daran gezogen und fragte sich gleichzeitig, wie es wohl wäre, wenn ihre eigenen Brustwarzen ein solch bizarrer Schmuck zieren würde.

«Die meisten Menschen finden Piercings ungemein sexy.» Justin lächelte und schob dabei langsam Sandras Kleid bis zu den Oberschenkeln hoch. Er ließ seine Hand zwischen ihre Beine gleiten und streichelte ihre rasierte Möse. «Was hältst du davon, wenn wir deine Klit piercen, Sandra? Oder deine Schamlippen?»

«Wieso nicht beides?» Sandra spreizte die Beine und stöhnte leise, als Justins Finger in sie stießen.

Erregt von dem Anblick presste Helen die Beine zusammen und wünschte sich insgeheim, dass es ihr Loch wäre, das er da fingerte. Laszive Gedanken schossen ihr durch den Kopf, und plötzlich überkam sie ein solch starkes sexuelles Verlangen, dass ihr für einen Moment der Atem stockte. Verstohlen blickte sie zu Ben. Er starrte Justin und Sandra unverhohlen an. Und nach seinem Gesichtsausdruck zu urteilen, war er genauso aufgegeilt wie sie.

«Sollten wir nicht besser gehen?», fragte sie Ben.

«Was soll denn das prüde Getue?», sagte Sandra lachend. «Ich weiß doch genau, wie versaut du bist. Willst du nicht auch den Rest von Justins Schmuck sehen?»

Kurz entschlossen öffnete sie den Gürtel seiner Lederhose

und zog den Reißverschluss runter. Als sein harter Schwanz aus seinem Gefängnis sprang, weiteten sich Helens Augen vor Staunen. Sie hatte einen Prinz-Albert-Ring erwartet. Auch von Männern, die einen Ring durch die Eichel trugen, hatte sie schon gehört. Doch dieser Anblick war völlig neu für sie. Seine Eichel war von einem Stab durchbohrt, an dessen Enden jeweils eine erbsengroße Silberkugel saß.

«Ist das nicht unangenehm?», fragte Helen mit leicht gerötetem Gesicht. Wie würde es sich anfühlen, Justins Schwanz in sich zu spüren? Zu fühlen, wie die kleinen, kalten Silberbälle sie von innen berührten? Ihre Knie wurden bei dem Gedanken ganz weich.

«Überhaupt nicht. Es ist ein wunderbares Gefühl», antwortete Sandra. «Das nennt man einen Ampallang.» Zu Helens Erstaunen stand Sandra plötzlich auf und machte Anstalten, sich rittlings auf Justins Beine zu setzen. Der Anblick ihres blassen Pos und haarlosen Schlitzes war mehr, als Helen ertragen konnte. Mit einem lauten Geräusch schob sie ihren Stuhl zurück und stand auf.

«Wollen Sie gehen?», fragte Ben, während Sandra sich über Justins außergewöhnlich geschmücktem Schwanz positionierte und sich in Zeitlupentempo auf seinen dicken Stamm niedersinken ließ.

«Ja», sagte Helen kurz und starrte doch hypnotisiert auf Justins Schwanz, der langsam zwischen Sandras Schamlippen verschwand.

Helens Blick verengte sich vor Lust, als Justin Sandras Hüften umfasste und sie hart auf seinen Schwanz drückte. Ihr Herz schlug jetzt so schnell, dass sie einfach weggucken musste. Ein Teil von ihr wollte sich die Kleider vom Leib reißen, Sandra runterschubsen und statt ihrer auf Justins Penis reiten.

Sie brannte vor Verlangen, selbst zu spüren, welch bizarres Vergnügen ihr sein gepiercter Schwanz bereiten würde.

Sandra stöhnte, ihre großen Brüste wippten im Rhythmus ihrer Auf- und Abbewegungen. Die Geräusche und Gerüche animalischen Vergnügens stiegen Helen so zu Kopf, dass sie fast in Panik zur Tür gerannt wäre. Sie musste gehen, bevor sie die Selbstkontrolle ganz verlor. Als sie den Flur erreicht hatte, stellte sie erleichtert fest, dass Ben ihr gefolgt war. Er schlug die Tür hinter sich zu, und Helen lehnte sich schwach gegen die kalte Wand. Ihr drehte sich alles. Sie war voll von unerfülltem Verlangen und so gierig auf Sex wie lange nicht mehr.

Sie sah Ben an und spürte ein starkes Begehren nach ihm in sich aufsteigen.

«Alles okay?» Ben nahm sie bei den Armen und blickte ihr in die Augen. «Nimm's nicht persönlich. Justin schockt die Leute ganz gern mal.»

«Das habe ich gemerkt.» Helens Kopf dröhnte, und sie spürte immer noch die kochend heiße Hitze zwischen ihren Beinen. Ben sah so lieb und besorgt aus. Und er roch nach herber Männlichkeit und zitrusfrischem Parfum.

Obwohl es ihr gar nicht ähnlich sah, griff Helen ihn bei den Schultern, zog ihn zu sich heran und legte die Arme um seinen Nacken. Sie küsste ihn voller Leidenschaft und steckte ihre Zunge dabei tief in seinen Mund. Ben reagierte sofort, erwiderte ihren Kuss ebenso heftig und rieb sein Becken hart gegen ihres.

Helen konnte vor Gier und Lust kaum atmen. «Lass uns zu mir gehen», sagte sie hitzig.

«Ja, bitte!», stimmte Ben erregt zu.

Helens Knie zitterten immer noch, während Ben sie über den Flur in ihre Wohnung führte, und als sie das Wohnzimmer betraten und sich auf das blaue Samtsofa fallen ließen, kannte ihre Geilheit keine Grenzen mehr.

Ben ging vor ihr auf die Knie. Die Beule in seiner Hose hatte mittlerweile unübersehbare Ausmaße angenommen. «Justins gepiercter Schwanz hat dich ganz schön angemacht, was?», raunte er und zog ihr dabei das Oberteil ihres Hosenanzugs über den Kopf.

Helen lachte. «Ich hätte nur allzu gern gewusst, wie es sich anfühlt, wenn er in mir steckt.»

Bens Lippen waren warm und feucht. Er bedeckte ihre bloßen Brüste mit kleinen, zärtlichen Küssen und saugte an ihren harten Brustwarzen. Geschickt zog er sie aus und strich mit seinen Händen dabei sanft über ihre Taille. Helen spürte, wie die warme Brise der Nacht, die durch das offene Fenster in den Raum wehte, ihre nackte Haut liebkoste. Ihre Sinne waren jetzt so konzentriert, dass sie alles auskosten konnte. Bens nach Wein riechenden Atem, die Hitze seines Fleisches und den weichen Samt auf ihrem nackten Po.

«Piercing macht dich also scharf?», fragte er erneut, während er sein blaues Hemd auszog.

Helen konnte ihre Überraschung kaum verhehlen, als sie den dünnen Goldring sah, der durch Bens linke Brustwarze gezogen war.

«Du auch?» Sie spürte ein unwiderstehliches Verlangen, ihn anzufassen. Vorsichtig zog sie an dem Ring und spürte, wie sein Fleisch sich spannte. Sie drehte den Ring in Bens flachem, braunem Nippel sanft hin und her, bis Ben lustvoll zischend einatmete. «Fühlt sich das gut an?»

Ben seufzte. «Unglaublich gut», murmelte er, und seine Hände glitten zwischen ihre Schenkel.

«Das ist auch unglaublich gut», stöhnte sie, und als er begann, die feuchte Hitze ihrer Möse mit seinen Fingern zu erkunden, lehnte sich Helen willig zurück. Ben umkreiste ihre pulsierende Klit und rieb das geschwollene Fleisch, bis sie es nicht länger aushalten konnte und ihm ein lautes «Bitte fick mich, Ben!» entgegenschleuderte.

«Gleich, Baby», versprach er und schob seine Finger noch tiefer in ihre Muschi. Seine Handfläche presste gegen ihre Vulva, und er fingerte sie mit sanften, kreisenden Bewegungen.

Nach der aufreizenden Situation in Sandras Wohnung war die Erregung, die sie jetzt spürte, fast zu viel für Helen. «Ich bin kurz davor», keuchte sie, kaum noch in der Lage, ihren Orgasmus zu unterdrücken.

«Dann komm», flüsterte Ben. Die Stöße seiner Finger wurden schneller und berührten dabei immer wieder ihre fast schmerzende Klitoris. Schließlich beugte er sich über sie, um eine ihrer Zitzen zwischen die Zähne zu nehmen. Die Gefühle von Lust und Schmerz waren kaum mehr voneinander zu unterscheiden, und als sie sich ein letztes Mal gegen seine eindringenden Finger presste, kam sie mit solcher Macht, dass ihr ganzer Körper vor Lust zitterte.

Ben stand auf, zog seine Hose runter und trat aus dem Lichtkegel der Tischlampe heraus. Der Rest des Zimmers lag in totaler Dunkelheit, und sie konnte ihn nur noch als Schatten ausmachen. Als er sich ihr wieder näherte, sah sie zum ersten Mal seinen Schwanz. Er hatte eine imposante Größe und war so steif aufgerichtet, dass er fast seinen Bauch berührte. Er stellte sich direkt vor sie, und sein mächtiges Gehänge war ihr jetzt so nah, dass sie die runden Knötchen sehen konnte, die seinen Penisschaft zierten. Sie erinnerten Helen an die erhabenen Tätowierungen, die sie auf Fotos von afrikanischen Eingeborenenstämmen gesehen hatte.

«Na los, fass ihn ruhig an», forderte Ben sie mit einem Lächeln auf. Er ging leicht in die Knie, sodass sein Schwanz auf Höhe ihres Gesichts war. Helen konnte jetzt deutlich die runden Kugeln unter der weichen Haut erkennen. «Keine Sorge, es ist keine Krankheit», sagte er lachend. «Das habe ich mir in L. A. machen lassen. Ist der letzte Schrei dort. Sieht zwar nicht so spektakulär aus wie Justins Ampallang, aber es steigert die Lust genauso.» Helen war sich nicht sicher, ob sie den Anblick anziehend oder abstoßend fand, und Ben beeilte sich hinzuzufügen: «Bei der Prozedur werden winzige Kugeln unter die Schwanzhaut implantiert, um die Stimulation beim Sex zu erhöhen.»

«Kugeln?», wiederholte sie fragend. Mittlerweile fand sie das merkwürdig knubbelige Muster höchst erregend. Fasziniert von der Idee berührte sie die weichen Erhebungen und spürte, wie die winzigen Bälle sich unter der angespannten Haut leicht bewegten. Sie hatte schon einiges in ihrer Medizinerlaufbahn gesehen, aber dieser Anblick war selbst für sie neu. Bens Penis war hart, die winzigen Metallbällchen noch härter, und sie konnte es kaum erwarten, von diesem seltsamen Organ hart durchgestoßen zu werden.

Sie zitterte vor Erregung, als Ben sich zwischen ihre Schenkel kniete. Ihr hungriges Fötzchen tropfte vor Geilheit. Er nahm sie bei den Beinen, legte ihre Waden auf seine Schultern und starrte dabei auf ihr freiliegendes Geschlecht. Mit einem Ruck zog er sie zu sich heran und schob ihr dann langsam seinen geschwollenen Eichelpilz in die Möse. Schon beim Eindringen merkte Helen den Unterschied. Sie fühlte, wie die Kugeln die Innenwand ihrer Scheide erregend berührten, deren Muskulatur sich reflexhaft anspannte. Es war unglaublich aufregend, und Ben, der genau wusste, was zu tun war, fing langsam an, sie mit kreisenden Bewegungen durchzuficken. Sein merkwürdig dekorierter Schwanz stimulierte jeden einzelnen Nerv in ihr.

Helen gab einen erstickten Schrei von sich. Das Feuer in ihrer Möse brannte wie nie zuvor. Sie war so geil, dass sie der Versuchung nicht widerstehen konnte, sich ihr Fötzchen selbst zu reiben. Plötzlich merkte sie, wie einer von Bens Fingern sich den Weg in ihr Poloch suchte. Die Stimulierung durch diese beiden Eindringlinge ließen ihren Bauch erzittern, und ihre Hüften bäumten sich gierig auf, als sie mit einem krampfartigen Orgasmus kam.

Als Helen am nächsten Morgen aufwachte, war Ben bereits fort. Er hatte Frühschicht, und sie musste erst nach dem Mittagessen ihren Dienst antreten.

«Ich habe gestern Abend eindeutig zu viel getrunken», dachte sie, als sie die Freuden der vergangenen Nacht vor ihrem geistigen Auge Revue passieren ließ. Trotzdem bereute sie nicht, was zwischen ihr und Ben vorgefallen war. Sie hoffte sogar, die Liaison mit ihm auf unverbindlicher Basis fortsetzen zu können. Zwei Menschen, die sich treffen, um ihrem sexuellen Verlangen nachzugeben – nicht mehr und nicht weniger. Nach ihrer emotional sehr aufgeladenen Verbindung mit Max käme ihr eine aufregende, aber zwanglose Affäre gerade recht. Ben war ein lieber, unkomplizierter Typ, der mit seinem außergewöhnlich interessanten Schwanz mehr als gut umgehen konnte.

Seit ihrer Ankunft im Princess-Beatrice-Krankenhaus hatte Helen eine Veränderung in sich bemerkt. Der Ort war auf merkwürdige Weise erotisch geladen, und hinter der unauffälligen Fassade brodelte eine Aufgereiztheit, die sie veranlasste, ihre sexuellen Hemmungen vollkommen über Bord zu werfen.

Helen unternahm einen langen Spaziergang, um die Zeit bis zu ihrem Dienstantritt zu überbrücken und den Kopf freizubekommen. In der Nähe des Hauptgebäudes entdeckte sie einen Hubschrauberlandeplatz, in dessen Hangar ein großer, schwarzer Helikopter untergestellt war. Es wunderte sie, dass ein derartiges Transportmittel für ein vergleichsweise kleines Krankenhaus bereitgehalten wurde.

Nach dem Mittagessen sah sie nach ein paar Patienten. Die meisten hatten Schönheitsoperationen oder relativ kleine Eingriffe hinter sich. Es gab auch eine ganze Reihe von Patienten, die gar nicht krank zu sein schienen. Aber da sie wahrscheinlich horrende Summen für den Aufenthalt bezahlten und somit ihr hohes Gehalt sicherten, nahm Helen sich nicht das Recht heraus, ihren Aufenthalt hier zu hinterfragen.

Nach dem gestrigen Abend war sie nicht allzu erpicht darauf, Sandra zu begegnen. Normalerweise machte die Oberschwester auch nach dem Mittagessen ihre Runde, aber zu Helens Erleichterung war sie Sandra heute noch nicht über den Weg gelaufen.

«Sie müssen sich noch einen Patienten ansehen», teilte die Stationsschwester Helen mit, als sie beim Ausfüllen der Krankenakten saß. «Er wurde heute Morgen operiert und war bis eben zur Nachbetreuung auf der Intensivstation.»

«Ich wusste gar nicht, dass für heute eine Operation vorgesehen war», entgegnete Helen. Bevor sie gestern Abend zu Sandra gegangen war, hatte sie die Operationspläne überprüft, und diese Woche war kein Eingriff mehr geplant gewesen.

«Er wurde heute morgen als Notfall eingeliefert.»

«Notfall?» Helen runzelte die Stirn. Im Princess-Beatrice-

Krankenhaus gab es gar keine Notfallaufnahme. Üblicherweise konzentrierten sich Privatkliniken auf Routineoperationen und chronische Krankheiten.

«Zugegeben, es ist ungewöhnlich», stimmte Schwester Jones zu. «Scheinbar wurde in der Nähe ein Film gedreht, und es gab einen Unfall während einer Stuntszene oder so was Ähnlichem. Jedenfalls wurde der Patient hier eingeliefert. Es wurde extra ein Orthopäde hinzugezogen, der ihn sofort operierte. Dr. Taylor hat ihm assistiert. Der Knöchel des Patienten ist mehrfach gebrochen, und er hat eine leichte Gehirnerschütterung.»

«Und Dr. Taylor möchte, dass ich seine Vitalfunktionen im Auge behalte?», fragte Helen. Es wäre eine nette Abwechslung, sich um einen richtigen Fall kümmern zu können. Sie hatte sich noch nicht daran gewöhnt, so unterfordert zu sein.

«Ja. Mir wurde gesagt, der Patient sei ein Freund von unserem Direktor, Professor Fenton. Ich nehme an, deswegen wurde er auch gleich hierher gebracht.» Schwester Jones lächelte. «Sie hätten mal den Menschenauflauf sehen sollen, als der Patient eingeliefert wurde. Die halbe Filmcrew war dabei. Auch der Regisseur – irgend so ein überdrehter Italiener, der die ganze Zeit redete. Er war es, der darauf bestand, dass wir Mr. Hyatt hinzuziehen. Gut, dass er in der Nähe wohnt.»

«Wer genau ist denn dieser Patient? Kennt man ihn?», fragte Helen.

Schwester Jones gab ihr die Krankenakte. «Der Schauspieler Duncan Paul. Die Schwestern waren alle ganz aufgeregt, als sie hörten, dass er es ist. Viele von ihnen sind ganz vernarrt in den Mann.»

«Sie auch?», erkundigte Helen sich kühl, obwohl ihr Herz raste.

Schwester Jones errötete. «Er ist mein Lieblingsschauspieler. Und jetzt weiß ich, dass er in Fleisch und Blut sogar noch hinreißender ist als auf der Leinwand.»

«Da haben sie Recht.» Helen schlug Duncans Krankenakte auf und stellte voller Erleichterung fest, dass er keine ernsthaften Schäden davongetragen hatte. Mr. Hyatt hatte seinen gebrochenen Knöchel fixiert und genäht. Die Röntgenaufnahmen und eine CT-Aufnahme zeigten, dass die Gehirnerschütterung wirklich nur sehr leicht war.

«Sie kennen ihn?»

«Ich habe ihn vor kurzem mal kennen gelernt», antwortete Helen unbeteiligt. «Er scheint sehr nett zu sein.»

«Sie Glückspilz. Er wird sich wahrscheinlich freuen, ein vertrautes Gesicht zu sehen», fügte die Schwester hinzu. «Er ist übrigens noch nicht wieder bei Bewusstsein. Wie Sie der Krankenakte entnehmen können, habe ich ihm gerade seine letzte Injektion verabreicht. Dr. Taylor möchte ihn noch für ein paar Stunden ruhig stellen.»

«Nach Ihren Aussagen müssten wohl eher die Schwestern ruhig gestellt werden und nicht Mr. Paul», scherzte Helen. «Wo liegt er denn?»

«In der Rochester Suite», teilte Schwester Jones mit. Dies war eine der teuersten Suiten im Krankenhaus. Sie hatte ein Extrawohnzimmer und ein luxuriöses Badezimmer.

«Ich läute nach Ihnen, wenn ich Sie brauche.» Helen ging auf die Tür von Duncans Suite zu und holte einmal tief Luft, bevor sie eintrat. Es war ihr fast peinlich, dass schon die Erwähnung von Duncans Namen eine derartige Aufregung in ihr auslöste.

Sie war zum ersten Mal in der Rochester-Suite. Mit den dicken, cremefarbenen Teppichen, den voluminösen Vorhängen, den antiken Möbeln und dem teuren Multimedia-Tower wirkten die Räume eher wie die Suite eines Vier-Sterne-Hotels. Lediglich das Krankenbett im Nebenzimmer verriet den eigentlichen Zweck.

Duncans Augen waren geschlossen, und seine langen, dichten Wimpern berührten fast die gebräunten Wangen. Sein dunkles, fast schwarzes Haar war ganz verstrubbelt, was ihn noch jünger wirken ließ als bei ihrem ersten Treffen. Zum ersten Mal konnte Helen ihn völlig ungestört betrachten. Er war wirklich der attraktivste Mann, dem sie jemals begegnet war. Auf den ersten Blick sah er sehr männlich aus, aber seine volle Oberlippe gab ihm etwas Verletzliches, das seinen weiblichen Fans ungemein anziehend erschien. In seinen Filmen spielte er immer den unbesiegbaren Helden. Ein echter Macho, der in den richtigen Momenten auch Schwäche zeigen konnte.

Wenn doch bloß Max bei ihrem Kennenlernen nicht dabei gewesen wäre, dachte sie egoistisch. Sie hätte die Gelegenheit nur allzu gern ergriffen, ihn näher kennen zu lernen. Duncan schien sich damals zu ihr hingezogen zu fühlen, aber vielleicht war er auch nur höflich gewesen. Helen war sich nicht sicher.

Sie nahm Duncans Hand und fühlte seinen Puls. Er war ein wenig zu schwach, aber das war nach einer Operation nichts Ungewöhnliches. Fieber schien er jedenfalls nicht zu haben, obwohl sein Atem etwas unregelmäßig ging. Sanft streichelte sie ihm über die Stirn und strich dabei eine Haarlocke zurück.

Sein schwarzer Seidenpyjama lag zusammengefaltet auf einem Stuhl, denn er trug immer noch das blaue Krankenhaushemd. Die Schwestern hatten strenge Anweisung, ihn vorerst nicht zu stören.

Über seinem kaputten Knöchel war ein kleiner Drahtüberbau aufgestellt, damit das Bettzeug nicht auf sein Bein drückte. So weit sah alles in Ordnung aus, und es gab keine Anzeichen für eine Infektion. Seinen Knöchel musste sie sich aber trotzdem ansehen, und so zog sie das Bettzeug beiseite, das die untere Hälfte seines Körpes bedeckte.

Helen tat das nicht nur, um ihren Pflichten als Ärztin nachzukommen, sie wurde auch von einer gewissen Neugier getrieben. Was sie sah, war bei weitem mehr, als sie erwartet hatte. Duncans Krankenhaushemd war verrutscht, und auf einmal sah sie sich einem Teil seiner Anatomie gegenüber, der ihre Phantasie immer wieder beschäftigt hatte.

Sein Bauch war flach, fest und ebenso gebräunt wie der Rest seiner Haut. Helen schloss daraus, dass er sich wohl nackt sonnen musste. Sie starrte auf den schmalen Streifen dunkler Haare, der von seinem Bauchnabel bis in den Schritt reichte. Sein dicker, großer Penis ruhte auf einem Bett schwarzer Schamhaare. Darunter das weiche, haarige Kissen seiner Eier.

Das Verlangen durchfuhr Helen wie ein Messerstich, und tausende von lustvollen Gedanken schossen ihr in den Kopf. Am liebsten hätte sie die Hand gegen ihre Muschi gepresst, um die plötzlich aufsteigende Hitze in ihrem Geschlecht zu mildern.

Zum allerersten Mal in ihrer Laufbahn tat Helen etwas ausgesprochen Unprofessionelles. Sie fasste seinen Schwanz an, der sofort steif wurde, als sie mit ihren Fingern sanft an dem dicken Schaft herunterfuhr. Duncan gab ein schwaches Stöhnen von sich und fing trotz der Betäubung an, sich leicht zu bewegen. Sie konnte mit ihm machen, was sie wollte – er würde nicht aufwachen.

Helen ballte die Faust um seine Peniswurzel, und bei dem Gedanken, ihm seinen heißen Saft rausholen zu können, zog ihre Muschi sich unwillkürlich zusammen. Es wäre ganz einfach, den Rock hochzuziehen, seine muskulösen Schenkel zu spreizen und diesen Schwanz sanft in ihr hungriges Fötzchen gleiten zu lassen. Wieso sollte sie sich das, was sie insgeheim von diesem umwerfenden Mann wollte, nicht einfach nehmen? Duncan war ein wesentlicher Bestandteil ihrer perfekten Sexphantasie. Es war sein Bild, das sie sich vorstellte, wenn sie allein im Bett lag und sich mit den eigenen Händen liebkoste.

Helen war sich der Macht, die sie im Moment über diesen hilflosen Körper hatte, vollauf bewusst. Ihr Kopf dröhnte und war voller obszöner Gedanken. Früher hätte sie so etwas Abwegiges nicht einmal in Erwägung gezogen, selbst wenn sie Gelegenheit dazu gehabt hätte. Aber Helen hatte sich verändert.

«Wer sollte es schon erfahren?», fragte sie sich. Ihre Hände zitterten, und auf ihrer Stirn bildeten sich erste Schweißtröpfchen. Die Gier in ihrer Möse wurde bei dem Anblick des sedierten Mannes, der sich nicht wehren konnte, immer stärker. Die Macht wirkte wie ein Aphrodisiakum auf Helen. Aber sie war sich nur allzu bewusst, dass sie kurz davor stand, gegen den hippokratischen Eid zu verstoßen.

Sie sammelte all ihre Kräfte, zog sein Hemd wieder herunter und deckte den schlafenden Körper zu. Schon der Gedanke, eine solche Tat auch nur in Erwägung gezogen zu haben, löste tiefe Schuldgefühle in ihr aus. Dann fiel ihr ein, dass er offiziell nicht ihr Patient war. Duncans Behandlung lag in den Händen von Dr. Taylor. Nahm man die Regeln der Ärztekammer wörtlich, hätte sie nicht gegen die Vorschriften verstoßen. Die Approbation würde sie nur verlieren, wenn sie sich mit einem ihrer eigenen Patienten einließe. Trotzdem hätte sie das, was sie beinahe getan hätte, unter keinen Umständen rechtfertigen können. Andererseits würde er sicher ein paar Tage hier bleiben, und es sprach nichts dagegen, sich in dieser Zeit ein wenig besser mit ihm bekannt zu machen. Vielleicht würde sich doch noch eine Möglichkeit ergeben, ihre Phantasie mit diesem hinreißenden Mann Wirklichkeit werden zu lassen. Als Sekunden später Schwester Jones das Zimmer betrat, starrte sie Duncan immer noch gedankenverloren an. Helen fuhr erschrocken und schuldbewusst aus ihrer Tagträumerei hoch.

«Alles in Ordnung, Frau Doktor?»

«Bestens. Er schläft ganz friedlich», antwortete Helen und befestigte das Krankenblatt wieder am Fußende seines Bettes. «Ich werde in einer Stunde nochmal nach ihm sehen. Er müsste eine ganze Weile schlafen. Sagen Sie der Nachtschwester Bescheid, dass sie ihm beim Waschen und Umziehen helfen soll, wenn er möchte.»

Schwester Jones lächelte. «Das blaue Hemd sieht an so einem Macho ziemlich unpassend aus, nicht wahr?»

«Mag sein. Wenn Sie mich brauchen, ich bin in der Kantine», antwortete Helen hastig. Sie wollte jetzt dringend den Raum verlassen. «Ich glaube, ich brauche eine starke Tasse Tee.»

«Und ich könnte einen Gin Tonic vertragen», scherzte Schwester Jones. «Ach, wenn Sie schon in die Kantine gehen, Dr. Dawson, könnten Sie mir einen Gefallen tun? Diese Proben hier müssen dringend ins Labor. Ich habe schon vor einer halben Stunde nach einem Boten geklingelt, aber die scheinen im Moment alle beschäftigt zu sein.»

Die Pathologie befand sich im Erdgeschoss, nur ein paar Schritte von der Kantine entfernt. Helen war bei ihrer Einführungstour mit Max bereits dort gewesen, aber das schien schon Jahre her zu sein. Damals war sie von der Größe der

Labors überrascht gewesen. Die meisten Privatkrankenhäuser schickten einen Großteil ihrer Proben zur Analyse in große, externe Laboratorien. Es war eigentlich viel zu kostspielig, sich für die vergleichsweise wenigen Proben die neuesten Instrumente und geschultes Personal zu leisten. Aber das Princess-Beatrice-Krankenhaus hatte eine hämatologische, eine biochemische, eine histologische und bakteriologische Abteilung.

Als sie das Labor betrat, war zu ihrer Überraschung niemand dort. Und das um vier Uhr nachmittags. Sie versuchte es im Büro, wo die Proben normalerweise zur Kennzeichnung und Katalogisierung abgegeben wurden, aber die Tür war verschlossen.

Was sollte sie jetzt mit den Proben machen? Schwester Jones hatte gesagt, sie seien dringlich. Sie betrachtete die drei Plastiksäckchen, die sie in der Hand hielt. In dem einen befanden sich Blutproben, in den anderen beiden gebrauchte Tupfer. Irgendwohin legen wollte sie die Proben nicht, denn dann würden sie vielleicht übersehen werden.

«Hallo?», rief sie. «Ist jemand hier?» Ihre Stimme hallte in den leeren Räumen wider.

Sie öffnete den Kühlschrank, der normalerweise für Proben vorgesehen war, die außerhalb der Betriebsstunden abgegeben wurden, aber dieser hier war voller Petrischalen. Sie musste also auch in den anderen Laboratorien nachsehen. Irgendjemand musste doch hier sein. Zunächst fand sie nur freundlich brummende Maschinen und aufgeräumte Arbeitstische vor. Keine Anzeichen von irgendwelchem Personal. Dann hörte sie aus einem kleinen Raum zwischen dem bakteriologischen und dem hämatologischen Labor das surrende Geräusch einer Zentrifuge.

Als sie eintrat, sah sie zu ihrer Überraschung Justin, der an einem der Tische völlig in seine Arbeit vertieft war. «Hallo», sagte sie betreten, und unmittelbar schoss ihr das Bild seines gepiercten Schwanzes in den Kopf.

«Helen.» Sein Drehstuhl schwang herum, und er lächelte sie herzlich an. «Was führt Sie denn hierher?»

«Das hier.» Sie stellte die Tüte mit den Proben auf seinen bereits überbordenden Arbeitstisch. «Mir wurde gesagt, sie seien dringlich.»

«Im Allgemeinen machen die Ärzte hier keine Botengänge. Dafür haben wir eigentlich unsere Leute», bemerkte Justin trocken. Auch mit dem steifen, weißen Kittel sah er ganz und gar nicht wie ein Arzt aus.

«Die Boten waren alle beschäftigt, und mir macht es nichts aus. Ich wollte sowieso in diesen Trakt.» Die Art, wie Justin sie ansah, war ihr unangenehm.

Einen kurzen Moment fragte sie sich, wie er es wohl geschafft hatte, hier einen Job zu bekommen. Wie sie Max kannte, hätte er der Einstellung von jemandem, der so unpassend aussah, niemals zugestimmt. Er war ein Verfechter althergebrachter Konventionen, die mit Tattoos und Piercings sicher nicht in Einklang zu bringen waren. Ganz zu schweigen von dem, was Justin unter seinem Kittel verbarg.

«Wie ich höre, verstehen Sie und Ben sich gut. Nach dem, was er mir heute Morgen erzählt hat, sogar außerordentlich gut.»

«Sie sollten nicht alles glauben, was Sie hören», sagte sie barsch und fragte sich, wie viel Ben ihm wohl anvertraut hatte.

«Ben übertreibt eigentlich selten», bemerkte Justin.

«Wo ist denn das ganze Personal?», fragte sie, um das Thema zu wechseln.

«Harry, einer meiner Labortechniker, heiratet am Samstag. Da wollten die Kollegen heute Abend nochmal ausgehen, und ich habe ihnen freigegeben. Ich bin ein lockerer Chef, Helen. Überaus locker.»

«Dann müssen Sie jetzt wohl ihre Arbeit miterledigen», sagte sie mit einem Blick auf den übervollen Arbeitstisch.

«Hilft ja nichts. Aber es ist nichts Dringendes dabei. Nur ein paar Routine-Blutproben unserer Schwangerschafts-Patientinnen. Jetzt, wo die neue Abteilung bald mit der Arbeit beginnt, haben wir den Kreißsaal wieder eröffnet.» Er stand auf und nahm die Proben an sich, die sie auf den Tisch gestellt hatte.

«Ich werde sie schnell zum Registrieren und Etikettieren ins Büro bringen. Wir wollen ja nicht, dass sie verloren gehen.»

«Nein, natürlich nicht.» Helen lächelte höflich. «Ich sollte besser gehen. Bevor ich mit meiner Arbeit weitermache, wollte ich nämlich noch schnell eine Tasse Tee trinken.»

«Treffen Sie sich heute Abend wieder mit Ben?»

«Wir haben nichts geplant.» Sie hatten nicht weiter miteinander gesprochen, nachdem sie gestern zu Bett gegangen und nach der zweiten Nummer sofort eingeschlafen waren.

«Vielleicht können wir uns ja später alle auf einen Drink treffen?», schlug Justin vor.

«Vielleicht», antwortete sie zurückhaltend. Die Vorstellung, sich von nun an öfter mit Justin und Sandra zu treffen, gefiel ihr nicht so recht.

«Bis später dann.» Justin ging in Richtung Büro.

Erst wollte Helen ihm folgen, aber ihre angeborene Neugier hielt sie zurück. Sie wollte herausfinden, woran genau Justin gearbeitet hatte, denn sie war überzeugt, dass er sie angelogen hatte. Helen hatte einige Kenntnisse auf dem Gebiet der Pathologie und war durchaus in der Lage, eine Routine-Blutuntersuchung schwangerer Frauen von Kreuzproben für Transfusionen zu unterscheiden. Ben hatte ihr erzählt, dass die meisten Patientinnen im sechsten Monat waren. Komplikationen waren bei keiner von ihnen aufgetreten, und sämtliche Geburten standen erst in einigen Wochen an. Ausgeschlossen, dass eine der Frauen zum jetzigen Zeitpunkt eine Bluttransfusion benötigte.

Sie sah sich die Unterlagen an. Justin hatte für eine baldige Operation eine Kreuzprobe von drei Einheiten der Blutgruppe B negativ vorgenommen. Helen kam das merkwürdig vor. Sie wusste genau, dass nächste Woche keine Operation auf dem Plan stand. Kreuzproben wurden nie so weit im Vorfeld durchgeführt. Und schon gar nicht in einem Labor, in dem es so wenig zu tun gab wie hier. Verstohlen sah sie sich um. Da Justin nicht zurückzukommen schien, fing sie an, den Rest der Unterlagen durchzugehen. Was sie dabei entdeckte, überraschte sie noch mehr. Der Name des Patienten fand auf den Papieren keinerlei Erwähnung. Es war durchgängig nur von Mr. X die Rede.

Die Formulare waren von Ralph Kalowski unterschrieben, einem bekannten plastischen Chirurgen und engen Freund und Kollegen von Max. Ralph war zusammen mit Max in den Staaten, um den Aufbau der neuen Kliniken voranzutreiben. Beide wurden erst in einigen Wochen zurückerwartet, und Ralph würde seinen Aufenthalt dort sicher nicht für eine einzelne Operation unterbrechen.

Falls Ralph doch in den nächsten Tagen hier auftauchen sollte, könnte Helen vielleicht herausfinden, was los war. Er war ein sehr charmanter Mann, und sie kannte ihn recht gut. Gut genug, um ihm bei weitem mehr zu trauen als Justin. Sie nahm sich vor, nach ihrem Kantinenbesuch noch einmal einen Blick auf die Operationslisten zu werfen.

Helen entschloss sich, durch die Histologie zu gehen, um Justin nicht erneut zu begegnen. Das Labor hatte eine Hintertür, die direkt in den Flur zur Kantine führte. Im Histologie-Labor herrschte völlige Stille. Es roch streng nach Desinfektionsmittel und Formalin. Helen hatte diesen Geruch vom ersten Tag ihrer Ausbildung an zutiefst verabscheut.

Eigentlich konnte man sich als Arzt keine Zimperlichkeiten leisten, aber Helen fand die Histologie nach wie vor beunruhigend. Sie hasste den Anblick der Organe längst verstorbener Patienten, die fein säuberlich in den Regalen aufgestellt waren. Als sie auf die Hintertür zuging, hörte sie auf einmal, wie jemand ihren Namen rief. Erschrocken blieb sie stehen.

Zunächst erkannte sie die Stimme nicht und ordnete sie Justin zu. Aber als sie sich umdrehte, merkte sie zu ihrer Erleichterung, dass es Ben war.

«Ich habe Justin im Büro getroffen. Er meinte, du würdest gleich nachkommen. Also habe ich auf dich gewartet, doch du kamst nicht. Was willst du denn hier?»

«Ich dachte, das wäre eine Abkürzung zur Kantine.»

«Wäre es auch. Aber wenn keiner mehr hier ist, schließt Justin immer ab. Du kannst hier also nicht durch.» Ben fasste sie bei der Schulter und drückte sie sanft gegen einen der Tische. «Ich hatte gehofft, dich irgendwo allein zu erwischen.»

«Wieso?», fragte sie abwesend, immer noch verwirrt von Justins unnötiger Lüge über die Blutproben.

«Was glaubst du denn?» Ben küsste sie sanft auf die Ohrmuschel, hob ihren Rock hoch und ließ eine Hand zwischen ihre Schenkel gleiten. «Ich kann nicht bis heute Abend warten.» Er presste seine Finger gegen ihren Slip, der von ihrer Begegnung mit Duncan immer noch feucht war. «Und du scheinbar auch nicht.»

«Ich wusste gar nicht, dass wir heute Abend verabredet sind», sagte sie atemlos, während seine Finger sich langsam den Weg in ihr Höschen bahnten und an ihrer Möse rieben.

«Wär doch nett, oder?», fragte er, immer noch an ihrem Ohrläppchen saugend.

«Ich will eigentlich nichts Festes. Ich wollte nur ...»

«Ficken!», ergänzte er ihren Satz. «Aber der Fick war so geil, dass ich es unbedingt nochmal haben muss.»

«Du bist ja ganz schön gierig.» Sie stöhnte leise, als seine Finger begannen, um ihre Klit zu kreisen. «Aber hier können wir es wohl schlecht tun, nicht wahr?» Noch während sie sprach, merkte sie, dass sie bereit war, um einen Fick hier und jetzt zu betteln, so sehr erregte sie seine Anwesenheit.

«Wieso nicht? Justin wird uns schon nicht stören, und sonst ist ja niemand hier.» Die immer intensiver werdenden Bewegungen seiner Hände machten sie fast wahnsinnig vor Lust. Sie wollte ihn tief in sich spüren.

«Das tut so gut», flüsterte sie und spreizte willig ihre Beine. Ihre Möse brannte vor Verlangen, erneut von seinem ungewöhnlichen Schwanz durchgenommen zu werden.

«Willst du wirklich an einen sicheren Ort gehen?», fragte Ben.

«Nein!» Ihre Finger rieben über die Beule in seiner Hose, die von Sekunde zu Sekunde größer wurde.

Ben entfuhr ein lüsternes Lachen. Er drehte sie mit dem Gesicht zum Tisch und drückte ihren Oberkörper auf die Platte. Diese unterwürfige Stellung erinnerte Helen sehr an den Sex mit Max, und sie zögerte einen Moment. Aber Ben war weitaus kräftiger, als er aussah. Er hielt sie fest im Griff und zog erst ihren weißen Kittel und dann den Rock über ihren Po.

«Wehr dich nicht», flüsterte er mit einem Kuss auf ihren Nacken. Während des Dienstes trug Helen das Haar zu einem Dutt aufgesteckt, und als sie die feuchte Spitze seiner Zunge auf der freiliegenden Stelle ihres Halses spürte, zitterte sie vor Erregung.

Seine harte Beule presste sich fordernd gegen ihren Hintern. Ihre Möse war nass und hungrig auf seinen Schwanz. Sie wollte sofort von ihm gefickt werden – selbst wenn das halbe Krankenhaus dabei zusah.

Ungeduldig zerrte Ben ihr Höschen bis zu den Knöcheln runter und drückte sacht ihren Oberkörper auf die Tischplatte. Dem Geräusch seines sich öffnenden Reißverschlusses folgte das Gefühl seiner dicken Eichel, die sich vorsichtig zwischen ihre Pobacken drückte und dabei sanft den Eingang zu ihrem Anus massierte. Bei der Vorstellung eines Eindringens in die empfindliche Öffnung verkrampfte Helen sich leicht. Gleichzeitig sehnte sie sich nach dem süßen Ausgefülltsein.

«Ganz ruhig, Schatz», murmelte Ben, während sein Schwanz nach unten glitt und dann entschlossen in ihre erregte Muschi eindrang. Ihr schien, als sei ihr warmer Mösensaft überall. Langsam stieß Ben mit der ganzen Länge seines Riemens zu. Er tauchte tief in sie, und die Stöße ließen seine Eier immer wieder gegen ihre Pobacken schlagen.

«Ja, so ist's gut, mach deine Fotze schön eng», befahl er und beugte sich dabei so weit über sie, dass sein Gewicht sie in dieser Stellung hielt.

Ohne nachzudenken, kam sie seinen Befehlen nach. Ihre Scheidenmuskulatur hielt seinen riesigen Penis eng umschlungen, sodass sie jede einzelne Kugel unter seiner Schwanzhaut spürte. Kräftig massierten sie die Innenwand ihrer Muschi und lösten ein sensationelles Gefühl aus, das sich in ihrem gesamten Becken ausbreitete.

Ben stieß immer härter zu, und Helen streckte instinktiv die Arme aus, um den Rand der Tischplatte als Halt zu suchen. Ihre Nerven waren bis aufs äußerste gespannt, und sie wand sich vor Geilheit unter ihm. Plötzlich versteifte sich Bens Körper, und er gab sich mit lautem Brüllen seiner Entladung hin.

Erschöpft ließ er sich auf Helen sinken, und beide genossen einen kurzen Augenblick totaler Zufriedenheit. Dann zog Ben vorsichtig seinen Schwanz aus ihrer Vulva und ordnete seine Kleidung. Matt vor Erschöpfung blieb Helen noch einen Moment lang halb nackt auf dem Tisch liegen. Wie in Trance hob sie schließlich ihren Kopf und bemerkte, wie sich irgendwas in der offenen Tür bewegte. Als sie genauer hinsah, entdeckte sie Justin, der sie mit einem fast teuflischen Grinsen anlächelte.

Ruckartig richtete Helen sich auf und zog ihren Rock herunter. Sie wusste genau, dass Justin sie und Ben beobachtet hatte, und fühlte sich schmutzig und bloßgestellt. Ohne ihn auch nur eines weiteren Blickes zu würdigen, trat sie aus ihrem Slip heraus und bückte sich, um ihn in die Tasche zu stecken. Aber Ben kam ihr zuvor.

«Der gehört mir», sagte er grinsend. «Dann habe ich wenigstens etwas, wenn wir uns heute Abend nicht sehen. Ich kann dran riechen und ihn zum Wichsen um meinen Schwanz wickeln.»

Helen lachte gequält und zwang sich, erneut in Richtung Tür zu sehen. Zu ihrer Erleichterung war Justin verschwunden. «Du bist ja sexbesessen, Ben.»

«Wir sind hier alle ein bisschen sexbesessen», erwiderte er vielsagend. «Lass uns lieber in die Kantine gehen und uns überlegen, was wir heute Abend anstellen.»

KAPITEL 5

Helen wollte gerade das Schwesternzimmer des Ostflügels in der Nähe der Rochester Suite betreten, als sie zufällig mit anhörte, wie eine junge Lernschwester sich mit einer Kollegin unterhielt. «Er sieht umwerfend aus und ist so charmant. Vorhin habe ich ihm den Puls gemessen. Ich schwöre dir, es hat mich so angemacht, ihn zu berühren, dass mein Höschen ganz feucht wurde.»

Die Schwester kicherte, aber als sie bemerkte, dass Helen ihre letzten Sätze wohl gehört hatte, wurde sie knallrot.

«Kann ich irgendwas für Sie tun, Dr. Dawson?», fragte sie und warf ihrer ebenfalls erröteten Freundin einen hilflosen Blick zu.

«Ich habe gerade nach Mrs. Lichen gesehen», erwiderte Helen kühl. «Sie braucht dringend ein neues Nachthemd. Das hätte schon heute Morgen gewechselt werden sollen.» Helen war von ihrem barschen Ton selbst überrascht und fügte versöhnlich hinzu: «Wir plaudern alle gern mal ab und zu, Schwester Baker. Aber die Bedürfnisse unserer Patienten stehen immer noch an erster Stelle.» Sie musste zwar eine gewisse Autorität wahren, wollte das Personal jedoch nicht unnötig feindselig stimmen.

«Natürlich, Dr. Dawson», nickte Schwester Baker pflichteifrig. «Ich werde mich sofort darum kümmern.»

Die junge Schwester eilte davon, und Helen legte die mitgebrachten Papiere auf den Schreibtisch. Die erneute Kontrolle von Duncans Zustand hatte sie sich bis zuletzt aufgespart, aber jetzt konnte sie nicht länger warten – sie musste nach ihm sehen. Mr. Hyatt hatte Duncan schon heute Morgen im Beisein von Ben untersucht, und die Krankenakte zeigte, dass er sich gut von seiner Operation erholte.

Es würde das erste Mal sein, dass sie ihn im wachen Zustand besuchte. Zweimal hatte sie gestern vor Dienstschluss noch nach ihm gesehen, aber er war beide Male nicht bei Bewusstsein gewesen. Helen hatte die Besuche kurz und streng professionell gehalten, um nicht wieder von ihrer Leidenschaft übermannt zu werden.

Irgendwie bereute sie zwar, die Gelegenheit nicht ergriffen zu haben, aber der gesunde Menschenverstand sagte ihr, dass die Entscheidung richtig gewesen war. Was sie vorhatte, wäre geradezu einer Vergewaltigung gleichgekommen. Natürlich hätte er nie davon erfahren, aber sie hätte es gewusst. All diese Gedanken schossen Helen auf dem Weg zu Duncans Suite durch den Kopf, und als sie die Tür öffnete, war sie entsprechend nervös. Duncan saß aufrecht im Bett und blätterte in einer Zeitschrift. Er sah in seinem schwarzen Seidenpyjama unglaublich sexy aus und schien bei bester Gesundheit zu sein. Doch dieser Eindruck konnte nach solchen Unfällen oftmals trügerisch sein.

«Helen», sagte Duncan überrascht und freute sich offenbar sehr, sie zu sehen.

«Sie erinnern sich also noch an mich?», sagte sie fragend.

«Wie könnte ich jemanden wie Sie vergessen?» Ihr Herz fing

an zu hüpfen, als sie sein erfreutes Lächeln sah. «Ich wusste gar nicht, dass Sie hier arbeiten.»

«Nur eine kurzfristige Anstellung», erklärte sie. «Max hat mir diesen Posten besorgt, als unser städtisches Krankenhaus schließen musste.»

«Warum auch nicht? Als Hauptaktionär kann er das ruhig mal für Sie tun. Dann haben Sie sich also entschlossen, ihn nicht in die Staaten zu begleiten?»

«Wenn alles gut läuft, komme ich vielleicht nach», antwortete sie vorsichtig. «Aber entschieden ist noch nichts.»

«Ich hatte letzte Nacht übrigens einen merkwürdigen Traum», sagte Duncan nachdenklich und legte seine Zeitschrift weg. «Ich habe geträumt, dass ein Engel mich pflegen würde. Und dieser Engel hatte eine verblüffende Ähnlichkeit mit Ihnen, Helen.»

«Wirklich?» Sie lachte. «Das klingt wie eine Geschichte aus einem Ihrer Filme, Duncan.» Sie schaute auf sein Krankenblatt und gab sich alle Mühe, dabei kühl und unbeteiligt zu wirken.

«Zugegeben – klingt ziemlich kitschig.» Er zuckte die Schultern und grinste. «Aber ich habe nicht gelogen. Ich hatte tatsächlich einen merkwürdigen Traum, und die Frau, die darin vorkam, sah wirklich so aus wie Sie. Sie war vielleicht kein Engel, aber sie war auch ganz in Weiß gekleidet», bemerkte er mit einem Blick auf ihren Kittel.

«Die Beruhigungsmittel können im Kopf ein ganz schönes Durcheinander anrichten», sagte sie tonlos und hoffte inständig, dass sein Traum nicht durch ihren ersten Besuch bei ihm ausgelöst worden war.

Die Art, wie Duncan sie anschaute, machte sie nervös. Er zog sie an, wie noch kein anderer Mann sie angezogen hatte – auch Max nicht.

Helen konnte gut verstehen, warum sein Aussehen und sein Charme die Schwestern reihenweise in den Bann zog. Die Berühmtheiten, denen sie bisher begegnet war, hatten sie immer irgendwie enttäuscht, wenn sie in Fleisch und Blut vor ihr gestanden hatten. Aber bei Duncan war das anders. Er sah in Wirklichkeit sogar noch besser aus als auf der Leinwand und war überaus charmant. Außerdem war er nicht so eingebildet wie die meisten Schauspieler, die sie bisher kennen gelernt hatte. Aber vielleicht tat sie seinen Kollegen auch unrecht. Schließlich war sie gestern auch bei Zara Dawn gewesen, und die hatte sich als äußerst gut aussehend und wesentlich angenehmer und freundlicher herausgestellt, als Helen vermutet hatte.

«Wie fühlen Sie sich denn heute?»

Duncan sah auf den Drahtkäfig, der seinen verletzten Fuß schützte. «Mein Knöchel tut weh, und ich habe immer noch Kopfschmerzen. Die Schwester hat mir zwar ein paar Tabletten gegeben, aber die haben irgendwie nicht richtig gewirkt. Da ist immer noch dieser leicht stechende Schmerz im Hinterkopf.»

«Sie sind ziemlich hart hingeschlagen, habe ich gehört. Sie hatten Glück, dass Sie sich keine ernsthafteren Verletzungen zugezogen haben. Und Kopfschmerzen sind nach einer Gehirnerschütterung absolut nichts Ungewöhnliches», klärte sie ihn auf und befestigte sein Krankenblatt wieder am Ende des Bettes. «Wenn die Kopfschmerzen stärker werden, Ihnen schwindelig wird oder Ihre Sicht eingeschränkt ist, sagen Sie sofort der Schwester Bescheid. Laut den Tests ist Ihr Zustand gut, aber bei Kopfverletzungen kann man nie vorsichtig genug sein.»

«Ich komme mir so verdammt blöd vor», sagte er in vertraulichem Ton. «Da habe ich für einen ganz einfachen Stunt nicht das richtige Timing gehabt und lande gleich im Krankenhaus.»

«Ich dachte immer, dass große Filmstars sich bei Stunts doubeln lassen.»

«Einige ja, andere nein. Ich reize es immer so weit aus, wie die Versicherung und der Regisseur es zulassen. Wenn ich mich doubeln lasse, habe ich irgendwie das Gefühl, die Zuschauer zu betrügen.» Er fuhr sich mit der Hand durchs Haar. «Um ehrlich zu sein, genieße ich die Gefahr. Dieser kurze Moment der Angst ist wie ein Rausch.»

«Und Ihr Publikum liebt Sie dafür. Ihre Filme scheinen wirklich alle Kassenschlager zu werden», ergänzte sie und bemühte sich, ganz die seriöse Ärztin zu bleiben, als sie neben sein Bett trat.

«Ja, das mag sein.» Es schien ihm fast peinlich zu sein, sich die Zuneigung seiner Fans einzugestehen. «Den Zahlen nach kann ich einen Film gut tragen. Das heißt, wenn ich in einem Film mitspiele, läuft der Film an den Kinokassen immer gut. Ich glaube, das liegt daran, dass für Männer genug Actionszenen drin sind.»

«Und für die Damen?»

«Für die sind die romantische Nebenhandlung und die Sexszenen», sagte er mit vielsagendem Grinsen. «Der Dreh solcher Szenen macht auch sehr viel Spaß. Jeder Schauspieler, der das bestreitet, lügt.»

«Und wie ist es so, der Traummann aller Frauen zu sein?», neckte sie ihn.

«Bin ich Ihr Traummann?», griff er die Frage mit tiefer, verführerischer Stimme auf.

«Das habe ich nicht gesagt.» Das Herz schlug ihr jetzt fast

bis zum Hals. Sie spürte seine Nähe mit jeder Faser ihres Körpers, und Hitze stieg in ihr auf.

Als er sie mit seinen wunderschönen dunkelbraunen Augen ansah, fielen Helen erneut seine unglaublich langen Wimpern auf. Sein Pyjamaoberteil war halb aufgeknöpft und gewährte ihr einen Blick auf seine wohlproportionierte Brust. Was unter der Bettdecke versteckt war, wusste sie nur allzu gut, und als sie sich den Anblick seines nackten, hilflosen Körpers in Erinnerung rief, wurde ihr regelrecht schwindelig. Schon seine reine Gegenwart wirkte auf sie hypnotisierend.

«Sie sagten, aller Frauen.»

«Ich meinte, der meisten», berichtigte sie wenig überzeugend. Sie konnte die versauten Gedanken gar nicht mehr aus dem Kopf kriegen. In letzter Zeit schien sie nur noch an Sex zu denken, und egal wie oft sie ihn bekam, sie wollte immer mehr.

«Jetzt enttäuschen Sie mich aber», witzelte er, und seine Augen leuchteten. «Wussten Sie, dass ich schon immer was für Ärztinnen übrig hatte?»

«Wirklich? Dann haben Sie also gern Frauen in Machtpositionen vor sich?!»

«Sie faszinieren mich schon», gab er zu. «Wahrscheinlich weil ich so oft den dominanten, aggressiven Mann spielen muss.»

«Und da möchten Sie wohl ab und zu selbst gerne dominiert werden, was?» Helen wusste, dass sie mit dem Feuer spielte, als sie sich zu ihm beugte und anzüglich lächelte.

«Darüber habe ich noch gar nicht nachgedacht. Aber die Idee ist interessant. Vielleicht fände ich das tatsächlich erregend. Wer weiß?» Und mit leicht herausforderndem Blick fügte er hinzu: «Gehen Sie doch heute Abend mit mir essen. Dann können wir mal ausführlicher darüber sprechen. Mir wurde gesagt, dass das Essen hier ebenso gut ist wie in einem Luxusrestaurant. Ich kann Ihnen versprechen, dass meine Gesellschaft höchst stimulierend sein wird.»

Hinter dem Bild des attraktiven Filmstars schien ein intelligenter, sehr interessanter Mann zu stecken. Liebend gern hätte Helen ihn auf die eine oder andere Art und Weise besser kennen gelernt, aber sie wollte nicht zu willig erscheinen. «Ich weiß nicht recht», sagte sie daher zögernd. «Sie sollten sich eigentlich schonen.»

«Sie sind eine erfrischende Abwechslung für mich. Die meisten Frauen stimmen sofort zu, wenn ich sie einlade. Aber nur, weil ich berühmt bin, und nicht, weil sie meine wahre Persönlichkeit kennen lernen wollen. Um ehrlich zu sein, bin ich ein ganz normaler Mann, der die Gesellschaft einer charmanten, intelligenten Frau genießen will.» Und nach einer Pause fügte er hinzu: «Die zufällig auch noch unglaublich schön ist.»

«Glauben Sie, dass Sie mit Schmeicheleien bei mir weiterkommen?»

«Das wage ich zu bezweifeln», antwortete er. «Dazu sind Sie zu selbstbewusst. Ich könnte mir denken, dass Sie schwer von etwas abzubringen sind, wenn Sie es sich in Ihren hübschen Kopf gesetzt haben.»

So hatte sie sich in der Vergangenheit zwar gar nicht gesehen, aber seit sie nicht mehr unter Max' Einfluss stand, hatte sie tatsächlich angefangen, sich zu verändern. «Da könnten Sie wohl Recht haben, Duncan. Aber wie der Zufall es will, habe ich mich entschieden, ihre Einladung anzunehmen.»

Helen war unruhig und etwas ängstlich. Auf der einen Seite sehnte sie den Abend mit Duncan herbei, auf der anderen Seite war sie unglaublich nervös und unsicher. Er hatte zwar von ihrer Schönheit geschwärmt und wollte sie eindeutig besser kennen lernen, aber Helen war seit Teenagerzeiten nicht mehr so aufgeregt gewesen. Sie hatte ganz vergessen, wie stimulierend und erregend diese Gefühle sein konnten.

Sie entschied sich, eine Runde im Pool zu drehen. Sport hatte eine beruhigende und entspannende Wirkung auf sie, und abgesehen von ihren sexuellen Übungen mit Ben hatte sie sich seit ihrer Ankunft nicht mehr sportlich betätigt. Leider hatte sie nur einen sehr kleinen Bikini mit, den sie sonst eigentlich zum Sonnen anzog. Das Oberteil war so knapp, dass es bei jedem kräftigeren Schwimmzug verrutschte. Aber der Pool würde um diese Tageszeit sicher nicht allzu sehr frequentiert sein.

Das überdachte Schwimmbecken hatte olympische Ausmaße und war sehr eindrucksvoll. Es war von Palmen und anderen exotischen Pflanzen umgeben. Helen zog sich in einer der Umkleidekabinen aus und ging über den glatten Marmorfußboden auf das einladende, blaue Wasser zu. In der Halle herrschte eine schwüle, geradezu subtropische Atmosphäre, und so weit sie sehen konnte, war das Schwimmbecken völlig leer. Rechts von ihr befand sich ein großer Anbau mit Sofas, Sesseln und einer kleinen Auswahl von Fitnessgeräten. Die großen Fitnessmaschinen befanden sich nebenan im Fitnessstudio.

Plötzlich hörte Helen ein leises Geräusch. Sie drehte sich um und sah durch die dichte Bepflanzung hindurch Ben bei einem der Sofas stehen. Zu ihrem Erstaunen war er völlig nackt. Er hatte wirklich einen niedlichen Hintern – klein, aber perfekt geformt. Doch er war nicht allein. Justin war bei ihm. Jetzt, da sie die beiden nebeneinander stehen sah, fiel ihr auf, dass Justin besser gebaut war als Ben. Verglichen mit dem muskulösen Körper von Duncan Paul war er jedoch geradezu hager.

Der Anblick dieser zwei so unterschiedlichen, nackten Männerleiber hatte etwas sehr Erregendes. Justins Haut war blass, Ben dagegen hatte einen dunklen, fast südländischen Teint. Helen ließ ihre Augen über die beiden Körper wandern und blieb schließlich auf den Rundungen der Hinterbacken hängen. Ein gut proportionierter Männerpo hatte sie schon immer angemacht. Justins Rückseite war runder und definierter als die von Ben. Ihre Erregung verstärkte sich noch, als Justin sich bewegte und sie die Ketten an seinen Brustwarzen, sein schwarzes Schamhaar und den gepiercten Schwanz sah, der verlockend zwischen seinen kräftigen Schenkeln baumelte.

«Ob die hier immer nackt schwimmen?», fragte sie sich. Die Vorstellung war ein bisschen gewagt, denn der Pool wurde auch von den Patienten benutzt. «Der Anblick könnte einige der weiblichen Besucher sicher schockieren. Andere wiederum könnten ihn durchaus interessant finden», dachte sie und lächelte in sich hinein.

Helen hielt einen Moment inne und fragte sich, ob sie das Versteck hinter den Pflanzen aufgeben und sich bemerkbar machen sollte. Aber irgendetwas an der Haltung der beiden Männer und den Blicken, die sie austauschten, machte sie neugierig. Justin flüsterte Ben etwas ins Ohr und legte dann den Arm um seine Schulter, um ihn zu sich heranzuziehen. Er streichelte ihn sanft und umfasste dabei mit einer Hand seine Pobacken, die er so lange knetete und massierte, bis Ben ein leichtes Stöhnen von sich gab.

Sie traute ihren Augen kaum, als Justins Finger schließlich zwischen Bens Pobacken glitten und sich dort langsam den

Weg in seinen Anus bahnten. Ben keuchte vor Verlangen, während Justin seine intime Entdeckungsreise immer eindringlicher fortsetzte. Es war Helen bisher nie in den Sinn gekommen, dass Ben vielleicht bisexuell war, geschweige denn, dass Justin sein Liebhaber sein könnte. Ben reagierte auf die Zärtlichkeiten, indem er anfing, Justins Schwanz zu bearbeiten. Sanft ließ er seine Hände vom Schaft bis zur Eichel gleiten, bis der Knüppel ganz hart und steif war.

Justin drehte sich um, sodass die beiden jetzt Bauch an Bauch zueinander standen, und küsste Ben leidenschaftlich auf den Mund. Dieser Vorgeschmack auf weitere Zärtlichkeiten trat in Helen eine Welle von bisher ungedachten schmutzigen Gedanken los. Das Gefühl, Zeugin eines solch intimen Aktes zu werden, putschte ihre Sinne auf und steigerte ihr Bedürfnis zu bleiben.

Leise kauerte sie hinter ihrem Pflanzenversteck, um zu beobachten, was als Nächstes passieren würde. Ben legte sich auf ein niedriges Sofa, und Justin setzte sich mit dem Rücken zu seinem Gesicht rittlings auf seine Brust. Dann beugte er sich so weit vor, dass die Position ihnen erlaubte, sich gegenseitig die Schwänze zu lecken. Helen starrte die beiden mit angehaltenem Atem an, ihre Muschi heiß und erregt von der Erotik dieses Moments.

Ben nahm Justins Schwanz und führte ihn zwischen seine Lippen, während Justin sich gleichzeitig Bens Riemen in den Mund saugte. Von weitem wirkten die beiden Männer wie ein Knäuel der Lust, das sie zu einem einzigen Wesen zusammenschmelzen ließ.

Konzentriert beobachtete Helen, wie Justins volle Lippen wieder und wieder über Bens dicken Lustknochen fuhren, den der Speichel mittlerweile feucht glänzen ließ. Am anderen Ende des Sofas saugte Ben hungrig an Justins Schwanz. Das Prickeln in Helens Schritt wurde immer intensiver, und in ihrem Bikinihöschen machte sich eine feuchte Wärme breit. Den Orgasmus der beiden Männer wollte sie sich auf keinen Fall entgehen lassen. Was hätte sie darum gegeben, sich alles vom Leib zu reißen, um bei diesem überaus männlichen Lustakt mitmischen zu können.

Es war das erste Mal, dass Helen zwei Männern beim Sex zusah. Nicht einmal in ihren wildesten Phantasien hatte sie sich das bisher vorgestellt. Der Anblick war so erregend, so erotisch, dass sie dem Verlangen in ihrer Möse kaum widerstehen konnte. Sie presste die Hand in ihren Schritt und rieb sich die Muschi. Die leisen Leck- und Sauggeräusche der beiden Männer wurden immer wieder von tiefen Lustseufzern unterbrochen.

Helen wollte nicht einen Moment verpassen und beugte sich vor. Sie ließ ihre Finger in ihr Höschen wandern, wo sie sich hitzig in ihr feuchtes Loch bohrten und ihre Klit rieben. Das Fingern tat gut, reichte ihr aber nicht, und sie wünschte, sie hätte den Dildo hier, der in ihrer Nachttischschublade lag. Plötzlich zog Justin sich von Ben zurück, was dieser mit einem enttäuschten Grunzen quittierte. Helen sah jetzt zum ersten Mal die beiden steif aufgerichteten Keulen, die feucht in dem indirekten Licht glänzten.

Justin rutschte vom Sofa und kniete sich zwischen Bens geöffnete Schenkel. «Oh, ja!», stöhnte Ben und hob Justin sein Becken entgegen. Dieser griff sich eine Tube Gleitcreme und verteilte sie großzügig um Bens Arschloch, bevor er sich schließlich ein Gummi über seinen Schwanz rollte. Helen hielt den Atem an, während Justin sich nach vorne beugte, seinen Penis in Position brachte und langsam damit über Bens Rosette strich. Vorsichtig ließ er seine geschwollene Eichel in das empfindliche Lustloch seines Freundes gleiten, bis dieser ein lustvolles Wimmern von sich gab.

Mit einem harten, unnachgiebigen Stoß trieb Justin seinen Schwanz schließlich bis zum Anschlag in Bens Anus und presste sein Becken fest gegen die Pobacken seines Gespielen. Dann hielt er inne und begann, sanft und zärtlich über den Bauch seines Freundes zu streichen. Vorsichtig vermied er dabei, Bens steinharten Knüppel zu berühren, der nach der Berührung seiner Hand förmlich zu betteln schien.

Nach einigen Sekunden legte Justin die Hände auf Bens Hüften und stieß mit seinem Schwanz in immer kürzer werdenden Abständen zu.

Sein Fickrhythmus wurde so brutal, dass Bens wippender Schwengel mit jedem Stoß hart gegen seine Bauchdecke prallte. Der Gedanke, dass Justin den Mann in den Arsch fickte, der sie noch gestern Abend beglückt hatte, ließ Helen vor Lust zittern. In ihrem Kopf wirbelten Gedankenfetzen umher, und während sie beobachtete, wie die geballte Doppelladung männlichen Testosterons auf den gemeinsamen Höhepunkt zusteuerte, wurde ihr Verlangen unerträglich.

Endlich legte Justin die Hand um Bens Schwanz und fing an, ihn im Einklang mit seinen Hüftbewegungen hart zu wichsen. Als sie Bens lustvolle Schreie hörte, wurde ihre Geilheit animalisch. Aus seinem Schwanz schoss der heiße Saft in Fontänen heraus, die bis zu seiner Brust hochspritzten und von dort in zähen Tropfen seinen Körper hinabrannen.

Aufgegeilt rieb Helen ihre brennende Klit und näherte sich immer schneller ihrem eigenen Höhepunkt. Sie war kurz davor, aber sosehr sie sich auch bemühte, der Orgasmus wollte einfach nicht kommen. Zitternd vor Frustration sah sie die beiden Männer in eng umschlungener, zärtlicher Umarmung auf dem Sofa liegen. Sie hätte schreien können vor unbefriedigtem Verlangen.

Voller Neid drehte sie sich weg und ging in Richtung Pool. Vorsichtig kletterte sie die Leiter des Schwimmbeckens hinunter, um die Wellen auf der glatten Oberfläche so klein wie möglich zu halten. Die kühle Umarmung des Wassers strich ihr sanft über die Brüste, als sie versuchte, das Becken mit gleichmäßigen Zügen zu durchqueren. Die harmonischen Bewegungen beruhigten sie allmählich, und ihr Herzschlag verlangsamte sich wieder. Die beißende Wollust aber blieb.

Irgendwann bemerkte sie, wie ihr Bikinioberteil sich löste und ihre Brüste freilegte. Nach dem, was sie gerade beobachtet hatte, war ihr das allerdings gleichgültig. Außerdem tat es ihren steifen Brustwarzen gut, von dem sanften Strom des Wassers massiert zu werden. Sie schwamm mehrere Bahnen, ihr langes, blondes Haar wie einen Teppich im Wasser hinter sich herziehend, und merkte, wie das quälende Gefühl der Lust mit jedem Zug nachließ. Sie konzentrierte sich jetzt ganz auf das Schwimmen, und die monotonen Bewegungen beruhigten sie so sehr, dass sie gar nicht hörte, wie hinter ihr jemand ins Wasser sprang. Helen war nicht mehr allein.

Die Realität holte sie unsanft zurück ins Leben, als sie plötzlich spürte, wie ein Paar starke Arme nach ihr griffen. Sie wurde von einem kräftigen, männlichen Körper gepackt und in den flachen Teil des Schwimmbeckens gezogen. Der Angriff traf sie unvorbereitet, und bei dem Versuch, sich zu befreien, planschte sie wild im Wasser umher.

«Keine Panik, Helen», hörte sie Ben sagen, den sie aus den Augenwinkeln auf sich zuschwimmen sah.

Sie wusste sofort, wer sie da festhielt. «Lassen Sie mich los, Justin!», brüllte sie wütend. «Was fällt Ihnen ein?»

«Ganz ruhig», flüsterte er leise und hielt sie trotz der Gegenwehr immer noch eng umschlungen.

Justin umfasste ihre rechte Brust und zog sie so dicht zu sich heran, dass sie seinen festen, gegen ihren Po gepressten Bauch spürte. Seine Nippelketten kratzten an ihrem Rücken, und das aufgewühlte Wasser schlug seine schweren Eier rhythmisch gegen ihre Oberschenkel. Der Kampf schien ihn sehr zu erregen, denn sie spürte deutlich, wie sein harter Kolben fordernd gegen ihre Pospalte drückte.

«Nehmen Sie Ihre verdammten Hände weg!», zischte sie und versuchte verzweifelt, die aufsteigende Lust in ihrem Körper zu unterdrücken.

«Sie wollen doch angefasst werden», entgegnete er bestimmt. Mittlerweile hatte Ben ebenfalls den flachen Teil des Beckens erreicht, in dem man bequem stehen konnte. Träge kräuselte sich das Wasser um seine Brust und ließ den goldenen Brustwarzenring schimmern.

«Woher wussten Sie denn, dass ich es bin?», fragte Justin anzüglich. Sein warmer Atem streifte ihre feuchten Wangen.

«Das war mehr als eindeutig zu spüren», antwortete sie frech. Ihre Aufregung legte sich langsam, und Helen konnte sich jetzt entspannt gegen Justin lehnen und die Nähe seines straffen Körpers insgeheim genießen. Das blieb ihm nicht lange verborgen, und er fing langsam an, von hinten ihre Brustwarzen zu liebkosen.

Ben trat von vorne an sie heran, sodass Helen jetzt zwischen den zwei nackten Männern eingekeilt war. «Hast du uns zusammen gesehen, Helen?», fragte er und sah ihr dabei tief in die Augen.

«Und wenn?»

Der Sexgeruch, den die beiden ausströmten, war immer

noch spürbar, obwohl das Chlor ihn fast überdeckte. Helen zitterte, als Ben sich zu ihr beugte und mit seiner Zungenspitze über ihre feuchten Wangen und ihre zitternde Unterlippe fuhr.

«War das geil, uns beim Ficken zu beobachten?», fragte Justin leise, und während er weiter ihre Brüste massierte, knabberten seine Zähne an ihrem Ohrläppchen.

«Kann sein», sagte sie vage und stöhnte auf, als Ben seine Hand in ihr Bikinihöschen steckte und ihr sanft die Möse rieb.

«Du möchtest doch jetzt sicher auch deinen Spaß haben, nicht wahr, Helen?», sagte Justin anzüglich.

Sie antwortete mit einem leisen Stöhnen, und als Ben ihr unter Wasser das Höschen auszog, schloss sie die Augen. Langsam hob er ihre Beine, sodass sie gespreizt auf dem Wasser trieben.

«Jetzt bist du dran, du kleines Luder!», raunte Justin ihr zu und hielt sie unter den Achseln fest. Während er unausgesetzt mit ihren Brüsten spielte und sie zu küssen begann, kam Ben näher und öffnete ihre Beinschere noch weiter. Er hob sie so weit aus dem Wasser, dass ihr Po rausschaute, und presste sein Gesicht gegen ihr offenes Mösenloch. Entschlossen glitt seine Zunge in ihren nassen Schlitz und kreiste langsam um ihre Klit. Von vier Händen und zwei Mündern gleichzeitig verwöhnt zu werden steigerte ihre Lust ins Unermessliche. Dazu das Treiben auf dem kühlen Wasser und die warme, feuchte Luft – es war wie der Himmel auf Erden.

Während Ben seine Zunge immer tiefer in sie gleiten ließ, saugte Justin sich eine ihrer Brustwarzen in den Mund, die durch sein Zungenpiercing bis aufs äußerste gereizt wurde. Das Gefühl war unglaublich, und mit willigem Stöhnen gab sie sich ganz ihrer Wollust hin. Die bis dahin nur leicht plätschernde Wasseroberfläche geriet zu einer wogenden See, als sie schließlich mit einem gewaltigen Aufbäumen der Hüften kam.

Noch bevor Helen sich von ihrem Orgasmus erholen konnte, hoben die beiden Männer sie aus dem Pool heraus und legten sie auf ein weiches Handtuch. Sie begann zu zittern, weil sie nackt dalag und ihr Haar sich kalt und nass über ihre Schultern legte.

Justin stand mit steinhartem Schwanz über ihr. Helen starrte zu ihm hoch und hätte alles darum gegeben, wenn er sich zu ihr gelegt und mit seinem unglaublichen Schwanz in ihre Möse getaucht wäre. Sie hatte noch nicht genug. Diesmal wollte sie einen Höhepunkt durch einen zustoßenden Schwanz.

Doch dazu sollte es nicht kommen, denn plötzlich legte Ben seine Hand auf Justins Schulter, der sofort das Interesse an ihr verlor und sich seinem Liebhaber zuwandte. Die zwei Männer umarmten sich und streichelten sich mit gierigen Händen über ihre Körper. Als sie anfingen, sich zu küssen, raste Helen vor Eifersucht. Es war ganz offensichtlich, dass sie hier das fünfte Rad am Wagen war. Sie fühlte sich betrogen und benutzt. Die beiden hatten nur mit ihren Gefühlen gespielt, nichts weiter. Enttäuscht von Ben und wütend auf Justin stand sie auf und wickelte das Handtuch um ihren entblößten Körper. Mit schnellem Schritt ging sie auf die Umkleidekabinen zu, und als sie sich ein letztes Mal umdrehte, hatten Ben und Justin ihre Abwesenheit noch nicht mal bemerkt, so sehr waren sie aufeinander fixiert. Ben kniete unterwürfig vor seinem Freund und blies wie hypnotisiert dessen großen Schwanz.

Als Helen geduscht und sich umgezogen hatte, war es ihr bereits gelungen, das Erlebnis mit Ben und Justin in den Hintergrund zu drängen. Trotz des unbefriedigenden Endes hatte sie die Begegnung mehr als genossen. Zwei Männer beim Sex zu beobachten hatte etwas ausgesprochen Aufregendes, und sie wäre gern abermals Zeugin eines solchen Aktes. Aber irgendetwas sagte ihr, dass es besser wäre, sich in Zukunft von Ben und Justin fern zu halten. Sie wollte nicht, dass das Verhalten der beiden Macht über sie gewann. Ob sie der starken Verlockung widerstehen konnte, die von den zwei Männern ausging, wusste sie allerdings nicht.

Als sie sich später in ihr figurbetontes schwarzes Kleid, ihre schwarzen Strümpfe und die hochhackigen schwarzen Schuhe warf, hatte sie die Vorkommnisse des Nachmittags schon vergessen und war mit ihren Gedanken ganz bei Duncan. Sie entschloss sich, ihr Haar heute nicht hochzustecken, sondern es in offenen Wellen zu tragen, die sanft ihre Schultern einrahmten.

Duncan schaute erfreut auf, als sie die Rochester Suite betrat. Er saß im Wohnzimmer in einem großen Lehnstuhl und hatte einen schwarzen Morgenmantel aus Seide über seinen Pyjama gezogen. Sein verbundener Knöchel ruhte auf einem kleinen Schemel.

«Hallo», sagte er mit einem warmen Lächeln. «Ich freue mich sehr, dass Sie gekommen sind.»

Duncan war zwar ein berühmter Filmstar, eine Phantasiegestalt für die meisten seiner Fans, aber im Vergleich zu Justin und Ben wirkte er heute Abend geradezu normal und konventionell auf sie.

«Ich mich auch», sagte sie und setzte sich ihm gegenüber in einen zweiten Sessel. Links von ihr stand ein Tischchen, das mit feinem Porzellan, Silberbesteck und großen Kristallgläsern gedeckt war.

«Dann kann ich ja jetzt nach dem Essen läuten. Ich habe mir

die Freiheit genommen, bereits zu bestellen. Die Küche hier ist nicht ganz so flexibel wie normale Restaurants. Man wollte vorher wissen, was wir essen wollen.» Er drückte auf die Klingel. «Ich bin ganz ausgehungert. Wie steht's mit Ihnen?»

«Ich auch», stimmte sie zu. Ihre Augen konnten sich an seinem perfekten Körper und dem attraktiven Gesicht gar nicht satt sehen. Sie konnte kaum glauben, hier mit dem Mann zusammenzusitzen, den sie auf der Welt am meisten begehrte. «Völlig ausgehungert», fügte sie hinzu und presste in vollem Bewusstsein ihrer Erregung die Schenkel zusammen.

Die Tür ging auf, und ein Kellner schob vorsichtig einen üppig beladenen Servierwagen herein. «Soll ich sofort auftragen, Mr. Paul?», fragte er und stellte den Wagen neben den Tisch.

«Zunächst nur den Champagner. Wir können uns später selbst bedienen.» Duncan warf Helen einen fragenden Blick zu. «Sie dürfen doch trinken, oder?»

Sie nickte. «Ich habe heute Abend weder Dienst noch Bereitschaft.» Der Kellner reichte Helen ein großes Glas. «Sehr gut», befand Duncan, als er den Champagner probiert hatte. «Ich war mir nicht sicher, wie umfassend die Weinkarte hier ist, also habe ich ein paar Flaschen aus meinem eigenen Keller holen lassen.»

«Sind Sie Weinkenner?», fragte Helen, als der Kellner den Raum verlassen hatte.

«Ich gebe mir alle Mühe.» Seine dunklen Augen blitzten verführerisch, als er sie mit vielsagendem Blick ansah. «Ich versuche, ein Kenner von vielen Dingen zu sein», fügte er mit leiser Stimme hinzu, die Helen vor Erregung zittern ließ.

Mit dem Gefühl, dass ihr vorheriger Orgasmus sie seltsam unbefriedigt zurückgelassen hatte, nahm sie einen großen Schluck Champagner. Ihre Lust auf Duncan war unermesslich. Sie war vollkommen verrückt nach ihm und stellte zu ihrer Erleichterung fest, dass die Signale, die er aussendete, kaum falsch zu interpretieren waren. Er schien ebenso scharf auf sie zu sein. Helen stand kurz davor, alles zu bekommen, wonach sie sich immer gesehnt hatte: Sex mit dem Hauptdarsteller ihrer erotischen Phantasien. Der Gedanke an das kommende Vergnügen stimulierte sie noch mehr. Ihr Atem ging schneller, und ihre Haut kribbelte vor Vorfreude.

«Wirklich köstlich», sagte sie und stellte ihr Glas auf den Tisch. Das Essen auf dem Servierwagen bestand nur aus kalten Speisen: frischer Hummer, Parmaschinken, frische Früchte und verschiedene Nachspeisen. «Wollen Sie jetzt etwas essen?»

«Sie etwa?» Seine Augen wanderten abwärts und blieben auf ihrem Busen hängen.

«Sie haben doch gesagt, Sie wären ganz ausgehungert.»

«Allerdings.» Duncan grinste. «Die Frage ist nur, wonach mir der Sinn steht. Die Aussage lässt sich auf vielerlei Art und Weise interpretieren.»

Helen genoss das Flirten mit ihm, war aber fest entschlossen, seinem unglaublichen Charme nicht so schnell nachzugeben. Da er mit seinem eingegipsten Fuß nicht allzu beweglich war, hatte sie eindeutig das Zepter in der Hand. «Ich fülle Ihnen mal etwas auf. Sie sollen Ihr Bein noch nicht belasten. Wie wär's mit Hummer und etwas Salat?»

«Was immer Sie sagen, Frau Doktor. Sie sind ja schließlich für mich verantwortlich.» Sein Mund verzog sich leicht, als er versuchte, ein provokatives Lächeln zu unterdrücken.

«Wenn man es genau nimmt, ist Ben Taylor ihr offizieller Arzt und nicht ich», konterte sie und richtete einen Teller für ihn her.

«Das enttäuscht mich aber», neckte er und beobachtete dabei jede ihrer Bewegungen. Das schwarze, kurze Kleid schmiegte sich eng an ihren Körper, und als sie sich umdrehte, um ihm den Teller zu reichen, rutschte es fast über den Rand ihrer Strümpfe.

«Ich dachte, wir wollten darüber sprechen, was Sie von Frauen in Autoritätspositionen halten.» Trotzdem ihr Appetit völlig verschwunden war, füllte sie auch für sich einen Teller.

«Tun wir doch auch.» Er grinste frech. «Aber wenn ich mich recht entsinne, war das eigentliche Thema Frauen, die Männer dominieren.»

«Das Wörterbuch übersetzt Dominanz mit totale Kontrolle.»

«Würde es Ihnen Spaß machen, totale Kontrolle über einen Mann auszuüben, Helen?»

Der sexuelle Unterton ihrer Unterhaltung wurde immer eindeutiger. «Das habe ich bisher noch nie versucht», antwortete sie und steckte sich eine frische Erdbeere in den Mund. «Möchten Sie auch eine?»

Duncan lächelte lasziv. «Sagen Sie es mir. Sie haben doch hier das Kommando.»

Sie beugte sich so weit vor, dass er einen deutlichen Blick in ihren tiefen Ausschnitt erhaschen konnte, und steckte ihm die Frucht in den Mund. «Köstlich», sagte er kauend. «Apropos Kontrolle – Sie behaupten zwar, es noch nie ausprobiert zu haben, aber üben Sie nicht jeden Tag Kontrolle über Ihre Patienten aus?»

«Medizinisch gesehen, ja», stimmte sie zu und stellte sich breitbeinig über seinen eingegipsten Fuß. «Ich könnte Ihnen zum Beispiel ein Medikament verabreichen, das Sie innerhalb von Sekunden völlig hilflos machen würde. Und zwar so hilflos, dass Sie keinen Muskel mehr bewegen könnten.»

«Dann könnten Sie mit mir machen, was Sie wollten», bemerkte er mit erregter Stimme.

«Würde Ihnen das denn gefallen? Hilflos auf dem Bett zu liegen, während ich Ihren nackten Körper in Besitz nehme?» Helen leckte sich langsam über die Unterlippe und nahm eine langstielige Rose aus der Vase, die auf der Mitte des Tisches stand. «Sind die von Ihrer Freundin?»

«Nein. Die hat mein Fanclub geschickt. Ich habe keine Freundin. Aber wo wir schon mal beim Thema Partner sind: Was ist denn mit Max?»

«Der ist nicht hier. Oder sehen Sie ihn irgendwo?» Sie strich ihm mit der duftenden Rose über die Wange und ließ sie dann langsam über seinen angespannten Hals gleiten. Die samtweiche Blüte streichelte über die Haut, die der offene Kragen seines Morgenmantels freigab. Dabei fielen einige der Blütenblätter ab, und der Duft der Blume wurde intensiver. «Unsere Beziehung ist nicht so ernst, Duncan», sagte sie und merkte noch während des Sprechens, dass es ihr endlich gelungen war, sich von den Ketten zu befreien, die sie bisher an Max gefesselt hatten. «Es gibt keinerlei Verpflichtungen zwischen uns», fügte sie hinzu. Sie war sich sicher, dass Max' Gefühle für sie größtenteils etwas mit Besitzanspruch zu tun hatten.

Duncan sagte kein Wort, als Helen seinen Bademantel öffnete und ihm langsam die Pyjamajacke aufknöpfte, um seinen gebräunen Oberkörper freizulegen. Duncans Brustmuskulatur war äußerst gut entwickelt, und die sanfte Haut darunter spannte sich über seinen Waschbrettbauch.

Wie ein Blitz traf Helen die plötzliche Erkenntnis, dass sie jetzt tatsächlich mit ihm machen konnte, was sie wollte. Sie beugte sich noch tiefer zu ihm und steckte ihre Zunge sanft in seinen Erdbeermund. Dabei glitten ihre Hände zwischen seine Beine und befühlten seinen bereits steif gewordenen Schwanz unter der schwarzen Seide, der ungeduldig gegen den Bund seiner Hose drückte. Bei dem Gedanken, wie gut es tun würde, ihn in sich zu spüren, wurde ihre Muschi sofort nass, und ihre Klit schwoll an.

Duncan machte Anstalten, sie zu berühren, aber sie schlug ihm mit dem Rosenstängel auf den Arm. Duncan zuckte überrascht weg, als die Dornen seine Haut aufkratzten. «Du tust heute Abend das, was ich dir sage.»

Er legte den Arm hinter den Stuhl und hielt sich an der Lehne fest, während Helen seine Pyjamahose aufknöpfte. Sein befreiter Schwanz stand aufrecht von seinem flachen Bauch ab, und der Anblick dieser Männlichkeit zog Helen geradezu magisch an. Sie konnte sich kaum noch zurückhalten, entschied aber, dass sie Duncan noch nicht genug gereizt hatte. Langsam ließ sie die Rose an seinem Schwanz auf- und abgleiten, der unter dieser ungewohnten Berührung heftig zuckte.

Vorsichtig zog sie ihn so weit aus, dass sein gesamter Oberkörper nackt war. Dann fuhr sie mit der Blume über jede seiner Brustwarzen, strich sie über seinen Bauch und seinen Penisschaft, bis er vor hungriger Erwartung stöhnte.

Sein Gesichtsausdruck verriet ihr, wie geil und ungeduldig er bereits war, doch Duncan presste seine Lippen fest zusammen und schien sich vorgenommen zu haben, kein Wort zu sagen. Helen hätte ihn so gern betteln gehört und stellte sich mit weit gespreizten Schenkeln über seine Beine. Langsam zog sie ihr Kleid hoch und gewährte ihm einen Blick auf den Übergang von Seidenstrümpfen und ihrer weißen Haut. Duncan stockte der Atem, als er sah, dass sie kein Höschen trug. Doch er blieb weiter still. Sein schweres Atmen war das einzige Geräusch, das im Raum zu hören war. Wie hypnotisiert starrte er auf ihr goldgelocktes Schamhaar.

Da durchbrach Helens Stimme die Stille: «Du musst darum betteln», sagte sie, fuhr mit der Rose über ihre offenen Schamlippen und salbte ihr Geschlecht mit dem starken Parfum der Rosenblätter.

«Und wenn ich das nicht tue?» Auf Duncans hübschem Gesicht machte sich eine gewisse Sturheit breit. Doch sie wusste, dass er jede Minute dieser süßen Qual genoss.

«Dann könnte ich dir das verwehren, was du so offensichtlich haben willst», erwiderte sie mit einem Blick auf seinen harten Riemen. «Oder ich könnte dich bestrafen.» Erneut strich sie mit der Blume über seinen pochenden Schwanz, der gar nicht mehr aufhörte zu zucken.

«Bist du sicher, dass du das noch nie gemacht hast? Wenn ja, musst du ein echtes Naturtalent im Quälen sein.» Seine Stimme klang angespannt und erwartungsvoll, aber er saß weiterhin regungslos in seinem Sessel.

«Du bist erstaunlich hart im Nehmen. Bist du denn sicher, dass du dieses Spiel noch nie gespielt hast?» Ein letztes Mal ließ Helen die Rose über seinen Bauch und die Brust gleiten, warf sie dann hinter sich und begann an seinen kupferfarbenen Brustwarzen zu ziehen, bis sie noch dunkler und härter waren.

Duncans Atem war mittlerweile zu einem Keuchen geworden, und sein Schwanz stand kurz vor der Explosion. «Ich bin schon immer ein Mann der Tat gewesen, der gerne alles ausprobiert. Aber diese Situation ist neu für mich. Ich war noch nie durch einen gebrochenen Knöchel lahm gelegt. Unter normalen Umständen würde ich dich hochnehmen, dich zum Bett tragen …»

«Und mich ficken, bis ich um Gnade winsel?», unterbrach

sie ihn mit einem leisen Lachen. «Aber du bist ein Patient, Duncan, und ich bin die Ärztin. Also musst du wohl oder übel das tun, was ich dir sage.»

Gierig schaute er zu, wie sie mit der Hand zwischen ihre Schamlippen fuhr und sich den feuchten Schlitz massierte. Nach einigen Sekunden zog sie die vor Mösensaft glänzenden Finger wieder hervor und strich damit über seine Eichel. Duncan stöhnte vor Lust und grub seine Hände verzweifelt in die Lehnen des Sessels. «Das ist Folter!»

«Du musst nur bitte sagen», flüsterte Helen. Sie umfasste seine Schwanzwurzel, ließ ihre Hand aber dort liegen und bewegte sie nicht weiter.

«Bitte, Helen!», brach es schließlich aus Duncan heraus, sein Knüppel so hart, dass es wehtat.

«Das war fast das Zauberwort.» Sie wichste ihn mit langen, sanften Bewegungen. «Aber da fehlt noch was.»

Duncan hob sein Becken. «Bitte lass mich hinein!», flehte er. Helen war jetzt selbst so heiß, dass ihr Saft bereits ihre Oberschenkel erreicht hatte.

Nur zu gern hätte sie Duncans Qual noch verlängert, aber sie konnte keinen Moment länger warten. Sie musste ihn jetzt haben. Mit den Knien auf den Armlehnen positionierte sie sich direkt über seinem stolz aufgerichteten Schwanz. Als Duncans Eichel den feuchten Eingang zu ihrem Geschlecht berührte, konnte er sich nicht länger zurückhalten und hob sein Becken, um in sie einzudringen. Gleichzeitig ließ Helen sich tiefer sinken, bis sie spürte, wie sein Schambein hart gegen ihren Beckenknochen rammte.

Sie hielt inne, um sich an das wunderbare Gefühl des Ausgefülltseins zu gewöhnen, und begann dann, ihre Hüften zu bewegen.

«Oh, ist das gut», stöhnte Duncan, als ihre gespannten Scheidenmuskeln sich um seine Latte schlossen.

Die Lust übermannte sie fast. Sie legte ihre Hände auf Duncans breite Schultern und richtete sich so weit auf, dass sein Schwanz beinahe wieder aus ihr rausrutschte. Aber nur, um sich einen Moment später wieder fallen zu lassen und ihn tief in ihr Loch zu bohren. Ihre Bewegungen wurden immer schneller, und auf ihrer Stirn bildeten sich erste Schweißtropfen. Die Kraft der Stöße und die totale Macht, die sie in dieser Stellung über ihn hatte, waren so überwältigend, dass Helen zusehends die Kontrolle über sich verlor.

Doch sie versagte sich ein lautes Aufstöhnen und konzentrierte sich ganz auf ihre schnellen, rhythmischen Bewegungen. Die Spannung in ihrem Körper wurde immer größer. Genau in diesem Moment ließ Duncan die Sessellehnen los und steckte zusätzlich die Finger in ihren Muschispalt. Als er an ihrer Klit zog und sie mit Daumen und Zeigefinger knetete, sah Helen Sterne. Diese schmerzvolle Lust war zu viel für sie. Sie kam mit einem so gewaltigen Orgasmus, dass ihr ganzer Körper zuckte.

Als der Höhepunkt abebbte, legte sie ihren Kopf auf Duncans muskulöse Brust. Er küsste sie zärtlich und liebkoste und streichelte ihren zitternden Körper. Der Duft der Rose hing immer noch im Raum. Nur vermischte er sich jetzt mit dem Geruch zweier Körper, die sich gerade vereinigt hatten. Ein süßeres Parfum hatte sie nie gerochen.

Als Helen Duncan schließlich verließ, war es fast zwei Uhr nachts. Sie hatten nach dem Sex noch getrunken, gegessen und Ewigkeiten geredet. Das Erlebnis hatte Helen so glücklich gemacht, dass sie beschwingt durch die leeren Flure des Krankenhauses ging. Die Nachtschwestern saßen gähnend an ihren Schreibtischen und lasen oder tranken Kaffee, während die Patienten friedlich schliefen.

Überall herrschte Totenstille. Auf dem dicken Teppichboden waren nicht einmal ihre eigenen Schritte zu hören. Plötzlich wurde die Ruhe vom Geräusch sich drehender Rotorblätter durchbrochen. Ein Hubschrauber näherte sich. Helen dachte zunächst, er würde vorbeifliegen, aber da der Lärm immer größer wurde, erkannte sie, dass er auf dem Krankenhausgelände landete. «Wer kommt denn hier mitten in der Nacht an?», fragte sie sich.

Sie war auf dem Weg zum Hintereingang im Erdgeschoss, als sie den Hubschrauber abheben hörte. Jetzt, da sie den Innenhof betrat, war er schon nicht mehr zu sehen. Sie ging zurück auf den Flur, der zu dem Hintereingang führte.

Durch das milchige Türglas waren schemenhaft Figuren auszumachen. Dann öffnete sich die Schwingtür. Ihre innere Stimme sagte ihr, sie solle zurücktreten und sich nicht sehen lassen. Helen schlüpfte in ein kleines, unbenutztes Untersuchungszimmer, das vom Flur abging. Die Vorhänge waren zugezogen und der Raum stockdunkel. Hier konnte sie sich gut verstecken und beobachten, um wen es sich bei dem Neuzugang handelte.

Sie hörte das Geräusch eines fahrbaren Krankenbettes und mehrere undeutliche Männerstimmen. Als die Beleuchtung des Hintereingangs auf die seltsame Prozession fiel, konnte sie auch kurz den Patienten sehen. Es handelte sich um einen Mann mittleren Alters mit einer großen Hakennase. Obwohl ihr das Gesicht bekannt vorkam, hatte sie keine Ahnung, um wen es sich bei dem Neuzugang handelte. Er wurde von drei bullig aussehenden Männern in dunklen Anzügen begleitet.

Zu ihrer Überraschung entdeckte sie bei der Gruppe auch Ben Taylor, der leger in Jeans und T-Shirt gekleidet war.

Helen konnte sich zunächst keinen Reim auf die Situation machen. Doch dann fiel ihr ein, dass dies vielleicht der mysteriöse Mr. X sein konnte. Allerdings waren in den nächsten Tagen offiziell keine Operationen vorgesehen. Warum wurde die Identität dieses Mannes so geheim gehalten, und was war an seiner bevorstehenden Operation so besonders? Selbst wenn Mr. X eine Berühmtheit war und das Krankenhaus von der Presse bedrängt werden sollte, war das Personal loyal genug, nichts durchsickern zu lassen. Was könnte es also für einen Grund für so eine Nacht-und-Nebel-Aktion geben?

Helen steckte ihren Kopf aus der Tür des Untersuchungszimmers und konnte gerade noch sehen, wie die kleine Gruppe nach links abbog. Sie zog ihre hochhackigen Schuhe aus und folgte ihnen neugierig. Als sie die nächste Ecke erreichte, sah sie, wie die Männer in einen neu eingebauten Lift stiegen. Dieser Aufzug führte direkt auf die neue Entbindungsstation und den Anbau des Westflügels, der gerade renoviert wurde. Es würde noch mindestens einen Monat dauern, bis die Räume benutzbar waren.

Helen wollte unbedingt mehr über den Neuzugang erfahren und lief die Treppen zum ersten Stock hinauf. Neugierig schielte sie durch das Glasfenster des Treppenhauseingangs und sah, wie der Patient durch die Doppeltür geschoben wurde, die direkt in den Anbau führte. Es gab Gerüchte, dass diese Zimmer sogar noch teurer als die im Westflügel waren, doch sie sollten noch lange nicht bezugsbereit sein. Wieso um alles in der Welt brachte Ben einen seiner Patienten hier unter?

KAPITEL 6

Am nächsten Morgen überprüfte Helen noch vor ihrem offiziellen Dienstantritt die Operationslisten. Es überraschte sie nicht, dass keine neuen Patienten auf der Liste eingetragen waren. Wenn Ben und Ralph Kalowski derartige Anstrengungen unternahmen, den Namen des Patienten sogar vorm Krankenhauspersonal geheim zu halten, wäre es verwunderlich gewesen, hätten sie ihn auf diese Weise veröffentlicht. Die Frage lautete, wie viele ihrer Kollegen an dieser merkwürdigen Verschwörung beteiligt waren.

Aber vielleicht war sie auch nur paranoid. Vielleicht gab es einen ganz logischen Grund, warum aus der Identität des Mannes so ein Geheimnis gemacht wurde. Nur mit Mühe gelang es ihr, sich auf ihre Arbeit zu konzentrieren und die vielen unbeantworteten Fragen aus ihrem Kopf zu verdrängen.

Hätte sie nicht gewusst, in welch enger Beziehung Justin zu Ben stand, hätte sie Letzteren sicherlich zurate gezogen. Aber Justin Masterson hatte etwas an sich, das man ihm nicht auf den ersten Blick ansah, das bei Helen aber ein tiefes Misstrauen auslöste. Wenn es um seinen Vorteil ging, war er bereit, jeden Menschen auszunutzen, da war sie sich ganz sicher. Normalerweise urteilte Helen nicht so schnell über Fremde, aber bei Justin konnte sie einfach nicht anders.

Duncan stand nicht auf ihrer Betreuungsliste, aber sie entschloss sich dennoch, im Anschluss an ihre Visite nach ihm zu sehen. Sie hatte sich gestern Abend besser amüsiert, als sie sich eingestehen wollte, und freute sich sehr darauf, ihn wieder zu sehen.

Der Großteil von Helens Patienten war im Ostflügel des Krankenhauses untergebracht. Da die Patienten im Westflügel ausschließlich von ihren jeweiligen Fachärzten betreut wurden oder nur zum Ausspannen dort waren, hatte sie eigentlich gar keinen Grund, diesen Teil des Gebäudes zu betreten.

Im Gegensatz zum freundlichen und diensteifrigen Personal des Ostflügels hatten die Angestellten im Westflügel etwas Merkwürdiges an sich. Helen fühlte sich bei jedem Besuch wie ein Eindringling und von den Schwestern argwöhnisch beobachtet. Außerdem hatte sie schnell gemerkt, dass Sandra im Westflügel weitaus mehr Einfluss hatte als im Rest des Krankenhauses.

Um möglichst viel Zeit mit Duncan verbringen zu können, beeilte Helen sich mit ihrer Visite. Sie hatte nur noch nach einer Patientin zu sehen: Miss Zara Dawn. Als sie sich dem Zimmer näherte, fand sie zu ihrer Überraschung eine ganze Ansammlung von Leuten vor, die nicht zum Krankenhauspersonal gehörten und hektisch herumschwirrten.

«Was ist hier los, Schwester Baker?», fragte Helen die Schwester, mit der sie gestern über Duncan gesprochen hatte.

«Es ist ein bisschen chaotisch, aber Miss Dawns Facharzt hat die Sache genehmigt.»

«Welche Sache?»

«Miss Dawn soll unmittelbar nach ihrer Entlassung in einer historischen Fernsehserie mitspielen, und die Leute hier probieren schon mal die Kostüme und das Make-up an ihr aus. Ist das nicht aufregend?»

«Vielleicht ein bisschen zu aufregend für die anderen Patienten», sagte Helen, als sie ein paar Frauen schwatzend vor dem Schwesternzimmer stehen sah. Eine von ihnen zündete sich gerade eine Zigarette an.

Helen stürmte über den Flur. «Das Rauchen ist in diesem Krankenhaus nicht gestattet. Sie machen jetzt sofort die Zigarette aus!»

Die aufgetakelte Frau ganz in Leder starrte Helen ungläubig an. «Sagt wer?»

«Sage ich», fuhr Helen sie an. «Rauchen verboten! Und sagen Sie Ihren Mitarbeitern, dass sie ein bisschen leiser sein und dem Krankenhauspersonal nicht im Weg stehen sollen. Wenn Sie sich nicht an die Vorschriften halten, lasse ich Sie alle rauswerfen.»

Als Helen sich umdrehte, hörte sie, wie die junge Frau eine Beleidigung in ihre Richtung zischte. «Schwester Baker», sagte Helen in dienstlichem Ton, «wenn es irgendwelche Probleme gibt, rufen Sie den Sicherheitsdienst und lassen den ganzen Haufen rauswerfen. Ich gehe erst mal einen Kaffee trinken, bis der ganze Spuk vorbei ist. Ich werde dann später nach Miss Dawn sehen.»

«Ja.» Die Schwester sah sie mit neugierigen Augen an.

«Stimmt was nicht?», fragte Helen.

«Entschuldigen Sie die Frage, Frau Doktor», erwiderte die Schwester zögernd. «Meine Freundin hat mir erzählt, dass Sie gestern Abend mit Duncan Paul gegessen haben.»

«Das ist richtig.» Die Erwähnung seines Namens entlockte

Helen ein Lächeln. «Ich kenne Duncan Paul allerdings schon länger. Wir haben einen gemeinsamen, engen Freund.»

«Da sind Sie ja ein echter Glückspilz», sagte Schwester Baker fast atemlos. «Ich bin wirklich ein großer Fan von ihm. Hören Sie, ich weiß, es gibt Vorschriften, dass wir die Patienten nicht belästigen sollen, aber da Sie ihn so gut kennen, habe ich mich gefragt …»

«Nun rücken Sie schon raus mit der Sprache!»

«Ich hätte so gern ein Autogramm von ihm. Vielleicht sogar mit einer persönlichen Widmung.» Schwester Bakers verlegenes Lächeln amüsierte Helen. «Ist das alles? Da lässt sich sicher was machen. Ich werde ihn mal fragen, wenn ich nach ihm sehe.»

«Das ist sehr nett von Ihnen, Dr. Dawson. Ich wäre Ihnen so dankbar.»

«Und Sie behalten in der Zwischenzeit diese Leute im Auge», fügte Helen hinzu, als die Lederfrau Zaras Zimmer verließ und dabei laut die Tür hinter sich zuwarf. «Bitte sorgen Sie dafür, dass die anderen Patienten nicht gestört werden.»

«Aber sicher», versprach Baker und lächelte.

Helen drehte sich um und ging in Richtung Kantine, um einen Kaffee zu trinken und vielleicht einen Happen zu essen. Aber als sie Ben Taylor erblickte, erschien ihr der Gedanke an eine Pause nicht mehr so verlockend. Er trat aus einem engen, kaum benutzten Flur heraus, der nur zur Entbindungsstation und dem halb fertigen Anbau führte, und entfernte sich mit raschen Schritten, ohne sie gesehen zu haben.

«Es würde sicher nichts schaden, einen Blick in diesen Trakt des Gebäudes zu werfen», dachte Helen bei sich. Da Ben offensichtlich aus dem Anbau kam, war es sehr gut möglich, dass der mysteriöse Patient immer noch dort untergebracht war. Helen betrat den kleinen Flur und bemerkte sofort, dass irgendetwas anders war als sonst. Normalerweise war eine ganze Reihe von Handwerkern dort beschäftigt, aber heute lag der Trakt völlig verlassen da. Es war ein ganz normaler Wochentag, und Helen konnte sich nicht erklären, warum die Männer heute nicht arbeiteten.

Am Ende des Flurs bog sie scharf rechts ab und ging an dem Treppenhaus vorbei, in dem sie sich gestern Abend versteckt hatte. Ein paar Meter vor der Eingangstür des Anbaus war ein dicker, schwerer Plastikvorhang gespannt worden. Als Helen ihn ungeduldig beiseite geschoben hatte, fiel ihr Blick sofort auf den stämmigen Mann im dunklen Anzug, der vor der Tür auf einem Stuhl saß. Es war derselbe Mann, den sie gestern Abend gesehen hatte.

Als Helen sich ihm näherte, erhob er sich sofort und baute sich vor ihr auf. Er überragte sie um gut einen Kopf. «Der Zutritt zu diesem Trakt ist verboten», sagte er mit starkem ausländischem Akzent.

Helen tat so, als würde sie die Unterlagen auf ihrem Klemmbrett studieren. «Ich bin die zuständige Assistenzärztin. Laut meinen Unterlagen soll ich hier nach einem Patienten sehen, der demnächst operiert wird.»

«Zutritt verboten», wiederholte der Mann und schüttelte den Kopf.

«Gehen Sie mir aus dem Weg!» Helen versuchte, sich an ihm vorbeizudrücken, aber er griff nach ihr und presste seine dicken, fleischigen Finger in ihren Oberarm.

«Nein!», sagte er bestimmt. Helen gab einen lauten Schmerzensschrei von sich.

«Was ist hier los?», mischte sich plötzlich ein zweiter Mann ein. Er hatte zwar einen gehobenen, englischen Akzent, sah aber eher spanisch oder südamerikanisch aus. Seine Haut war dunkel und das schwarze Haar streng aus dem markanten Gesicht gekämmt. Unter seinem teuren, grauen Anzug trug er ein elegantes, cremefarbenes Hemd und eine passende Krawatte.

«Das hätte ich auch gern gewusst», sagte Helen wütend, während sie versuchte, den Klotz abzuschütteln, der sie immer noch festhielt. Der Fremde richtete auf Spanisch ein paar scharfe Worte an ihren Angreifer, der Helen daraufhin sofort losließ. «Ich bin Assistenzärztin an diesem Krankenhaus», wiederholte sie.

Der dunkelhäutige Mann hob seine fein geschwungenen Augenbrauen. «Dann müssten Sie doch informiert sein, dass das Betreten dieses Gebäudetraktes für alle Krankenhausangestellten verboten ist.»

«Ich habe nichts dergleichen gehört», erwiderte Helen. Die Überlegenheit und der vernichtende Blick des Mannes irritierten sie. «Wer hat das angeordnet, wenn ich fragen darf?»

Er zuckte die Schultern. «Die Krankenhausleitung, nehme ich an. Dieser Gentleman steht hier, um etwaige Eindringlinge aufzuhalten.»

«Dass er gleich Gewalt anwendet, war aber nicht nötig», beschwerte sie sich und rieb ihren schmerzenden Arm.

«Ich bedaure seinen Übereifer, aber er hat lediglich aus Sorge um Ihre Sicherheit gehandelt.»

«Meine Sicherheit?»

«Ja.» Der Mann zeigte in Richtung Anbau. «Der Architekt hat in einem der Räume einen Fehler in der Statik entdeckt, der sofort behoben werden muss. Dieser Teil des Gebäudes ist sehr alt, und wir mussten Spezialisten hinzuziehen, um das Problem zu lösen.»

Helen wusste genau, dass er log, denn so etwas hätte sich im

Krankenhaus längst herumgesprochen. Außerdem wäre es Aufgabe des hauseigenen Sicherheitsdienstes gewesen, den Zugang zu bewachen. Das Ganze war also offensichtlich eine Lüge, um sie davon abzuhalten, den Anbau zu betreten und die Identität des geheimnisvollen Patienten aufzudecken.

«Und was tun Sie dann hier?», fragte sie.

«Ich gehöre zu einer der Spezialfirmen», log er, ohne zu zögern.

«Ich weiß zufälligerweise, dass sich in einem der Räume ein Patient befindet», konterte sie unnachgiebig.

«Sie irren sich, Frau Doktor.» Er trat einen Schritt zurück, sodass er jetzt direkt vor der Tür stand. «Ihre Information stimmt nicht. In diesem Teil des Krankenhauses befinden sich keine Patienten. Ich muss Sie warnen – wenn Sie versuchen sollten, hier reinzukommen, setzen Sie sich erheblichen Gefahren aus.»

Der drohende Ton seiner Stimme war nicht zu überhören, und Helen wusste, dass sie zu diesem Zeitpunkt nichts weiter ausrichten konnte. «Dann haben Sie vielleicht Recht. Vielleicht bin ich wirklich falsch informiert worden», stimmte sie zu und versuchte dabei, ihr Unwohlsein zu verbergen. «Meine Unterlagen sind ganz offensichtlich falsch.»

«Das sind sie wohl.» Er nahm sie beim Arm und schob sie sanft hinter den Plastikvorhang in den Hauptflur zurück.

«Ich hoffe, das Problem ist bald behoben. Es wäre sehr unangenehm, wenn die Eröffnung der Entbindungsstation durch die zusätzlichen Arbeiten verzögert würde.»

«Ich bin sicher, so weit wird es nicht kommen», beruhigte er sie. Mit intensivem Blick musterte er Helen von oben bis unten und beobachtete jede ihrer Bewegungen, als sie sich schließlich auf den Rückweg in den Ostflügel machte.

Zara sah in den Spiegel und war hocherfreut von dem Anblick, der sich ihr bot. Ihre Blutergüsse verschwanden langsam, und sie fühlte sich schon viel besser. Das war in erster Linie der guten Pflege durch Colin zu verdanken. Sie kannten sich zwar erst wenige Tage, waren sich in dieser Zeit aber sehr nah gekommen. Colins aufgeschlossenes und vertrauenswürdiges Wesen hatte Zara veranlasst, sehr offen mit ihm zu sprechen und ihm Dinge zu erzählen, die sonst niemand wusste.

Er hatte heute zwar Spätdienst, aber Zara hoffte, dass er nach dem Fitnessstudio noch bei ihr reinschauen würde.

«Sie sehen toll aus», sagte Betsy überschwänglich. Sie war eine dürre, recht unattraktive Frau, aber Zara mochte sie, denn sie hatte ein gutes Herz und war eine ausgezeichnete Kostümbildnerin.

Das Kleid, das Zara trug, war aus pinkfarbenem Satin, hatte eine Goldbordüre und war großzügig mit Strasssteinen bestickt. Durch den Petticoat und das Fischbeinkorsett war es zwar unbequem und schwer, aber es machte Helens Taille schmaler, hob ihren Busen und ließ ihre Figur noch verlockender erscheinen. Um eine genauere Vorstellung zu bekommen, wie Helen später im Film aussehen würde, hatte die Maskenbildnerin ihr Haar hochgesteckt. Bei den eigentlichen Dreharbeiten würde sie zwar Perücken tragen, doch diese waren noch nicht angefertigt.

«Hinreißend. Einfach hinreißend, Betsy!» Zara lächelte, als Betsy ein paar Polaroid-Aufnahmen von ihr machte. «Obwohl ich kaum atmen kann.»

Es war das erste Mal, dass Helen in einem Kostümfilm auftrat. Ebenso hatte sie nie ein solch einengendes Kleid getragen. Der Science-Fiction-Film, in dem sie mal mitgespielt hatte, kam dieser Erfahrung noch am nächsten. Aber da waren die

Kostüme nicht aus Satin gewesen, sondern aus hautengem Latex, PVC und Leder.

«Sie sehen so majestätisch aus. Wie eine Königin», sagte Betsy und bückte sich, um den voluminösen Rock zurechtzuziehen.

Zara lachte. «Genau das spiele ich ja auch – eine Königin.» Sie erschrak ein wenig, als die Tür aufging und Colin den Raum betrat. Er trug enge, hellblaue Jeans und ein weißes Hemd, das seine muskulösen Arme und die breite Brust betonte.

Er gab ein anerkennendes Pfeifen von sich. «Du siehst toll aus. Unglaublich.» Die Art, wie er sie ansah, machte Zara glücklich. Sie fühlte sich begehrenswert und sexy.

«Das ist also der hinreißende Mann, von dem Sie die ganze Zeit schwärmen», sagte Betsy und sah ihn an, als wolle sie sofort mit ihm ins Bett steigen. «Zara hat mir viel von Ihnen erzählt.»

«Nein, hab ich nicht.» Es war lange her, dass Zara so rot angelaufen war. «Sie schwindelt, Colin. Ich habe nur ganz nebenbei erwähnt, wie nett du bist.»

«Aber was sie nicht gesagt hat, spricht Bände», fügte Betsy mit etwas zu lautem Lachen hinzu. «Wie charmant Sie sind, hat sie mir nämlich verschwiegen.»

Das Kompliment schien Colin unangenehm zu sein. «Soll ich besser gehen?»

«Nein!», sagte Zara bestimmt. «Betsy macht nur Spaß. Außerdem wollte sie gerade mit den anderen ins Restaurant gehen und einen Kaffee trinken.» Sie warf Betsy einen auffordernden Blick zu.

«Stimmt», nickte sie. «Ich wollte Kaffee trinken gehen. Soll ich Ihnen vorher noch aus dem Kostüm helfen?»

«Ich behalte es erst mal an. Schließlich muss ich diese Kleider am Drehort stundenlang tragen. Da gewöhne ich mich lieber gleich an die Unbequemlichkeit.»

«Wie Sie meinen», sagte Betsy und warf Colin im Rausgehen einen langen, begierigen Blick zu.

Colin schien ihr Interesse gar nicht bemerkt zu haben, als er sich Zara näherte. «Ich habe nicht übertrieben. Du siehst wundervoll aus. Von Kopf bis Fuß ein echter Filmstar.»

Er legte ihr die Arme um die Taille und drehte sie in Richtung Spiegel, damit sie sich zusammen betrachten konnten. Neben Zara in ihrem aufwendigen historischen Kostüm fand er sich in seiner modernen Kleidung etwas deplatziert. Zara schien seine Gedanken erraten zu haben. «Ich kann mir gut vorstellen, wie großartig du in einem weiten, weißen Hemd, engen Kniebundhosen und mit einem Schwert an deiner Hüfte aussehen würdest. Hast du jemals dran gedacht, Schauspieler zu werden?»

«Ich wäre sicher furchtbar.» Er lockerte seinen Griff, und mit einem Rascheln ihrer Satinröcke drehte sie sich zu ihm.

«Aber du würdest hinreißend in den Kostümen aussehen. Außerdem hast du genau den richtigen Körper für historische Dramen. Und ich würde dafür sorgen, dass deine Kniebundhosen noch enger sitzen als deine Jeans», sagte sie mit einem Blick auf die Beule in seiner Hose.

«Ich würde vielleicht passend aussehen, aber schauspielern könnte ich nie. Ich bin nicht gut darin, anderen etwas vorzumachen.»

«Gott sei Dank.» Sie lächelte aufreizend und ließ ihre Hand über seine Brust bis runter zu seinem eingesperrten Schwanz gleiten.

«Wenn ich dich sehe, werde ich sofort geil», raunte er.

«Aber in dem Aufzug siehst du so unnahbar aus. Und das erinnert mich an die Welten, die uns trennen.»

«Was mich angeht, gibt es da keine Kluft», widersprach Zara, presste ihre Hand noch fester gegen seinen Schritt und stellte sich auf die Zehenspitzen, um ihn liebevoll zu küssen.

Colin erwiderte den Kuss nur halbherzig. «Wenn ich das nur glauben könnte.»

«Glaub es!» Mit pochendem Herzen trat sie einen Schritt zurück. «Von außen mag ich vielleicht unnahbar aussehen, aber weißt du, was die Frauen damals unter ihren Kleidern trugen?»

«Korsetts?», fragte er und blickte dabei auf ihren hochgepressten Busen. Das Mieder war so tief geschnitten, dass er ihre dunklen Nippel sehen konnte, die aus dem pinkfarbenen Satin hervorlugten.

«Sehr enge Korsetts», ergänzte sie. «Aber unter ihren Röcken und Petticoats trugen sie nichts.» Langsam hob sie den schweren Satinstoff, damit er die weißen Seidenstrümpfe sehen konnte, die über ihrem Knie von pinkfarbenen Satinstrapsen gehalten wurden. Lautlos sah Colin zu, wie sie die Röcke immer höher hob.

«Ich will dich jetzt sofort», stöhnte er, als sie seinem hungrigen Blick ihre nackte Möse feilbot.

Er sank auf die Knie, schlüpfte unter die schweren Röcke und drückte ihre Beine auseinander. Zara wurde ganz schwach, als sie seinen Atem an ihrer Muschi spürte. Er öffnete ihre äußeren Schamlippen, hielt sie mit seinen Fingern auf und blies sanft über ihren geschwollenen Kitzler.

«Fass mich an!», keuchte Zara.

Colin ließ seine Zunge langsam über ihren feuchten Schlitz gleiten, und als seine Lippen sich zärtlich um ihre Klit schlossen, gab sie ein leises Seufzen von sich. Sein Lecken wurde immer gieriger, und schließlich saugte er sich den kleinen Knopf ganz in den Mund. Das Gefühl war herrlich, und Zara schloss verzückt die Augen. Sie ließ sich ganz von ihrer Leidenschaft mitreißen und vergaß alles um sich herum. Es gab nur noch Colins Hände und seine Lippen.

Plötzlich ging die Tür auf, und mit einem Schlag wurden beide wieder in die Realität zurückgeholt. Wie aus einem Reflex heraus warf sie ihre vollen Röcke über den knienden Colin.

«Was ist denn?», fragte sie und sah die Schwester gereizt an, die peinlich berührt in der offenen Tür stand.

«Tut mir Leid, Sie zu stören, Miss Dawn. Die Küche wollte wissen, ob Sie Ihr Essen erst nach den Kostümproben einnehmen wollen.»

«Natürlich. Sehen Sie nicht, wie beschäftigt ich bin?», fuhr Zara die erschrockene junge Frau an.

Normalerweise war sie niemals unhöflich zum Krankenhauspersonal, aber jetzt konnte sie sich kaum zusammenreißen. Colin kniete noch immer in der warmen Höhle ihrer Röcke und brachte sie mit seiner Zunge gefährlich nahe an den Höhepunkt. Als er mit den Zähnen schließlich sanft ihre Klit bearbeitete, musste sie ihre Hand Halt suchend nach der Stuhllehne ausstrecken. Sie konnte kaum mehr stehen und biss sich auf die Lippen, um nicht laut aufzustöhnen.

«Dann lasse ich Sie jetzt allein», murmelte die Schwester und warf die Tür mit lautem Knall zu.

Eigentlich war es ihr egal, ob sie Colin nun gesehen hatte oder nicht. Sie fühlte nur noch seine harte Zunge, die sich immer fordernder ihren Weg in ihre Möse bahnte. Zara öffnete die Schenkel, so weit sie konnte, und presste ihren Unterkörper gierig gegen sein Gesicht, um ihn noch tiefer in sich zu spüren.

Der Saft ihrer Möse vermischte sich mit Colins Speichel und gab Zara das Gefühl, noch nie so feucht gewesen zu sein. Als er ein letztes Mal hart an ihrer Klit saugte, verlor Zara völlig die Kontrolle und kam in einem gewaltigen Orgasmus, der ihr fast den Boden unter den Füßen wegzog.

Justin riss Sandra die Kleider vom Leib und drückte sie auf das Bett hinunter, in dem Ben bereits auf sie wartete. Ihre Körper bildeten ein Knäuel verschlungenen Fleisches. Sandra versuchte verzweifelt, sich aus der Umarmung zu befreien, aber Justin riss sie mit grausamem Lachen gegen seine Brust und hielt sie dort gefangen.

«Ihr verdammten Mistkerle!», schrie sie. «Ich wollte etwas Wichtiges mit euch besprechen.»

«Was kann denn wichtiger sein als Ficken?», höhnte Justin.

Sandra hatte ein paar dringende Angelegenheiten mit Justin und Ben zu erörtern und sie deshalb zum Mittagessen zu sich gebeten. Das Essen stand bereits auf dem Tisch, als sie ankamen. Aber anstatt sich dorthin zu setzen, hatten die beiden sich schmutzig lachend ausgezogen und sie ins Schlafzimmer bugsiert. Sandra wusste, dass Justin und Ben regelmäßig miteinander fickten, aber dies war das erste Mal, dass die beiden sich gegen sie zusammengeschlossen und so aufgeführt hatten. Sie hatte zwar bereits über einen Dreier zwischen ihnen nachgedacht, aber so sollte er nicht ablaufen. In ihrem Phantasieszenario hatte sie das Sagen und war nicht das hilflose Opfer, als das die beiden sie jetzt behandelten.

Obwohl Sandra wusste, dass Justin und Ben nur Spaß machten, erschreckte sie das grobe Verhalten auch ein bisschen. Die beiden waren ganz offensichtlich bereit, Gewalt anzuwenden, und das schreckte sie instinktiv ab. Aber gleichzeitig genoss sie die leichten Angstschauer, die über ihre Haut strichen und sie auf unbekannte Weise erregten.

Erneut zappelte sie, um Justin zu entkommen, aber der hielt sie nur noch fester, während Ben ihre Beine auseinander drückte. Justin, der ganz besonders auf Brüste stand, knetete und rieb so grob an ihren Titten, dass sie vor Schmerzen wimmerte. Ben hatte seinen Kopf mittlerweile zwischen ihre gespreizten Schenkel gedrückt und leckte gierig an ihrer nassen Fotze. Sie spürte eine immer größer werdende Lust in sich aufsteigen, die ihren Widerstand schließlich brechen ließ. Sie wollte beide Männer haben, wollte von beiden genommen und missbraucht werden.

Während Ben mit lüsternem Schmatzen ihre Möse ausleckte, drückte Justin seine Lippen auf ihren geschlossenen Mund und presste ihn mit seiner Zunge weit auf. Danach wanderte er weiter zu ihren Brüsten hinunter. Während er brutal an einer ihrer Zitzen saugte, kniff er mit den Fingerspitzen hart in die andere. Sandra schloss die Augen, um sich ganz ihrer Lust hinzugeben. Sie flogen sofort wieder auf, als sie spürte, wie Justin eine Tittenklemme an ihrer linken Brustwarze befestigte. Die kalten Metallzähne gruben sich tief in ihren pochenden Nippel. Der stechende Schmerz reizte ihre Nerven aufs äußerste und breitete sich schnell in ihrem ganzen Körper aus.

«Bitte!», flehte sie. Bens Zunge steckte immer noch tief in ihr und ließ die Hitze in ihrer Möse fast unerträglich werden. «Fickt mich! Bitte!»

Sofort wurde sie von starken Männerarmen gepackt und auf Bens nackten Körper gelegt. Justin nahm sie unter den

Achseln und zog sie auf die Knie, sodass sie gezwungen war, sich rittlings auf Ben zu hocken. Als sie seinen steinharten, zuckenden Riemen sah, fingen ihre Beine an zu zittern. Sandra hatte seinen Schwanz zwar schon öfter gesehen, aber immer nur in schlaffem Zustand. Jetzt, da er steif war, konnte man die verborgenen Kugeln unter seiner Haut noch besser erkennen. «Kleine Glückskugeln», dachte sie noch, aber da grub Justin seine Finger schon in ihre fleischigen Hüften und drückte sie auf Bens steifen Hammer hinunter. Er glitt sanft in ihr Geschlecht und füllte ihr gieriges Loch endlich ganz aus. Sie keuchte vor Geilheit, als Justin sie so fest runterdrückte, dass ihr Becken hart gegen das von Ben stieß.

Langsam fing Sandra an, sich zu bewegen. Sie erhob sich leicht und ließ Bens harten Penis fast aus sich herausrutschen, um sich gleich darauf wieder fallen zu lassen. Bens Schwanz fühlte sich anders an als der von Justin. Er übte zwar nicht denselben Druck auf ihre empfindlichen Scheidenwände aus wie Justins Silberbälle, aber das Gefühl war trotzdem überwältigend. Sie drückte ihre Muschi gegen Bens seidenes Schamhaar, und mit jedem harten Stoß seines Beckens wippten ihre großen Brüste auf und ab. Ihr linker Nippel, der immer noch von der Tittenklemme gequält wurde, schrie förmlich nach Erlösung und war schon fast taub vor Schmerz. Das trug aber nur dazu bei, dass die Lustkrämpfe in ihrer Muschi in immer kürzer werdenden Abständen kamen. In wildem Galopp ritt sie auf Ben ihrem Orgasmus entgegen.

Bevor sie aber den Höhepunkt der Lust erreichen konnte, griff Justin sie von hinten und hielt sie fest.

Er gab ihr einen Schubs nach vorn, sodass ihre vollen Brüste auf Bens Oberkörper lagen. Ihr erster Impuls war Protest, und sie wollte Justin sagen, dass die Penetration in dieser Position nicht tief genug sei. Als sie aber spürte, wie er ihre Pobacken auseinander schob, blieb sie still. Das eiskalte Gleitmittel, das Justin reichlich in ihrem frei liegenden Arschloch verteilte, ließ keinen Zweifel zu, was als Nächstes kommen würde. Schon die Vorstellung ließ Sandra leise aufstöhnen.

«Ben und ich werden dich so hart durchficken, dass du vor Geilheit winselst», versprach Justin und riss dabei eine Kondompackung auf.

Sandra hielt den Atem an und erwartete voller Spannung die Nummer, die nun folgen sollte. Doch obwohl sie es unbedingt wollte, zitterte sie nervös, als Justin seinen Riemen an ihrer Rosette in Position brachte. Er lockerte ihren angespannten Schließmuskel, indem er seine Eichel leicht über die Poritze gleiten ließ, um sie schließlich mit sanftem Druck so weit zu öffnen, dass er vorsichtig in sie eindringen konnte.

Sandra schrie leise auf, als er ihren Schließmuskel passiert und mit einem kurzen Stoß auch die letzten Zentimeter seines harten Schwanzes in ihrem Poloch versenkt hatte. Sie war zwar schon öfter von hinten genommen worden, aber das Gefühl, beide Löcher gleichzeitig ausgefüllt zu haben, war neu und unglaublich erfüllend.

Justin machte eine kurze Pause, atmete tief durch und umschlang dann mit festem Griff Bens schlanke Taille, sodass Sandra von beiden Männerkörpern umgeben war. Dann fing er erneut an, langsam die Hüften kreisen zu lassen, und sie spürte, wie die kleinen Kugeln sanft gegen ihr Innerstes scheuerten. Schließlich änderte Justin seine Stellung, sodass sein Penis gegen die dünne, empfindliche Barriere drückte, die seinen Schwanz von Bens trennte.

Völlig selbstvergessen wurde Sandra tiefer und tiefer in einen Strudel der Lust gezogen. Die drei Körper wiegten sich in einem gemeinsamen, immer schneller werdenden Rhythmus, der, von Justin vorgegeben, an Sandra und Ben weitergetragen wurde.

Ihre Nervenenden zogen sich in immer kürzer werdenden Abständen zusammen, und als sie ihren Höhepunkt erreichte, spürte sie, wie auch Ben und Justin von den Wellen ihres Orgasmus überwältigt wurden.

Als sie langsam wieder zu sich kam, waren beide Männer immer noch in ihr, doch Justin stützte sich mittlerweile mit den Armen ab, damit Ben von ihrer beider Gewicht nicht erdrückt wurde. Sandra hatte sich den beiden noch nie so nah gefühlt. Sie drückte ihre Lippen auf Bens Mund und küsste ihn voller Zärtlichkeit, während Justin sich langsam aus ihr zurückzog.

Alle drei fühlten sich so schwach, als hätten sie gerade ein besonders intensives Fitnesstraining absolviert. Sandra ließ sich neben Ben aufs Bett fallen, und Justin, der sich dazulegte, nahm ihr vorsichtig die Tittenklemme ab. Ihre Nippel brannten wie Feuer, und sie musste ein Wimmern unterdrücken, als Justin sich vorbeugte, um sanft an ihrem gequälten Fleisch zu saugen.

«Das war unglaublich», keuchte Ben.

«Hab ich dir zu viel versprochen?», sagte Justin mit einem Lächeln. «Das nächste Mal besorgen wir uns aber jemanden, der nicht ganz so willig ist wie unsere liebe Sandra hier.»

«Meint ihr etwa Helen?», fragte Sandra, als sie bemerkte, wie die beiden Männer einen wissenden Blick austauschten. «Über die wollte ich nämlich mit euch sprechen.»

«Wieso?», fragte Justin. «Kannst du das Biest nicht ohne unsere Hilfe in dein Bett locken?»

«Es geht um etwas völlig anderes», erwiderte Sandra leicht irritiert. «Ihr Benehmen macht mir irgendwie Sorgen.»

«Mir überhaupt nicht», grinste Justin seinen Freund vielsagend an. «Ben hat schon entdeckt, dass unter der eiskalten Oberfläche ein geiles, kleines Luder steckt. Und das kann ich nur bestätigen. Gib mir eine Woche, und sie tut alles, was ich will. Wenn du Lust hast, leihe ich sie dir dann mal für ein paar Mädchenspiele. Was hältst du davon, Sandra?»

«Es geht ausnahmsweise mal nicht um Sex», sagte Sandra leicht gereizt.

«Was hat sie denn bloß getan, dass du dir solche Gedanken machst?», fragte er und spielte dabei geistesabwesend mit ihren Brustwarzen.

«Sie hat angefangen, ihre Nase in Dinge zu stecken, die sie nichts angehen.» Sandra stieß Justins Hand weg und setzte sich mit einem Ruck auf. «Ben, wusstest du zum Beispiel, dass Helen dir gestern Nacht nachspioniert hat?»

«Nachspioniert?»

«Ja. Sie hat gesehen, wie du unseren Spezialpatienten reingebracht hast, und ist dir dann bis zum Anbau gefolgt.»

«Was hat sie denn um diese Zeit im Krankenhaus zu suchen, wenn sie gar keinen Dienst hat?», fragte Ben.

«Mir wurde erzählt, dass sie mit Duncan Paul zu Abend gegessen hat und bis zwei Uhr morgens in seinem Zimmer war.»

«Meinst du, sie hat mit ihm gefickt?», fragte Justin grinsend.

«Höchstwahrscheinlich. Er ist schließlich ein sehr gut aussehender Kerl. Ich habe auch schon ein paar Mal an mir rumgespielt, wenn im Fernsehen eine Liebesszene mit ihm lief.»

«Der Mann ist wirklich scharf. Den würde ich auch nicht

von der Bettkante stoßen», sagte Ben mit laszivem Grinsen. «Aber er scheint ein überzeugter Hetero zu sein. Was für eine Verschwendung.»

«Bei jemandem wie dem kann man nie sicher sein. Image ist alles für solche Menschen. Vielleicht lebt er seine wahren Gelüste ja nur versteckt aus», gab Justin zu bedenken.

«Darum geht es doch gar nicht», unterbrach Sandra. «Wusstet ihr, dass Helen heute Morgen in den Anbau gegangen ist und versucht hat, unseren neuen Patienten zu Gesicht zu bekommen?»

«Was hat sie getan?» Endlich hatte Sandra Justins volle Aufmerksamkeit. «Wieso das denn, zum Teufel?»

«Weil sie eine neugierige Ziege ist. Aber wenn ich sehen würde, wie mitten in der Nacht ein Patient ankommt und in einen Teil des Krankenhauses transportiert wird, der noch gar nicht geöffnet ist, würde ich wahrscheinlich dasselbe tun. Helen ist heute die Dienst habende Ärztin, und auf ihren Listen steht nichts von einem Neuzugang. Was würdet ihr denn da tun, Jungs?»

«Aber sie hat ihn doch nicht gesehen, oder?», fragte Justin aufgewühlt.

«Natürlich nicht», beruhigte ihn Sandra. «Aber sie hat mit seinem Gehilfen, Mendoza, gesprochen. Er hat ihr irgendwas vorgeflunkert, dass es Probleme mit der Statik des Baus gäbe, um sie abzuwimmeln.»

«Und hat sie ihm geglaubt?», fragte Ben.

Sandra zuckte mit den Schultern. «Wer weiß? Wenn nicht, hängt alles davon ab, wie hartnäckig sie ist. Vielleicht vergisst sie es, vielleicht auch nicht.»

«Möglicherweise sollten wir uns was überlegen, um die Geschichte zu bestätigen. Versteht ihr, ein Rundschreiben an das

Personal, dass das Betreten des Traktes verboten ist. Und zwar aus den Gründen, die Mendoza ihr aufgetischt hat.»

«Und was ist, wenn Helen unseren Patienten nun erkannt hat?», fragte Ben besorgt.

«Das bezweifle ich. Hier drüben ist er nicht so bekannt», sagte Sandra zuversichtlich.

«Noch nicht. Aber bald werden die Zeitungen voll sein mit Bildern von ihm», meinte Justin wissend.

«Noch ist es ja nicht so weit. Trotzdem müssen wir uns darauf einstellen, Helen zum Schweigen zu bringen, wenn es nötig ist.» Sandras Gesicht nahm einen eiskalten Ausdruck an.

«Im Moment weiß sie nur, dass im Anbau ein Patient untergebracht wurde, obwohl die Räume noch nicht fertig gestellt sind.» Justin sah seine beiden Kollegen nachdenklich an. «Wir warten einfach, was Helen als Nächstes unternimmt. Wenn sie aufhört rumzuschnüffeln, gut ...»

«Und wenn sie weiter spioniert?»

«Das Sprichwort sagt: Vertrauen ist gut, Kontrolle ist besser. Wir werden sie also in unseren intimen Zirkel aufnehmen. Reif dafür ist sie, das wissen wir. Und wenn wir unsere Karten richtig ausspielen, wird sie so tief hineingezogen, dass sie alles tut, was wir ihr sagen.»

«Das klingt ja sehr zuversichtlich.» Sandra war sich bei weitem nicht so sicher wie Justin.

«Wieso auch nicht? Was den Sex angeht, bin ich der Meister. Ich werde der kleinen Schlampe schon Gehorsam beibringen.»

«Vorsicht, Justin! Überschätz deine Fähigkeiten nicht», warnte ihn Sandra.

«Das tue ich doch nie. Also – waren wir nicht eigentlich zum Essen hergekommen? Ich bin am Verhungern.»

«Das Essen steht auf dem Tisch. Aber das Steak wird mittlerweile kalt sein.»

«Wer will denn Steak, wenn wir auch Dosenfleisch haben können?», sagte Justin scherzend und vergrub sein Gesicht zwischen ihren Schenkeln.

Schon seit dem Mittagessen hatte Helen versucht, Max in New York zu erreichen. Dort war es fünf Stunden früher, er hätte also eigentlich in seinem Büro sein müssen. Aber jedes Mal wenn sie anrief, war er entweder nicht im Haus oder bei einer Besprechung. Helen hatte vor, ganz beiläufig Ralph Kalowski zu erwähnen, um herauszufinden, ob Max etwas über dessen eventuelle Rückkehr nach England wusste. Vielleicht hatte er ja sogar Informationen über die Operation und Ralphs geheimnisvollen Patienten.

Nachdem sie aus dem Anbau geflüchtet war, hatte sie noch kurz bei Duncan vorbeigeschaut, ihm aber nichts von ihren Entdeckungen erzählt. Helen war sich nicht sicher, ob sie sich gut genug kannten, um ihn mit ihren Sorgen zu belasten. Duncan war mittlerweile schon viel mobiler und konnte sich auf Krücken bewegen. Die Versicherung seines Films hatte dennoch darauf bestanden, dass er mindestens ein paar Tage im Princess-Beatrice-Krankenhaus blieb. Helen war begeistert über diese Aussichten und hatte ihm versprochen, den Abend mit ihm zu verbringen.

Helen war Ben bisher ganz bewusst aus dem Weg gegangen, und glücklicherweise hatte sich noch keine Notwendigkeit ergeben, mit ihm sprechen zu müssen. Unangenehme Fragen, was sie im Anbau zu suchen hatte, waren das Letzte, was sie jetzt gebrauchen konnte.

Der unbekannte Patient beschäftigte sie so sehr, dass sie auf dem Flur fast mit einem Mann zusammenstieß. Er war groß, trug einen dunkelblauen Anzug, und als Helen aufsah, erkannte sie zu ihrem Erstaunen, dass es sich um Ralph handelte. «Ralph! Sie hier? Ich dachte, Sie wären noch mit Max in New York.»

«War ich auch. Ich bin erst gestern Abend hier angekommen.» Ralph lächelte sie freundlich an. «Max hat mir schon erzählt, dass Sie hier arbeiten. Ich habe gehofft, dass sich unsere Wege kreuzen. Er lässt Sie übrigens herzlich grüßen.»

Ralph trug einen Savile-Row-Anzug und sah elegant wie immer aus. Sein grauer werdendes Haar war makellos frisiert und das Gesicht leicht gebräunt. Er sah fit und gesund aus. Helen war sich seiner sexuellen Orientierung nie ganz sicher gewesen. Mit einer Freundin hatte sie ihn jedenfalls noch nicht gesehen. Sein ungewöhnliches Interesse an Mode und seinem Aussehen, gepaart mit sehr weichen Gesichtszügen, ließen durchaus auf gewisse Neigungen schließen.

Sein Interesse an perfekten Körpern war geradezu extrem. Doch gerade das machte ihn zum idealen Schönheitschirurgen, denn er hatte Verständnis für seine Patienten, die sich selbst von kleinsten Makeln gestört fühlten. So waren seine Privatkliniken Monate im Voraus belegt.

«Was führt Sie hierher?», fragte Helen beiläufig.

«Ich hatte hier ein paar finanzielle Angelegenheiten zu regeln», antwortete er abwiegelnd. «Nichts besonders Wichtiges. Aber es musste sofort erledigt werden.»

«Schön, Sie zu sehen. Haben Sie Zeit für einen kleinen Plausch bei einem Kaffee?»

Er sah auf seine Uhr. «Eigentlich nicht. Ich hab's ziemlich eilig.»

«Dürfte ich Sie noch was fragen, bevor Sie fahren?»

«Aber natürlich, Helen.» Er sah sie fragend an.

«Ich habe hier im Hause zwar nichts mit den Operationen zu tun, aber ich würde mich trotzdem gern in der Richtung betätigen. Wenn Sie hier also irgendwelche Eingriffe planen, würde ich recht gern behilflich sein.»

«Aber sicher doch», stimmte er freundlich zu. «Es wäre mir ein Vergnügen, mit Ihnen zusammenzuarbeiten, Helen. Leider habe ich hier in nächster Zeit keine Operationen geplant.»

«Gar keine?»

«Nein. Ich habe darum gebeten, mich nicht einzuplanen, während Max und ich in den Staaten sind. Aber wenn wieder etwas anliegt, würde ich mich über Ihre Assistenz freuen.»

«Das ist sehr nett von Ihnen», antwortete Helen. «Fliegen Sie schon bald zurück nach New York.»

«Ich fürchte ja. Ich nehme morgen früh den Flieger von Heathrow aus.»

«Würden Sie Max bitte sagen, dass ich versucht habe, ihn zu erreichen? Er war nie zu sprechen, wenn ich anrief.»

«Den Gefallen tue ich Ihnen gern.» Wieder sah er demonstrativ auf seine Uhr. «Jetzt muss ich aber wirklich los.» Er beugte sich vor und gab Helen einen kurzen Kuss auf die Wange. «Ich hoffe, wir sehen uns bald in den Staaten. Sie müssen unbedingt mit Max am Wochenende bei mir vorbeikommen. Ich habe gerade ein Haus auf Rhode Island gekauft. Ein herrliches Anwesen. Es wird Ihnen gefallen.»

Als Sandra den Raum betrat, versteifte Christopher sich sofort. Er war nervös und sehr aufgeregt. Sie sah streng und herrisch aus in ihrem dunkelblauen Kostüm mit dem weißen Kragen und den Manschetten. Auf dem Kopf trug sie eine gestärkte Schwesternhaube, wie die Oberinnen sie früher aufhatten. Christopher fühlte sich sofort an das strenge, englische Kindermädchen erinnert, das ihn großgezogen hatte. Jedes Mal wenn er böse gewesen war, hatte sie ihm die Hose heruntergezogen und seinen nackten Hintern versohlt. Diese Art der Bestrafung hatte sie bis in seine Teenagerzeit vollzogen.

Irgendwann hatte Christopher begonnen, sich auf diese Züchtigungen zu freuen, und stellte einiges an Dummheiten an, nur damit das Kindermädchen ihn wieder und wieder so bestrafte. Danach war er immer auf sein Zimmer gegangen, um zu onanieren. Dabei stellte er sich vor, es wäre die Hand des Kindermädchens, die seinen Schwanz wichste.

«Warst du heute denn brav?», fragte Sandra mit hartem und unnachgiebigem Blick. Ihre dunklen Augen starrten ihn an, als sei er der letzte Abschaum.

Christopher schluckte nervös und schüttelte den Kopf. «Ich glaube nicht, Frau Oberin.»

«Musst du bestraft werden?» Sie stellte den Karton, den sie bei sich trug, vor ihm hin. «Aufmachen!», befahl sie.

Mit zitternden Händen öffnete er den Deckel. Der Inhalt enttäuschte ihn nicht. In dem Karton lag ein großer, fleischfarbener Dildo, der an einem Ledergurt befestigt war. An dessen Innenseite war ein weiterer künstlicher Penis angebracht, sodass der Träger gleichfalls stimuliert wurde, wenn er ihn anhatte. «Werden Sie mich hiermit bestrafen?», fragte er.

«Ja», bestätigte sie und streifte sich ein Paar dünner Latexhandschuhe über.

«Danke», murmelte er, holte den Gurt aus dem Karton und ließ seine Hände bewundernd über den kalten Plastikschwanz gleiten, der bald in seinem Anus stecken sollte. Er war so erregt, dass er kaum noch an sich halten konnte.

Sandra hob ihren Rock, und als Christopher ihre frisch rasierte Möse sah, gab er ein ekstatisches Stöhnen von sich. Aus den Schamlippen lugte verlockend rosa Fleisch hervor. «Schnall mir den Dildo um!», befahl sie.

Christopher zog seinen Bademantel aus und kniete sich nackt vor sie. Zitternd vor Aufregung, ließ er sie in die aufwendig gearbeiteten Lederstrapse steigen und befestigte sie so, dass die abgerundete Spitze des eingebauten Dildos gegen ihre Muschi stieß. Ohne ein Wort zu sagen, spreizte sie die Beine. Sie war schon ganz feucht, und Christopher konnte den künstlichen Schwanz mühelos in ihre Möse gleiten lassen. Dann zog er die Verschlüsse des Gürtels so eng zu, dass die breiten Bänder sich in ihre fleischigen Hüften drückten. Er küsste den Kopf des Dildos und lehnte sich ein wenig zurück, um seine Gebieterin bewundern zu können.

Vom Kopf bis zur Taille war Sandra immer noch die strenge Oberin. Aber von dort bis zu den Füßen war sie eine Hure. Eine Hure, die außer den Strumpfbandhaltern, schwarzen Strümpfen und dem riesigen, fleischfarbenen Dildo, der steif von ihrer rasierten Fotze abstand, splitternackt war. «Wunderschön», entfuhr es Christopher, und er spürte, wie sein Schwanz vor Geilheit hart wurde.

«Los! Beug dich über den Stuhl!», befahl Sandra in barschem Ton.

Christopher stand auf und eilte auf den Lehnstuhl zu, den Sandra häufig während ihrer Sitzungen benutzte. Er beugte sich vor und streckte seinen Po raus. Dabei balancierte er die Handflächen auf dem Sitz, um nicht das Gleichgewicht zu verlieren. Schon der erste Schlag ihrer harten Hand auf seine Pobacken löste einen stechenden Schmerz aus, der ihn laut aufstöhnen ließ.

Sandra arbeitete schnell. Sie bedeckte seinen Hintern mit

kurzen, strengen Schlägen, sodass die Haut knallrot wurde und wie Feuer brannte. Dann spürte Christopher auf einmal, wie kaltes Öl über sein gequältes Fleisch geträufelt wurde. Er hob den Po an, sodass die glitschige Flüssigkeit zwischen seine Arschbacken rinnen konnte und seine Rosette ölig glänzte.

Sandra massierte die zuckende Öffnung und spielte so lange daran herum, bis sie mühelos einen Finger einführen konnte. «Du bist heute aber schön eng.» Sie presste die riesige Eichel des Dildos gegen seinen Schließmuskel und ließ sie ganz langsam zwischen Christophers Pobacken gleiten. Der Schwanz war größer als alles, was er jemals in sich gespürt hatte, und er bezweifelte, dass er ihn jemals ganz aufnehmen könnte. Doch das kalte Plastik drang Zentimeter für Zentimeter tiefer ein und füllte ihn schließlich ganz aus. Das Gefühl war so sensationell, dass sich an seinem steinharten Schwanz bereits die ersten Wollusttropfen bildeten.

Vorsichtig bewegte Sandra ihre Hüften und ließ ihr Becken kreisen. Der Schmerz, den ihre immer heftiger werdenden Bewegungen auslösten, war so köstlich, dass Christopher sein Stöhnen nicht mehr unterdrücken konnte.

Während Sandra über ihm schwitzte und keuchte, entwich ein kleiner Tropfen Öl aus seiner engen Öffnung. Zu gern hätte Christopher hinter sich gefasst und diesen Tropfen über seinen Eiern und seinem Schwanz verteilt, um endlich zu wichsen. Doch er konnte nichts tun. Ein Arm reichte nicht aus, um sich in dieser Position der Unterwerfung zu halten. Und Sandra setzte ihre harten Stöße unnachgiebig fort.

«Ist das gut?», fragte sie atemlos und hielt einen Moment inne, um ihren warmen Bauch gegen seine Hinterbacken zu pressen und den Dildo bis zum Anschlag in sein Arschloch zu treiben.

«Ja, Frau Oberin», stöhnte er. Er sah Sterne vor den Augen, als Sandra sich leicht seitwärts bewegte, um seine Öffnung noch mehr zu weiten.

Es fühlte sich so gut an, dass Christopher kaum Luft holen konnte. Als sie endlich mit den Fingern seinen Schwanz berührte, konnte er nur noch ein ersticktes Grunzen von sich geben. Sie umschloss seine Hoden mit ihrer verschwitzten Hand, massierte zärtlich die empfindliche Haut und brachte ihn so beinahe zum Abspritzen. Christopher hatte das Gefühl, nur noch aus Arsch und Schwanz zu bestehen. Als Sandra begann, seinen Penis im Rhythmus ihrer Stöße zu wichsen, bahnten sich Schmerz und Lust mit überwältigender Kraft ihren Weg durch seinen Körper und entluden sich in einem gewaltigen Orgasmus.

KAPITEL 7

Zara ließ das heiße Wasser der Dusche über ihren nackten Körper laufen. Während sie sich das Shampoo aus ihrem Haar wusch, wurde sie sanft von den Strahldüsen massiert. Doch trotz des entspannenden Prickelns auf ihrer Haut war sie in Gedanken anderswo.

Ihre Managerin Barbara Worth hatte bereits veranlasst, dass Warren aus Zaras großer Villa in Weybridge entfernt wurde. Sie verspürte keinerlei Wunsch, ihn jemals wieder zu sehen. Denn eins war sicher: Warren würde es nie zu dem Starruhm bringen, den er so verzweifelt anstrebte. Viel wahrscheinlicher war, dass er sich, von Nutten und Schmarotzern umgeben, zu Tode trinken würde.

Zara hatte sich vorgenommen, ihr Leben ein für alle Mal in Ordnung zu bringen. Die erste und wichtigste Entscheidung, die sie in dem Zusammenhang getroffen hatte, betraf Colin. Obwohl sie sich erst vor ein paar Tagen kennen gelernt hatten, war es, als wären sie schon Jahre zusammen. So wie ihm hatte sie noch keinem Mann vertraut. Aber obwohl sie ihm sehr viel zu bedeuten schien, war sie sich doch nicht sicher, ob er ihren Plänen zustimmen würde.

Colin liebte seinen Job als Pfleger, aber seine Talente waren an so einem Ort wie diesem verschwendet. Die Bezahlung im öffentlichen Dienst war so schlecht, dass er sich eine Rückkehr in ein städtisches Krankenhaus nicht leisten konnte. Zara wollte, dass er das Princess-Beatrice-Krankenhaus verließ und stattdessen für sie arbeitete. Sie hatte vor, Colin den Posten eines persönlichen Trainers, eines Gesundheitsberaters und eines Liebhabers anzubieten, ganz auf seine Fähigkeiten zugeschnitten.

Die meisten Filmstars hatten einen ganz Tross von Leuten, der sie ständig begleitete. Es würde also niemandem merkwürdig erscheinen, wenn Colin ständig an ihrer Seite auftauchte. Er war nicht die Art Mann, der es gut ertragen könnte, als ihr Gigolo angesehen zu werden. Außerdem wollte sie ihn auch nicht völlig dem Beruf entfremden, den er so sehr liebte. Deswegen hatte sie die Produzenten ihrer neuen Fernsehserie überredet, ihn als medizinischen Berater einzustellen.

Bei dem Gedanken, Colin ständig in ihrer Nähe, bei sich zu Hause und in ihrem Bett zu haben, lächelte Zara versonnen. Sie war verrückt nach ihm, denn er war das Beste, was ihr seit Jahren widerfahren war. Und der Altersunterschied spielte nicht die geringste Rolle.

Sie griff in Richtung Wasserhahn, doch bevor sie ihn abstellen konnte, ging die Tür auf, und starke Arme zogen sie aus der Dusche und wickelten sie in ein warmes, flauschiges Handtuch.

«Du hast mich zu Tode erschreckt», kreischte sie, als Colin sie an seinen Körper drückte.

«Als ich dich nackt unter der Dusche stehen sah, konnte ich mich einfach nicht zurückhalten», sagte er und verschloss ihre Lippen mit einem leidenschaftlichen Kuss.

Zara erwiderte seine Zärtlichkeiten, wand sich aber schließlich aus seiner Umarmung. «Ich mache dich ja ganz nass», sagte sie, als sie die feuchten Flecken auf seiner weißen Uniform sah.

«Das ist mir egal.»

Sie ließ ihr Handtuch zu Boden fallen, und seine Augen glitten ehrfürchtig über ihren nackten Körper. Instinktiv zog Zara ihren Bauch ein und schob die Brust raus. Sie ließ das Becken aufreizend kreisen, umfasste ihren Busen und begann langsam an ihren Brustwarzen zu zwirbeln, bis sie hart waren. Colin liebte diese aufreizenden Gesten, was man sofort an der Beule in seiner Hose erkennen konnte. Zara genoss es, dass sie ihn so leicht anmachen konnte. «Fick mich!», hauchte sie leise.

Colin schloss die Badezimmertür und zog sein weißes T-Shirt über den Kopf. Seine Brust war völlig unbehaart, und die weiche, sanft gebräunte Haut wies keinen einzigen Makel auf. Zara bewunderte seinen Körper – den flachen Bauch, die muskulösen Arme und, durch die dünne Hose deutlich sichtbar, die gewaltige Größe seiner Schwanzbeule. Sie zitterte und beobachtete gespannt, wie er nacheinander Schuhe und Hose auszog. Sein knapper Tanga bestand praktisch nur aus einem Stoffdreieck, das kaum Penis und Hoden bedeckte.

«Du siehst umwerfend aus», sagte sie lächelnd. «Zum Anbeißen.»

«Im Vergleich zu diesen attraktiven Schauspielern, die dich ständig umgeben, bin ich doch sicher völlig unscheinbar», antwortete er mit selbstironischem Grinsen und zog endlich auch seinen Slip aus.

«Die können dir nicht mal annähernd das Wasser reichen.» Sie konnte den Blick kaum von seinem eindrucksvollen Gemächt wenden. «Du bist echt – sie sind nur die Phantasieprodukte von irgendwelchen Drehbuchautoren. Die meisten von ihnen sind in Fleisch und Blut völlig uninteressant», sagte sie und drückte ihn dabei auf den Toilettensitz hinunter.

Breitbeinig saß Colin auf dem Sitz. Die Eier ruhten auf dem weißen Plastik, und sein halbsteifer Schwanz lag auf einem seiner muskulösen Oberschenkel. Zara kniete sich vor ihm hin und legte ihre schlanken Finger um seinen Penis, knetete ihn sanft, bis er zu voller Größe ausgefahren war. Als sie ihre Hände an seinem Riemen auf und ab gleiten ließ, merkte sie, wie auch ihre Säfte zu fließen begannen und ihre Möse feucht wurde.

Sie beugte sich vor und wollte Colins Eichel gerade mit ihrer Zunge berühren, als Colin sie unter den Achseln griff und mit einer sanften Bewegung wieder in die aufrechte Position brachte. «Gott, wie ich dich begehre», raunte Colin, als sie rittlings mit offener Muschi über seinen Oberschenkeln stand.

Gierig drückte er sie an den Hüften zu sich herunter, bis seine Eichel sanft gegen den Eingang ihrer Vagina drückte. Zara zitterte vor Erregung, als sie sich langsam auf ihn hinabsinken ließ und spürte, wie sein harter Schaft dabei tiefer und tiefer in sie eindrang.

«Noch nie habe ich jemanden so sehr begehrt wie dich», keuchte sie, während sein dicker Schwanz tief in ihrem Loch steckte.

«Und ich kann nicht glauben, dass ich tatsächlich die berühmte Zara Dawn ficke.» Colin lächelte sie verliebt an. Er bewegte jetzt ganz sanft seine Hüften, und sein Penis massierte dabei die Innenwände ihrer Vagina.

Zara legte die Hände auf seine breiten Schultern, erhob sich ein wenig und ließ seinen Riemen ein paar Zentimeter aus sich hinausgleiten. «Wenn du es nicht glauben kannst, dann fühl es.» Sie setzte sich auf ihn, um ihn wieder ganz in sich aufzunehmen. Indem sie ihre Füße gen Boden drückte, konnte sie die Geschwindigkeit und die Kraft ihrer Bewegungen selbst bestimmen, und das nutzte sie vollends aus.

Ihre dicken Brüste wippten bei dem wilden Ritt, den sie jetzt erreicht hatten, auf und ab. Es gelang Colin, mit einer Hand einen ihrer rosigen Nippel zu fassen zu kriegen und ihn sanft zu stimulieren. Die andere Hand steckte zwischen ihren gespreizten Schenkeln und erforschte ihren feuchten Schritt. Als er ihre Klit berührte, wand sie sich zwar vor Geilheit, es gelang ihr aber trotzdem, den schnellen Fickrhythmus zu halten, den sie mittlerweile erreicht hatten.

Schon Colins bloße Anwesenheit reichte aus, um Zara geil zu machen. Ihn zu berühren war der Himmel und mit ihm zu ficken die reinste Offenbarung. Sein Schwanz, der mühelos in ihre Fotze eindrang – gepaart mit seinen Fingern, die ihre Klit massierten –, brachte sie beinahe um den Verstand. Wieder und wieder drückte er mit Daumen und Zeigefinger ihre Klitoris zusammen, und sie spürte, wie ihre Möse sich zuckend um Collins Schwanz schloss. Schließlich explodierte sie, und ihr lustvoller Orgasmusschrei peitschte Colin so sehr auf, dass er ihr seinen Saft fast gleichzeitig in ihr aufgeficktes Loch spritzte.

Erschöpft lehnte sie sich an Colins Brust und schnappte nach Luft. «Du bist unglaublich», konnte sie gerade noch herauspressen, um sein Gesicht dann mit Küssen zu bedecken.

«Und du erst», keuchte er und erwiderte ihre Küsse mit gleicher Leidenschaft. Er umfasste ihren Po mit seinen starken Händen und stand auf. Seinen Penis noch immer tief in ihr vergraben, trug er Zara unter die Dusche, als wöge sie nicht mehr als ein paar Pfund. Er trat in die Duschkabine, stellte sich mit Zara auf dem Arm direkt unter die Brause und ließ das Wasser über ihre vereinigten Körper fließen. Nach und nach schrumpfte seine Erektion, und sein Schwanz glitt langsam aus Zaras Innerem. Danach ließ er sie sanft sinken, bis ihre Füße den gekachelten Boden der Duschwanne berührten.

Sie standen sich gegenüber, und Colin verteilte eine großzügige Menge Duschgel auf ihrem Körper. Die eine Hand rieb zärtlich über ihre Brüste, die andere wanderte nach unten und fuhr zwischen ihre Schenkel, um sanft in ihre Möse einzudringen.

Kraftlos, aber doch erregt, presste Zara sich gegen Colins strammen Körper. «Tiefer», bat sie flehentlich.

Colin gehorchte und steckte erst zwei, dann drei Finger in ihre unersättliche Fotze. «Das tut so gut», stöhnte sie.

Sie hatte den Kopf zurückgeworfen und ließ das Wasser über ihr Gesicht laufen. Colin ging in die Knie und drückte einen vierten Finger in ihre Möse. Zara keuchte und krallte vor Geilheit ihre Nägel in sein Fleisch. Immer tiefer und schneller stieß Colin seine vier Finger in ihr Loch und dehnte es so sehr, dass sie es kaum ertragen konnte. Sein fleischiger Daumen rieb dabei wieder ihren Kitzler.

Wasser floss über ihr Gesicht und in ihren halb geöffneten Mund. Die Muskeln in ihrem Becken begannen bereits krampfartig zu zucken. Ihr Orgasmus überwältigte sie so sehr, dass sie das Gefühl hatte, die Duschwanne würde sich bewegen. Völlig aufgerieben, klammerte sie sich an Colin fest, der ihren zitternden Körper schützend umschlang. Als die Zuckungen allmählich abklangen, bemerkte Zara die harte Latte seines Schwanzes, die gegen ihren Bauch drückte. Sie war überrascht, dass er so schnell wieder konnte. Viele ihrer wesentlich jüngeren Liebhaber hatten weitaus weniger Stehvermögen bewiesen.

«Alles okay?», fragte er und sah sie dabei liebevoll an.

«Alles bestens», antwortete sie mit leicht zitternder Stimme. «Das war unglaublich. Wir sollten es gleich nochmal tun. Aber vorher muss ich was mit dir besprechen.»

«Worum geht's?» Er zog sie aus dem Wasserstrahl und strich ihr zärtlich eine nasse Haarsträhne aus dem Gesicht.

Zara wusste nicht recht, wie sie ihm beibringen sollte, dass er das Princess-Beatrice-Krankenhaus verlassen und mit ihr kommen sollte. Sie wollte gerade anfangen, ihm von ihren Plänen zu erzählen, als ein leises Klopfen an der Badezimmertür sie unterbrach.

«Miss Dawn!», rief eine männliche Stimme. «Hier ist Dr. Taylor. Ist alles in Ordnung?»

«Ja», entgegnete sie leicht ungehalten. «Ich bin nur gerade unter der Dusche.»

«Schwester Baker hat sich Sorgen gemacht. Sie sagte mir, dass Sie schon eine ganze Weile unter der Dusche stehen.»

Diese Störung ihrer Privatsphäre war Zara gar nicht recht. «Mir geht's gut», rief sie energisch und streichelte dabei Colins Schwanz, der in ihrer Hand erregt zuckte.

«Ich wollte nur kurz was mit Ihnen besprechen», rief Ben durch die immer noch geschlossene Tür. «Wenn Sie Hilfe brauchen, schicke ich gern nach Schwester Baker.»

«Man hat hier einen Schlüssel, um die Tür von außen aufzuschließen», wisperte Colin aufgeregt.

«Das wird nicht nötig sein, ich gehe kurz raus. Ich bin gleich wieder da und kümmere mich darum», sagte sie mit einem Blick auf Colins erigierten Riemen.

Zara stieg aus der Dusche und schlüpfte in ihren weißen Bademantel. Sie war ganz schwach in den Knien und immer noch sehr erregt. Der Einzige, den sie jetzt sehen wollte, war Colin. Dennoch knotete sie ihren Bademantel zu und öffnete die Badezimmertür. Da sie nicht wollte, dass Colin von Dr. Taylor oder jemand anderem entdeckt wurde, zog sie die Tür fest hinter sich zu.

«Was wünschen Sie, Dr. Taylor?», fragte sie in einem Ton, der keinen Zweifel aufkommen ließ, dass sie sich gestört fühlte. Sie setzte sich an ihren Frisiertisch und begann, ihr feuchtes Haar zu kämmen.

«Es geht um Ihre Depressionen.» Er zog sich einen Stuhl heran und setzte sich zu ihr.

Zögernd drehte sie sich zu ihm. «Die sind weg. Mir geht's wunderbar, wie Sie sehen.»

«Das liegt sicher an der Operation. Das ist verständlich. Und Sie sehen auch wunderbar aus. Aber es ist sehr wahrscheinlich, dass Ihre Beschwerden irgendwann wieder einsetzen werden. Bei Ihren Depressionen handelt es sich nicht nur um einen mentalen Zustand, sondern um eine Fehlfunktion Ihrer Gehirnchemie.»

«Das hat man mir bereits gesagt, Doktor. Ich bin sicher, dass ich damit fertig werde, wenn sie wiederkommen sollten.»

«Und wenn nicht?»

«Dann nehme ich eben wieder die Medikamente.»

«Und wenn ich Ihnen nun sagen würde, dass ich Sie für immer heilen könnte?», fragte er und sah sie dabei unumwunden an. «Es gibt da nämlich ein neues Medikament. Es heißt *Ampesoman.* Es funktioniert ähnlich wie *Prozac,* das heißt, es stimuliert die Serotonin-Ausschüttung. Nur, bei diesem Medikament sind die Ergebnisse bleibender Natur.»

«Und Sie meinen, ich sollte es ausprobieren?»

«Ja», bestätigte er. «Ich kann mit aller Zuversicht sagen, dass Ihre Depressionen dann für immer verschwunden sein werden.»

Es hatte gerade angefangen zu nieseln, als Helen mit schnellen Schritten über den Hinterhof in das Hauptgebäude ging. Sie war auf dem Weg zu Duncan – der dritte Abend in Folge, den sie zusammen verbrachten.

Gestern hatten sie auf seinem Zimmer erst zu Abend gegessen, dann miteinander geschlafen und anschließend stundenlang geredet. Abermals hatte sie den dominanten Part übernommen. Denn obwohl Duncan nach und nach wieder beweglicher wurde, schien er es zu genießen, wenn Helen die Regie bei ihren Liebesspielen übernahm. Gestern hatte er ihr allerdings scherzhaft versprochen, dass er sich heute Abend revanchieren und sie die Rollen tauschen würden.

Helen nahm an, dass Ralph nach ihrem Gespräch das Krankenhaus verlassen hatte und bereits wieder in New York war. Das irritierte sie zusehends, denn sie war sich sicher, dass im Anbau immer noch ein Patient untergebracht war. Der Zutritt zu diesem Trakt war mittlerweile offiziell verboten. Und zwar mit derselben Erklärung, die man ihr geliefert hatte: Es gäbe Probleme mit der Statik einer der Räume. Aber warum war der geheimnisvolle Patient immer noch dort untergebracht, wenn Ralph ihn nicht operieren würde? Falls es nur um ein Unwohlsein ging, war es absolut unnötig, seine Anwesenheit mit solch einem Aufwand vor dem Krankenhauspersonal zu verschweigen.

Helen trug heute Abend ein knappes, aufreizendes Kleid. Für den Weg durch das Krankenhaus hatte sie sich allerdings entschlossen, es unter ihrem weißen Arztkittel zu verbergen, denn sie wollte nicht, dass ihre vielen Besuche bei Duncan zum Tagesgespräch im Krankenhaus würden. Das Personal sollte denken, sie hätte heute Abend Dienst und ihr Abstecher in sein Zimmer sei rein professioneller Natur.

Es gab eine ganze Reihe von Wegen, um in den Ostflügel zu kommen. Einer davon führte direkt an dem Anbau vorbei. Da Helen immer noch neugierig war, entschied sie sich für diese Variante. Sie ging das Treppenhaus hoch und schaute dabei vorsichtig durch die Glasscheibe der Tür zum Anbau. Die Plastikfolie war immer noch vor den Eingang gespannt, wurde aber in diesem Moment von einem Pfleger mit einem Essenwagen beiseite geschoben, auf dem sich ein paar Teller mit halb verzehrten Speisen befanden. Dem Pfleger folgten zwei weitere Männer: Ben Taylor und Ralph Kalowski. Die beiden waren in ein Gespräch vertieft und bogen in den Flur ein, der in den Ostflügel führte. Helen wartete ein paar Minuten und folgte ihnen dann. Sie fragte sich, ob Ralph sie angelogen hatte. Sollte er wirklich vorgehabt haben, heute Morgen in die Staaten zu fliegen?

Als sie den Ostflügel erreicht hatte, sah sie, dass Ben weiterging, Ralph aber ins Schwesternzimmer abbog und dort eine Patientenakte durchblätterte. «Ralph!», rief sie und tat ihr Bestes, um ihrer Stimme einen überraschten und gleichzeitig erfreuten Tonfall zu geben.

Ralph sah auf und wirkte nicht unbedingt erfreut, sie zu sehen. «Helen!», entgegnete er und schloss dabei etwas zu schnell den Deckel der Akte. Bevor sie den Patientennamen lesen konnte, hatte er sie schon in seine Aktentasche gesteckt.

«Ich dachte, Sie wollten heute Morgen zurück nach New York fliegen.»

«Ja. Aber mir ist was dazwischengekommen und ich musste den Flug umbuchen.»

«Nichts Ernstes, hoffe ich?», fragte sie unschuldig.

«Nein, nichts Ernstes», versicherte er. «Eine finanzielle Angelegenheit, die nicht bis zu meiner Rückkehr warten konnte. Und als ich am Krankenhaus vorbeifuhr, habe ich einen kurzen Zwischenstopp eingelegt, um hier ein paar Rechnungsprobleme mit der Verwaltung abzuklären.»

«Dann macht die Verwaltung wohl heute Überstunden.» Im vollen Bewusstsein, dass diese Abteilung um 17 Uhr Feierabend hatte, sah sie auf die Uhr. Die 20-Uhr-Marke war weit überschritten.

«Scheinbar», entgegnete er mit einem Blick, der besagte, dass er dem Gespräch nur mit halbem Interesse folgte. «Und Sie arbeiten heute auch länger?», gab er ihre Frage zurück.

«Ich bin eigentlich gar nicht im Dienst», gestand sie. «Ich wollte gerade nach einem Verwandten von Max sehen. Sein Cousin wurde vor ein paar Tagen hier eingeliefert.»

«Sie meinen diesen Schauspieler?»

Sie nickte. «Ja. Duncan Paul. Max und ich haben ihn neulich zufällig in London getroffen. Ich kenne hier noch nicht so viele Leute, also leisten wir uns abends ab und zu ein Stündchen Gesellschaft.»

«Max wird Ihre Fürsorge für ihn sicher zu schätzen wissen.»

Das erschien Helen allerdings höchst unwahrscheinlich. «Sicher», antwortete sie tonlos. «Wann fliegen Sie denn nun zurück in die Staaten?»

«Wahrscheinlich morgen.» Ralph sah auf die Uhr.

«Halte ich Sie gerade auf?»

«Der Rückweg in die Stadt ist ziemlich weit, und ich muss vorher noch zu meinem Anwalt, um ein paar wichtige Papiere zu unterschreiben. Er hat dafür extra eine private Verabredung abgesagt.» Ralph runzelte die Stirn und öffnete seine Aktentasche, um ein kleines, hübsch verpacktes Paket herauszuholen. «Das hätte ich fast vergessen. Max hat mich gebeten, Ihnen das hier zu geben. Gestern hatte ich es glatt übersehen und wollte es heute für Sie an der Rezeption abgeben.»

«Das ist sehr nett von Ihnen. Richten Sie Max bitte meinen Dank aus, Ralph.» Sie steckte das Paket ungeöffnet in die Tasche ihres Kittels.

«Jetzt muss ich aber wirklich los», sagte Ralph energisch.

«Fahren Sie vorsichtig.»

«Das tue ich immer», erwiderte Ralph. «Auf Wiedersehen, Helen.»

Nachdem Ralph aus ihrem Blickfeld verschwunden war, ging Helen in Duncans Suite. Er saß in einem der Sessel und sah in seiner schwarzen Designerhose und einem blauen Seidenhemd von Kopf bis Fuß wie ein Filmstar aus. Die dunklen Farben betonten seine Bräune, und er sah so fit und gesund aus, dass er in einem Krankenhaus geradezu deplatziert wirkte.

«Du bist spät dran. Aber ich will mich nicht beschweren. Du hattest wahrscheinlich jede Menge zu tun.» Er legte die Papiere, an denen er gerade gearbeitet hatte, auf den Beistelltisch.

«Wie's aussieht, scheinst du auch beschäftigt zu sein», sagte Helen und stellte sich neben den Sessel.

«Ich versuche, meinen Terminkalender auf Vordermann zu bringen. Im Moment kann das Drehteam meine Szenen noch umgehen, aber das erfordert eine Menge Organisation. Wegen meines Unfalls müssen jetzt alle Action-Szenen, die nicht von einem Stuntman übernommen werden, ans Ende der Dreharbeiten verlegt werden. Aber zu dem Zeitpunkt sollten wir eigentlich schon in den Shepperton Studios sein, um die Innenaufnahmen zu drehen. Du siehst, das Ganze ist höllisch kompliziert.»

«Klingt ganz danach», stimmte sie zu. Helen war bisher nur einmal bei Dreharbeiten dabei gewesen und hatte den Eindruck gewonnen, dass die meisten Leute dort ihre Zeit mit Rumstehen und Nichtstun verbrachten. Aber sie konnte verstehen, wie schwierig es sein musste, wenn der Star eines Filmes ausfiel. «Dann bist du also in den meisten Szenen zu sehen?»

«Glücklicherweise nur in etwa 50 Prozent. Ich trete diesmal etwas kürzer», stellte Duncan klar. «Aber lass uns nicht über die Arbeit sprechen. Ich dachte, wir essen heute etwas später, wenn du nichts dagegen hast?»

«Und was willst du vorher machen?», fragte sie, obwohl sein lüsternes Grinsen die Frage schon eindeutig beantwortete. Beiläufig strichen ihre Finger durch sein dunkles Haar und streichelten zärtlich seinen Nacken. Allein Duncan zu berühren reichte aus, um ihren Puls zum Rasen zu bringen.

Er drehte sich um und sah sie an – immer noch vielsagend lächelnd. «Ich wollte schon immer mal mit Ihnen schlafen, wenn Sie Ihren weißen Kittel anhaben, Frau Doktor.» Und nach einer kurzen Pause fügte er hinzu: «Und sonst nichts tragen.»

«Wirklich?» Helen lachte amüsiert auf.

«Ja. Was hältst du also davon, wenn du dich jetzt ausziehst. Leg alles außer deinem Kittel ab und lass meine Phantasie wahr werden.»

«Aber vielleicht habe ich ja gar keine Lust dazu.» Helen wich zurück, als er Anstalten machte aufzustehen.

«Darf ich dich daran erinnern, dass ich heute Abend das Sagen habe?» Obwohl sein Knöchel immer noch in Gips war, bewegte er sich sehr flink. Noch bevor Helen außer Reichweite war, packte er sie am Arm.

«Und wenn ich mir das nicht gefallen lasse?», gab sie zurück. Duncan zog sie dichter zu sich heran. Er roch nach teurem Rasierwasser, und sie konnte den Puls an seinem Hals schlagen sehen. «Vorsicht!», warnte sie ihn. «Offiziell bist du immer noch als Invalide eingestuft.»

«Sagt wer?»

Mit einer Handbewegung zog er ihren Kittel über eine Schulter und begann, die weiche Lichtung zu küssen. Der Ausschnitt ihres Trägerkleides war sehr gewagt und erlaubte einen tiefen Einblick auf ihren Brustansatz. Der Stoff wurde nur von zwei hauchdünnen Bändern gehalten.

Als Duncan begann, sanft an ihnen zu ziehen, antwortete sie ihm. «Sagt deine Ärztin – und wahrscheinlich auch die Firma, die deinen Film versichert hat. Du hast doch gesagt, dass die Auflagen sehr streng sind.»

«Viel zu streng. Aber zum Teufel mit ihnen.» Er zog jetzt so fest an dem Träger, dass er an der Naht zum Vorderteil des Kleides abriss. «Verzeihung», sagte er ironisch, während er den seidigen Stoff nach unten zog, sodass ihre Brust vollends zu sehen war. «Ich hoffe, das Kleid war nicht allzu teuer.»

«Keine Sorge», sagte sie, «du bist es wert.» Entschlossen zog er an dem anderen Träger, und das Kleid rutschte an ihrem Körper hinunter zu Boden. Jetzt trug sie nur noch ihr limonenfarbenes Höschen und den Kittel.

«Nun werde ich meiner strengen Ärztin mal demonstrieren, wie weit ich schon genesen bin.» Duncan stöhnte, als er ihre entblößten Brüste umfasste und mit Daumen und Zeigefinger ihre Nippel steifzwirbelte.

«Tatsächlich?» Ihre Pupillen verengten sich vor Erregung,

als er seine Handfläche gegen ihren Venushügel presste. «Wenn der Anblick des weißen Kittels dich so anturnt, sollte ich mir vielleicht zusätzlich noch ein Stethoskop umhängen?», neckte sie ihn, als er versuchte, durch den Slip hindurch einen Finger in ihr Loch zu stecken.

«Mir fällt nichts Geiles ein, was man mit einem Stethoskop anstellen könnte. Dir?» Er zog ihren Slip herunter und ließ ihn zu Boden fallen.

«Nicht auf Anhieb», konnte sie gerade noch hervorpressen, denn mittlerweile waren seine Finger in ihre nasse Spalte gewandert. Helen stöhnte laut auf, als er zu ihrer Möse vordrang.

Sie küssten sich leidenschaftlich, und Duncans Hände wanderten zu der hauchdünnen Haut zwischen ihrer Vagina und ihrem Po. «Wirst du mich alles mit dir machen lassen, was ich will?», flüsterte er und steckte seine Finger in die feuchte Tiefe ihres Schritts.

«Ja, alles!» Sie presste sich seinen Fingern entgegen. Helen war so heiß auf ihn, dass sie ihm jeden seiner Wünsche erfüllt hätte.

Duncans Umarmung wurde fester. Er rieb sein Becken gegen ihren nackten Bauch und umfasste gleichzeitig durch die dicke Baumwolle des Kittels ihre Pobacken. Seine Erektion war steinhart.

«Ein Krankenhausbett entspricht nicht unbedingt meinen Vorstellungen von Bequemlichkeit», bemerkte er und führte sie in den angrenzenden Raum. «Tut mir Leid, dass ich dich nicht à la Richard Gere hochheben und rübertragen kann, aber ich glaube, das würde mein Knöchel noch nicht mitmachen.»

«Dann verschieben wir es eben auf ein andermal», konterte sie ebenso scherzhaft und fand sich plötzlich auf seinem Bett wieder. Duncan sah mit dunklen, anziehenden Augen auf sie herunter.

«Wenn du zu all deinen Visiten so angezogen wärst, hättet ihr sicher noch mehr Patienten.» Duncan legte sich zu ihr auf die Matratze.

«Meinst du?» Sie lachte und konnte kaum fassen, wie glücklich sie war. Während er sie näher zu sich heranzog, gab sie einen kurzen Schmerzlaut von sich, als sie über einen harten Gegenstand in der Tasche ihres Kittels rollte.

«Stimmt was nicht?», fragte Duncan besorgt.

«Das hier», erwiderte sie und holte das Päckchen von Max aus der Tasche.

«Ein Geschenk für mich?», fragte Duncan und lächelte erwartungsvoll. «Das wär doch nicht nötig gewesen, Helen.»

«Es ist leider nicht für dich.» Die Situation war ihr ein wenig peinlich.

«Das war doch nur Spaß. Ich hab nicht wirklich gedacht, dass es für mich ist. Denk dran, ich bin Schauspieler.»

«Das ist von Max. Ein Kollege von ihm hat es aus den Staaten mitgebracht.»

«Und du hast es noch nicht geöffnet?» Duncan nahm das kleine Paket und legte es auf ihren Bauch, wo es sich mit jedem ihrer Atemzüge hob und senkte. «Wieso denn nicht? Die Verpackung ist jedenfalls sehr schön.»

Sie wusste, dass er sie immer noch neckte, aber das half nicht. «Duncan, ich will heute Abend einfach nicht an Max erinnert werden.»

Sie hatte sich bereits entschlossen, Max bei ihrer nächsten Begegnung den Laufpass zu geben. In diesem Moment wurde ihr erneut bewusst, wie sehr er ihr Leben in der Vergangenheit bestimmt hatte.

«Da wird mein armer Cousin aber enttäuscht sein», sagte Duncan mit einem ironischen Lächeln.

«Und sehr überrascht», fügte sie hinzu.

«Ich nehme an, es gibt im Moment eine Menge Dinge, die Max nicht weiß.» Verspielt streichelte er über ihre Schamhaare. «Und ich wette, er würde nie drauf kommen, was du in diesem Moment gerade treibst.»

«Von mir aus kann er alles erfahren», sagte Helen. Sie konnte es kaum erwarten, seine Finger wieder in ihrer Möse zu spüren. «Das mit Max und mir ist aus und vorbei. Ich bin nur noch nicht dazu gekommen, es ihm zu sagen. Wahrscheinlich wird es ihn nicht sonderlich treffen. Er sieht mich nicht als Persönlichkeit, sondern als jemanden, über den er verfügen kann.»

«Dann hast du also endlich sein wahres Ich erkannt», sagte Duncan ernsthaft. «Versteh mich nicht falsch, ich mag Max. Aber er tendiert dazu, Menschen zu benutzen und nur an seinen Vorteil zu denken.»

«Da hast du wahrscheinlich Recht», pflichtete sie Duncan bei und betrachtete dabei gierig die Schwanzbeule, die sich in seiner Hose abzeichnete. Am liebsten hätte sie Max und sein dummes Geschenk sofort vergessen. «Wenn du unbedingt wissen willst, was es ist, dann mach es doch selbst auf.»

«Wenn es um Geschenke geht, war ich schon immer ein bisschen merkwürdig. Ich weiß noch, wie aufgeregt ich früher zu Weihnachten war. Geschenke sind was sehr Spannendes.» Er nahm das Päckchen, schüttelte es und fing an, das Goldpapier aufzureißen. Helen hingegen konzentrierte sich ganz auf die Knöpfe seines Hemdes. Das männliche Paket neben ihr interessierte sie weitaus mehr.

Als er die kleine Schachtel öffnete, kamen ein Paar kleine Silberclips mit filigranen Blumenanhängern zum Vorschein.

«Ohrringe?» Helen war überrascht. «Das ist ja merkwürdig. Max weiß doch, dass ich so etwas selten trage.»

«Das sind keine Ohrringe.» Duncan kicherte. «So wie ich Max kenne, sind das Tittenklemmen, mein Schatz.»

«Tittenklemmen?!» Plötzlich erinnerte sich Helen an das Versprechen, das Max ihr vor seiner Abreise gegeben hatte, und ihr Bauch zog sich vor nervöser Erregung zusammen. Die Schmuckstücke waren überraschend schön. «So was habe ich noch nie gesehen.»

«Was bist du doch für ein Unschuldslamm.» Duncan beugte sich vor und fing an, ihre linke Brustwarze steifzuzwirbeln. «Was hältst du davon, wenn wir sie gleich mal ausprobieren?» Er zog ihren Nippel lang und befestigte die Klemme am tiefstmöglichen Punkt.

Helen gab ein überraschtes Quieken von sich. Die Wirkung des Spielzeugs war erstaunlich – zweifellos schmerzhaft, aber äußerst stimulierend.

Die Klemmen waren raffiniert gearbeitet. Sie pressten die Brustwarzen gerade so stark zusammen, dass die Grenze zwischen Vergnügen und Schmerz nicht überschritten wurde. Duncan hatte mittlerweile auch ihren zweiten Nippel mit der Dekoration versehen, und als Helen sich bewegte, strichen die feinen Silberanhänger der Klemmen leicht gegen ihre Brüste.

«Ein komisches Gefühl», sagte sie. So wie Duncan sie ansah, war der Anblick höchst stimulierend für ihn.

«Ich weiß zufällig, dass Max diesen Juwelier für Intimschmuck recht häufig aufsucht. Er hat mir mal erzählt, dass der Mann auch Kitzlerklemmen herstellt. Das sind winzig kleine Dinger, die Frauen in einen permanenten Erregungszustand versetzen.»

Obwohl Helen die Vorstellung etwas befremdlich fand, hatte der Gedanke an den konstanten Druck und den Zug doch etwas sehr Erregendes. «Ich glaube nicht, dass ich damit klarkommen würde. Ich könnte mich unmöglich auf meine Arbeit konzentrieren», gab sie mit gezwungenem Lachen zu. «Es würde sicher geil sein, aber meinst du nicht, dass so etwas ein bisschen übertrieben ist?»

«Kommt wohl drauf an, was einen anturnt. Da ist jeder Mensch anders.» Er schnippte einen der Blumenanhänger mit dem Zeigefinger, und die leichte Bewegung übertrug sich nicht nur auf ihre Brustwarze, sondern schickte eine Welle der Erregung durch ihren Körper. Das Gefühl ließ ihre Muschi sofort feucht werden.

«Dich nackt zu sehen macht mich unheimlich an», sagte sie und zog sein Hemd ganz aus. «Deine muskulöse Brust ist so sexy – wer braucht schon solches Spielzeug, wenn ich dich habe?»

«Das ist sehr nett von dir», antwortete Duncan und seufzte leise, als sie ihre Hände über seinen Oberkörper wandern ließ und in seine kleinen, flachen Nippel zwickte. «Dann braucht es ja nicht viel, um dich zufrieden zu stellen, oder?»

«Ich sagte nackt», berichtigte Helen. «Also zieh deine Hose auch aus.» Als sie seinen Reißverschluss aufmachte, bemerkte sie, dass jede Bewegung den Druck auf ihre malträtierten Zitzen erhöhte.

Duncan zog seine Hose schließlich selbst aus, und zu Helens Freude hatte er sich gar nicht erst die Mühe gemacht, einen Slip anzuziehen. Sein Schwanz war bereits hart und stand stolz von seinem durchtrainierten Bauch ab. Er sah so hinreißend aus, dass sie ihn einfach küssen musste. Sie beugte sich vor und kreiste mit ihrer Zunge über seine Eichel. «Das ist so geil!», keuchte Duncan und zitterte vor Erregung.

Langsam ließ sie ihre Finger über den beeindruckenden Schaft nach unten gleiten. «Ich kenne einen Mann, der hat sich ein paar Silberkügelchen unter die Penishaut implantieren lassen. Stehst du auf so was, Duncan?»

«Ungefähr genau so, wie du auf Tittenklemmen stehst, nehme ich an», erwiderte er leicht amüsiert. «Für meinen altmodischen Geschmack gehen einige Leute mit Piercings einfach zu wahllos um. Aber ich weiß, dass sie gerade der letzte Schrei sind. Ein paar Freunde von mir überlegen, sich einen Prinz-Albert-Ring stechen zu lassen, aber mir wird schon bei dem Gedanken ganz anders, mir so etwas durch die Eichel jagen zu lassen.»

«Aber du bist doch der große Machoheld», neckte sie ihn. «Der, der vor gar nichts Angst hat.»

«Wir können ja einen Handel vereinbaren», schlug er mit verschlagenem Grinsen vor. «Du lässt dir deinen Kitzler piercen. Genau hier.» Er markierte den Punkt durch ein sanftes Kneifen in die Wurzel ihres empfindlichsten Organs. «Wenn du dir dort einen schönen Goldring stechen lässt, denke ich über einen Prinz-Albert-Ring nach.»

«Ich glaube, auch das verschieben wir lieber auf ein andermal», sagte sie, und ihre Hände glitten erneut über seinen Bauch hoch zu seiner Brust.

«Und wie wär's mit einem Abdruck von meinem Schwanz?», schlug er vor und fühlte mit den Fingern, wie ihre Muschi immer feuchter wurde.

«Damit ich was habe, wenn ich allein im Bett liege?»

«Ja. Ich könnte ihn aus Latex formen und vielleicht sogar einen Vibrator einbauen lassen. Ein guter Freund von mir hat seinen Penisabdruck auf dem Kaminsims in seinem Spielzimmer stehen – neben den Muschiabgüssen seiner diversen

Freundinnen. Da ist schon eine ganz schöne Sammlung zusammengekommen.»

«Ich glaube, ich bevorzuge dich lebendig, mit Haut und Haaren», stöhnte sie, während er weiter mit ihrem Kitzler spielte.

«Wieso nicht mit Mund und Zähnen?» Er fuhr mit der Zunge über die Spitze ihrer harten Nippel. «Oder mit meinem Schwanz und Eiern?»

«Ist mir egal.» Die Tittenklemmen erhöhten die Empfindlichkeit ihrer Brustwarzen so sehr, dass schon Duncans Zungenschläge ihr erregte Schauer über den Rücken jagten.

Helen keuchte laut, als Duncan nun eine ihrer Zitzen ganz in den Mund sog und anfing, mit den Zähnen an dem harten Metall zu spielen. Gleichzeitig steckte er ihr seine Finger tief ins hungrige Fötzchen. «Bitte mich! Bettel mich an, dich zu ficken.»

«Bitte!», hauchte sie und warf ihm voller Gier ihre Hüften entgegen. Wann würde er endlich seine Finger durch seinen steinharten Riemen ersetzen? «Fick mich hart durch, Duncan!»

Er kniete sich zwischen ihre gespreizten Schenkel. Gleich würde dieser unglaubliche Mann sie ficken, und sie erkannte in diesem Moment eine ihrer erregendsten Phantasien wieder. Helen hatte sich dieses Bild so oft vorgestellt, dass die Realität etwas Surreales hatte, als sei sie nur Teil eines erotischen Traums. Doch als Duncan seinen Schwanz tief in ihre Möse stieß, fühlte es sich berauschend echt an.

Nach kurzer Zeit änderte er seine Stellung so, dass jeder Stoß seines dicken Kolbens ihre Klit aufs äußerste stimulierte. Ohne je den Blick von ihrem Gesicht abzuwenden, verfiel er in so einen treibenden Fickrhythmus, dass sie ihren Höhepunkt schon nach kurzer Zeit nicht mehr zurückhalten konnte. Der scharfe, aber aufpeitschende Druck auf ihre Brustwarzen zusammen mit seinen immer schneller werdenden Stößen bescherten ihr schließlich einen Orgasmus, wie sie ihn noch nie erlebt hatte.

Es war wieder sehr spät geworden, und Helen hatte gar nicht erst versucht, ihr zerrissenes Kleid zu reparieren. Sie verließ Duncan nur mit ihrem Kittel bekleidet, den sie bis oben hin zugeknöpft hatte. Darunter trug sie nur ihr knappes Höschen. Helen ging wie auf Wolken, und ihre Möse schien immer noch zu glühen, als sie über die verlassenen Krankenhausflure ging. Duncan hatte die Tittenklemmen zwar abgenommen, aber ihre Brüste fühlten sich immer noch geschwollen an, und ihre Brustwarzen schmerzten, als wären sie immer noch eingequetscht. Heute Abend hatte sie den Höhepunkt der Lust erreicht – Duncan hatte sie erfüllt wie noch niemand zuvor.

In ihrer medizinischen Ausbildung hatte Helen gelernt, dass sexuelle Anziehungskraft von einer ganzen Reihe Dinge abhängt: einem körperlich ansprechenden Partner, Pheromonen und vor allem von dem, was im Kopf passierte. Das Gehirn schickte Botschaften an die Sinne und verwandelte pure Lust manchmal zu einem Gefühl, das ganz anders und weitaus komplexer war. Sie fühlte sich zu Duncan sehr hingezogen, aber die Lust auf ihn war reine Körperchemie – nichts weiter. Doch auch wenn sie ihn als Mensch gar nicht richtig kannte, in ihrer Phantasie war er der ideale Mann für sie – womöglich sogar in der Realität.

Vielleicht würde sie eines Tages eine Abhandlung darüber schreiben, warum Menschen sich zueinander hingezogen fühlen. Natürlich wäre dazu intensive körperliche Forschungsarbeit vonnöten, und allein der Gedanke an diese Recherche erregte sie. Aber im Moment konzentrierten sich all ihre Gedanken und Bedürfnisse auf Duncan Paul. Es dauerte nur noch ein paar Tage, bis er aus dem Krankenhaus entlassen werde sollte, und Helen hatte vor, diese Zeit vollkommen auszukosten und die Zukunft bis dahin zu vergessen.

Sie wusste, dass bald ein Gespräch mit Max über das Ende ihrer Beziehung anstand. Ob sie in die Staaten gehen und dort arbeiten würde, hatte sie noch nicht entschieden. Wertvolle Erfahrungen würde sie dort sicher sammeln können, aber sie hatte nicht vor, dort für Max zu arbeiten. Die Kontrolle, die er damit erneut über ihr Leben bekommen würde, war Helen eindeutig zu viel.

An Ralph und seinen geheimnisvollen Patienten hatte sie den ganzen Abend noch nicht gedacht und entschloss sich, nicht den Weg über den Anbau zu nehmen. Stattdessen ging sie in Richtung der Haupttreppe. Versunken in ihre persönlichen Angelegenheiten, fiel ihr gar nicht auf, dass der Flur, der zu den Operationssälen führte, immer noch hell erleuchtet war. Normalerweise war es dort abends stockdunkel, und die OPs waren verschlossen.

Helen wäre wahrscheinlich nicht einmal stehen geblieben, wenn sie nicht im Augenwinkel eine Gestalt hinter den Glastüren gesehen hätte, die ungemeine Ähnlichkeit mit Ralph hatte. Der Mann trug einen grünen Operationskittel, und bei genauerem Hinsehen war es tatsächlich Ralph. Er verließ gerade den Aufwachraum, in den die Patienten nach einer Operation grundsätzlich gebracht wurden.

Ralph hatte also gelogen, als sie vor ein paar Stunden mit ihm gesprochen hatte. Helen konnte nur annehmen, dass er etwas zu verbergen hatte und sein Patient der mysteriöse «Mister X» war. Dann sah sie Ben Taylor, der einen weißen Kittel über seiner grünen OP-Kleidung trug und den Patienten aus dem Aufwachraum schob.

Mister X lag auf einem Rolltisch, sein Gesicht komplett verbunden, sodass sie es nicht erkennen konnte. Selbst seine Augen waren verbunden. Den Infusionen und Schläuchen nach zu urteilen, musste die Operation sehr aufwendig gewesen sein. Das war merkwürdig, denn Helen wusste, dass Ralph es nicht mochte, mehrere Eingriffe gleichzeitig durchzuführen. Es entsprach nicht seinem Stil, derart weit reichende Rekonstruktionsarbeiten mit einer Operation zu erledigen.

Helen wollte um keinen Preis gesehen werden und sah sich nach einem Versteck um. Der einzige Rückzugsort in Sichtweite war ein nicht abgeschlossener Wäscheschrank. Sie schlüpfte hinein, zog die Tür so weit zu, dass nur ein kleiner Spalt offen blieb, und beobachtete, wie Ralph, Ben und der Patient an ihr vorüberzogen. Der Rollwagen wurde nicht von einem Sanitäter geschoben, sondern von einem der stämmigen Bodyguards, der eine Uniform des Princess-Beatrice-Krankenhauses trug.

Jetzt war Helen noch entschlossener herauszufinden, was hier vor sich ging und wer dieser Patient wirklich war. Schließlich wurden Routineoperationen nicht mitten in der Nacht durchgeführt und Patienten nicht vor dem gesamten Krankenhauspersonal versteckt.

Sie wartete, bis alle verschwunden waren, schlüpfte dann aus dem Wäscheschrank und machte sich in Richtung Erdgeschoss auf. Auf dem Weg zu ihrer Wohnung merkte Helen erst, wie durcheinander sie war. Sie musste einfach mit jemandem sprechen, und der Einzige, dem sie vertrauen konnte, war

Duncan. Also entschloss sie sich, ihn gleich am nächsten Morgen ins Vertrauen zu ziehen.

Als sie sich dem Schwesternwohnblock näherte, hörte sie überraschenderweise großen Lärm aus Sandras Wohnung. Es hörte sich an, als fände dort eine Party statt, denn die Musik und das Gelächter waren für diese späte Stunde sehr laut. Helen fragte sich, was da wohl los sein mochte, und verlangsamte unbewusst ihren Gang, als sie an Sandras Wohnungstür vorbeiging.

«Wo willst du denn hin?», hörte sie Ben hinter sich mit lauter Stimme rufen. Erschrocken fuhr Helen herum und sah, wie er schwer atmend auf sie zukam. Er schien gerannt zu sein, um sie einzuholen.

«Nur ins Bett», antwortete sie betont beiläufig. «Hast du operiert?», fragte sie ihn mit Blick auf seine OP-Kleidung.

«Du meine Güte, nein», log Ben schamlos. «Ich habe nur etwas Äther auf meine Sachen gekleckert. Der Geruch war so schlimm, dass ich mich umziehen musste, und das war alles, was die Nachtschwester auf die Schnelle auftreiben konnte.»

«Und in Unterwäsche konntest du ja schlecht durchs Krankenhaus gehen», sagte sie leicht amüsiert und in vollem Bewusstsein, dass sie unter ihrem weißen Kittel nichts anhatte.

«Nein.» Er lächelte. «Ach übrigens, Helen, ich habe irgendwie das Gefühl, dass du mir aus dem Weg gehst.»

«Wie kommst du denn darauf?», entgegnete sie und versuchte dabei so überrascht wie möglich zu klingen.

«Liegt das an unserer Begegnung neulich im Schwimmbad?», fragte er und griff sie beim Arm. «Haben Justin und ich dich verärgert? Du bist ziemlich schnell weggerannt!»

«Erstaunlich, dass euch das aufgefallen ist – so beschäftigt, wie ihr wart», konterte sie trocken.

«Bist du eifersüchtig?»

«Natürlich nicht. Du bist nicht mein Privateigentum, Ben. Und das ist auch gut so. Was du mit Justin tust, geht mich überhaupt nichts an.» Ihre Stimme hatte bei diesen Sätzen einen steifen Unterton bekommen, denn auf einmal bekam sie das Bild der beiden nackten Männer nicht mehr aus dem Kopf.

«Aber ich muss sagen, dass ich ziemlich eifersüchtig auf Duncan Paul bin. Fickt ihr zufällig miteinander?»

Helen hatte das Gefühl, sofort knallrot zu werden. «Duncan und ich haben einen gemeinsamen Freund. Deshalb besuche ich ihn ab und zu.»

«Du meinst Max Fenton? Duncan ist sein Cousin, wenn ich richtig informiert bin.»

Sie nickte. «Wie du vielleicht weißt, haben Max und ich zusammen gearbeitet und ...»

«Ihr hattet was miteinander», wurde sie von Ben unterbrochen. «Du brauchst es gar nicht erst abzustreiten. Sandra hat gesehen, wie er dich an deinem ersten Tag auf der Entbindungsstation in den Arsch gefickt hat.»

«Kann man denn hier nichts tun, ohne dass gleich das halbe Krankenhaus davon erfährt?», beschwerte sie sich ungehalten. Der Gedanke, dass jemand sie an dem Nachmittag beobachtet hatte, war ihr schrecklich peinlich.

«Sandra weiß alles, was in diesem Krankenhaus passiert. Ist dir das noch nicht aufgefallen?» Bens Gesicht wurde ernst. «Hör mal, Helen, es gibt da etwas, das mich beunruhigt, und ich finde, wir sollten darüber reden.»

«Worüber sollen wir reden? Über mein Sexleben?»

«Du weißt verdammt gut, dass ich etwas anderes meine», sagte er. «Dir kann man doch nichts vormachen, Helen. Ich bin ziemlich sicher, du hast bereits herausgefunden, dass hier ein paar merkwürdige Dinge vor sich gehen.»

«Was meinst du mit merkwürdig?», fragte sie vorsichtig. Sie wollte nicht verraten, dass sie etwas mitbekommen hatte, hoffte aber insgeheim, dass Ben sich ihr anvertrauen würde. Helen wusste, dass er Sandra und Justin sehr nahe stand und dass er selbst bis zum Hals in den seltsamen Dingen steckte, die hier vor sich gingen – die nächtliche Operation und das Lügengebilde drum herum eingeschlossen. Warum er jetzt allerdings versuchte, mit ihr zu reden, begriff sie nicht. Sie wusste, dass sie Ben nicht trauen konnte, aber trotz allem mochte sie ihn. Möglicherweise zog sie die falschen Schlussfolgerungen, aber sie nahm an, dass er mittlerweile bereute, in all die Intrigen verwickelt zu sein.

«Hier können wir uns jedenfalls nicht unterhalten.» Als ob er nervös wäre, jemand könne sie zusammen sehen, spähte Ben den Flur entlang. «Lass uns zu der Party gehen.»

«Wenn du über private Dinge sprechen willst, ist das aber nicht gerade der richtige Ort. Bei dem Lärm haben wir dort keine ruhige Minute. Außerdem könnte uns jemand belauschen.»

«Es ist eine Party, Helen. Niemand wird sich für uns interessieren. Die sind viel zu sehr damit beschäftigt, sich zu betrinken und Spaß zu haben.»

Helen zögerte. Das Argument war nicht schlecht. Wenn sie nicht zu Sandra gingen, müsste sie Ben in ihre Wohnung bitten, und sie hatte keinerlei Bedürfnis, völlig allein mit ihm zu sein. In Sandras Wohnung wären zumindest genug Leute anwesend, und obwohl sie wusste, dass sie ihm nicht trauen durfte, könnte sie aus dem Gespräch vielleicht doch ein paar Informationen ziehen. Ben würde vielleicht eine unbedachte

Bemerkung fallen lassen, irgendeine Kleinigkeit, die ihr helfen könnte, Licht in die Angelegenheit zu bringen.

«Na gut», stimmte sie zu. «Aber ich kann nicht lange bleiben.»

«Es wird nicht lange dauern, das versprech ich dir», sagte er und lächelte erleichtert.

Er öffnete die Tür zu Sandras Wohnung und ging hinein. Helen folgte ihm nervös und zögernd. Sofort wurde die Geräuschkulisse aus Musik, Stimmen und Gelächter lauter. Das Wohnzimmer war in halbdunkles Licht getaucht. Sie gingen in die hell erleuchtete, menschenleere Küche, in der das reine Chaos herrschte. Überall standen Flaschen, halb volle Gläser und übervolle Aschenbecher herum. Auf dem Fußboden war Bier verschüttet worden, und im Spülbecken türmte sich benutztes Geschirr.

«Also, was wolltest du mir nun sagen?» Helen lehnte sich gegen den Küchentisch.

«Ben wollte dir sagen, dass du deine kleine, hübsche Nase nicht in Dinge stecken solltest, die dich nichts angehen», hörte sie Justin sagen, der lautlos in die Küche geschlüpft war. Der Klang seiner Stimme ließ Helen nervös zusammenzucken. Er hatte nichts weiter an als eine Lederhose, die so hauteng war, dass sie kaum genug Raum für seine riesige Schwanzbeule bot.

«Was geht mich nichts an?» Helen klang weitaus mutiger, als sie sich fühlte. Sie war versucht wegzulaufen, aber Justin versperrte die Tür, und einen anderen Fluchtweg gab es nicht. Sie hatte sich gründlich in Ben getäuscht und ihr Urteilsvermögen von ihren Gefühlen für ihn trüben lassen. Der nette Junge von nebenan war er jedenfalls nicht – da war sie sich sicher. Er hatte sie reingelegt, und jetzt konnte sie nur noch so tun, als würde sie sich nicht bedroht fühlen, und die Sache durchstehen.

«Du weißt genau, was ich meine», fuhr Justin sie an.

«Ich bin Ärztin an diesem Krankenhaus. Die Leitung hat mir eine gewisse Verantwortung für das Personal und die Patienten übertragen», sagte sie und nahm an, dass Justin ihre Bemühungen, in den Anbau einzudringen, meinte. «Ich habe ein Recht darauf, zu wissen, was in dieser Einrichtung vor sich geht.» Helen gab sich alle Mühe, ihre Angst zu verbergen. Doch Justin kam immer näher auf sie zu, und sie fühlte sich wie eine Maus in der Falle.

«Du bist deinen Patienten also verpflichtet, ja?» Justin stand jetzt so dicht vor ihr, dass sie seine Weinfahne riechen konnte. Und nicht nur das – er roch, als hätte er vor nicht allzu langer Zeit Sex gehabt.

«Ja, allerdings», bestätigte sie mit klopfendem Herzen.

«Auch Duncan Paul?», fragte Ben.

«All meinen Patienten gegenüber», ergänzte sie, ohne Ben dabei anzusehen. Sie durfte Justin nicht aus den Augen lassen, der aussah, als würde er sie jeden Moment schlagen.

«Gehört Sex auch zu diesen Verpflichtungen?», fragte Justin mit zynischem Grinsen.

«Duncan und ich sind nur Freunde …» Sie stockte, als Justin nach ihr griff und die obersten Knöpfe ihres Kittels aufriss, um ihre nackten Brüste freizulegen.

«Scheinbar sehr enge Freunde!» Justin zog die Augenbrauen hoch. «Besuchst du deine Patienten immer in diesem Aufzug?»

«Nimm deine Hände weg!» Helen bereute die Entscheidung, Ben in Sandras Wohnung begleitet zu haben, und trat einen Schritt zurück. Aber ihr Fluchtversuch wurde durch den Küchentisch hinter ihr aufgehalten.

«Angst?», fragte Justin höhnisch.

«Helen, wir werden dir nichts tun», sagte Ben beruhigend. «Nicht wahr, Justin?»

«Natürlich nicht.» Justin öffnete ihren Kittel jetzt vollständig und pfiff anerkennend, als er sie von oben bis unten betrachtete. «Sehr nett. Habe ich im Pool eigentlich erwähnt, dass du einen echt tollen Körper hast, Helen?»

Sie versuchte, ihren Kittel zu schließen, aber Justin griff erneut nach ihr und riss ihn über ihre Arme, sodass sie nur noch in ihrem knappen Höschen vor ihm stand. Ben und Justin sahen Helen gierig an. Sie wusste genau, was sie wollten. Überraschenderweise fühlte sie sich durch das Verlangen der beiden Männer auf einmal sicherer. Es gab ihr ein gewisses Gefühl der Macht. Besonders nachdem die beiden sie am Pool so abgewiesen hatten.

Helen war sich des Stimmungswechsels zwischen ihr und den beiden Männern durchaus bewusst. Sie schaute runter auf ihre Brüste. Ihre Nippel waren von den Tittenklemmen immer noch rot und geschwollen. Einen Moment lang wünschte sie sich fast, sie hätte sie anbehalten. Das hätte Justin und Ben sicher noch mehr angeturnt. «Und habe ich erwähnt, dass du ein Arschloch bist, Justin?»

«Jetzt werden wir auch noch aufmüpfig, was? Wer hätte das gedacht? Dabei hat Sandra mir erzählt, dass du ziemlich unterwürfig warst, als Max dich in den Arsch gefickt hat.»

«Wenn du schon weißt, was Max und ich getan haben, wirst du doch wohl auch wissen, dass wir ein Paar sind. Du solltest also vorsichtig sein, Justin. Ein Wort von mir, und Max schmeißt dich raus.»

Justin klatschte höhnisch Beifall. «Sehr schlau, Helen. Aber mit Drohungen erreichst du bei mir gar nichts. Ich bin ziemlich sicher, Max weiß nicht, dass du es mit seinem berühmten

Cousin treibst. Er ist doch ziemlich Besitz ergreifend, hab ich Recht? Was ist, wenn ich ihm nun erzähle, dass sein Bückstück mit Cousin Duncan fickt – und mit jedem anderen, den sie in die Finger kriegen kann?»

«Von mir aus. Ist mir völlig egal. Tu, was du nicht lassen kannst, Justin.»

«Wirklich?» Justin fuhr mit der Hand in ihren Slip und steckte langsam einen Finger in ihren feuchten Schlitz. Trotz ihrer Angst und einer gewissen Abscheu erregten sie seine Berührungen. Helen versuchte, sich zusammenzureißen, um dem wilden, unlogischen Verlangen nicht nachzugeben, das sie auf einmal spürte.

«Die Sache mit Duncan Paul kann man dir nicht übel nehmen.» Justins Finger tauchten tiefer in sie ein. «Er ist berühmt und sieht phantastisch aus. Den würde ich auch nicht von der Bettkante stoßen. Hat er einen großen Schwanz? Ist es geil, wenn er dich aufbockt?»

«Hau ab und lass mich in Ruhe», sagte sie mit zitternder Stimme. Seine flinken Finger ließen sie schwach in den Knien werden.

«Aber du willst doch gar nicht in Ruhe gelassen werden. Hab ich Recht, Helen?» Scheinbar hatte Ben gemerkt, wie aufreizend die Situation für Helen war.

«So ist's gut. Entspann dich, Süße. Wenn wir uns besser kennen lernen, kannst du unserer kleinen Spezialgruppe beitreten», gurrte Justin. «Dann weihen wir dich in all unsere kleinen Geheimnisse ein», fügte er hinzu. Er fingerte sie jetzt heftiger, und seine Stimme war beinahe hypnotisch.

«Geheimnisse?», fragte sie zitternd.

«Wir haben doch alle Geheimnisse.» Justin fuhr mit seiner Zunge über ihre Oberlippe, und Helen musste der Versuchung widerstehen, ihren Mund zu öffnen und sich richtig von ihm küssen zu lassen. Zu gerne hätte sie sich enger an ihn gepresst und das merkwürdige Gefühl seiner gepiercten Zunge gespürt. «Einige Geheimnisse sind natürlich interessanter als andere», fuhr er fort. «Wenn du mit mir gehst, werde ich dir was zeigen.» Seine Hand steckte immer noch in ihrem Höschen, und mit der anderen umfasste er nun ihre Taille.

KAPITEL 8

Wie in Trance ließ Helen sich von Justin in das üppig dekorierte Schlafzimmer führen. In dem Raum war es heiß, und die Luft war vom Duft nach Parfum und Sex geschwängert. Doch Helen hatte nur Augen für eine Sache: Auf dem Bett lag eine gefesselte Frau mit Augenbinde, die sich weder bewegen noch etwas sehen konnte.

Helen bemerkte nicht einmal, dass es sich bei der Frau um Sandra handelte – so sehr erregte sie der Anblick. Nie hätte sie gedacht, dass Bondage eine so stimulierende und aufreizende Wirkung auf sie haben könnte. Als sie die vollbusige, gefesselte Frau näher betrachtete, begann ihr Herz wie wild zu pochen, und ihre Möse wurde sofort feucht.

Sandras Fuß- und Handgelenke waren mit dünnen Seilen gefesselt, die sorgfältig an den vier Pfosten des Bettes festgemacht waren. Sie konnte sich kaum bewegen, und ihre Beine waren so weit gespreizt, dass ihre Muschi weit aufklaffte. Ihr Fleisch sah feucht, rosig und geschwollen aus. Der Anblick von Sandras gedehntem Loch machte sie so sehr an, dass sie nicht bemerkte, wie Justin die Tür schloss. Helen wurde schwindelig.

Sandras Brüste ragten wie zwei massige, straffe Fleischberge über ihre Körperseiten hinaus – die Nippel rot und geschwollen, eingepresst von schmerzhaft aussehenden Tittenklemmen, die mit den niedlichen Spielzeugen, die Max ihr geschenkt hatte, nichts mehr gemeinsam hatten. Einerseits bemitleidete sie Sandra, andererseits beneidete ein Teil von ihr sie um die süße Qual.

«Justin, bist du das?», fragte Sandra und bewegte unruhig die Hüfte. Das Licht tauchte den Raum in ein dunkles Rosa und warf merkwürdige Schatten auf ihr Geschlecht. Plötzlich verspürte Helen unbändige Lust, ihre Lippen auf das heiße Fleisch zu pressen und den würzigen Duft von Sandras Möse tief in sich aufzusaugen. Der Sex zwischen den beiden war Jahre her, und Helen hatte keinerlei Erinnerung, wie es sich anfühlte, eine Frau mit dem Mund zu befriedigen.

«Wir haben dir jemanden mitgebracht», sagte Justin, nahm eine Pfauenfeder und ließ sie über ihre Brüste, ihren Bauch und dann zwischen ihre rasierte Fotze gleiten. Das Kitzeln machte Sandra fast wahnsinnig, und als Justin mit der Feder an ihrem Mösenschlitz herumspielte, ertrug sie es nicht länger. «Fester!», bettelte sie.

Sandras frustriertes Wimmern ging Helen durch Mark und Bein. Wollust hing in der Luft, die sich klebrig über Helens nackte Haut ausbreitete. Sie spürte, wie Ben sich hinter ihr bewegte, und gab kein Wort des Protestes von sich, als er ihr das Höschen herunterzog.

«Niemand wird hier etwas tun, was du nicht willst», versprach er, während er schwarze Lederbänder um ihren Körper schlang.

Helen sah an sich herunter und beobachtete fasziniert, wie Ben ihre Brüste in einen komplizierten Harness einschnürte, der aus Leder und Ketten gefertigt war. Er hatte silberne Ringe, die ihre Brüste umschlossen und nur ein klein wenig größer als ihre Nippel waren. Als Ben die Schnüre hinten zusammenzog, wurden der Busen fest zusammengepresst und ihre Brustwarzen nach außen gedrückt, sodass sich ihr Fleisch lüstern in den fesselnden Ringen aufrichtete.

«Atemberaubend!» Justin warf die Feder fort und trat zu Helen herüber. «Wenn Ben dich vorbereitet hat, gebe ich dir meine Erlaubnis, alles mit Sandra zu tun, was du willst.»

«Wer wird alles mit mir machen, was er will?», fragte Sandra nervös.

«Du musst raten», antwortete Justin. «Das gehört zum Spiel dazu.»

Dann drehte er sich um, um Ben beim Ankleiden von Sandra zu helfen. Auch das Unterteil des Harness bestand aus Lederbändern, Schnallen und Ketten. Ihre Pussi wurde von einem vier Zentimeter breiten Lederstreifen bedeckt, der sowohl von vorne als auch von hinten mit winzigen Schnallen geschlossen wurde. Kurz bevor er den Harness zumachte, steckte Justin ein kleines, rosafarbenes Ding zwischen Helens Beine und platzierte es direkt über ihrer Klit. Mit seinen winzigen biegsamen Wedeln, die über ihr empfindliches Fleisch strichen, erinnerte es an eine Seeanemone. Als die Schnallen enger gezogen wurden, drangen die Wedel tief in ihr Loch ein. Zu ihrem Erstaunen erzeugte das angenehme Gefühle.

«Schau dich an!» Justin drehte sie in Richtung Spiegel.

Helen erkannte sich kaum wieder. Ihr Haar war zerzaust, ihre Lippen von Duncans Küssen immer noch leicht geschwollen und ihre blasse Haut von Lederschnüren umschlungen. Ihre Brüste waren so zusammengepresst, dass die Brustwarzen förmlich aus den Metallringen herauszuquellen schienen und riesengroß aussahen.

Justin hielt einen kleinen Plastikgegenstand in der Hand, an dem ein Kabel befestigt war, das zu dem Wedel in ihrer Muschi führte. Sie wollte, dass er es anstellte, um zu spüren, wie es sich anfühlte, aber er steckte die Halterung unter eines der Lederbänder, die eng um ihren Po geschlungen waren.

«Du bist wunderschön.» Ben sah sie so voller Bewunderung und Begierde an, dass Helen fast vergaß, wie sehr es sie verletzt hatte, dass er Justin ihr vorgezogen hatte.

«Jetzt zu deinem Outfit, Ben», fuhr Justin fort. Helen ging derweil wie hypnotisiert auf Sandra zu, die immer noch hilflos auf dem Bett lag. Irgendwie hatte sie den Sinn für die Realität verloren und starrte geifernd auf die Metallzähne der Tittenklemmen, die sich unnachgiebig in Sandras riesige Nippel bissen.

Zärtlich strich Helen mit dem Finger über eine Warze, was Sandra mit einem lauten Stöhnen quittierte. Ohne ein Wort zu sagen, öffnete sie eine der Klemmen und befreite den misshandelten Nippel. Er war so knallrot und geschwollen, dass Helen nicht widerstehen konnte, ihn in den Mund zu nehmen und fest daran zu saugen. Sandra keuchte vor Lust.

«Die andere auch», flehte sie. «Nimm sie ab. Sie sind zu eng. Justin weiß, wie schmerzhaft sie für mich sind.»

«Aber du liebst Schmerzen», sagte Justin in ihre Richtung. Auch sein Körper war mittlerweile mit einem außergewöhnlichen Gegenstand geschmückt. Sein Penis und die Hoden steckten in einem Cockring, der sie nach oben drückte und noch größer erscheinen ließ.

Er beobachtete jede von Helens Bewegungen, als sie auch Sandras andere gequälte Brustwarze befreite. Bevor sie sich aber nach unten beugen konnte, um daran zu lecken, griff er nach dem roten Nippel und zwirbelte ihn brutal. Gleichzeitig versuchte er Helen zu küssen, die ihm bereitwillig die Zunge in den Mund schob. Plötzlich fiel ihr auf, wie einfach es Justin gelungen war, sie zu verführen. Sie zuckte zurück und starrte ihn an – ungläubig, dass sie all das zugelassen hatte. Helen verabscheute Justin, aber gleichzeitig fand sie seine grausame Sinnlichkeit ungemein anziehend.

Justin lächelte vielsagend, als wisse er genau, was sie dachte. Er drückte ihr eine lange, dünne, lederbezogene Gerte in die Hand, an deren Ende einige Lederschnüre angebracht waren – eine Mischung aus Peitsche und Reitgerte. «Sandra wird gern bestraft», erklärte er und drückte brutal einen Nippel ihrer ersten Freundin zusammen, bis sie vor Schmerz schrie.

«Schläge turnen sie noch mehr an. Sieh dir nur ihren Hintern an, wenn du mir nicht glaubst. Ich habe sie bereits recht gründlich bestraft. Aber ich glaube, sie kann noch ein paar Schläge vertragen.»

Helen sah erst die völlig hilflose Sandra, dann das Instrument der Bestrafung an, und plötzlich verspürte sie unbändige Lust, es zu benutzen. Dieser Wunsch durchfuhr sie wie ein physischer Schmerz. Trotz allem, was vorgefallen war, trotz all der Jahre verlangte ein Teil von ihr immer noch nach Sandras üppigen Kurven. Helen glaubte daran, dass die meisten Menschen tief in ihrem Inneren bisexuelle Gelüste haben, die verborgen bleiben, bis sich ihnen endlich eine Gelegenheit bietet, zutage zu treten.

An Sandras linker Hüfte war eine schmale Linie zu sehen, die eine Peitsche hinterlassen hatte, doch ihr Bauch war weiß und unberührt. Vorsichtig ließ Helen die Peitsche auf Sandras Bauch niedergehen, aber der Schlag hinterließ keine Spur auf der hellen Haut. Sie musste eindeutig fester zuschlagen.

Sie trat einen Schritt zurück und schlug mit der Peitsche erneut auf Sandras Bauch und ihren Venushügel. Diesmal war der Schlag weitaus fester und hinterließ eine schwache rote Markierung auf Sandras Haut.

«Sehr gut», sagte Justin sanftmütig wie ein Lehrer, der seinen Schüler lobt. «Denk daran, jeden weiteren Schlag an einer anderen Stelle zu platzieren.»

Helen tat, wie ihr geheißen, und schlug dabei aus einem flacheren Winkel zu, bis Sandras Hüften und Oberschenkel von roten Striemen überzogen waren und sie vor Geilheit stöhnte.

«Du scheinst deine Berufung gefunden zu haben», neckte Justin sie, während Ben sich neben ihn stellte.

Es erregte Justin sehr, Helen dabei zu beobachten, wie sie Sandra auspeitschte. Sein Schwanz stand nun aufrecht vom Körper ab, und die durch den Cockring abgebundenen Eier sahen dick und schwer aus. Ben trug einen ähnlichen Körperschmuck, aber sein Geschlecht steckte in dünnem, schwarzem Leder, das seinen Schwanz noch bedrohlicher aussehen ließ. Helen hatte sich noch nie von jemandem ficken lassen, dessen Riemen in Leder steckte. Aber sie bekam schon beim bloßen Gedanken daran schwache Knie.

«Sandra ist noch nicht ganz fertig», bemerkte Justin und spielte mit den Nippeln des hilflosen Opfers. Er war ein sehr geschickter Peiniger, denn um das empfindliche Gleichgewicht von Schmerz und Lust zu halten, beugte er sich ab und zu hinunter und küsste sie zärtlich. «Nimm das andere Ende der Peitsche.»

Helen drehte das Werkzeug und hielt es nun an den dünnen Schnüren fest. Mit dem schlanken Ledergriff schlug sie auf die Innenseite von Sandras Schenkeln. Es gab ein sattes, schnalzendes Geräusch, als der Hieb auf ihr Fleisch niederging. In

Gedanken an Max' sexuelle Dominanz über ihren eigenen Körper zielte Helen bei dem zweiten Schlag direkt auf Sandras offenen Schritt. Das leise Stöhnen, das diese von sich gab, stachelte Helen an, die Tortur fortzusetzen.

«Mehr!», bettelte Sandra. «Mehr!»

Diesmal zielte Helen genauer und traf mit dem Griff Sandras Klit, die bereits dunkelrot und stark angeschwollen war. Die Schläge schienen sie noch mehr zu reizen, denn durch die Schmerzen schwoll sie zusätzlich an.

«Ist das geil?», fragte Justin und stellte sich hinter Helen.

«Ja», erwiderte sie mit heiserer Stimme und zitterte vor Erregung, als sie seinen gepiercten Schwanz an ihrer Taille spürte. Sie mochte es sich selbst fast nicht eingestehen, aber im Moment hätte sie alles gegeben, um seinen steinharten Prügel tief in ihrer Möse zu spüren.

«Setz dich zwischen ihre Oberschenkel», befahl Justin. «Noch ein paar Schläge, und sie ist zu allem bereit.»

Helen gehorchte ihm, kletterte aufs Bett und kniete sich zwischen Sandras Schenkel. Sie genoss den starken Duft, der von Sandras Möse ausging: schwer, würzig, betäubend und selbst nach Jahren noch vertraut.

Mit großer Vorsicht begann sie, Sandra mit dem biegsamen Ende der Peitsche zu bestrafen. Ein Schlag über jede der fleischigen Schamlippen, einen direkt auf den Venushügel und den letzten gegen ihre hungrige Klit. Der Schrei, den Sandra daraufhin von sich gab, verriet, dass sie nicht mehr weit vom Orgasmus entfernt war.

«Jetzt hiermit!» Justin drückte ihr einen Gegenstand in die Hand, der Helen aufgrund seiner Absurdität fast laut auflachen ließ.

«Ist das dein Ernst?»

«Absolut. Es funktioniert. Versuch es nur. Press den Kopf hart auf ihren Kitzler.»

Helen stellte die elektrische Zahnbürste an. Das sirrende Geräusch ließ sie leicht zusammenzucken, und sie starrte fasziniert auf den Bürstenkopf, der vibrierend rotierte. Vorsichtig legte sie die Borsten an dem winzigen, dunkelroten Organ an.

Das Gefühl trieb Sandra in den Wahnsinn. Sie wand sich in den Fesseln, bis die Schnüre tief in ihre Haut schnitten. Helen fragte sich, ob diese Kitzlermassage wirklich so gut war, und hätte es am liebsten bei sich selbst ausprobiert – aber nicht hier vor Ben und Justin. Für etwas derart Verwegenes war sie noch nicht bereit. Trotzdem sehnte sie sich danach, auch ihre Klit von den scharfen kleinen Borsten bearbeiten zu lassen.

Das Surren der Bürste war so laut, dass Helen das verzweifelte Keuchen von Sandra kaum hörte, während sie mit der Bürste ihre Vagina entlangfuhr. Sandra schien kurz vorm Höhepunkt zu stehen. Da konnte Helen nicht länger an sich halten. Sie ließ alle Hemmungen fallen, warf die Zahnbürste weg und vergrub ihr Gesicht in dem verführerisch saftigen Schlitz von Sandras Möse. Der Geschmack war würzig und salzig und wirkte auf sie wie ein Aphrodisiakum. Gierig leckte Helen an dem Fleisch, fuhr mit ihrer Zunge immer wieder durch den engen Spalt und umkreiste Sandras gereizten Lustknopf. Er war recht groß und versteifte sich wie ein Schwanz. Sandra genoss Helens Zunge, die ihren Kitzler immer wieder umkreiste und heftig daran saugte, bis er hart wie Stein war.

Sandra schrie laut auf und bewegte wie wild die Hüften. Doch Helen grub ihre Finger tief in das Fleisch ihrer Oberschenkel und zwang sie so zum Stillhalten. Sie zog die geschwollenen Schamlippen noch weiter auseinander und stach mit der Zunge tief in Sandras gieriges Fotzenloch. Sie leckte die Muschi so hingebungsvoll aus, dass ihr Opfer sich nicht länger zusammenreißen konnte.

Helen spürte, wie Sandras Bauchmuskeln sich zusammenzogen und ihr Schritt von gewaltigen, ekstatischen Wellen überflutet wurde. Die Schamlippen pressten sich gegen Helens Mund, und sie wurde von dem Verlangen gepackt, dieses wunderbare Gefühl selbst zu erleben.

Justin schien sofort zu merken, was sie dachte, und trat hinter Helen. Er drückte auf den Knopf, der die Seeanemone in ihrer Möse in Bewegung setzte, und die winzigen Wedel, die sie bei jeder Bewegung leicht gestreichelt hatten, fingen nun mit großer Geschwindigkeit an, die empfindliche Haut zu massieren. Ihre Nerven wurden bis aufs äußerste gereizt, und Helen war sehr überrascht, dass etwas so Winziges ihr solch ein unglaubliches Vergnügen bereiten konnte.

Sie versteifte sich und schob ihren Po nach oben. Ihre Lippen wanderten zu Sandras zitterndem Bauch und bedeckten ihn mit zärtlichen Küssen. Justin öffnete derweil den Lederriemen zwischen Helens Schenkeln, der den vibrierenden Gegenstand an ihrer Klit festhielt. Obwohl sie endlich von ihm gefickt werden wollte, stöhnte sie frustriert auf, als der Freudenspender sanft nach unten glitt. Justin umfasste sie mit einem Arm, hielt den Vibrator aber eng gegen ihre Muschi gepresst. Dann spürte Helen, wie seine Eichel hart gegen ihren Fickschlitz drückte. Sie zitterte und konnte es kaum erwarten, sein eigenartig geformtes Organ in ihre Muschi geschoben zu bekommen.

Als er endlich in sie eindrang, merkte sie, welche unglaubliche Wirkung sein gepiercter Schwanz auf ihr Inneres hatte. Tiefer und tiefer schob er sein hartes Fickfleisch in sie, während der kleine Kitzlerreizer unermüdlich weitersurrte.

Helen war außer sich vor Geilheit. Justin nahm sie von hinten und bockte ihr williges Fleisch immer härter auf. Seine Stöße und die herrliche Reibung an ihrer Klit ließen Helen immer lauter stöhnen, bis sie schließlich komplett die Kontrolle über sich verlor und sie mit einem markerschütternden Orgasmus kam.

Colin lag mit leicht angezogenen Knien auf der Seite. Zaras Po war eng gegen seinen Bauch gepresst, während sein Schwanz immer noch tief in ihr steckte. Sie lagen da und rührten sich nicht, sondern genossen nur das herrliche Gefühl. «Du musst gleichmäßig atmen», flüsterte Colin ihr ins Ohr. «Und versuch mal, deine Scheidenmuskulatur ganz vorsichtig anzuspannen.»

Sie hatten beide schon über Tantrasex gelesen – wie er das Vergnügen hinauszögern und verlängern sollte. Meister dieser Kunst behaupteten, dass sie sich so stundenlang geliebt und den Sex damit zu einer fast religiösen Erfahrung gemacht hätten.

Colin und Zara probierten es das erste Mal aus und bemerkten schnell, dass es nicht so einfach war, wie es schien. Man brauchte enorme Selbstkontrolle, um den Orgasmus hinauszuzögern und die Lust dabei trotzdem auf einem konstanten Hoch zu halten. Sein Schwanz steckte in ihr, und das Bedürfnis zu kommen trieb ihn fast in den Wahnsinn. Colin bezweifelte, dass er noch lange aushalten konnte.

«Vorsichtig!» Colin stöhnte, als Zara ihre inneren Muskeln zusammenzog und langsam anfing, seinen Penis zu melken. Sie schien weitaus mehr Kontrolle über ihren Körper zu haben als er über seinen. Zara lachte leise auf und setzte ihren erotischen Angriff auf sein Organ unbeirrt fort.

«Kannst du noch?»

«Nicht mehr lange», keuchte er und fühlte, wie ihre Vagina sich erneut um seinen geschwollenen Riemen schloss. Ein paar seiner Armeekollegen hatten ihm von ihren Besuchen bei Huren in exotischen Ländern erzählt. Einige dieser Frauen konnten mit ihrer Scheidenmuskulatur unglaubliche Dinge anstellen. Einer hatte sogar behauptet, eine Frau in Bangkok zu kennen, die mit ihrer Möse Tischtennisbälle abfeuern konnte. Jetzt, da Zara ihn nur mit den Kontraktionen ihrer Vagina fertig machte, konnte er endlich glauben, dass es solche unglaublichen Fähigkeiten tatsächlich gab.

«Ich kann's nicht mehr halten!»

«Dann komm!» Zara nahm seine Hand, die bisher auf ihrem Bauch gelegen hatte, und führte sie zwischen ihre Beine. «Fass mich an!», forderte sie.

Als Colins Finger ihre Möse berührten, schloss sie die Augen und konzentrierte sich darauf, ihre Scheidenmuskulatur in rhythmischen Abständen zu lockern und wieder anzuspannen. Colin atmete tief ein, ließ die Luft langsam wieder ausströmen und verwandte seine gesamte Aufmerksamkeit darauf, Zaras Klit zu stimulieren. Ihre andauernden Muskelkontraktionen übten solchen Druck auf seinen Schwanz aus, dass er vor Geilheit beinahe wahnsinnig wurde – obwohl er selbst keinen Muskel bewegte. Das Gefühl war so überwältigend, dass er fast ohne Vorwarnung mit einem gewaltigen Orgasmus explodierte.

«Du bist unglaublich!» Er küsste ihren Nacken, während sein Körper immer noch von dem herrlichen Erguss zitterte.

Als Colin langsam wieder zu sich fand und sein Herzschlag sich beruhigt hatte, wurde ihm das aufgeregte Klopfen von Zaras Herzen und ihr Bedürfnis nach Befriedigung bewusster, während sie ihren Po gegen seinen Bauch presste. Jetzt war sie an der Reihe. Er massierte ihre Klit und zog fest daran – genau so, wie sie es gern hatte. Ihr Körper bäumte sich gegen den seinen auf, und er spürte, wie ihre Scheidenmuskulatur sich in wilden, pulsierenden Wellen um seinen halbsteifen Schwanz zusammenzog.

Zara stöhnte leise und lehnte sich erschöpft gegen seine Brust. Colin war nicht nur befriedigt, er war glücklich. Er konnte sich nichts Schöneres vorstellen, als den Rest seines Lebens so mit ihr dazuliegen: Sie hielten sich eng umschlungen, bis ihre Leidenschaft langsam verklungen war und ihre zitternden Glieder sich wieder beruhigt hatten.

Schließlich drehte Zara sich um, sah ihm ins Gesicht und schlang die Arme um seinen Hals. «Wir müssen noch viel üben, bis wir den Bogen raushaben», sagte sie lächelnd.

«Und dazu haben wir alle Zeit der Welt», erwiderte er.

Colin hatte Zaras Angebot, für sie zu arbeiten, sofort zugestimmt. Er konnte sich nichts Besseres vorstellen, als jeden Moment mit dieser faszinierenden Frau zu verbringen. Also hatte er eine knappe Stunde nachdem sie ihm das Angebot gemacht hatte, seine Kündigung eingereicht. Mit dem Resturlaub, den er noch hatte, konnte er das Princess-Beatrice-Krankenhaus bereits in drei Wochen verlassen. Das war zwar leider nicht früh genug, um Zara auf die Bahamas zu begleiten, aber wenn sie zurückkam, würden sie ihre Zusammenarbeit gleich mit ihrer neuen Fernsehserie beginnen.

«Ich war noch nie glücklicher», gestand sie ihm. «Und wenn du so erpicht darauf bist, den Tantrasex zu perfektionieren, können wir uns auch einen Lehrer suchen.»

«Du machst Witze, oder? Glaubst du wirklich, dass wir jemanden brauchen, der uns beibringt, wie Sex funktioniert?»

«Du hast Recht. Vielleicht wäre es besser, wenn wir einfach nur sehr viel üben. Ich habe am Drehort einen sehr komfortablen Wohnwagen, und während der Dreharbeiten gibt es zwischen den Aufnahmen eine Menge Zeit zu überbrücken.»

«Wenn wir doch nur schon dort wären.» Colin sah auf seine Uhr. «Ich sollte wirklich gehen. Ich habe in einer Viertelstunde Dienst und muss mich noch um eine Menge Dinge kümmern.»

«Musst du wirklich schon los?», fragte sie mit spielerischem Schmollen.

«Ich würde auch lieber bei dir bleiben.» Zara beobachtete jede seiner Bewegungen, als er aufstand und sich streckte.

«Du hast wirklich einen wunderschönen Körper, Colin», sagte sie und sah zu, wie er erst in den Slip und dann in seine Hose stieg.

«Du auch, meine Süße.» Colin warf ihr einen Kuss zu und strich seine Haare glatt. «Ich schaffe es nicht mehr, unter die Dusche zu gehen. Hoffentlich rieche ich nicht nach Sex.» Er drehte sich um und grinste sie an. «Weißt du, manchmal glaube ich, die Schwestern ahnen, dass wir was miteinander haben.»

«Sie wären ziemlich dumm, wenn sie es nicht ahnen würden. Schließlich verbringst du hier Ewigkeiten. Selbst während deiner Schicht.» Zara setzte sich auf und griff nach ihrem Morgenmantel. Colin hielt kurz inne, um ihre festen Brüste und die sanften Rundungen ihres Bauches zu bewundern. «Nimm doch was von meinem Parfum», schlug sie vor. «Es steht auf der Frisierkommode.»

«Rieche ich dann nicht ein bisschen zu exotisch.»

«Nicht, wenn du die Flasche ganz links nimmst. Der Duft ist für Männer und Frauen.»

Als Colin den Flakon nahm, merkte er, dass neben den diversen Parfumflaschen ein brauner Plastikbehälter stand. «Pillen?», fragte er ungläubig, als er die Flasche schüttelte. Eigentlich mussten die Patienten bei der Aufnahme im Krankenhaus alle Medikamente abgeben. Das war in jeder Klinik so – staatlich oder privat. Die benötigten Medikamente wurden von dem behandelnden Arzt verschrieben und von den Schwestern ausgegeben. «Hat man dir nicht gesagt, dass du die hier bei der Aufnahme abgeben musst?»

«Als ich eingewiesen wurde, hatte ich die Tabletten noch nicht», antwortete sie, schloss ihren Morgenmantel und ging zu Colin hinüber.

«Wo hast du sie denn her?», fragte er mit einem Blick auf das Etikett. Sie waren nicht im Krankenhaus verschrieben worden, und der Name *Ampesoman* sagte ihm auch nichts.

«Sind wir hier in der Schule?»

«Ich bin doch nur um dein Wohlergehen besorgt.»

«Ich weiß.» Sie legte eine Hand auf seinen Arm. «Keine Sorge. Das hat schon alles seine Richtigkeit. Dr. Taylor hat sie mir gegen meine Depressionen verschrieben.» Sie lachte leise auf. «Die sollen wahre Wunder bewirken. Obwohl ich in Zukunft sicher keine Tabletten mehr brauchen werde. Ich war nämlich noch nie so glücklich. Aber ich dachte mir, ich nehme sie, damit er Ruhe gibt.»

«Dr. Taylor hätte dir diese Tabletten nicht dalassen sollen. Er hätte sie den Schwestern geben müssen, um sie dir zuzuteilen.» Colin stellte die Tabletten weg und umarmte Zara liebevoll.

«Er hat also gegen die Krankenhausregeln verstoßen. Na und? Vielleicht hatte er ja seine Gründe.» Sie sah zu ihm auf. «Ist das wirklich so wichtig?»

«Nein», log Colin. «Natürlich nicht.»

«Dann vergiss die Tabletten.» Sie küsste ihn auf die Wange. «Ich will dich nicht loswerden, aber in fünf Minuten beginnt dein Dienst.»

«Ja.» Widerwillig entzog er sich aus der Umarmung und streifte sein Hemd über.

Helen wusste nicht mehr, wie sie in ihre Wohnung gekommen war, geschweige denn, wie sie sich ausgezogen und hingelegt hatte. Ihre Erinnerung versagte ab dem Zeitpunkt, als sie mit Sandra, Justin und Ben im Bett gelandet war. Sie hatte getrunken und irgendwann einen Filmriss gehabt. Erinnern konnte sie sich nur an kurze Schlaglichter: nackte Glieder, männliche und weibliche Körper, die sich aneinander schmiegen, leckend, saugend und fickend. Trotzdem sie die wilde Orgie sehr genossen hatte, zog sie es vor, das Geschehene zu verdrängen. In der Rückschau war ihr das alles ein wenig zu extrem und fühlte sich wie ein Traum an, der in ihrer sonstigen Realität nichts zu suchen hatte.

Helen war sicher, dass die ganze Sache von Justin geplant worden war. Vielleicht hatte er geglaubt, sie würde ihre Nachforschungen einstellen, wenn er sie an den ausschweifenden Sexualpraktiken der kleinen Gruppe teilhaben lassen würde. Doch Justin wusste nicht, wie stur Helen sein konnte.

Eines war ihr jedenfalls klar geworden: Jetzt traute sie von den dreien wirklich niemandem mehr. Justin war ein merkwürdiger, unglaublich sexueller Mensch, der die einzigartige Fähigkeit besaß, etwas in ihr wachzurufen, von dem sie nicht einmal wusste, dass es existierte. Er war wie ein Vampir, der seinen Opfern auflauerte, sie verführte und ihre Vernunft mit der Aussicht auf irrsinnigen Sex ausschaltete. In Zukunft würde sie sich noch mehr anstrengen müssen, um der Versuchung zu widerstehen. Tief im Herzen dieses Krankenhauses gärte ein Sumpf aus sexueller Promiskuität, der die Menschen anlockte und sie dann mit Haut und Haaren verschlang.

Als sie am folgenden Morgen mit schmerzenden Muskeln und brennender Möse durch das Krankenhaus lief, kam sie zu dem Schluss, dass es nur eine Antwort geben konnte: Sie musste sich jetzt voll und ganz darauf konzentrieren, die dunklen Geheimnisse zu lüften, die hinter der Fassade dieses Ortes versteckt lagen.

«Dr. Dawson!», rief auf einmal jemand dicht hinter ihr.

Helen erkannte sofort, dass Colin, einer der Pfleger, nach ihr gerufen hatte. Sie mochte ihn. Er hatte etwas sehr Aufrichtiges und Vertrauensvolles an sich. «Stimmt was nicht?», fragte sie ihn, da er besorgt aussah.

«Allerdings», bestätigte er mit leiser Stimme, als wolle er nicht, dass jemand anderes mithöre. «Könnte ich Sie unter vier Augen sprechen?»

«Sicher. Gehen wir doch in den Aufenthaltsraum», schlug sie vor. «Dort haben wir um diese Zeit sicher unsere Ruhe.» Das kleine Wohnzimmer für das Krankenhauspersonal war tatsächlich leer. Helen wartete, bis Colin die Tür geschlossen hatte. «Was gibt's?»

«Es fällt mir wirklich nicht leicht. Ich kritisiere nur ungern die Behandlungsmethoden der Ärzte», sagte Colin vorsichtig. «Ich weiß, wenn ich irgendwelche Probleme habe, sollte ich mich eigentlich an eine Oberschwester wenden.» Er machte eine Pause und runzelte die Stirn. «Aber ich glaube, Ihnen vertrauen zu können, Dr. Dawson. Also habe ich mich entschlossen, zu Ihnen zu kommen.»

«Ich fühle mich geschmeichelt, Colin.» Sie lächelte ihm ermutigend zu. «Sie können mir alles erzählen. Um ehrlich zu sein, kann ich gut verstehen, dass Sie sich mit einem solchen Problem nicht an Ihre Vorgesetzte wenden wollen. Ich gebe Ihnen gern einen Ratschlag, wenn ich kann. Und ich verspreche Ihnen, dass ich alles, was wir hier besprechen, streng vertraulich behandeln werde.»

Er nickte. «Danke, Dr. Dawson. Ich wollte Sie nach den Tabletten fragen, die Dr. Taylor Miss Dawn verschrieben hat. Es soll ein neues Medikament gegen Depressionen sein, aber ich habe noch nie davon gehört.»

«Auf dem Markt gibt es ständig neue Medikamente, Colin», sagte sie. «Die Pharma-Unternehmen wenden sich häufig zunächst an die Krankenhäuser, bevor sie neue Medikamente auf den Markt bringen.»

«Ich weiß.» Colin trat dichter an sie heran. «Aber die Sache ist weitaus komplizierter. Nicht nur dass ich das Medikament nicht kenne, Dr. Taylor hat außerdem gegen grundlegende Krankenhausvorschriften verstoßen.»

«In welcher Weise?», fragte Helen überrascht.

«Er hat Miss Dawn die Tabletten zur freien Verfügung gegeben, und sie tauchen nicht in ihrer Krankenakte auf. Was das Krankenhaus betrifft, ist sie nicht mal in medikamentöser Behandlung.»

«Sie tauchen nicht in ihrer Krankenakte auf?», wiederholte Helen nachdenklich und fragte sich, was Ben damit bezweckte. Sie hatte zwar nicht vor, die Sache mit Colin zu besprechen, aber für einen Arzt war das eine unentschuldbare Entgleisung und außerdem extrem gefährlich. «Wissen Sie, wie das Medikament heißt?»

Colin nahm ein Stück Papier aus seiner Hosentasche und gab es ihr. «Ich hab's aufgeschrieben.»

«Ampesoman», las sie. «Davon habe ich auch noch nicht gehört. Aber ich könnte mal ein paar Kollegen anrufen und fragen, worum es sich handelt», sagte sie, hatte dabei aber nicht vor, sich an Ben zu wenden. «Ich werde ein paar Erkundigungen einziehen. Beruhigt Sie das erst mal?»

«Ja. Sehr nett von Ihnen», erwiderte Colin mit dankbarem Lächeln. «Ich will nämlich nicht, dass Miss Dawn etwas passiert. Sie wissen es vielleicht noch nicht, aber sie und ich sind ein Paar. Um genau zu sein, habe ich hier gekündigt, um für sie zu arbeiten», erklärte er. «Sie ist eine ganz besondere Frau und enorm wichtig für mich. Dr. Taylors Verhalten hat mich sehr besorgt.»

Helen nickte. «Um ganz ehrlich zu sein, Colin, gehen hier eine Menge Dinge vor sich, die auch mir Sorge bereiten.» Sie hielt kurz inne, entschied sich dann aber, Colin ins Vertrauen zu ziehen. Helen war sich sicher, dass er nichts mit der Verschwörung zu tun hatte, sonst hätte er Bens Verhalten nicht hinterfragt. «Haben Sie auch Gerüchte gehört, dass ein Patient im Anbau des Westflügels untergebracht sein soll?»

Colin sah sie voller Überraschung an. «Nein. Mir wurde wie allen anderen gesagt, dass es dort Probleme mit der Bausubstanz gäbe und dass das Betreten des Abschnitts deshalb verboten sei – sowohl für das Personal als auch für Patienten.» Er runzelte die Stirn. «Aber der Westflügel ist sowieso eine komische Abteilung. Das Personal schottet sich ziemlich ab und kommt kaum mit dem Rest von uns in Berührung. Manchmal könnte man meinen, wir gehörten zu unterschiedlichen Krankenhäusern.»

«Ich dachte schon, dass ich mir das komische Benehmen der Leute nur einbilde», gab Helen zu. «Ich habe immer das Gefühl, ich werde als Eindringling betrachtet, wenn ich dort einen Patienten besuche.» Sie lachte gequält. «Und das kommt ohnehin selten genug vor. Das Personal hat untereinander also gar keinen Kontakt?»

«Nicht mal privat», antwortete er. «Ist Ihnen das im Restaurant oder in der Kantine noch nicht aufgefallen?»

«Ich habe noch nie darauf geachtet», sagte sie und zuckte mit den Schultern. «Seit ich hier bin, war ich noch nicht oft in der Kantine.»

«Selbst die jährlichen Betriebsfeiern werden getrennt abgehalten. Wir veranstalten nächsten Mittwoch ein Grillfest draußen auf dem Hof, und die anderen planen irgendwas in Abendgarderobe. Es gibt Gerüchte, dass ihr Fest im Ballsaal stattfinden soll, aber etwas Genaues ist nicht zu erfahren», berichtete Colin.

«Merkwürdig», sagte Helen nachdenklich. Der Ballsaal des ehemaligen Herrenhauses lag im Erdgeschoss, direkt neben dem Westflügel. Helen hatte gehört, dass er seit Jahren nicht mehr benutzt worden war. «Da ist noch etwas, Colin. Wussten Sie, dass Mr. Kalowski gestern Abend einen Patienten operiert hat? So gegen Mitternacht?»

«Mitternacht?», wiederholte Colin. «Das OP-Personal arbeitet doch nur in Tagesschichten, und die OPs sind nach sechs Uhr geschlossen. Bisher wurden dort nur ein paar Notfalleingriffe vorgenommen. Die letzte Operation war die von Mr. Paul.»

«Und ich vermute, dass es kein Notfalleingriff war.» Abwesend trommelte Helen mit den Fingern auf die Akten, die sie in der Hand hielt. «Es muss ein vollständiges Operationsteam dort gewesen sein. Haben Sie eine Ahnung, wer hinzugezogen worden sein könnte?»

«Die eigentliche OP-Schwester ist gerade in ihrem Jahresurlaub. Normalerweise wird sie in dieser Zeit von einer Freundin vertreten. Ihr Name ist Gillian Clark, und sie ist eine der Schwestern aus dem Westflügel. Komisch – eigentlich sieht die Oberschwester es nicht gern, wenn das Personal zwischen den Abteilungen springt. Und doch wurde Schwester Gillian gestern Abend zu uns gerufen, um im Ostflügel auszuhelfen. Aber in letzter Minute musste dann alles neu geplant werden, weil sie aus irgendwelchen Gründen nicht kommen konnte.»

«Vielleicht wurde sie in den Operationssaal gerufen?», mutmaßte Helen. «Können Sie das irgendwie rausfinden?»

«Ich kann's versuchen.» Colin schien zuversichtlich. «Ich habe vor kurzem einen Aromatherapiekurs gemacht. Fran, eine der ehemaligen Schwestern des Westflügels, hat auch teilgenommen. Sie hat das Krankenhaus vor sechs Monaten verlassen, weil es Meinungsverschiedenheiten mit der Oberschwester gab. Frans Freund Jack ist hier OP-Techniker, und ich weiß zufällig, dass sie immer noch ziemlich sauer ist, weil sie entlassen wurde. Ich rufe sie mal an. Vielleicht kann sie uns ja weiterhelfen.»

«Helen! Da bist du ja.» Duncan lächelte sie breit an, als sie den Raum betrat. Wie immer war alles mit Papieren übersät, und es waren ein paar Männer anwesend, die wahrscheinlich Duncans neuen Film mit ihm besprechen wollten. Nach seinen Beschreibungen, die er Helen vor kurzem gegeben hatte, musste einer der Gäste Paolo Barsini sein, der sehr reizbare Regisseur seines neuesten Projekts.

«Wir müssen jetzt los», sagte Paolo mit starkem italienischem Akzent. «Ist das deine schöne Ärztin?»

«Ja», bestätigte Duncan und zwinkerte Helen dabei verschwörerisch zu. «Helen Dawson, darf ich dir den großartigen Paolo Barsini vorstellen.»

«Sehr erfreut», sagte Helen höflich, während Paolo ihr mit großer Geste die Hand küsste und einen sehr langen Satz in Italienisch herunterrappelte, der enorm schmeichelhaft klang.

«Paolo will dir in seiner überschwänglichen Art sagen, wie schön und charmant du bist», erklärte Duncan und stand auf.

«*Ciao bellissima*», sagte Paolo und winkte dann Duncan zu.

«*Ciao, Paolo*», verabschiedete sich Duncan und fügte noch ein paar Worte in flüssig klingendem Italienisch hinzu. Helen, nie gut in Fremdsprachen, war beeindruckt. «Er ist wirklich ein netter Kerl», bemerkte Duncan, nachdem Paolo und seine Begleiter gegangen waren. «Nur sein Temperament ist manchmal anstrengend.» Er hielt inne. «Was ist los? Du siehst so besorgt aus.»

«Ich weiß nicht recht.»

Duncan zog sie in seine Arme und drückte sie einen Moment lang fest an sich.

«Hier gehen ein paar wirklich merkwürdige Dinge vor sich. Und die bereiten mir Sorge.»

«Setz dich und erzähl.» Er führte sie zum Sofa, wo er einige Papiere beiseite schob, damit er sich neben sie setzen konnte.

Helen fing mit dem Patienten an, der im Anbau untergebracht war, und erzählte dann von Ralphs Geheimnistuerei bezüglich der Operation. Sie war sicher, dass der Mann, den er operiert hatte, Mr. X war, denn laut ihren Nachforschungen war aus keinem der beiden Flügel einer der offiziellen Patienten in den Operationssaal gebracht worden. Außer der

Schwester, die Colin erwähnt hatte, wusste Helen allerdings nicht, wer sonst noch bei dem Eingriff dabei gewesen war.

«Und was glaubst du, wieso die Identität des Patienten so geheim gehalten wird?», fragte Duncan mit wachsendem Interesse.

Helen zuckte mit den Schultern. «Ich habe keine Ahnung. Die einzige logische Erklärung, die mir einfällt, ist die, dass er sein Aussehen radikal verändern will und niemand davon erfahren soll.»

«Vielleicht ist er ja irgendein entflohener Häftling oder so was.»

«Klingt wie die Handlung eines schlechten Films, nicht wahr?», sagte sie mit trockenem Lächeln.

«Ein Drehbuchautor hat mir mal erzählt, dass die abwegigste Erklärung oftmals die richtigste ist», entgegnete Duncan.

«War das einer der Autoren von *Akte X*?» Helens Scherz wirkte gequält. «Aber das ist auch noch nicht alles, Duncan. Kennst du Colin, den Pfleger?»

«Ja. Netter Kerl.»

«Er hat mir heute Morgen etwas Vertrauliches über eine seiner Patientinnen erzählt. Zara Dawn, die Schauspielerin. Dr. Taylor hat ihr ein Medikament namens *Ampesoman* verschrieben. Es wurde gerade in den Staaten entwickelt und ist noch im Versuchsstadium. Das Pharma-Unternehmen hat kürzlich erste Tests an Patienten in Auftrag gegeben. Aber von einer Genehmigung durch die FDA ist es noch weit entfernt. Und eine Zulassung in England ist fraglich.»

«Hast du das überprüft?», fragte Duncan. Da er einige Zeit in den Vereinigten Staaten gelebt hatte, wusste er, dass die FDA das Überwachungsorgan für Medikamente in den USA war.

«Ja. Nachdem Colin mir erzählt hatte, dass er die Tabletten in Zaras Zimmer entdeckt hat. Ben Taylor hat sie ihr gegeben, aber in ihren Krankenunterlagen taucht keinerlei Verschreibung auf. Was das Princess-Beatrice-Krankenhaus angeht, ist Zara nicht mal in medikamentöser Behandlung.»

«Wieso sollte Dr. Taylor das tun?»

«Er wird gut dafür bezahlt, nehme ich an.» Helen seufzte. «Ich habe meinem Freund Peter Caxton eine E-Mail geschrieben. Er arbeitet für die FDA in Washington. Von ihm habe ich erfahren, dass die Firma, die *Ampesoman* entwickelt hat, Versuche durchführt und jedem Test-Patienten wegen der erwarteten Nebenwirkungen eine große Geldsumme zahlt. Wenn Zara nun eine schreckliche, lebensbedrohliche Krankheit hätte und das Medikament ihre einzige Chance wäre, könnte ich Ben ja verstehen. Aber es nur wegen des Geldes zu tun ist unverzeihlich.»

«Wie hoch ist die Summe denn genau?»

«10 000 Dollar für jeden Patienten. Und ich weiß genau, dass Zara nichts von dem Geld erfahren hat – und auch nichts Näheres über das Medikament.»

«10 000 Dollar», wiederholte Duncan. «Ich weiß ja, dass die meisten britischen Ärzte unterbezahlt sind, aber das ist doch nicht genug Geld, um die Karriere zu gefährden.»

«Wir reden hier nur von einem Patienten, Duncan. Vergiss das nicht. Wenn Ben die Tabletten an 20 Patienten testet, hat er 200 000 Dollar verdient. Und das ohne große Anstrengungen.»

«Aber sicher. Die Gewinnspanne ist nach oben offen.»

«Mein Freund konnte mir nicht sagen, wie viele Versuchspersonen es sind. Ich verstehe einfach nicht, wie er das tun konnte. Es passt eigentlich gar nicht zu ihm, seine Patienten so schamlos zu benutzen. Auf der anderen Seite könnte Justin ihn dazu überredet haben. Er scheint großen Einfluss auf Ben zu haben.»

«Klingt nicht gerade so, als wäre dieser Justin der angenehmste Mensch», bemerkte Duncan sarkastisch.

«Du musst deinen ganzen Charme einsetzen und die Damen in der Verwaltung ablenken», wies Helen Duncan an, als sie ihn in einem Rollstuhl über den Flur schob. Er hatte laufen wollen, aber sie fand, je hilfsbedürftiger er aussähe, desto mehr Eindruck würde er auf das weibliche Personal machen.

«Wenn ich eine Rolle perfekt spielen kann, dann ist das die des Filmstars», erwiderte Duncan mit trockenem Lächeln.

«Du brauchst gar nicht spielen. Sei einfach so charmant wie immer. Du weißt schon, der tapfere, aber verletzte Superheld. Die Frauen werden sich überschlagen, um einen Blick von dir zu erhaschen oder vielleicht sogar mit dir zu sprechen.» Mit diesem Kompliment schob sie ihn durch die Doppeltür in den Verwaltungstrakt.

Die Wirkung, die Duncan auf das ausschließlich weibliche Personal dort hatte, war wirklich unglaublich. Die Gespräche verstummten augenblicklich, und die Frauen starrten ihn ungläubig an. Dann ließen sie alles stehen und liegen und kamen zu ihm gelaufen.

«Mr. Paul!», rief eine von ihnen aufgeregt.

«Wir lieben Ihre Filme!», sagte eine andere und rannte dabei fast eine ihrer Kolleginnen um.

Helen spürte einen leichten Anfall von Eifersucht, als sie beobachtete, wie die Frauen sich um Duncan scharten und er ihre Bewunderung zu genießen schien. Helen hatte noch nie darüber nachgedacht, wie kompliziert es war, mit so einer Berühmtheit verbandelt zu sein. Mit Max war es schon schlimm genug gewesen, aber bei Duncan steigerte der Effekt sich noch einmal erheblich.

Eine der anwesenden Frauen hielt sich bei der Begrüßung von Duncan Paul zurück und blieb auf ihrem Stuhl sitzen. Sie war in den Vierzigern, übergewichtig und trug ihr Haar zu einem straffen Dutt gebunden. «Kann ich Ihnen helfen, Dr. Dawson?», fragte sie.

«Ich wollte nur ein paar Patientendaten überprüfen», teilte Helen ihr mit. Auf dem Namensschild der Frau stand «Audrey», sie war die Büroleiterin. «Ich hoffe, Sie verzeihen mir die Störung, aber Mr. Paul ist hier Patient und hatte den Wunsch geäußert, mal ein paar Krankenhausangestellte kennen zu lernen, die hinter den Kulissen arbeiten.»

«Wie nett. Das erwartet man von einem Filmstar gar nicht.» Audreys Gesichtsausdruck entspannte sich, und sie schaute bewundernd zu Duncan, der immer noch von den anderen Damen umringt wurde. «Er ist einer meiner Lieblingsschauspieler. Sieht er nicht gut aus?», flüsterte sie verschwörerisch.

«Ja», pflichtete Helen ihr bei. «Er hat sogar ein paar Autogrammkarten für Ihre Damen mitgebracht.»

«Meinen Sie, er wird mir auch eine widmen?», fragte Audrey mit mädchenhaftem Kichern. «Meine Freundin Elsie wird vor Neid platzen.»

«Aber sicher kriegen Sie auch eine», antwortete Helen. «Sie müssen mir die Daten, die ich brauche, nicht rauszusuchen, Audrey. Das mache ich schon selbst, dann können Sie sich mit Mr. Paul unterhalten.»

«Das wäre schrecklich nett von Ihnen.» Audrey blickte wieder zu Duncan hinüber, der mittlerweile persönliche Widmungen auf die Autogrammkarten schrieb, sie seinen Bewunderinnen aushändigte und sich von jeder auf die Wange küssen ließ. «Nehmen Sie irgendeinen Schreibtisch. Die Mädchen sind alle an das System angeschlossen. Wissen Sie, wie man damit umgeht?»

Als sie das letzte Mal hier war, hatte Helen eine der Bürokräfte beim Benutzen des Systems beobachtet. «Ja, ich denke schon», sagte sie selbstbewusst. «Aber einige der Daten, die ich benötige, sind nicht aktuell. Dr. Kalowski hat mich gebeten, eine Studie über die unterschiedlichen Eingriffe anzufertigen, die wir hier im Bereich der plastischen Chirurgie vornehmen. Das heißt, ich muss unterschiedliche Operationsunterlagen miteinander vergleichen. Zum Beispiel von Face-Liftings und Brustvergrößerungen.»

Audrey lächelte. «Das ist ganz einfach, Dr. Dawson. Sie drücken einfach auf F6, geben den Fachbegriff ein, und das System wird automatisch eine Liste aller Patienten anzeigen, bei denen dieser Eingriff im Princess-Beatrice-Krankenhaus vorgenommen wurde.»

«Großartig», erwiderte Helen. «Das vereinfacht die Sache um einiges. Oh, eins noch ...»

«Ja?» Audrey versuchte, ihre Ungeduld zu verbergen und gleichzeitig einen Blick auf Duncan zu erhaschen, der sich angeregt mit den anderen Frauen unterhielt.

«Habe ich zu allen Krankenhausunterlagen Zugang, oder werden einige Unterlagen separat gespeichert?»

«Professor Fenton hat eine Privatdatei, aber die meisten seiner Unterlagen sind zugänglich. Ich weiß, dass sowohl Dr. Taylor als auch Dr. Masterson Dateien haben, die nur mit einem Passwort einzusehen sind. Aber ich glaube nicht, dass sie derartige Daten gespeichert haben. Die Patienten sind alle alphabetisch aufgelistet. Wenn Sie auf jemanden stoßen, bei dem nicht alle Details erfasst sind, sagen Sie mir Bescheid. Dann werde ich herausfinden, wo sie sind, und Ihnen vom zuständigen Personal die Kartei zugänglich machen.»

«Sie sind mir eine große Hilfe, Audrey», lobte Helen und setzte sich an den nächsten Schreibtisch, während Audrey eilig zu Duncan lief.

Helen kannte sich mit einer ganzen Reihe von Computersystemen aus. Was sie jetzt vor sich hatte, ähnelte dem im St. Matthew's sehr, nur war es viel aktueller und komplexer. Sie entschloss sich, alle Unterlagen der Patienten zu sichten, die sich Gesichtsoperationen unterzogen hatten. Mr. X war sicher nicht der Erste gewesen, der heimlich ins Krankenhaus gebracht wurde, um eine komplette Gesichtsrekonstruktion vornehmen zu lassen. Irgendwie hoffte sie jedoch, dass sie Unrecht hatte. Sie sähe es gern, wenn ihr Verdacht gegen Ralph und die anderen sich als falsch herausstellen würde.

So schnell sie konnte, rief sie die Liste der benötigten Patienten auf und scrollte eilig durch die Namen. Um das wahre Ausmaß der jeweiligen Operationen herauszufinden, musste sie jede Akte einzeln durchgehen. Doch zunächst suchte sie nur nach Auffälligkeiten – nach irgendetwas, das sie vielleicht zur Wahrheit führen würde.

Helen war bereits fast am Ende der Liste angelangt, als ihr ein Name ins Auge sprang: Bruce Wayne. Der Eintrag fiel ihr nur auf, weil Duncan ihr vor kurzem erzählt hatte, dass ihm vor einigen Jahren die Rolle des Batman angeboten worden war – kurz nachdem Val Kilmer es abgelehnt hatte, seine Rolle in der Fortsetzung weiter zu spielen. «Armer Kerl», dachte sie, «mit solch einem bekannten Namen gestraft zu sein.» Helen fragte sich, was wohl der kleine Stern neben dem Eintrag zu bedeuten hatte, und als sie versuchte, die Unterlagen von Bruce Wayne aufzurufen, war die Datei leer. Sie war vor sechs Monaten angelegt worden.

Helen ging zur Liste zurück und fand noch einige andere Einträge mit Sternchen. Komischerweise waren die Namen alle bekannt: Peter Parker, Lois Lane, Clark Kent. Das konnte kein Zufall sein. Ihr Verdacht wurde schließlich bestätigt, als sie den Namen Fred Flintstone fand. Er war ebenfalls mit einem Sternchen gekennzeichnet. Sie fragte sich, ob sie da auf etwas gestoßen war. Justin hatte eine merkwürdige Art von Humor. Jedenfalls merkwürdig genug, um seinen Geheimpatienten die Namen von Comicfiguren zu geben. Könnte Mr. X eine Anspielung auf die *X-Men* sein – Kindercomicfiguren wie all die anderen auch?

Helen versuchte, die verdächtigen Namen aufzurufen, aber wie zuvor erschien nur das Datum auf dem Bildschirm, an dem die Datei erstellt worden war – in regelmäßigen Abständen über die letzten zwei Jahre verteilt.

«Haben Sie alles gefunden, was Sie brauchen?», fragte Audrey mit rotem Gesicht, denn sie hielt ein Bild an ihre Brust gepresst, das Duncan mit nacktem Oberkörper zeigte.

«Einiges, aber nicht alles. Ich kann die Dateien der Namen mit den Sternchen nicht aufrufen. Wissen Sie, ob die Unterlagen sich vielleicht in einer der Privatdateien der Ärzte befinden?», fragte sie und drückte auf eine Taste, um sich die Liste, die sie brauchte, ausdrucken zu lassen.

«Sternchen», wiederholte Audrey lächelnd. «Das ist nicht verwunderlich. Dr. Taylor hat mich gebeten, diese Namen aus dem System zu löschen. Ich bin nur noch nicht dazu gekommen.»

«Wieso löschen?», fragte Helen erstaunt.

«Ist Ihnen nicht aufgefallen, dass das alles Namen von Comicfiguren sind? Ich arbeite erst seit ein paar Monaten hier, also musste Dr. Taylor mir erklären, was es damit auf sich hat. Offenbar hatte der junge Mann, der das System bei uns installiert hat, ein paar falsche Patientennamen eingegeben, um zu testen, ob auch alles richtig funktioniert. Dr. Taylor meinte, dass diese Dateien nur unnötig Speicherplatz belegen würden, also hat er sie vor zwei Tagen auf eine Diskette kopiert und die Daten gelöscht. Einzig die Namen sind noch im System.»

«Wirklich? Wissen Sie auch, wann dieses neue System installiert wurde, Audrey?»

«Vor vier Jahren.»

«Diese Unterlagen sind also alle vier Jahre alt?», fragte Helen.

«Ja. Es war wohl nur ein Scherz von dem jungen Mann, die Dateien nach Comicfiguren zu benennen. Aber dadurch war es wesentlich einfacher für uns, das System aufzuräumen.»

«Ja, sicher», stimmte Helen zu und legte die Seiten, die sie ausgedruckt hatte, zu einem Stapel zusammen. «Danke für Ihre Hilfe, Audrey. Ich glaube, ich bringe Mr. Paul jetzt lieber zurück auf sein Zimmer. Sonst kommen Ihre Damen ja überhaupt nicht mehr zum Arbeiten.»

Es war war fabelhaftes Wetter und kurz nach 16 Uhr. Es war warm, aber nicht heiß, denn eine leichte Brise sorgte für angenehm milde Luft.

«Es ist schön, nach der Zeit im engen Krankenzimmer mal wieder an der frischen Luft zu sein», bemerkte Duncan, als Helen ihn in seinem Rollstuhl über den Hof schob. «Wo gehen wir jetzt hin?»

Sie hielt an und sah zu ihm hinunter. «Du hast die Wahl. Wir könnten ein bisschen das Gelände besichtigen. Es gibt hier einen sehr schönen Ziergarten mit Springbrunnen und einem kleinen Teich. Wir könnten aber auch in meine Wohnung gehen.»

«Wohnung», entschied er mit einem Lächeln. «Gibt es da einen bestimmten Raum, den ich mir ansehen sollte?»

«Das Schlafzimmer ist sehr schön eingerichtet. Unter anderem mit einem bequemen, großen Bett», erwiderte sie. «Es liegt bei dir.»

«Die Wahl fällt mir nicht sonderlich schwer.» Er sah sie mit zusammengekniffenen Augen an. Die Sonne blendete ihn. «Für eine Besichtigungstour ist das Wetter eigentlich nicht gut genug. Es könnte jeden Moment regnen», sagte er grinsend mit Blick auf den wolkenlosen, blauen Himmel. «Ich denke, es wird das Beste sein, wenn wir in deine Wohnung gehen.»

«Ja», stimmte sie zu und schob ihn weiter. «Glücklicherweise liegt meine Wohnung im Ergeschoss.»

«Ich könnte auch Treppen steigen. Im Moment wäre ich zu allem fähig», sagte Duncan, hob seinen Fuß und drehte seinen Knöchel hin und her, als wäre er bereits vollständig verheilt. Duncan hatte einen leichten Gipsverband bekommen – die neueste Entwicklung aus Amerika, die seine Produktionsfirma des neuen Films ihm geschickt hatte, denn damit konnte er früher als erwartet wieder mit der Arbeit beginnen. Die Garderobe war bereits auf das zu versteckende Gipsbein abgestimmt worden. «Lass dich nur nicht dazu hinreißen, am Drehort irgendwas Dummes zu tun», warnte Helen ihn und schob den Rollstuhl durch die Eingangstür des Schwesternwohnblocks. «Keine leichtsinnigen Stunts, keine übertriebenen Risiken, Duncan, sonst wird dein Knöchel nicht richtig heilen. Wenn du nicht auf mich hörst, können die Schäden von bleibender Natur sein.»

«Und dann könnte ich keine großen, teuren Filme mehr drehen. Ich bin doch nicht blöd, Helen.»

«Ich habe irgendwie das Gefühl, als würdest du dein Macho-Image ganz schön pflegen. Du versuchst manchmal, etwas zu sein, was du gar nicht bist.»

«In diesem Fall solltest du mich vielleicht begleiten. Du könntest meine Privatbetreuerin sein. Immer in Bereitschaft – Tag und Nacht.» Obwohl er sie mit diesem Vorschlag nur necken wollte, wurde Helen den Verdacht nicht los, dass er es durchaus ernst meinte.

Sie war sehr versucht, sein Angebot anzunehmen, denn hier wollte sie nicht mehr lange bleiben. Duncan war ihr sehr ans Herz gewachsen, und sie hätte liebend gern mehr Zeit mit ihm verbracht. Außerdem befürchtete sie, dass sie ohne seine Anwesenheit und seinen Einfluss noch tiefer in diesen Sex-Sumpf hineingezogen werden würde.

«Ich lasse mir von Paolo eine Kopie vom Drehplan schicken. So weiß ich immer genau, wo du bist, und kann jederzeit überprüfen, ob du dich auch benimmst», nahm sie seinen Vorschlag auf.

«Du meinst, du willst ständige Gewissheit haben, dass ich in meiner Garderobe nicht mit irgendeiner heißen Nebendarstellerin rummache?», fragte er mit herausforderndem Lächeln.

«Dieser Teil deines Lebens geht mich nichts an, Duncan. Ich sprach von deinem körperlichen Wohlbefinden – von nichts weiter.» Sie hielt vor ihrer Wohnungstür an, öffnete sie und schob ihn hinein.

Sie hatten gerade das Wohnzimmer erreicht, als Duncan aus

seinem Rollstuhl aufstand und ans Fenster trat. Er war recht beweglich, und man bemerkte erst auf den zweiten Blick, dass er einen Gipsverband trug. «Du meinst, du wärst nicht im Mindesten eifersüchtig, wenn du mich mit einer halb nackten, gut aussehenden 18-Jährigen überraschen würdest?»

«Wieso sollte ich?», log sie.

Der Gedanke gefiel Helen zwar ganz und gar nicht, aber Duncan war schließlich nicht ihr Eigentum. Sie hatte es geschafft, sich einzureden, dass dies nur eine kurze Liaison ohne jede Erwartungshaltung sei. Wie hatte sie nach ihren letzten erotischen Begegnungen mit Ben und Justin Recht auf Eifersucht?

«Die Wohnung ist nicht schlecht für eine Schwesternunterkunft.» Duncan trat auf sie zu. Er humpelte kaum noch.

«Möchtest du einen Drink?», fragte sie, während er sie nachdenklich ansah.

«Nein, danke. Wo ist das Schlafzimmer?»

«Da durch», antwortete sie und kreischte überrascht auf, als er sie hochhob und in Richtung Bett trug.

+ +

KAPITEL 9

+ +

«Nein», protestierte Helen, als Duncan das Bett schon fast erreicht hatte. «Sei vorsichtig, dein Knöchel.»

«Vergiss es», erwiderte er. «Ich halte meine Versprechen immer ein. Ich sagte ‹Ein andermal vielleicht›, erinnerst du dich?» Er setzte sie neben dem vierpfostigen Bett ab. «Und nun?» Er grinste spitzbübisch und schien von der Anstrengung nicht ansatzweise erschöpft zu sein.

«Das hätte leicht ins Auge gehen können. Ich weiß, du bist sehr fit, aber noch nicht ganz wiederhergestellt.»

«Mir geht's bestens», beharrte er stur. «Jetzt vergessen wir deine ärztliche Besorgnis mal und konzentrieren uns auf etwas viel Wichtigeres.» Er nahm Max' Tittenklemmen aus seiner Hemdtasche und legte sie auf den Nachttisch.

«Was hätten wohl deine ergebenen Fans in der Verwaltung gesagt, wenn sie gewusst hätten, dass du die in deiner Tasche hast?», wunderte sie sich und zog ihren weißen Kittel aus.

«Sie hätten wahrscheinlich alles drum gegeben, sie auch ausprobieren zu dürfen», beantwortete er ihre Frage frech grinsend. «Du müsstest dir mal meine Fanpost durchlesen. Einige Briefe sind unglaublich. Was da alles drinsteht und was die Leute mir alles anbieten.»

«Was denn zum Beispiel?»

«Ich glaube, das kannst du dir schon denken. Wir könnten ja mal ein paar Vorschläge ausprobieren. Fang doch einfach mal mit Ausziehen an», konterte er und setzte sich auf ihr Bett.

Helen öffnete den Reißverschluss ihres Kleides und ließ es auf den Boden fallen.

Er musterte sie von oben bis unten. Ihre Wäsche bestand aus einem provokativen, roten Spitzen-BH und passendem Höschen. Der Stoff war so fein, dass man fast hindurchsehen konnte, und aus den tief geschnittenen Körbchen des BHs schauten frech ihre Brustwarzen heraus. Das winzig kleine Höschen bestand aus einem Stoffdreieck, das kaum ihre Schamhaare bedeckte, und einem schmalen Band, das zwischen ihren Pobacken verschwand. Bei jeder Bewegung spürte Helen, wie der dünne Strang sich gegen ihre empfindliche Analöffnung presste.

«Sehr süß», kommentierte Duncan mit verdorbenem Blick.

«Jetzt musst du dich aber auch ausziehen», verlangte sie, trat aus ihren Sandalen heraus und beugte sich so weit vor, dass ihr spärlich bedeckter Busen direkt vor seinem Gesicht lag.

«Du riechst großartig.» Er inhalierte ihr Parfum und starrte weiter auf die üppigen Kurven ihrer Brüste. Dann knöpfte er sein Hemd auf und zog es aus.

«Du auch», gab sie das Kompliment zurück, die Augen fest auf die verlockende Beule in seiner engen Jeans gerichtet. Als Helen die Hose aufgeknöpft hatte, sprang sein großer Schwanz aufreizend aus dem Schlitz seiner Shorts hervor.

Vorsichtig zog sie ihm die Jeans von den Beinen und achtete dabei sehr auf seinen verletzten Knöchel. Duncan trug jetzt nur noch schwarze Shorts aus reiner Seide, und das Designerlogo, das auf ihnen prangte, deutete darauf hin, dass sie wahrscheinlich weitaus teurer waren als das Kleid, das er gestern zerrissen hatte.

«Jetzt ist nicht mehr viel zum Ausziehen übrig», sagte er mit Blick auf ihren BH und ihr Höschen.

«Du zuerst!», verlangte sie und zog hastig seine Shorts runter. Helen bewunderte seinen harten, gut geformten Bauch und die fette Keule, die aufrecht von seinem Körper abstand. Sie fand ihn in seiner prachtvollen Nacktheit sogar noch stimulierender als Justins bizarr gepiercten Schwanz.

«Jetzt leg dich zurück und entspann dich», befahl sie sanft.

Helen hatte diese erotische Nummer schon länger geplant und sich entsprechend vorbereitet. Duncan hatte keine Ahnung, welche erotischen Freuden ihn erwarteten, als er sich auf das Bett legte, aber sie wollte es auf jeden Fall zu einem Erlebnis machen, das er nie vergessen würde.

«Das ist ja viel bequemer als das Bett in meiner Suite.» Er machte es sich auf der weichen Matratze bequem, und sein neugieriger Blick verriet, dass er sehr gespannt war, was jetzt kommen würde.

«Was hältst du davon, wenn wir es noch ein bisschen bequemer machen?», fragte sie, nahm einen der Seidenschals, die sie zurechtgelegt hatte, schlang ihn um sein rechtes Handgelenk und verknotete das andere Ende an einem der Bettpfosten. Duncan sah ihr aufmerksam zu, sagte aber kein Wort und machte auch sonst keinerlei Anstalten zu protestieren. Helen ging um das Bett herum und verfuhr mit seinem linken Arm ebenso. Als sie fertig war, legte sie sich neben ihn. Die Stimmung zwischen ihnen war erotisch geladen.

«Soll ich jetzt Angst haben?», fragte er scherzhaft. «Du bist heute wohl mal wieder in Domina-Stimmung.»

«Wart's nur ab», antwortete sie lächelnd. «Wusstest du eigentlich, dass Männerachselhöhlen mich schon immer sehr angemacht haben?» Sie küsste diese empfindliche, mit dunklen Haaren überzogene Stelle und sog seinen herben, männlichen Duft ein. «So ein köstlicher Geruch», schnurrte sie, setzte sich auf die Knie und holte ihre Brüste aus den Körbchen, ohne den BH auszuziehen. Durch die Stütze des Stoffes wirkten sie so größer und voller.

Duncan grinste verdorben, als sie ihre Titten über seinem Gesicht platzierte, bis ihre Zitzen nur noch ein winziges Stück von seinen Lippen entfernt waren. Sie spürte seinen heißen Atem auf den empfindlichen Spitzen, als er seinen Kopf nach vorne beugte, um endlich ihr verlockendes Fleisch in seinen Mund saugen zu können.

Aber kurz bevor er nach ihnen schnappen konnte, wich Helen zurück. «Spielverderberin», stöhnte Duncan frustriert.

«Du kriegst schon noch, was du willst», versprach sie ihm und griff nach den Tittenklemmen auf dem Nachttisch.

Dann begann sie, an ihren Brüsten zu spielen, und zwirbelte an ihren Nippeln, bis sie groß und hart waren. Duncans beobachtender Blick verriet, wie sehr er darauf wartete, dass sie sich die Klemmen an die Brustwarzen setzte. Aber Helen hatte nicht die Absicht, das zu tun. Sie beugte sich wieder vor und erlaubte ihm, eine ihrer Zitzen zu lecken, die er gierig in seine warme, feuchte Mundhöhle sog. Helen revanchierte sich, indem sie sanft an seinen kleinen, flachen Nippeln zog und schließlich an einem von ihnen eine Brustwarzenklemme befestigte.

Duncan gab ein leises, überraschtes Stöhnen von sich, sog aber weiterhin wie ein hungriges Kind an ihrer Brust. Ein unsichtbarer Faden der Erregung durchlief ihren Körper und ihre Muschi wurde heiß und feucht. Sie versuchte sich darauf zu konzentrieren, auch die andere Klemme an seinem Nippel zu befestigen.

Als es ihr schließlich gelungen war, beide Nippel einzuklemmen, entzog sie sich ihm. Duncan versuchte verzweifelt, ihren Brüsten mit dem Mund zu folgen, aber er wurde von seinen seidenen Fesseln zurückgehalten. Die silbernen, filigranen Blumen strichen über seine muskulöse Brust. «Sehr hübsch», befand er, als er auf den Schmuck schaute. «Aber doch nicht ganz mein Stil.»

«Du gewöhnst dich schon daran», versprach sie. «Je länger du sie trägst, desto intensiver wird das Gefühl.»

«Tatsächlich?» Duncan lehnte sich zurück und ließ sich von Helen über den Oberkörper streichen. Doch sehr schnell glitten ihre Hände nach unten, wo sie fest seinen Schwanz umschlossen, der bei der Berührung sofort steif wurde.

Sanft blies Helen über seinen harten Prügel, und als sie den Schaft mit der Wärme ihres Atems liebkoste, fuhr ein Zittern durch seinen Körper.

«Soll ich deinen Schwanz in meinen Mund nehmen?», reizte sie ihn und war sich seines Verlangens nach ihren Lippen dabei überaus bewusst.

«Bitte!», raunte Duncan.

Sein Kolben zuckte bereits vor Erwartung. Mit einer sanften Bewegung strich sie den kleinen Wollusttropfen von seiner Eichel und legte dann ihre Lippen darum. Duncan begann sofort an seinen Fesseln zu ziehen und bäumte sich auf, um noch mehr von seinem besten Stück in ihren Mund zu stopfen. Sie blies ihn langsam und zärtlich, bis er vor Vergnügen stöhnte. Dann zog sie sich wieder zurück und zwang ihn so, seine Hüften zu heben, um ihrem Mund zu folgen.

Helen genoss den männlichen, salzigen Geschmack seines Fleisches. Sie hatte seinen Schwanz jetzt so tief in sich, dass die Eichel gegen ihre Kehle stieß. Sie saugte immer fester und schlug ihm dabei mit einer Hand auf seinen erhobenen Hintern.

«Verdammt, das tut weh», beschwerte er sich.

Helen schlug erneut zu, und das klatschende Geräusch, das ihr Schlag erzeugte, hatte etwas sehr Befriedigendes. Sie fuhr noch zweimal mit der Zunge über seinen Schwanz und entließ ihn dann aus ihrem Mund.

«Es gibt Menschen, die lassen sich gerne den Po versohlen», sagte sie lächelnd und holte eine kleine, hölzerne Haarbürste aus ihrem Nachttisch.

«Damit?» Er lachte abfällig. «So was Kleines kann doch unmöglich wehtun.»

«Das werden wir ja sehen», sagte sie und ließ ihren Worten Taten folgen. Sanft schlug sie ihm mit der Borstenseite der Bürste auf die Innenseite seiner Oberschenkel. «Mehr?», fragte sie kokett und strich mit den Borsten über seine Schamhaare.

«Womit habe ich das verdient? Ich habe nie gesagt, dass ich auf SM stehe.»

«Das ist keine Bestrafung», erklärte sie und bürstete der Länge nach über die zarte Haut seines Schwanzes. «Ich will dir damit nur Gutes tun.»

«Einfallsreich bist du, das muss ich dir lassen», grunzte er und versteifte sich völlig, als sie mit den Borsten über seine pralle Eichel strich.

«Soll ich aufhören?»

«Ja», stöhnte er, um sich dann schnell zu verbessern. «Nein, bitte nicht!» Das Bürsten und Kratzen machte ihn offensichtlich doch an. «Ich will dich ficken, Helen.»

«Alles zu seiner Zeit. Erst spielen wir noch ein bisschen.»

«Hier spielt nur einer, und das bist du», sagte er fast barsch. Doch als sie sich schließlich seiner Eier annahm und die Bürste auch dort einsetzte, konnte er sich nur noch stöhnend zurück ins Kissen werfen.

«Um unser Spiel fortzusetzen, musst du erst noch richtig gefesselt werden.»

«Meinst du?», fragte er etwas ungläubig. Aber Helen hatte bereits vorsichtig einen Seidenschal um seinen verletzten Knöchel geschlungen und das andere Ende an einem der vier Bettpfosten angeknotet. Nachdem sie auch den anderen Fuß auf diese Art befestigt hatte und er mit weit gespreizten Beinen auf dem Bett lag, fragte Duncan: «Und was erwartet mich jetzt?»

«Nun sei doch nicht so ungeduldig. In der Ruhe liegt die Kraft.» Helen kniete sich rittlings über seine Hüften, zog ihren BH aus und ließ ihn über seine Brust gleiten, bevor sie ihn auf den Boden warf. Als Nächstes war ihr Höschen dran. Sie öffnete die Bänder an der Seite und zog den Stoff dann stramm nach oben, sodass er zwischen ihren Schamlippen verschwand. Wie hypnotisiert starrte Duncan auf ihre Muschi und den Slip, der nass von ihrem Saft war.

Sie beugte sich erneut vor, um sanft an den Tittenklemmen zu ziehen, bis er ein leises Stöhnen von sich gab. «Fühlt es sich schon anders an?»

«Schmerzhafter», presste er mit zusammengebissenen Zähnen hervor.

Helen senkte ihren Körper langsam ab, bis ihre Möse gefährlich nah über seinem dicken Riemen platziert war. Wieder bäumte Duncan sich heftig auf und berührte dabei mit der Eichel ihre Schamlippen. Helen ging noch etwas tiefer und erlaubte seinem Schwanz, ganz leicht in die feuchte Höhle ihrer Möse einzudringen. «Tiefer!», bettelte er.

«Noch nicht», wehrte Helen ab. Sie erhob sich und kniete sich zwischen seine gespreizten Oberschenkel. Die Versuchung war groß, sich sofort von ihm ficken zu lassen, aber sie hatte vor, ihn erst wahnsinnig vor Begierde zu machen. Bevor er sich entlud, wollte sie seine Geilheit ins Unermessliche steigern.

Sie langte nach dem dünnen, vergoldeten Vibrator, den sie ebenfalls in ihrem Nachttisch aufbewahrte. Er war für die Handtasche gemacht und entsprechend klein. Aber für das, was sie plante, hatte er genau die richtige Größe. Sie legte ihn zwischen seine Schenkel, während Duncan neugierig den Kopf hob, um zu sehen, was sie da tat. Helen nahm eine Tube Gleitmittel und drückte einen Strang auf seine Eichel und die empfindliche Haut seines Dammes. Dann ließ sie ihre Finger zwischen seine festen Pobacken gleiten. Duncan zuckte intensiv zurück, und Helen schloss daraus, dass diese Körperöffnung sexuell noch völlig unberührt und unschuldig war. Vorsichtig drang sie mit einer Fingerspitze in sein Arschloch und verteilte das eiskalte Gel in der engen Öffnung, die sich unter ihrer Berührung langsam entspannte und weicher wurde. Dann stellte sie den Vibrator an.

«Was hast du damit vor?», fragte er nervös.

«Nichts, was dir nicht gefallen wird», konterte Helen und fuhr mit der surrenden Spitze des Vibrators über seinen geschwollenen Penisschaft. Von dort ließ sie ihn tiefer gleiten, bis er schließlich an der äußerst sensiblen Stelle zwischen Penis und Anus angelangt war. Als Duncan entspannt genug schien, drückte sie den Kopf des Instrumentes langsam in sein Poloch.

«Nein!», rief Duncan mit angespannter Stimme, als der Vibrator unerbittlich gegen den engen Muskelring stieß.

«Doch!», sagte sie entschlossen. «Vertrau mir.» Sein Schließmuskel spannte sich instinktiv an, als sie den Stab tiefer hineindrückte. Aber Helen ließ ihn so lange an der Stelle vibrieren, bis die konstante Reizung den Muskel schließlich entspannte. «Du wirst dich wundern, wie geil das für einen Mann sein kann.»

Sie drückte jetzt härter zu und zwang das jungfräuliche Fleisch, sich zu öffnen und zu dehnen. Als sie den Schließmuskel überwunden hatte, war es ein Leichtes, den Vibrator tiefer und tiefer eindringen zu lassen. Duncan gab zwar ein unwilliges Stöhnen von sich, aber nach dem Zittern seiner Gliedmaßen zu urteilen, genoss er die Behandlung weitaus mehr, als er zugeben mochte.

Helen begann, mit dem Vibrator zu spielen, und ließ ihn so lange rein- und rausgleiten, bis Duncans Scham von der Geilheit überwältigt wurde. Sein wildes Zucken sprach Bände. Er hatte den Punkt erreicht, an dem Lust und Schmerz eine erregende Einheit bilden. Als sie seinen hoch erregten Gesichtsausdruck sah, fing Helen an, es ihm richtig zu besorgen. Wieder und wieder stieß sie den Goldstab in ihn hinein. Der Anblick seines offenen Arschlochs machte sie so an, dass sie sich nicht mehr länger beherrschen konnte. Ihre Fotze war jetzt so heiß, so nass, dass sie sofort seinen harten Fickprügel in sich spüren musste.

Sie setzte sich auf ihn, nahm seinen Schwanz in die Hand und führte ihn zwischen ihre Schamlippen, die sich gierig um ihn stülpten. Duncan gab ein erleichtertes Stöhnen von sich, als sie mit offenem Loch auf seinem steifen Hammer Platz nahm.

Helen spürte, wie sich ihre Bauchmuskeln zusammenzogen, und der aufgegeilte Blick Duncans verriet ihr, dass er schon kurz vorm Abspritzen war. Sie fing an, sich langsam auf und ab zu bewegen. Aber es machte sie so scharf, den harten Prügel ihres gefesselten, hilflosen Partners in sich zu spüren, dass ihr Ritt bald immer schneller wurde. Helens Sinne waren so wach, dass sie glaubte, sogar das Surren des Vibrators in seinem Arschloch zu spüren – als würde es durch seine Gefäße und Nervenbahnen direkt in ihren Körper wandern.

Ihre Erregung wurde immer größer und strömte wie flüssiges Feuer durch sie. Als schließlich beide von ihrem Orgasmus überwältigt wurden, war dieser so intensiv, so allumfassend, dass Helen nicht einmal ihre eigenen Schreie hörte.

Helen und Duncan verbrachten den Rest des Nachmittags in der Wohnung. Er wäre auch über Nacht geblieben, aber sie hatte Colin versprochen, Duncan spätestens bis 23 Uhr wieder in sein Zimmer zu bringen – schließlich war er immer noch Patient im Krankenhaus.

«Du musst dich bald wieder in den Rollstuhl setzen», sagte sie zu ihm. «Sobald wir das Krankenhaus betreten, ist das Pflicht.»

«Wieso?», fragte er, als sie über den Hof auf das Hauptgebäude zugingen. Er schob den Rollstuhl selbst und hinkte dabei kaum noch.

«Wegen der Versicherung», antwortete sie.

«Bis zu meiner Suite werde ich es gerade noch schaffen.» Duncan grinste frech. «Nach dem, was du heute Abend alles mit mir gemacht hast …»

«Du hast jede Minute genossen, stimmt's?» Helen blieb stehen und sah ihn an. «Stimmt's?», wiederholte sie.

«Überraschenderweise ja.» Er kicherte leise. «Bisher mochte ich es gar nicht, wenn mir jemand an den Hintern fasste. Der Gedanke hat mich nie sonderlich gereizt.»

«Höre ich da einen leicht homophoben Unterton raus?»

«Vielleicht», stimmte er zu. «Ich muss ganz ehrlich sagen, ich hätte nie gedacht, dass es so geil sein könnte.»

Ihr Gespräch wurde von dem Geräusch eines herannahenden Autos unterbrochen, das immer näher kam und schließlich vor dem Hintereingang des Gebäudes parkte. Es war eine große, schwarze Limousine mit abgedunkelten Fenstern.

«Meinst du, dass dein geheimnisvoller Patient das Krankenhaus schon wieder verlässt?», fragte Duncan. Sie standen hinter einem Transporter, der im Hinterhof stand, und waren so für den Fahrer der Limousine nicht auszumachen.

«Das glaube ich nicht. Nach so einer großen Operation wäre das viel zu früh.» Aber dann kam ihr der Gedanke, dass jemand, der sich eine solche Geheimhaltung leisten konnte, sicher auch in der Lage war, private Pflegekräfte und Leibärzte zu bezahlen, um das Krankenhaus früher verlassen zu können. Wenn die Limousine tatsächlich für Mr. X bestimmt war, würde sie vielleicht nie erfahren, um wen es sich handelte.

Der Fahrer des Wagens trug eine hellgraue Chauffeursuniform. Nachdem er das Auto verlassen hatte, öffnete er schwungvoll eine der Türen, und ein in ein weißes Arabergewand gehüllter Passagier stieg aus. Ihm folgte ein zweiter Mann, der offensichtlich einen höheren Rang hatte, denn sein ebenfalls weißes Gewand war mit Goldapplikationen verziert. Beide trugen trotz der späten Tageszeit Sonnenbrillen, und Mund und Nase waren hinter Tüchern verborgen.

«Das wird ja von Minute zu Minute mysteriöser», flüsterte Duncan Helen zu, als die beiden Neuankömmlinge das Krankenhaus betraten. «Los, wir schleichen ihnen nach und sehen, ob sie in den Anbau gehen.»

«Meinst du nicht, dass das mit deinem Rollstuhl ziemlich auffällig wäre?», gab Helen zu bedenken.

Sie wollte die Männer zwar auch verfolgen, konnte Duncan aber nicht allein lassen. Er war immer noch ein Patient, und sie war für ihn verantwortlich.

«Vergiss den blöden Rollstuhl», zischte Duncan ihr zu und humpelte entschlossen vorwärts, als wäre er in einem seiner Actionfilme. Er war schneller, als Helen gedacht hatte, und bevor sie ihn aufhalten konnte, war er schon fast bei der Eingangstür angelangt.

«Verdammt!», murmelte sie. Der Rollstuhl konnte nicht einfach so auf dem Hof stehen bleiben, also musste Helen ihn hinter sich herziehen, während sie Duncan folgte. Nur mit Mühe und einigem Lärm konnte sie ihn durch die Doppeltür zwängen.

Als sie endlich im Gebäude war, kam auch schon Duncan auf sie zu. Er war bereits den Flur hochgelaufen und humpelte nun etwas mehr. «Sie sind in den Aufzug gleich um die Ecke gestiegen. Ich kenne mich hier nicht so gut aus. Führt dieser Lift hoch in den Anbau?»

«Ja», bestätigte sie. Es war sinnlos, Duncan darauf aufmerksam zu machen, dass diese Aktion seiner Genesung sicher nicht zuträglich sein würde.

«Wir könnten ihnen folgen», schlug er vor.

«Ich glaube, es wäre äußerst verdächtig, wenn ein berühmter Patient wie du hier mitten in der Nacht durch das Haus humpeln würde. Das kommt vielleicht in Filmen vor, aber nicht im richtigen Leben.»

Er grinste, und dass er dabei wie ein Schuljunge aussah,

machte ihn nur noch anziehender. «Ich habe mir immer gewünscht, dass das Leben mal die Kunst imitiert. Was wäre denn dein Vorschlag, Chefin?»

«Wir gehen zur Rezeption. Dort gibt es eine Liste mit allen aufzunehmenden Patienten. Wenn diese Herren da nicht draufstehen, gehören sie höchstwahrscheinlich zu Bens und Ralphs kleinem Spiel», erklärte sie und fragte sich, ob Ralph wirklich nach New York zurückgekehrt war. Wenn ihr eine passende Ausrede einfiele, könnte sie morgen versuchen, ihn anzurufen. Aber wenn Ralph doch nach Amerika geflogen war, wer würde dann den neuen Patienten operieren? Die Sache wurde immer verzwickter. «Jetzt setz dich endlich in den Rollstuhl, Duncan», sagte sie ungeduldig.

«Ist das nicht aufregend?», fragte Duncan, dem das Ganze großen Spaß zu machen schien.

«Ich bin Ärztin und keine Detektivin», protestierte sie.

Als sie an dem Lift vorbeifuhren, der auf die Entbindungsstation und in den Anbau führte, leuchtete der Abwärtsknopf des Fahrstuhls auf, und das leise Summen kündigte seine Rückkehr an. Helen wollte auf keinen Fall gesehen werden. Nachdem sie Duncan eilig um die nächste Ecke geschoben hatte, blickte sie sich um und sah, wie der Chauffeur allein den Lift verließ.

Helen hatte sich wieder etwas beruhigt und ihren keuchenden Atem unter Kontrolle gebracht, als sie die Rezeption erreichten. Die Eingangshalle war nur spärlich beleuchtet, die Vordertür geschlossen, und der einzig Anwesende war der Dienst habende Wachmann.

«Guten Abend, Dr. Dawson», sagte er mit neugierigem Blick auf Duncan, den er offensichtlich erkannte. «Sie sind mit Ihrem Patienten aber noch spät unterwegs.»

«Abendspaziergang», erklärte Duncan. «Ich war es leid, immer nur auf meine vier Wände zu starren.»

«Mr. Paul will einen befreundeten Patienten besuchen, George», log Helen ohne Skrupel. «Er hat gehört, dass er heute eingeliefert wird, und will wissen, in welchem Zimmer er untergebracht ist.»

«Ich wusste gar nicht, dass heute jemand kommt», sagte George und warf einen Blick auf die Papiere, die er vor sich liegen hatte. «Ich sehe mal auf der Liste nach. Vielleicht irre ich mich ja auch. Wie hieß der Gentleman gleich?»

«Cartman, Mr. Cartman», improvisierte Duncan.

George ging die Liste durch. «Nein, Sir, der Name steht hier nicht. Um genau zu sein, war heute gar keine Aufnahme geplant.»

«Und morgen?», fragte Helen.

«Morgen auch nicht», erwiderte George. «Im Moment ist hier nicht sehr viel los.»

«Ja, das kann man wohl sagen», stimmte Helen zu. «Danke für Ihre Hilfe, George.» Sie schob Duncan in einen der Aufzüge und drückte auf die 1. «Jetzt würde ich gern deine Gedanken lesen können», sagte sie in die Stille hinein, denn Duncan sagte kein Wort auf der Fahrt.

«Ich dachte gerade, dass wir Beweise finden müssen. Wenn unser Verdacht stimmt, dass hier andauernd Leute operiert werden, die aus irgendwelchen Gründen ihr Erscheinungsbild ändern wollen, dann sollten die Behörden davon erfahren.»

«Sein Äußeres verändern zu lassen ist aber nicht unbedingt illegal. Es sei denn, es handelt sich um Terroristen oder so was, die sich eine neue Identität zulegen wollen.»

«Dann wäre das hier quasi Beihilfe. Aber ein Verdacht

reicht nicht aus, um sich an die Behörden zu wenden. Wir bräuchten konkrete Beweise wie Krankenakten und die tatsächliche Identität der Patienten, um irgendwas in der Hand zu haben», schlussfolgerte Duncan.

Helen schob seinen Rollstuhl aus dem Fahrstuhl und über die leeren Gänge der ersten Etage.

«Die Unterlagen hat Ben alle auf einer Diskette gespeichert. Und die Akten der neuen Patienten müssen auch irgendwo sein. Aber wo?», fragte Helen.

«Vielleicht in seiner Wohnung. Oder gibt es irgendein Büro, das infrage käme?»

«Es gibt ein Archiv, das sich alle teilen. Aber er hat mal erwähnt, dass er einen Großteil seiner Arbeit in Justins Büro erledigt, weil das Labor abends so ruhig ist.»

«Dann sollten wir versuchen, dort reinzukommen», schlug Duncan enthusiastisch vor.

«Wieso sagst du eigentlich andauernd wir?», fragte sie. «Ich glaube, du sprichst hier nur von mir. Aber du wirst bald entlassen, und ich habe nicht die leiseste Ahnung, wie ich in ein abgeschlossenes Büro eindringen sollte.»

«Wenn ich nicht zu den Dreharbeiten müsste, würde ich auf jeden Fall hier bleiben und dir helfen.»

«Aber das geht nun mal nicht», erwiderte sie leise, denn sie gingen gerade am Schwesternzimmer des Ostflügels vorbei, in dem der Nachtdienst saß.

Keiner von ihnen sprach ein weiteres Wort, bis sie Duncans Suite erreicht hatten. «Du hast Recht», sagte er gähnend, als er aus dem Rollstuhl kletterte. «Ich bin im Moment nicht voll einsatzfähig. Normalerweise wäre ich um diese Zeit noch hellwach, aber ich bin erschöpft.» Er zog sie zu sich heran. «Und außerdem tut mein Hintern weh.»

Sie lachte leise auf. «Aber der Schmerz ist doch sicher recht angenehm, oder?»

«Jetzt, wo du's sagst, merke ich das plötzlich», stimmte er mit frechem Grinsen zu.

«Es ist schon spät. Ich werde dir jetzt ins Bett helfen und dann gehen.» Helen spürte einen leichten Kopfschmerz in der rechten Schläfe.

«Bleib bei mir», bat er und küsste sie auf Stirn und Wangen.

«Ich kann mich nicht die ganze Nacht in deinem Zimmer aufhalten. Das ist verboten.»

So ein Verhalten würde ihre Position noch mehr gefährden, als sie es ohnehin schon war. Schon dass sie ihn mit in ihre Wohnung genommen hatte, verstieß gegen die Regeln. Schließlich war er immer noch Patient des Krankenhauses.

«Dann reden wir morgen weiter», schlug Duncan enttäuscht vor. «Ich werde dir helfen, deinen nächsten Schritt zu planen. Wir könnten doch vielleicht einen Privatdetektiv engagieren. Er könnte sich als Patient oder Pfleger tarnen.»

«Ich finde, das sollten wir wirklich nur als letzten Schritt in Erwägung ziehen», sagte sie zögernd. Helen befürchtete, dass ein Fremder seine Nachforschungen nicht nur auf die Vorkommnisse im Anbau beschränken, sondern vielleicht auch die sexuellen Eskapaden des Personals aufdecken würde. Neben dem, was sie über Justin, Ben und Sandra wusste, hatte sie eine Menge Gerüchte gehört. Einige davon waren zwar sehr unglaubwürdig, würden aber trotzdem ein sehr schlechtes Licht auf das Krankenhaus werfen. Und obwohl sie sich Max nicht verpflichtet fühlte, wollte sie doch nicht, dass er irgendwelche Schwierigkeiten bekam.

«Wenn du ...» Duncan wurde von einem leisen Klopfen an der Tür unterbrochen. «Herein!», rief er.

Die Tür ging auf, und Colin kam herein. Er trug Jeans und T-Shirt und hatte offensichtlich gerade seinen Dienst beendet. «Ich hatte gehofft, Sie hier zu finden, Dr. Dawson. Sie müssen gleich morgen früh ein paar Leute anrufen», sagte er ohne Umschweife, denn er wusste, dass er vor Duncan offen sprechen konnte.

«Wen denn?», fragte sie. «Und ich hatte Sie doch gebeten, mich Helen zu nennen.»

«Ja, entschuldigen Sie. Ich habe ein paar Dinge über Dr. Taylor erfahren, die vielleicht wichtig sein könnten», erklärte Colin. «Er hat in den letzten Monaten ein paar Extradienste übernommen und ist jetzt betreuender Arzt von einigen Altenheimen in der Umgebung und einem Heim für verhaltensgestörte Kinder. Soweit ich herausfinden konnte, hat er dort mehrere Bewohner auf *Ampesoman* gesetzt. Sie können sicher noch an mehr Informationen kommen, wenn Sie mal mit den jeweiligen Heimleitern sprechen.»

«Kriegst du das hin?», fragte Duncan Helen.

«Vielleicht», sagte sie vage. «Ich müsste mir allerdings eine überzeugende Ausrede einfallen lassen, wieso ich Informationen über Ben einhole.»

«Wer weiß, wie vielen Menschen er das Medikament verabreicht hat? Er könnte bereits ein Vermögen gemacht haben», sagte Duncan ernsthaft besorgt.

«Dass er das Geld an die Patienten weitergibt, ist jedenfalls höchst unwahrscheinlich», fügte Colin hinzu.

«Ich werd mal sehen, was ich morgen herausfinden kann. Können Sie mir eine Liste der Adressen und Telefonnummern geben, Colin?», fragte sie. «Wenn nötig, fahre ich persönlich vorbei und versuche, ein paar konkrete Beweise zu sammeln.»

Bis jetzt hatte sie angenommen, dass allein Justin für die

merkwürdigen Vorkommnisse verantwortlich war. Helen mochte Ben und hielt ihn lediglich für schwach und leicht beeinflussbar. Aber das war ein Irrtum gewesen, und sie begann langsam zu begreifen, wie sehr sie sich in dem Mann getäuscht hatte.

«Noch eins», fuhr Colin fort. «Ich habe kurz mit Fran, der Freundin des OP-Technikers, gesprochen. Ihr Freund erzählt ihr nicht viel über die Arbeit, daher war das Gespräch nicht sehr ergiebig. Aber sie hat gesagt, dass Jack in letzter Zeit merkwürdige Arbeitszeiten hatte – oft mitten in der Nacht. Außerdem war er hoch verschuldet, als sie ihn kennen lernte, und jetzt kauft er ein Haus, besitzt ein dickes Bankkonto und hat sich gerade einen brandneuen Sportwagen geleistet.»

Helen gähnte, als sie am nächsten Morgen durch den Ostflügel ging. Sie hatte sehr schlecht geschlafen und wilde erotische Träume gehabt, in denen sowohl Duncan als auch Ben und Justin auftauchten. An Einzelheiten konnte sie sich allerdings nicht erinnern.

Sie hatte nicht damit gerechnet, Ben über den Weg zu laufen, denn laut Dienstplan begann seine Schicht erst nach dem Mittagessen. Aber er kam direkt auf sie zu – und zwar aus Richtung des Anbaus. Obwohl der Zutritt offiziell immer noch verboten war, hatte er ganz offensichtlich den Neuankömmling besucht.

«Helen», begrüßte er sie überrascht. Sie wusste nicht, ob es nur Paranoia war, aber es kam ihr vor, als würde er sie merkwürdig ansehen.

«Ben», entgegnete sie mit gespielter Freude und hoffte, dass sie mit Freundlichkeit ihre mittlerweile immense Abneigung gegen ihn überspielen konnte. «Ich hatte gehofft, dich gestern noch zu sehen. Ich dachte, wir könnten uns mal wieder … unterhalten», sagte sie mit einem Augenaufschlag. Dabei fiel ihr auf, dass er einen Beutel mit Blutproben bei sich hatte.

«Worüber genau wolltest du denn sprechen?», fragte er.

«Also …», begann Helen und ließ dann mit voller Absicht die Unterlagen, die sie in der Hand hielt, zu Boden fallen.

Ben bückte sich lustlos und half ihr, sie aufzuheben. «Wieso schleppst du denn den ganzen Kram mit dir rum?», erkundigte er sich und stellte den Beutel mit den Blutproben neben sich. Helen konnte sehen, dass sich darin mindestens drei Blutproben und das Auftragsformular für ein Blutbild befanden. Es kam nie vor, dass Blutproben von mehr als einem Patienten in ein und demselben Beutel aufbewahrt wurden. Den Namen auf dem Formular konnte sie aber leider nicht erkennen.

«Danke, Ben», sagte sie freundlich.

«Du hast mich neulich abends übrigens wirklich überrascht», sagte er leise und sah ihr dabei tief in die Augen. «Ich hätte nicht gedacht, dass du so experimentierfreudig bist. Außergewöhnliche Sexpraktiken turnen dich an, hab ich Recht?»

«Ich habe mich kaum selbst wiedererkannt», gab sie zu und merkte, wie sie errötete. «Ich weiß auch nicht, was da über mich gekommen ist.»

«Ich schon», erwiderte er. Helen stand auf, und Ben legte die aufgehobenen Papiere auf den Tisch des Schwesternzimmers. Irgendwo im Hintergrund klingelte ein Telefon. Helen nahm es kaum wahr, denn Ben legte ihr eine Hand auf den Arm. «Du warst unglaublich. Ich finde …»

Er wurde von einer Schwester unterbrochen. «Dr. Taylor?»

«Ja?» Ben klang irritiert.

«Sie werden sofort im Röntgenraum benötigt.»

Helen hörte, wie er einen leisen Fluch ausstieß. «Ja, Schwester. Sagen Sie, ich bin unterwegs.» Er lächelte die junge Frau charmant an und drückte ihr den Beutel mit den Blutproben in die Hand. «Die sind für Dr. Masterson. Er wartet schon darauf. Bringen Sie sie doch gleich runter ins Labor. Aber achten Sie gut darauf und geben Sie den Beutel an niemanden weiter. Die sind sehr dringend.»

Ben verschwand in Richtung Röntgenabteilung, und Schwester Barker machte sich sofort auf den Weg in Richtung Aufzug.

Helen lief ihr nach. «Ich hätte Sie gern mal kurz gesprochen, Schwester Barker», rief sie.

Die Schwester blieb stehen und blickte Helen fragend an. «Stimmt etwas nicht, Frau Doktor?»

«Im Gegenteil.» Helen lächelte. «Es geht um die Angelegenheit, über die wir neulich schon gesprochen haben. Mr. Paul ist sehr gern bereit, Ihnen ein Autogramm zu geben. Er lässt ausrichten, dass Sie einfach in seiner Suite vorbeikommen sollen. Und sagen Sie ihm ruhig, welche Widmung Sie möchten. Ich denke, er würde Ihnen sicher auch ein paar Autogramme für Ihre Freundinnen geben.»

«Danke.» Ein Leuchten huschte über Schwester Barkers Gesicht. «Das ist wirklich sehr nett von Ihnen, Dr. Dawson», sagte sie begeistert. «Wenn Sie mich jetzt entschuldigen würden, ich muss runter ins Labor.»

«Ich würde vorher gern noch einen Blick auf die Blutproben werfen, wenn Sie nichts dagegen haben.»

«Aber Sie haben doch gehört, was Dr. Taylor gesagt hat.» Entschlossen hielt Schwester Barker den Beutel in der Hand. «Ich soll den Beutel nicht aus den Augen lassen.»

«Aber das tun Sie doch auch gar nicht», sagte Helen beruhigend. «Ich weiß, die Blutproben sind dringend. Deshalb will ich nachsehen, ob er auch einen BSG-Test angefordert hat», erklärte Helen. «Es wäre doch überflüssig, den Patienten einem weiteren Test zu unterziehen, wenn die Anfrage auf diesem Formular mit angefordert werden kann.»

«Da haben Sie wohl Recht», stimmte die Schwester ihr zögernd zu und gab Helen den Beutel.

«Übrigens», sagte Helen, als sie ihn öffnete und den Inhalt untersuchte, «Mr. Paul hat vorgeschlagen, dass Sie ihn ja vielleicht mal am Drehort seines neuen Films besuchen könnten. Er wird ganz in der Nähe gedreht. Und Sie können sicher auch eine Freundin mitbringen – oder zwei.» Helen dachte, dass ein weiterer Köder sicher nicht schaden könnte.

Die Schwester starrte Helen ungläubig an, und ihre Vorbehalte waren wie weggewischt. «Meinen Sie wirklich?», fragte sie und konnte ihr Glück kaum fassen.

«Aber ja», bestätigte Helen. Ben hatte eine Analyse für ein volles Blutbild in Auftrag gegeben, inklusive BSG-Test, biochemischer Analyse und Kreuzprobe für eine bevorstehende Operation. Der Name auf dem Formular war kein unbekannter: Mr. Homer Simpson.

«Ich glaube, ich träume», sagte Schwester Barker, als Helen ihr den Beutel wieder in die Hand drückte.

«Mr. Pauls Sekretärin wird Sie noch anrufen und Ihnen die Einzelheiten durchgeben», teilte Helen ihr mit. Sie war sicher, dass Duncan das, was sie da so voreilig versprochen hatte, auch möglich machen konnte. «Oh, und tun Sie mir einen Gefallen, Schwester, sagen Sie niemandem, dass ich mir die Blutproben angesehen habe. Ich möchte nicht, dass Dr. Taylor glaubt, ich würde ihn kontrollieren. Das wäre mir sehr unangenehm.»

Als Helen Duncans Suite betrat, fand sie dort zu ihrer Überraschung ein totales Chaos vor. Er trug einen hellen Anzug und telefonierte konzentriert, während ein weiterer Mann Papiere einsammelte. Eine junge, schick gekleidete Frau sortierte irgendwelche Unterlagen und legte einige davon in einen Gucci-Aktenkoffer.

«Helen, da bist du ja.» Duncan legte das Telefon auf. «Das ist meine Sekretärin, Susanna», stellte er die junge Frau vor.

«Hallo.» Helen lächelte Susanna höflich an. Diese schien sehr nervös zu sein. «Stimmt was nicht?», fragte Helen Duncan.

«Irgendwas ist doch immer!» Er klang frustriert, legte den Arm um Helen und führte sie ins Schlafzimmer. «Entschuldige, wenn ich so gestresst klinge, aber es ist ein ganz schöner Druck, gleichzeitig Produzent und Hauptdarsteller zu sein. Es gibt so viel zu organisieren. Und dann mit meinem Knöchel …»

«Nun mal ganz langsam», sagte sie beruhigend. «Was ist denn los, Duncan?»

«Die Geldgeber kriegen langsam Panik. Man glaubt, dass die Verzögerungen durch meinen Unfall den Film zu teuer werden lassen. Es ist schrecklich kompliziert zu erklären, aber ich muss sofort nach Paris fliegen und versuchen, sie zu beruhigen.»

«Aber ich dachte, die Versicherung will, dass du noch ein paar Tage im Krankenhaus bleibst?»

«Verrückt, was? Alle wollen was anderes von mir.» Er lächelte sie an. «Aber so ist das Filmgeschäft nun mal, Helen.» Duncan zog sie zu sich heran und küsste sie so leidenschaftlich, dass sie ganz schwach in den Knien wurde. Dann umfasste er ihr Gesicht. «Du weißt doch sicher, dass ich lieber hier bleiben und dir bei der Lösung des Rätsels helfen würde.»

«Halb so schlimm. Fahr du nur nach Paris. Schließlich steht der Erfolg deines Films auf dem Spiel.»

«Eins ist sicher, die Produzentenrolle übernehme ich garantiert kein zweites Mal», sagte er grinsend. «Es war übrigens mein voller Ernst, dass ich einen Detektiv anheuern könnte.»

«Nein, noch nicht. Warten wir erst mal ab, was Colin und ich auf eigene Faust rausfinden können. Seine Anwesenheit beruhigt mich ein bisschen.»

«Ich habe ihn gebeten, gut auf dich aufzupassen.» Duncan gab ihr eine Karte. «Hier ist die Nummer meiner Sekretärin. Sie kann dir alles besorgen, was du brauchst. Da steht auch meine Handynummer drauf. Die gebe ich nur sehr guten Freunden.»

«Ich komm schon klar», beruhigte sie ihn.

«Ich rufe dich an, sobald ich aus Paris zurück bin.» Plötzlich war ein Räuspern zu hören. «Was ist los?», fragte er Susanna, die etwas verlegen in der offenen Tür stand.

«Das Auto ist hier, Duncan. Der Fahrer hat auch schon deinen Ausweis und das Flugticket», sagte sie und hielt ihm den Aktenkoffer hin.

«Danke.» Duncan blickte Helen liebevoll an. «Gehst du noch mit mir runter?»

«Natürlich», stimmte sie zu, «aber gehen? Das Krankenhaus besteht darauf, dass alle Patienten, die nach einer Operation entlassen werden, einen Rollstuhl benutzen.»

«Die werden mich schon nicht gleich einsperren.»

«Ich mache mir Sorgen um dich, Duncan. Du gehst viel zu leichtsinnig mit deiner Gesundheit um», gab Helen zu bedenken, als sie zusammen die Suite verließen. Er legte einen Arm um ihre Taille und hielt sie eng umschlungen. Helen wusste, dass es sinnlos war, ihm noch weiter mit guten Ratschlägen bezüglich seiner Genesung in den Ohren zu liegen. Und so gingen sie die Treppe hinunter in die Eingangshalle.

Sie hatten keine Gelegenheit, sich allein zu verabschieden, denn morgens wimmelte es in der Eingangshalle von Menschen. Helen sah draußen einen schwarzen Mercedes mit einem Chauffeur stehen, der Duncan bereits erwartete.

«Jetzt müssen wir uns wohl verabschieden.» Sie sah ihm tief in seine herrlichen braunen Augen. «Du wirst mir fehlen, Duncan.»

«Warte eine Sekunde.» Er ging zu dem Chauffeur und reichte ihm den Aktenkoffer. «Ich bin in ein paar Minuten bei Ihnen», informierte er ihn und ging zurück zu Helen. Dabei sah er sich gründlich in der Eingangshalle um. «Ich möchte dich küssen», flüsterte er ihr ins Ohr. «Ich möchte dich ficken – hier und jetzt», fügte er leise hinzu, sodass nur sie ihn hören konnte.

Sein unerwarteter Wunsch löste in Helen eine heftige Welle der Lust aus. «Wie sollen wir das machen?», fragte sie.

Sie konnte ihre Überraschung kaum verbergen, als er sie bei der Hand nahm und sie ungeachtet irgendwelcher Beobachter in die nächstliegende Toilette zog.

«Sssch», gemahnte er sie und schloss die Tür ab.

Duncan drückte Helen gegen die Wand und zog ihr das Seidentop über den Kopf. Seine Hände strichen gierig über ihre Brüste, und er presste sein Becken gegen das ihre. Sie spürte, wie sein Schwanz hart wurde, was eine spontane, wilde Geilheit in ihr auslöste. Ihre Möse brannte vor Verlangen nach seinen Küssen und dem köstlichen Gefühl seiner Zunge in ihr. Aber am heißesten war sie auf seinen Riemen.

Begierig zog sie seinen Reißverschluss herunter und öffnete die Hose. Gleichzeitig zog er in Windeseile ihren Rock bis zur

Taille hoch und schob den Slip beiseite, um seine Finger tief in ihr nasses Loch zu stecken.

«Gott, ich bin so scharf auf dich», raunte er und biss ihr hart in die Brustwarzen.

«Jetzt!», keuchte sie, als er ihr das Höschen herunterzerrte. Seine Hände umfassten ihren Po und hoben sie mit animalischer Leidenschaft hoch.

Helen seufzte erleichtert, als er sie endlich mit seinem dicken Pfahl aufspießte. In voller Länge drang er in sie ein. Das Gefühl überwältigte sie, während sie gleichzeitig ihre Beine um seine Hüften schlang. Duncans harte Stöße pressten sie gegen die Wand. Seine Geilheit war voller Gier und Wollust. Er fickte sie so tief und unnachgiebig, dass sie große Mühe hatte, ihre Schreie zu unterdrücken.

Sein erbarmungsloser Fickrhythmus ließ sie völlig außer Kontrolle geraten, und es dauerte nicht lange, bis sie kurz vorm Kommen war. Jeder Stoß presste sie brutal gegen die kalte Toilettenwand. Auch Duncan konnte seinen Saft kaum noch zurückhalten, und mit einem letzten, tiefen Eindringen kamen sie schließlich zusammen.

Erschöpft und keuchend lehnte Duncan sich an Helen, bis er sich genug erholt hatte, um sie langsam wieder auf den Boden zu setzen. Sie zitterte am ganzen Körper und schaffte es kaum, ihren Slip hochzuziehen und sich den Rock glatt zu streichen.

«Ich kann scheinbar gar nicht genug von dir kriegen», sagte Duncan mit bebender Stimme. Nachdem er seine Hose hochgezogen hatte, wurde er langsam wieder ruhiger. Aber die Leidenschaft stand ihm noch immer ins Gesicht geschrieben.

«Mir geht es genauso», gab sie mit liebevollem Lächeln zu. «Aber du musst jetzt los, sonst verpasst du noch deinen Flug.»

«Ja. Aber ich würde viel lieber hier bei dir bleiben.»

Helen war gerührt. «Du bist so lieb.» Zärtlich strich sie ihm die Haare glatt. «Aber du wirst ja nicht ewig in Paris bleiben, oder?»

«Hoffentlich nicht», erwiderte er. «Bald bin ich wieder in England. Und zwar an einem Drehort weniger als 20 Meilen von hier. Versprichst du, mich dort besuchen zu kommen?»

«Und wenn es nur ist, um dafür zu sorgen, dass du keine Dummheiten mit deinem Knöchel machst», antwortete sie lächelnd. «Aber natürlich nur, wenn meine Detektivarbeit hier es zulässt.»

«Sei bloß vorsichtig. Schließlich wissen wir nicht, mit wem wir es zu tun haben. Ich möchte nicht, dass dir irgendwas passiert.»

«Sei nicht albern. Was sollte mir denn passieren?», sagte sie mutiger, als sie sich fühlte.

«Ich werde mir sicher trotzdem Sorgen um dich machen.» Duncan zog sie an sich und küsste sie so zärtlich wie noch nie zuvor. Das war kein Kuss der Lust, sondern ein Kuss der Liebe.

«Es wird schon alles gut gehen», beruhigte sie ihn, noch ganz von ihren Gefühlen überwältigt.

«Ich muss jetzt los. Wenn ich nicht rechtzeitig in Paris bin, ist der Teufel los.» Duncan öffnete die Tür. Er ließ Helen den Vortritt, folgte ihr aber auf dem Fuß. Was die Leute in der Eingangshalle dachten, war ihm völlig egal. Helen ging es ebenso. Aber als sie Sandra sah, die offensichtlich auf sie wartete, wurde sie doch etwas unruhig.

«Mr. Paul», sagte diese mit charmantem Lächeln, ohne Helen auch nur anzusehen. «Ich wollte es mir nicht nehmen lassen, mich noch persönlich von Ihnen zu verabschieden.»

«Wie aufmerksam», bemerkte Duncan höflich. «Sehr nett

von Ihnen, Oberschwester.» Er drehte sich zu Helen um. «Ich muss jetzt los, sonst verpasse ich den Flug wirklich noch.»

«Dann wollen wir Sie nicht aufhalten», mischte Sandra sich ein, bevor Helen antworten konnte.

«Pass auf dich auf!» Duncan lächelte Helen zärtlich an und würdigte Sandra keines weiteren Blickes. «Ich rufe dich sofort an, wenn ich wieder da bin. Auf Wiedersehen, Oberschwester», fügte er lediglich kurz in Sandras Richtung hinzu. Dann warf er Helen ein letztes liebevolles Lächeln zu, ging durch den Haupteingang und stieg in den Mercedes.

+ +

KAPITEL 10

+ +

Helen stand da und beobachtete, wie Duncans Auto langsam aus ihrer Sichtweite verschwand. Sie musste sich sehr beherrschen, um ihre Traurigkeit zu unterdrücken, die bei weitem größer war, als sie sich eingestehen wollte.

«Helen!», rief Sandra in scharfem Ton.

«Ja?» Mit den Gedanken immer noch bei Duncan drehte Helen sich zu ihr um.

«Du kannst hier nicht den ganzen Tag wie ein schmachtender Fan in der Eingangshalle rumstehen», sagte Sandra streng. «Reiß dich zusammen und komm mit. Ich muss dich unter vier Augen sprechen.»

Obwohl sie am liebsten ein paar Minuten allein gewesen wäre, folgte sie Sandra den Flur entlang in deren Arbeitszimmer. «Und worum geht es?»

Auf Sandras Gesicht machte sich Ekel breit. «Du bist hier als Ärztin angestellt und nicht als Duncan Pauls Flittchen!»

«Wie bitte?» Helen traute ihren Ohren nicht.

«Du stinkst nach Sex», zischte Sandra. «Bist du so scharf darauf, mit dem Kerl zu ficken, dass du es praktisch vor den Augen des gesamten Krankenhauses tun musst?»

«Was redest du denn da?», stammelte Helen und lachte

dann bitter auf. Ihr wurde mit einem Mal klar, dass Sandras plötzliche Feindseligkeit einen ganz einfachen Grund hatte. «Du bist eifersüchtig. Du bist scharf auf Duncan, und du bist eifersüchtig, weil er mich wollte und nicht dich.»

«Er wollte dich doch nur für eine schnelle Nummer, weil er frustriert und sonst niemand da war», presste Sandra heraus. «Du hast dich dem Mann ganz offensichtlich an den Hals geworfen. Aber unter normalen Umständen ist er von wunderschönen Schauspielerinnen umgeben und würde dich nicht mal bemerken. Ich bin nicht eifersüchtig, sondern einfach nur angewidert von deinem Verhalten.»

«Und du glaubst wirklich, dass ausgerechnet du das Recht hast, mich zu verurteilen?», gab Helen zurück. «Das ist ja wohl nicht zu fassen. Du bist doch hier das promiske Luder. Ich habe dich gesehen, Sandra, wie du nackt ans Bett gefesselt warst und mit einer Peitsche bearbeitet wurdest. Ich habe noch nie jemanden gesehen, der so gierig und geil darauf war, sich jedes verfügbare Loch stopfen zu lassen – egal von wem.»

Helens Entgegnung überraschte sogar sie selbst. Normalerweise ließ sie sich nicht so leicht provozieren. Aber noch merkwürdiger war, dass das Bild, was sie da gerade gezeichnet hatte, sie sogar noch in der Rückschau erregte. Bei dem Gedanken, dass ihre Zunge vor nicht allzu langer Zeit in Sandras Möse gesteckt hatte, wurde Helen sofort feucht.

«Ich kann mich daran nicht erinnern, dass du das abstoßend fandest. Als man dich einlud mitzumachen, hast du keinen Moment gezögert», frischte Sandra ihr Gedächtnis auf. «Das können Justin und Ben beide bezeugen. Solange unsere Arbeit nicht beeinträchtigt wird, geht es niemanden etwas an, was wir in unserer Freizeit tun. Aber bei dir und Mr. Paul ist das was anderes. Ich möchte dich daran erinnern, dass du heute Morgen Dienst hast, Helen. Und es gehört nicht zu deinen ärztlichen Pflichten, die Patienten vor ihrer Abreise in der Eingangshalle zu ficken!»

«Tatsächlich?», sagte Helen aufgebracht. «Da habe ich aber ganz was anderes gehört.»

Colin hatte ihr weitere Gerüchte zugetragen, die im Ostflügel die Runde machten. Man erzählte sich, dass ein Großteil der Schwestern des Westflügels nur allzu gern bereit waren, den Patienten weit über ihre Pflichten hinaus zu Diensten zu sein.

Helen musste allerdings insgeheim zugeben, dass Sandras Worte sie beunruhigten. Ihre Lust auf Duncan war ihr tatsächlich ein wenig aus dem Ruder gelaufen.

«Gerüchte gibt es in Krankenhäusern viele», sagte Sandra. «Man muss nicht alles glauben, was man hört. Die meisten stammen von irgendwelchen frustrierten Schwestern aus dem Ostflügel. Das ist der reine Neid, weil das Personal im Westflügel schon länger hier ist und besser bezahlt wird. Aber deine Beziehung zu Duncan Paul ist kein Gerücht und wurde auch nicht diskret vollzogen. Du hast es vor aller Augen mit ihm getrieben!»

«Mag sein, dass die Geschichte mit ihm ein wenig außer Kontrolle geraten ist. Aber jetzt ist er weg, und es wird nicht wieder vorkommen», verteidigte sich Helen.

«Allerdings nicht», pflichtete Sandra ihr etwas ruhiger bei. «Aber das ist nicht alles, was ich mit dir besprechen wollte. Ich muss dir etwas zeigen. Setz dich.»

«Ich kann nicht lange bleiben», zögerte Helen, setzte sich aber dennoch auf die Couch. «Ich muss mich um meine Patienten kümmern.» Zu ihrer Überraschung stellte Sandra den Fernseher an.

«Die könnten warten – das hier nicht», sagte Sandra entschlossen und legte eine Videokassette in den Rekorder. «Ich zeige dir gleich mal meine Lieblingsszene. Es würde mich sehr interessieren, ob du sie auch so aufregend findest ...»

Bei den ersten Bildern dachte Helen noch, dass es sich um einen Spielfilm handele, aber als sie die zwei nackten Menschen auf dem Bildschirm erkannte, wurde ihr Gesicht dunkelrot. «Wo hast du das her?», fragte sie schockiert, als sie eine Aufnahme sah, in der sie Duncan den goldenen Vibrator in den Po steckte.

Helen wurde von einer derartigen Wut gepackt, dass sie einen Moment lang rot sah. Trotzdem konnte sie ihren Blick nicht abwenden, denn sich selbst beim Sex zu beobachten war ein geradezu surreales Erlebnis. Helen war erregt.

«Nach deinem Gesichtsausdruck zu urteilen, scheint das auch deine Lieblingsszene zu sein.» Sandra starrte gebannt auf die Szene, in der Helen voller Hingabe auf Duncans Schwanz ritt.

«Wie ist es denn, mit solch einem berühmten Schauspieler zu ficken?»

«Du Biest!» Helen war außer sich. «Wie zum Teufel sind diese Aufnahmen entstanden? Sind in meiner Wohnung etwa versteckte Kameras installiert?»

«Ich kann gern vorspulen, wenn du möchtest.» Sandra lächelte. «Die Szene, in der Duncan deine Möse leckt, gefällt mir auch gut. Kann er das besser als ich?»

«Du bist abscheulich!», fuhr Helen sie an. «Sag mir jetzt endlich, wie du an diese Aufnahmen gekommen bist!»

«Justin war dein Vormieter», antwortete Sandra mit höhnischem Grinsen. «Er hat die Kameras installiert, weil er sich gern beim Sex sieht. Später haben wir uns die Bänder dann gemeinsam angesehen, um uns anzuturnen. Wirklich scharf, das kannst du mir glauben. Wir haben auch oft Wetten abgeschlossen, wie lange er brauchen würde, um neue Schwestern rumzukriegen. Sehr lange hat es nie gedauert.»

«Und was soll das alles?» Helen sah wieder auf den Bildschirm und wurde immer feuchter, als sie sah, wie Duncan sie am ganzen Körper küsste und streichelte. «Willst du mich demütigen? Das schaffst du damit nicht.»

«Oh, und ob ich das schaffe», sagte Sandra zuversichtlich. «Du hast dich praktisch selbst ans Messer geliefert, weil du so indiskret warst, Duncan mit in deine Wohnung zu nehmen.»

«Das war vielleicht dumm», gab Helen zu, «aber es war keine Todsünde.»

«In den Augen der britischen Ärztevereinigung sehr wohl.» Sandra schien sich ihrer Sache überaus sicher zu sein.

«Wie bitte?»

«Ich nehme an, du weißt, dass ein Arzt vom Dienst suspendiert werden kann, wenn er sich mit einem Patienten einlässt. Dessen warst du dir doch bewusst, oder?»

«Natürlich war ich mir dessen bewusst. Aber offiziell war Duncan zu keiner Zeit mein Patient», erklärte sie und spürte eine gewisse Besorgnis in sich aufsteigen. «Ben Taylor war der betreuende Arzt und hat auch bei der Operation assistiert. Ich habe nach dem Eingriff nur ein paar Mal nach Duncan gesehen, weil Ben mich darum gebeten hatte.»

«Das sind doch nur Ausreden», konterte Sandra und klang dabei äußerst selbstbewusst. «Ich schlage vor, dass du dir mal Mr. Pauls Krankenhausakte ansiehst. Dann wirst du sehen, dass deine Aussagen falsch sind.» Sandra lächelte triumphierend. «Dein Name steht auf jedem Papier in dieser Akte, und du warst offiziell sehr wohl seine betreuende Ärztin.»

«Du fälschst also Krankenunterlagen?!» Es gelang Helen überraschend gut, ihre Beklemmung zu verbergen. «Das überrascht mich nicht im Geringsten.»

«Duncan war nicht nur dein Patient, ich habe unwiderlegbare Beweise, dass du Sex mit ihm hattest. Du wirst in diesem Krankenhaus nicht einen Menschen finden, der deine Geschichte bestätigt. Wenn ich will, kann ich deine Medizinerkarriere also mit einem Fingerschnipp beenden.»

«Du willst mich also ans Messer liefern?», fragte Helen, das Schlimmste befürchtend.

«Aber nicht doch, Schätzchen.» Sandra setzte ihr unschuldigstes Lächeln auf. «Du bist doch eine Freundin – eine sehr intime Freundin. Wieso sollte ich dir schaden wollen? Dieses Videoband wird in Justins Privatsammlung bleiben, und keiner außerhalb unseres kleinen Kreises wird es jemals zu Gesicht bekommen. Es sei denn ...» Sie machte eine vielsagende Pause. «Es sei denn, du hast vor, dich weiterhin um Dinge zu kümmern, die dich überhaupt nichts angehen. Justin hat es dir doch neulich abends erklärt. Du siehst überall nur Gespenster.»

«Wirklich?» Helen zog die Augenbrauen hoch. «Ich glaube schon, dass hier einige merkwürdige Dinge vor sich gehen. Zum Beispiel Operationen, die mitten in der Nacht durchgeführt werden.»

«Du meinst die beiden Patienten, die im neuen Anbau untergebracht sind?», fragte Sandra ungerührt. «Da gibt es keinerlei Grund zur Besorgnis. Das sind lediglich zwei sehr einflussreiche Patienten, die nicht wollen, dass etwas über ihre Behandlung an die Öffentlichkeit dringt. Der Service unseres Krankenhauses ist weithin bekannt, und wenn wir um Diskretion gebeten werden, halten wir uns auch daran.»

«Aber wieso sind sie in dem unfertigen Anbau untergebracht worden? Und was sollen die Geschichten über Statik-Probleme in einem der Räume?», fragte Helen, immer noch überzeugt, dass Sandra sie anlog.

«Wieso musst du denn immer alles so kompliziert machen? Duncan Paul ist derjenige, der für Illusionen zuständig ist – nicht du», erwiderte Sandra ruhig. «Uns sind Gerüchte zu Ohren gekommen, dass sich jemand von der Klatschpresse ins Krankenhaus eingeschlichen hat. Also haben wir uns entschlossen, diese Patienten in den Räumen unterzubringen, die bereits fertig sind. So kann nur ausgewähltes Personal, dem wir absolut vertrauen können, zu ihnen. Und das sind ausschließlich Leute, die unsere Motive nicht anzweifeln. Du bist neu hier, Helen. Wir wussten nicht, ob wir dich ins Vertrauen ziehen konnten. Also haben wir dich nicht eingeweiht.»

«Es tut mir Leid, wenn ich mit meinem Verdacht falsch lag.» Helen entschloss sich, Sandras Erklärungen hinzunehmen – zumindest bis sie sich überlegt hatte, was sie wegen der Videoaufnahme unternehmen konnte. Duncans Krankenakte zu überprüfen war jedenfalls sinnlos. Sandra hatte sicher nicht gelogen, als sie sagte, ihr Name stünde auf allen Blättern.

«Ich schlage vor, dass du dich in Zukunft voll und ganz auf deine Arbeit konzentrierst. Dann gibt es sicher keine weiteren Missverständnisse.» Sandra stand auf und streichelte Helen vielsagend über den Oberschenkel.

Colin joggte über das Krankenhausgelände und versuchte, die Wut zu kontrollieren, die in ihm tobte. So zornig war er lange nicht mehr gewesen. Seit er aus der Armee ausgetreten war, hatte er sehr intensiv an seinen Aggressionen gearbeitet, aber jetzt kamen sie wieder hoch, und er konnte nichts dagegen tun.

Der Hauptgrund für seine Rage war Ben Taylor. Zunächst war es nur die Sorge um Zara, aber je mehr er über den Arzt herausfand, desto größer wurde seine Wut. Helen Dawson hatte sich als Ärztin ausgegeben, die für die Tests mit dem *Ampesoman* zuständig war, und unter falschem Namen in zwei der betroffenen Einrichtungen angerufen.

So hatte sie herausgefunden, dass das Medikament bisher 21 Bewohnern verschrieben worden war – und eines der Altenheime stand immer noch aus. Einige der Versuchspersonen litten bereits an einer ganzen Reihe unangenehmer Nebenwirkungen. Ben hatte darauf bestanden, dass alle Bewohner die Tabletten bis zum Ende der sechswöchigen Versuchsreihe einnahmen, denn sonst würde er seine 10 000 Dollar nicht bekommen. Die Gesundheit der Menschen schien ihm dabei völlig egal zu sein. Das Einzige, was ihn interessierte, war das Geld.

Ben wusste zwar noch nichts davon, aber Colin hatte Zara überzeugt, das Medikament abzusetzen. Helen bemühte sich mittlerweile, ihr Versprechen dem FDA gegenüber einzulösen und Beweise für Bens unlautere Machenschaften zu finden. Hinzu kam, dass sie immer noch genauere Informationen über die Patienten im Anbau brauchten. Zu diesem Zweck hatte Colin sich mit einem Mädchen befreundet, das in der Bakteriologie arbeitete. Sie hatte ihm erzählt, dass Justins Büro grundsätzlich abgeschlossen war und es selbst dem Laborpersonal nicht gestattet wurde, es zu betreten. Schlüssel zu diesem Raum besaßen nur Ben und Justin, die sie immer bei sich trugen. Um an konkrete Beweise zu kommen, musste Colin also einen Weg finden, an einen der Schlüssel zu kommen. Er wollte nicht, dass Helen diese Aufgabe übernahm, denn wenn es hart auf hart kam, würde sie sich nicht so gut verteidigen können wie er.

Colin legte die letzten paar Meter im Laufschritt zurück, wurde dann langsamer und betrat schließlich das Fitnessstudio. Er wollte noch ein kurzes Training einlegen, bevor er zu Zara ging. Sie sollte morgen entlassen werden und dann auf die Bahamas fliegen. Das hieß, er würde sie zwei Wochen nicht sehen. Obwohl er sie gern begleitet hätte, musste er doch hier bleiben. Zum einen, um seine Kündigung zu formulieren, und zum anderen, um Helen zu helfen.

Es war gegen 18 Uhr, und um diese Zeit war das Fitnessstudio normalerweise leer. Das Personal benutzte es eher in den Morgenstunden. Es gab einen Gemeinschaftsumkleideraum mit einigen Nischen für die etwas schamhafteren Benutzer. Die meisten Leute zogen sich jedoch gemeinsam um und ließen ihre Sachen dann einfach auf den Bänken liegen. Im Princess-Beatrice-Krankenhaus gab es keine Diebstähle.

Colin wischte sich den Schweiß von der Stirn und zog sein Trikot aus. Nach seinem Besuch bei Zara wollte er noch beim Operationssaal vorbeischauen. Fran hatte ihm eine Nachricht auf seinen Anrufbeantworter gesprochen. Es war sehr wahrscheinlich, dass die Operation des Neuankömmlings heute Nacht stattfinden würde, denn Jack hatte heute Nacht Dienst und war aufgefordert worden, kurz nach 23 Uhr im OP zu erscheinen – eine Zeit, zu der die Mitarbeiter der Nachtschicht ihre Hauptaufgaben bereits erledigt und sich ein wenig zurückgezogen hatten.

Colin schaute durch die Glastür der Umkleide, um zu sehen, ob er das Fitnessstudio für sich allein hatte. Zu seiner Überraschung sah er Ben und Sandra, die beide in ihr Training vertieft waren. Sie trugen kurze Shorts und Trikots ohne Taschen. Colin schaltete sofort. Wenn der Schlüssel in Bens Tasche im Umkleideraum lag, würde er vielleicht genug Zeit haben, ihn zu stehlen, in Justins Büro einzudringen und ihn rechtzeitig zurückzubringen. Die Pathologie schloss um 17 Uhr. Es war also höchst unwahrscheinlich, dass man ihn erwischen würde.

Colin sah sich um und entdeckte zwei Taschen in Pink und Marineblau, die dicht beieinander standen. Er ließ sein verschwitztes Oberteil fallen und begann, die blaue Tasche zu durchsuchen. Mit Erfolg: Zuerst fand er Bens Brieftasche mit einigen Kreditkarten und 500 Pfund in bar – eine Menge Geld für einen unterbezahlten Arzt. Er suchte weiter und stieß schließlich auf einen in Leder gebundenen Terminplaner. Colin schlug ihn auf und sah eine Liste mit Namen, Daten und sogar einigen kurzen medizinischen Notizen zu Patienten, die an seiner *Ampesoman-Studie* beteiligt waren. Insgesamt standen wohl 30 bis 40 Namen auf der Liste, also weitaus mehr, als Helen bisher herausgefunden hatte. Außerdem stand auf der Rückseite des Planers in großen Buchstaben das Wort «PANDORA» geschrieben.

Wären Colins Instinkte nicht durch seine jahrelange Ausbildung als Soldat geschult gewesen, hätte er nie die leisen Geräusche gehört, die einen weiteren Besucher ankündigten. Gerade noch rechtzeitig warf er Bens Sachen in die Tasche zurück, denn im nächsten Moment betrat Justin den Umkleideraum.

«Hi, Colin», begrüßte er ihn und schien überhaupt nicht misstrauisch zu sein, als Colin mit einer schnellen Bewegung von Bens Tasche wegtrat. «Wollen Sie auch trainieren?»

«Eigentlich schon», antwortete Colin. «Aber das Laufen

hat länger gedauert, als ich dachte. Ich glaube, ich gehe nur kurz unter die Dusche.»

«Es geht doch nichts über ein anstrengendes Work-out, um seine Dämonen zu verscheuchen», witzelte Justin.

«Ich habe keine Dämonen zu verscheuchen», erwiderte Colin.

«Sie haben was vergessen.» Justin hob ein grünes Handtuch auf. «Das gehört doch wohl Ihnen, oder?»

«Nein, das ist nicht meins», erklärte Colin eilig. «Das dachte ich erst, weil ich meins vor ein paar Tagen vergessen habe. Deshalb bin ich auch hier rübergegangen. Aber ich habe mich geirrt.»

«Die Putzfrauen sammeln alles auf, was hier abends vergessen wird, und geben es im Sekretariat der Oberschwester ab. Wussten Sie das nicht?»

Colin zuckte mit den Schultern. «Muss mir wohl entfallen sein.»

«Scheinbar.» Justin sah ihn nachdenklich an. «Übrigens, würden Sie mir wohl einen Gefallen tun?»

«Einen Gefallen?»

«Ja. Sie trainieren doch so viel – könnten Sie mir nicht ein paar Tipps für mein Work-out geben? Irgendwie komme ich mit dem Bankdrücken nicht weiter.»

«Gern», stimmte Colin zu und verbarg seinen Unmut, irgendetwas mit Justin zu tun haben zu müssen. «Wann denn?»

«Jetzt, wenn Sie Zeit haben.» Justin sah ihn erwartungsvoll an. «Es dauert auch nicht lange.»

«Ist mir ein Vergnügen», sagte Colin mit aufgesetztem Lächeln und folgte Justin in den Trainingsraum.

Ben und Sandra, die sich offenbar sehr verausgabten und beide stark schwitzten, drehten sich um, als Colin den Raum betrat. Er hatte Sandra noch nie ohne Uniform gesehen und fand ihren jetzigen Aufzug umso gewagter. Ihr kurzes weißes Trikot klebte feucht an ihren großen Brüsten, und die steifen Nippel zeichneten sich deutlich durch den dünnen Stoff ab. Ihre Shorts waren so eng, dass sie im Schritt zwischen die Schamlippen gerutscht waren. Ihr Anblick zog Colin magnetisch an, und auch sie schien von ihm fasziniert zu sein, denn sie starrte neugierig auf seine muskulöse Brust.

«Colin wird mir ein paar Trainingstipps geben», sagte Justin.

«Tatsächlich?» Sandra trat näher und befühlte Colins Oberarmmuskeln. «Eindrucksvoll!» Dann ließ sie ihren Blick nach unten wandern, als wollte sie die Größe seines Schwanzes gleich mit überprüfen.

Justin trat an die erste Bank heran und legte einige Gewichte auf die Hantelstange. «Sind 100 Kilo okay?»

«Die schaffe ich», stimmte Colin zu und fühlte sich unangenehm beobachtet, als er sich auf die Bank legte und die Knie anhob. Die drei anderen blickten ihn erwartungsvoll an. «Normalerweise nehme ich weniger Gewicht und mache dafür mehr Wiederholungen.»

Ben trat an das obere Ende der Bank, um Colin helfen zu können, falls er nicht mehr konnte.

«Das ist also die richtige Position?», fragte Justin.

«Ich würde sagen, sie ist perfekt», antwortete Sandra stellvertretend.

«Jetzt hochnehmen und langsam runterlassen. Und dabei richtig atmen.» Colins Muskeln spannten sich unter dem Gewicht markant an, als er die Hantel zu seiner Brust führte und dann wieder hochstemmte. «Das Ausatmen nicht vergessen, wenn Sie sie hochdrücken.»

Colin machte noch vier Wiederholungen und legte die Hantel dann ab. Seine Arme fühlten sich bereits recht gebeutelt an. Aber er hatte in letzter Zeit auch nicht allzu viel trainiert. Erst hatte ihn der Kurs für Aromatherapie abgehalten und dann Zara.

«Noch nicht aufhören», bat Justin. «Noch ein paar mehr, damit ich die Technik wirklich raushabe.»

Colin mochte ihm die Bitte nicht abschlagen. Außerdem wollte er vor Ben und Justin nicht als Schwächling dastehen. Er führte drei weitere Wiederholungen durch, die seine Muskeln vor Anstrengung zum Brennen brachten.

Gerade als er die Gewichte ein letztes Mal zu seiner Brust führen wollte, stellte sich Justin rittlings über seinen Körper, umfasste die Hantel und drückte sie mit aller Kraft nach unten. Wäre Colin nicht so ausgepowert gewesen, hätte er sie trotz Justins Druck leicht nach oben stemmen können. Aber dessen Timing war gut. Colin konnte nur noch die Muskeln anspannen und die Hantel festhalten, um nicht von ihr zerquetscht zu werden.

«Jetzt reicht es aber. Das ist nicht witzig!», keuchte er.

«Das reicht noch lange nicht!», zischte Justin. «Ich will wissen, wieso Sie in Bens Tasche rumgeschnüffelt haben. Ich hätte nie gedacht, dass Sie ein Dieb sind.»

«In meiner Tasche?», rief Ben überrascht.

«Dieb?», presste Colin heraus. Er konnte unter dem Gewicht, das er mühsam versuchte von sich fern zu halten, kaum sprechen. «Ich bin kein Dieb.»

«Was hatten Sie dann an Bens Tasche zu suchen?», fragte Justin. «Sagen Sie es mir, dann lasse ich los.»

«Ich bin kein Dieb», beharrte Colin. Er konnte ihm nicht die Wahrheit sagen, ohne sich und Helen in Gefahr zu bringen.

«Raus damit! Oder ich zwinge Sie zum Reden!»

«Indem Sie mich umbringen?» Colins Muskelkraft ließ immer mehr nach, aber wenn er nicht zerquetscht werden wollte, musste er durchhalten.

«Wir wollen Ihnen nicht wehtun», versicherte Sandra.

«Wir wollen nur die Wahrheit hören.» Justin lockerte den Druck etwas, presste aber immer noch so fest, dass Colin das Gewicht nicht hochstemmen konnte. «Miss Dawn wäre sicher sehr unglücklich, wenn es hier zu einem kleinen Unfall käme.»

«Nein, Justin!», rief Sandra in scharfem Ton. «Das ist genug.»

Er warf ihr einen wütenden Blick zu. «Ich kriege es schon aus ihm raus.»

«Lassen Sie los, und ich sage es Ihnen», flüsterte Colin kraftlos und versuchte verzweifelt, seine zitternden Muskeln unter Kontrolle zu bekommen, die jeden Moment nachzugeben drohten.

«Um Himmels willen, jetzt hilf ihm doch mal, Ben», rief Sandra ernsthaft besorgt. Ohne auf Justins Erlaubnis zu warten, half Ben ihm, die 100 Kilo nach oben zu stemmen und die Hantel abzulegen.

Colin lag da und keuchte vor Erschöpfung. Seine Arme fühlten sich schwach an und zitterten. Justin bewegte sich nicht. Er saß auf Colins Brust und sorgte so dafür, dass sein besiegter Gegner sich nicht aufrichten konnte. Das war Colin allerdings egal. Er war viel zu sehr damit beschäftigt, wieder zu Kräften zu kommen und sich eine glaubwürdige Ausrede einfallen zu lassen, warum er in Bens Tasche herumgewühlt hatte. Leider fiel ihm außer der Wahrheit nichts ein. Und die kam nicht infrage.

«Wenn Sie kein Dieb sind, was sind Sie dann?», fragte Justin streng. «Etwa ein Spion?»

«Ein Spion?», wiederholte Colin. «Was gibt es denn in einem Krankenhaus zu spionieren? Ich bin doch nur ein einfacher Pfleger, Justin.»

«Der in anderer Leute Sachen rumschnüffelt», ergänzte Ben.

«Und sich mit den falschen Leuten einlässt. Sie scheinen ja sehr gut mit Dr. Dawson befreundet zu sein. Darf ich fragen, wieso?», mischte sich Sandra ein.

«Weil ich sie mag», erwiderte Colin. «Und mit wem ich befreundet bin, ist doch wohl meine Sache.»

«Nicht in diesem Krankenhaus.» Sandra trat näher zu ihm heran und ließ ihre Hände über seine nackte Brust gleiten. «Sie haben doch schon eine reiche, ältere Dame gefunden, die Sie demnächst aushalten wird. Wäre es da nicht besser, Sie blieben bis dahin sauber?!»

«Sie wollen sich doch nicht Ihre Zukunft verbauen», fügte Justin hinzu. In diesem Moment bemerkte Colin, dass Ben einen dicken Gewichtegürtel an seinen Waden festzurrte und seine Schenkel so an den Beinen der Bank fixierte.

«Hey!», rief er aufgebracht. «Was soll denn das?»

«Haben Sie nicht gehört, was Justin gesagt hat?» Sandra machte sich mittlerweile an seinen Brustwarzen zu schaffen. «Sie wollen doch Ihre Beziehung zu Zara nicht gefährden, oder?»

«Natürlich nicht», keuchte er. Sandra zog an seinen Nippeln und zwirbelte sie hart. Colin wurde immer nervöser – die Sache schien aus dem Ruder zu laufen.

«Ich glaube aber, dass das bereits geschehen ist», sagte Justin ruhig und setzte sich mit seinem ganzen Gewicht auf Colins Bauch. «Miss Dawn wird bestimmt misstrauisch werden, wenn man Sie wegen Diebstahls entlassen sollte.»

«Glauben Sie nicht auch, dass sie entsetzt wäre, wenn ihr Gigolo sich als Dieb entpuppt?», ergänzte Sandra, beugte sich tiefer und presste ihre Brüste auf seinen Körper. Langsam strich ihre Hand an seinem Arm herunter und umfasste sein Handgelenk. Colin fragte sich, was das wohl sollte, aber da wurde die Wärme ihrer Finger schon durch das kalte Metall einer Handschelle ersetzt und sein Arm unterhalb der Bank fixiert. Blitzschnell zog er den freien Arm hoch, aber Justin und Ben kamen ihm zuvor. Sie ergriffen ihn und befestigten ihn so, dass Colin sich nicht mehr rühren konnte.

«Das ist doch Wahnsinn!», brüllte Colin und beobachtete ungläubig, wie Sandra sich ihres knappen Sportoutfits entledigte. Sie war üppig gebaut, und ihre Brüste wippten verlockend bei jeder Bewegung.

«Wahnsinn?» Justin grinste teuflisch. «Es gibt diverse Methoden, jemandem zu schaden, Colin. Und wenn die eine nicht funktioniert, versucht man eben eine andere.»

Sandra rieb mit ihren dicken Titten über Colins Brust. Er versuchte, gegen seine Erregung anzukämpfen, denn er war sich durchaus bewusst, dass dieses Spiel nicht darauf ausgerichtet war, ihm körperlich wehzutun, sondern ihm auf andere Weise zu schaden. Nur schien sein Körper nicht das zu wollen, was sein Kopf ihm diktierte. Mit aller Kraft bemühte er sich, die aufsteigende Lust wegzudrängen, aber sein Schwanz schien ein Eigenleben zu führen und wurde mit jeder Sekunde größer und härter.

«Mag sein, dass Zara nicht glaubt, dass Sie ein Dieb sind, aber ich wette, sie wird sehr ärgerlich, wenn sie erfährt, dass

Sie neben ihr auch noch andere Gespielen haben – und zwar aus den Reihen des Personals», flüsterte Sandra ihm leise zu.

«Wie wär's mit fotografischen Beweisen?», schlug Ben vor.

Colin starrte auf Sandras Brüste. Noch nie hatte er eine Frau mit solch riesigen Zitzen gesehen. Sie baumelten verlockend über seinem Gesicht, und ihm wurde immer klarer, dass er den Kampf gegen seine Libido verlieren würde. Colin wusste, dass seine Erektion in den engen Shorts jetzt nicht mehr zu übersehen war.

«Lass mich seinen Schwanz sehen.» Sandra versuchte, an Justin vorbeizuschauen. «Ist er schon steif?», fragte sie und grinste lüstern.

Justin gab den Blick frei und begann sofort, Colin den knappen Short vom Körper zu zerren. «Und wie», bestätigte er. Mit zufriedenem Blick beäugte Sandra Colins harte Rute.

«Viel Spaß damit, Sandra. Er ist ziemlich gut bestückt», sagte Ben anerkennend.

«Ihr wärt überrascht, wie oft man bei Bodybuildern kleine Schwänze sieht – das liegt an den Steroiden», sagte Sandra fachmännisch und kniete sich neben Colin, um seine Brustwarzen weiter zu bearbeiten. «Was mag Zara denn am liebsten? Wenn Sie sie mit Ihrem dicken Hammer aufspießen oder wenn Sie ihr die Muschi lecken?»

Ohne eine Antwort abzuwarten, begann Sandra an seinen Nippeln zu saugen und sie zwischen ihre Zähne zu nehmen. Colin spürte, wie das Blut in seinen Schritt schoss und er von wilder Wollust gepackt wurde. Wie sehr er seine Peiniger auch verabscheute, auf irgendeine perverse Art und Weise fand er es geil, festgebunden und ihnen ausgeliefert zu sein. In diesem Moment spürte er mehrere Hände an seinem Geschlecht, die nur zu Ben und Justin gehören konnten. Sie umfassten seine Eier und fuhren mit langsamen Bewegungen den Penisschaft hinauf. Sein Körper reagierte sofort. Der Hodensack zog sich zusammen, und die Erektion wurde immer härter. Er war noch nie von einem Mann so angefasst worden, aber diese zärtlichen Hände wussten sehr gut, was sie taten. Colin hatte sich schon oft gefragt, wie es wohl sein würde, mit einem Mann zusammen zu sein.

Er schloss die Augen und befand, dass es eigentlich keine Rolle spielte, ob ein Mann oder eine Frau ihn berührte. Das eigentliche Körpergefühl war so oder so herrlich. Es hatte ja auch keinen Sinn, sich zu wehren oder gegen das gute Gefühl anzukämpfen. Er war gefesselt und völlig hilflos. Colin entspannte sich also und ließ sich von den lockenden Berührungen weiter verführen.

Sandra strich über seine Brust und saugte immer noch gierig an seinen Nippeln. Ihr Mund war aber nicht der einzige auf seiner Haut. Sein Schwanz wurde von einer feuchten, leicht rauen Zunge bearbeitet, die seinen Penis umkreiste, seine Eier leckte und schließlich bei seiner hochroten Eichel ankam. Wer immer sich dort zu schaffen machte – er blies so gut, dass Colin von Krämpfen der Lust gepackt wurde. Das Gefühl war herrlich und hätte ewig dauern können. So viele Hände und so viele Münder, die ihm alle gleichzeitig zu Diensten waren.

Abwechselnd schoben sich Ben und Justin seinen Schwanz tief in ihre warmen, feuchten Mundhöhlen. Sandra gab ihm derweil tiefe Zungenküsse. Colin versank so tief in diesem Meer von Genüssen, dass er sein eigenes Stöhnen nur noch aus weiter Ferne wahrnahm.

Die drei spielten mit seinen Sinnen, bis Colins Wollust keine

Grenzen mehr kannte. Sie wurde immer größer, und er war schon bald kurz vorm Abspritzen. Aber dann pressten entschlossene Hände seine Eichel so zusammen, dass es ihm unmöglich war, seinen Saft rauszuschießen.

Colin stöhnte frustriert auf, wurde aber gleich darauf vom Anblick einer rasierten Möse abgelenkt. Sandra hatte sich rittlings auf seine Brust gesetzt und ließ sich mit offen stehendem Loch langsam auf seinem Gesicht nieder. Es roch stärker und würziger als die Möse von Zara – ein herrlicher Duft.

Er presste seine Lippen auf den rubinroten Schlitz und sog Sandras Aroma tief in seine Lungen. Dann ließ er seine Zunge zwischen ihre glitschigen Schamlippen gleiten, leckte die Innenwände und bearbeitete saugend ihren großen Kitzler.

Das Verlangen wuchs, seine Arme von den Fesseln zu befreien und die Finger tief in ihre Fotze zu stecken. Stattdessen rammte er seine Zunge immer wieder in die tiefe, fleischige Höhle, bis ihre Bauchdecke vor Verzückung zitterte.

Sandra stand kurz vorm Orgasmus, entzog sich Colins Zungenschlägen aber und machte Anstalten, sich auf seinem Schwanz niederzulassen. Colin verzehrte sich nach ihr, war aber gleichzeitig angewidert, dass seine Geilheit über die Vernunft gesiegt hatte. Doch als er fühlte, wie sein Schwanz in ihr weiches, feuchtes Fleisch fuhr, waren alle negativen Gedanken verschwunden.

Er hob seine Hüfte und fickte hart in ihre Möse. Das schien Sandra zu gefallen, denn sie passte sich seinem Rhythmus sofort an und ritt wie wild auf seinem Schwanz.

Plötzlich setzte sich Justin vor Sandra auf Colins Brust und ließ seinen fetten Prügel verlockend vor seinem Gesicht baumeln. Zu seiner Überraschung ekelte sich Colin überhaupt nicht und beugte sich instinktiv vor, um ihn zwischen seine Lippen zu nehmen. Sogar Justins Eichelpiercing turnte ihn an.

Die Geilheit des Viererṣ kannte jetzt keine Grenzen mehr, und es gab nichts mehr außer Schwänzen und Löchern. Sandra melkte ihn erbarmungslos mit ihre Fotze, Colin saugte gierig an Justins Schwanz, und Ben hatte sich so positioniert, dass er sein Rohr in Justins willigen Mund schieben konnte.

Dieses Maß an Intimität war so berauschend, dass Colin nicht mehr sagen konnte, ob das alles real oder nur ein Traum war. Der unnachgiebige Schwanz zwang seine Kehle auf, und das Verlangen, Justins Sperma in seinem Mund zu spüren, war fast so groß wie sein Wunsch, endlich zu kommen. Dann ging alles ganz schnell. Ein irrer Druck jagte durch seinen Penis, und während Justin ihm den Saft ins Gesicht schleuderte, spritzte es auch in hohen Fontänen aus Colin heraus.

Wie sehr Helen sich auch einredete, dass schon alles glatt laufen würde, es gelang ihr einfach nicht, sich auf die Party zu freuen, zu der sie heute Abend eingeladen war. Kein Wunder, denn Sandras Einladung hatte eher wie ein Befehl als eine Bitte geklungen.

Aber durch die gegebenen Umstände blieb ihr keine Wahl. Im Moment hatte sie keinerlei Kontrolle über ihr Leben und fühlte sich wie eine Marionette, die von Sandra, Justin und Ben geführt wurde. Die einzige Alternative war, ihre Karriere aufzugeben.

Helen ging zur jährlichen Betriebsfeier, die vom Personal des Westflügels organisiert wurde. Sie hatte keine Ahnung, warum Sandra so auf ihr Kommen gedrängt hatte. Seit ihren Drohungen hatte Helen versucht, sich von ihr und ihren

Anhängern fern zu halten. Sie fürchtete sich davor, in den sexuellen Morast hineingezogen zu werden, in dem es nichts als körperliche Befriedigung zu geben schien. Ihre Angst wurde durch die Tatsache bestärkt, dass sie diesen Lebenswandel in irgendeiner Weise verlockend fand.

Die Party fand im renovierten Ballsaal statt, und auf den Einladungen war um erotische Kleidung gebeten worden. Da Helen nichts hatte, was in diese Kategorie passte, hatte sie sich kurzerhand ein Kostüm von Zara geliehen, das diese in einem Science-Fiction-Film getragen hatte.

Seit Duncans Abreise nach Paris waren etwas mehr als fünf Tage vergangen. Er war bereits wieder in England, um seinen Film fertig zu stellen. Sie hatten zwar ein paar Mal telefoniert, und sie hoffte, ihn bald am Drehort besuchen zu können, doch von dem Videoband oder Sandras Drohungen hatte sie ihm noch nichts erzählt. Die Aufnahme konnte nicht nur ihre Karriere zerstören, sie konnte auch Duncan sehr schaden. Wenn die Presse davon Wind bekäme, würde man sie beide sicher auf Schritt und Tritt verfolgen.

Auch dem Pfleger Colin hatte Helen nichts von Sandras Drohungen erzählt. Er benahm sich in letzter Zeit sowieso etwas merkwürdig. Vielleicht vermisste er Zara oder war einfach nur besorgt über ihre gemeinsamen Entdeckungen. Was immer ihn hinderte, im Moment zeigte er nicht besonders viel Interesse an ihren Nachforschungen. Aber so wie es jetzt aussah, war sein mangelnder Eifer vielleicht gar nicht mal so verkehrt.

Eine Sache hatte er jedoch noch herausfinden können. Sie wussten jetzt, dass der Araber eine aufwendige Gesichtsoperation hinter sich gebracht hatte. Erst hatten sie vermutet, dass Ralph den Eingriff vorgenommen hatte, aber als Helen ihn weniger als 24 Stunden später in New York anrief, stellte sich heraus, dass er sich am Abend der Operation ein Konzert in der Carnegie Hall angesehen hatte. Und da weitere Nachforschungen seine Angaben bestätigt hatten, tappten Helen und Colin weiterhin hinsichtlich der Identität des Chirurgen im Dunkeln.

Helen versuchte immer noch etwas Vorfreude auf den heutigen Abend zu entwickeln. Das extrem enge Outfit, das Zara ihr geliehen hatte, war aus einem Material, das wie schwarzes PVC aussah, sich aber viel weicher anfühlte. Der vordere Stoffstreifen – anders konnte man es nicht nennen – war so knapp, dass sie sich die Schamhaare abrasieren musste, damit sie nicht an der Seite hervorkräuselten. Er lief in einer T-Form ihren Körper hoch und bedeckte dabei kaum ihre Brustwarzen. Dünne Bänder verbanden das Vorderteil mit dem ebenso knappen hinteren Teil. Bis auf ihre Nippel, den Mösenschlitz und ihren Po war sie praktisch nackt. Trotzdem gefiel sie sich in dem Aufzug und fand sich sehr sexy.

Um die Hüften war ein Nietengürtel geschlungen, an dem dünne, bodenlange Bahnen desselben glänzenden Materials befestigt waren. Durch sie hindurch hatte man einen vielsagenden Blick auf ihre schlanken Beine und die hochhackigen, engen Stiefel, die sie trug. Helen hatte weitaus mehr Make-up aufgetragen als normalerweise – besonders um die Augen. Sie erkannte sich kaum wieder, als sie in den Spiegel blickte, und musste zugeben, dass sie sich noch nie verführerischer gefunden hatte.

Da fiel ihr Duncan ein, und sie schaute zu dem kleinen Gitter unter der Decke, das direkt gegenüber ihrem Bett lag. Dort hatte sie Justins versteckte Kamera kurz nach ihrem Gespräch mit Sandra gefunden und sie sofort in den Müll geworfen. Dann hatte sie ihre Wohnung von oben bis unten nach weiteren überraschenden Eventualitäten abgesucht. Sie musste immer noch an ihre Suchaktion denken, da klopfte es plötzlich an der Tür.

«Colin!» Helen war nicht nur von seinem plötzlichen Besuch überrascht, sondern auch von seinem Outfit. «Kommen Sie doch rein», forderte sie ihn auf.

«Sie sehen unglaublich aus», schmeichelte er, betrachtete sie von oben bis unten und war von ihrem Aufzug offensichtlich sehr angetan. «Kein Mann könnte Ihnen widerstehen.»

«Ich hoffe, das ist eine Übertreibung», erwiderte sie mit angestrengtem Lächeln. «Ich habe keine Lust, den ganzen Abend damit zu verbringen, Männer zu verjagen.»

Sie sah Colin an. Er trug ein eng geschnittenes, braunes Lederoutfit mit langen Stiefeln, das einen Großteil seines Körpers unbedeckt ließ. Helen hatte bisher nie gemerkt, was für ein attraktiver Mann er doch war. Gut gebaut und muskulös, mit schmalen Hüften und einem festen, flachen Bauch. Auch sein Aufzug wurde an der Seite von dünnen Bändern zusammengehalten und bedeckte nur seinen Schritt und die Innenseite seiner Beine.

«Stammt aus demselben Film», erklärte er und befestigte Nietenarmbänder an seinen Handgelenken, die genau zu dem Nietenhalsband passten, das er um den Hals trug. In der Hand hielt er eine ebenfalls braune Ganzkopf-Ledermaske, unter der er sicher nicht zu erkennen sein würde. «Die hat Zara mir besorgt, nachdem ich ihr erzählt hatte, dass Sandra Sie aufgefordert hat, auf dieser Party zu erscheinen.»

«Sie sind auch eingeladen?», fragte sie leicht geniert, denn er starrte immer noch wie gebannt auf ihren spärlich bedeckten Körper.

«Nein. Ich komme uneingeladen. Aber da die meisten Gäste

maskiert sind, wird sicher keiner merken, dass ich kein offizieller Gast bin. In dem Aufzug würden Sie sogar einen Affen scharf machen, Helen. Ich kann Sie da nicht allein hingehen lassen und bestehe darauf, Sie zu begleiten.»

«Ich komme schon zurecht», sagte sie zuversichtlich. «Schließlich handelt es sich nur um eine Betriebsfeier.» Sie sah an sich herunter. «Zugegeben, ich sehe ziemlich bizarr aus, aber ich bin ein großes Mädchen. Ich kann schon selbst auf mich aufpassen.»

«Vergessen Sie nicht, dass Justin und Sandra die Party organisiert haben», sagte Colin sehr ernst. «Ich habe gehört, dass die Feier im letzten Jahr völlig außer Kontrolle geriet und in einer ausgewachsenen Orgie endete. Außerdem traue ich Sandra und ihren Spießgesellen nicht. Die haben Sie sicher aus einem ganz bestimmten Grund eingeladen, Helen. Die wissen, dass Sie ihnen auf der Spur sind.»

Colin wusste natürlich nichts von dem Video, und auch sonst hatte sie niemandem davon erzählt.

«Aber sie wissen auch, dass wir nicht den geringsten Beweis gegen sie haben. Der Einzige, dem wir etwas nachweisen könnten, ist Ben, und der hat noch keine Ahnung davon», ergänzte Helen.

«Ich lasse Sie trotzdem ungern allein gehen. Duncan hat mich kurz nach Ihrem Gespräch mit Sandra angerufen und gebeten, dass ich auf Sie Acht gebe.»

«Wirklich?», sagte sie mit nachdenklichem Blick.

«Er will Sie nicht kontrollieren oder so was», fügte er eilig hinzu. «Das würde er niemals tun. Er traut den dreien nur nicht über den Weg.»

«Wer tut das schon? Lassen Sie sich nur nicht erwischen und verhalten Sie sich unauffällig, wenn wir drin sind.»

«In diesem Aufzug würde mich nicht mal meine eigene Mutter erkennen», grinste er. «Und wenn ich die Maske aufsetze, bin ich völlig anonym.»

«Ich glaube, meine Mutter hätte auch Schwierigkeiten, mich einzuordnen», entgegnete Helen leicht beschämt.

«Haben Sie sich eigentlich schon mit Professor Fenton in Verbindung gesetzt?», fragte Colin.

«Ja. Ich habe ihm gestern auf seine Mailbox gesprochen», bestätigte sie. «Er weiß aber nur, dass ich mir Sorgen mache, weil Ben Taylor Medikamententests ohne Genehmigung der Krankenhausleitung durchführt. Peter Caxton will den Herstellern des *Ampesoman* außerdem vorschlagen, Bens Methoden genauer unter die Lupe zu nehmen. Mir ist es wichtig, dass Max vorbereitet ist, falls es zu einem Skandal kommt. Aber Beweise gibt es sowieso erst, wenn Ben die Versuchsreihe beendet und den betreffenden Patienten das Geld nicht ausgezahlt hat.»

«Mit anderen Worten haben wir also nichts in der Hand?»

«Peter kann trotzdem jeden dokumentarischen Beweis brauchen. Er glaubt, dass Ben den Patienten vielleicht falsche Namen gibt, um seine Spuren zu verwischen.»

«Ich finde, wir sollten die Sache jetzt besser den Experten überlassen», schlug Colin vorsichtig vor. «Justin und Ben sind keine angenehmen Zeitgenossen. Wenn die rausfinden, dass Sie Ben verraten haben …»

«Ich weiß», unterbrach sie ihn. «Aber darüber mache ich mir erst Gedanken, wenn es so weit ist.»

Diese Antwort schien Colin nicht zu befriedigen. «Vielleicht kommt ja Professor Fenton zurück – jetzt, wo er Bescheid weiß. Ich an seiner Stelle würde Sie keine Sekunde aus den Augen lassen.»

«Dann würde ich ihm als Erstes sagen, dass es aus mit uns ist. Das wird schwer, denn Max ist sehr Besitz ergreifend.»

«Trotzdem würde ich ihn Ben und Justin vorziehen», bemerkte Colin.

«Da haben Sie wahrscheinlich Recht», stimmte Helen mit einem Blick auf die Uhr zu. «Es ist schon spät. Ich sollte aufbrechen.»

Colin zog seine Kopfmaske über, und Helen sah ihn nachdenklich an. «Darin wird Sie tatsächlich niemand erkennen. Hoffentlich gelingt es wenigstens mir ...»

Nachdem Colin gegangen war, ging Helen in ihr Schlafzimmer, um den Fernseher auszustellen, den sie stumm hatte weiterlaufen lassen. Als sie kurz auf den Bildschirm schaute, zuckte sie überrascht zusammen. Irgendwoher kannte sie den hakennasigen Mann, den sie da sah. Ja, es war einer der Männer, die hier zur Operation eingeliefert worden waren. Er hieß Carlos Alcazar und war ein südamerikanischer Drogenbaron, der in den USA ein großes Dealernetz aufgebaut hatte. Er wurde vom F.B.I. gejagt und wegen Mordes und diverser anderer Gewalttaten gesucht. Man nahm an, dass er sich nach Europa abgesetzt hatte, und deshalb wurden alle Häfen und Flughäfen überwacht.

Helen hatte versucht, Sandras Erklärungen zu glauben, aber in ihrem Inneren hatte sie immer gewusst, dass alles eine Lüge war. Jetzt kannte sie die wahre Identität von «Mr. X», und es schien, als wären Ben und seine Komplizen tief in ein Verbrechen verstrickt.

KAPITEL 11

Auf dem Weg zur Party war Helen immer noch in Gedanken über ihre jüngsten Entdeckungen verstrickt. Wenn Ben, Ralph und die anderen sich als Verbrecher herausstellen sollten, war ihre Karriere vielleicht doch noch zu retten. Wenn sie erst mal verhaftet waren, musste sie nur noch das Video von sich und Duncan finden und es zerstören.

Der renovierte Ballsaal sah wunderschön aus, und Helen hatte das Gefühl, einen Ort zu betreten, an dem sich Vergangenheit, Gegenwart und Zukunft vereinten. Der Raum war von flackernden Kerzen und herrlichen Kronleuchtern beleuchtet. Die Fenster waren mit schwarzer Seide verhangen, damit auch der letzte Lichtstrahl der Abendsonne ausgesperrt war. Alle Anwesenden waren maskiert und mit aufreizenden Kostümen bekleidet, die vom Barock bis zum Science-Fiction-Stil alles zu bieten hatten.

Zwei junge Frauen gingen an ihr vorbei und berührten sich in aller Öffentlichkeit auf intimste Weise. Sie trugen beide stilisierte Schwesternuniformen, aber ihre Brüste waren unbedeckt und die Röcke so kurz, dass man darunter ihre entblößten Muschis erkennen konnte.

Die Bandbreite der Kostüme reichte von aufwendig bestickten Kleidern bis hin zu knappen Kostümen aus Ketten und Lederstreifen, die auf unterschiedlichste Weise die Genitalien betonten. Die Luft war geschwängert von Weihrauch. Im ganzen Ballsaal herrschte eine promiske Atmosphäre, die bereits auf die Gäste abgefärbt hatte und ihre Gedanken mit wilden, lüsternen Phantasien füllte. Hier bestand die Möglichkeit, alle bizarren Sexwünsche auszuleben – das merkte man sofort. Helen fand diese merkwürdige Stimmung höchst aufreizend und musste sich zwingen, von ihr nicht sofort überwältigt zu werden.

Von den Anwesenden erkannte sie nur einen Menschen sofort – Sandra. Sie trug ein knappes, rotes Seidencape, und ihre Augen waren von einer passenden Maske verhüllt. Als sie auf Helen zukam, strich ein leichter Luftzug über die Seide, der sie zum Schimmern brachte.

«Sehr ungewöhnlich», befand Sandra und betrachtete Helen von oben bis unten. Sie wusste sehr wohl, dass die Augen aller Männer und auch die der meisten Frauen auf die hübsche Ärztin gerichtet waren. Helens Aufzug war umwerfend, und sie sah unglaublich sexy aus.

«Danke», antwortete Helen. Sandra warf ihren Umhang zurück und offenbarte ein Outfit, das Helen sehr bekannt vorkam. Sie trug einen ähnlichen Harness wie jenen, den Justin und Ben ihr an dem schicksalhaften Abend in Sandras Schlafzimmer angelegt hatten. Das Geschirr quetschte ihre riesigen Brüste ein und ließ die Nippel verführerisch durch die kleinen Metallringe quellen. Ihre rasierte Möse war nur von einem dünnen Lederstreifen bedeckt.

Die gegensätzlichsten Gefühle schossen bei diesem Anblick durch Helens Kopf – eine merkwürdige Mischung aus Zorn, Abneigung und Lust. Sie war versucht, nach einer der frei liegenden Warzen zu greifen und sie so lange zu zwirbeln, bis Sandra vor schmerzvoller Geilheit schrie. Aber sie hatte sich unter Kontrolle und starrte nur auf den nackten Mann, der neben Sandra auf dem Boden kniete.

Er trug ein Hundehalsband und wurde von Sandra an der Leine geführt. Sein unspektakulärer Schwanz hing zwischen den untrainierten Beinen herunter, und er war eigentlich ein bisschen zu gut genährt und korpulent, um als Sklave durchzugehen. Sein Gesicht konnte Helen nicht erkennen, denn er trug eine Ledermaske, die den ganzen Kopf bedeckte und nur zwei kleine Löcher für die Nase und einen Reißverschluss für den Mund hatte. Im Moment war er geschlossen, aber sollte seine Herrin nach Befriedigung verlangen, würde er sicher schnell aufgezogen werden.

«Wo hast du das Kostüm denn her?», fragte Sandra neugierig.

«Das stammt aus einem von Zaras Filmen», erklärte Helen und musste sich dabei sehr zusammenreißen, nicht unausgesetzt den Mann zu ihren Füßen anzustarren.

Er machte ein paar unbeholfene Bewegungen. Wahrscheinlich tat der Holzfußboden seinen Knien weh. «Benimm dich!», herrschte Sandra ihn an und zog ihm eins mit der Leine über. «Sonst wirst du bestraft.»

Sie schlug ihn noch einmal, aber diesmal hinterließ die Leine einen kleinen roten Striemen, der gut zu denen passte, die er bereits auf dem Rücken und dem Hintern hatte.

«Das ist ja wirklich eine recht ungewöhnliche Party», sagte Helen, als plötzlich ein Mann mit entschlossenem Schritt auf sie zukam. Seinen Umrissen nach zu urteilen, handelte es sich um Ben. Er war von Kopf bis Fuß in schwarzes Gummi gehüllt, das an einigen Stellen mit Druckknopfverschlüssen versehen war, um bei Bedarf Brustwarzen, Hintern und Schwanz freizulegen.

«Amüsieren Sie sich, meine Damen?», fragte er durch die einzig freiliegende Öffnung in seinem Gummianzug. Er verzog den Mund zu einem amüsierten Grinsen, denn obwohl Sandra und Helen höflich lächelten, bemerkte er doch die eisige Kälte zwischen den beiden.

«Und wie», erwiderte Helen ironisch. Ben zog die Maske nach oben. Sein Gesicht glänzte vor Schweiß. Sicher nicht gerade der angenehmste Aufzug für einen warmen Sommerabend. «Wer würde sich bei so einer Party nicht amüsieren?», ergänzte sie im gleichen Tonfall, obwohl die Party sie wirklich unglaublich faszinierte. Noch nie hatte sie so viele hemmungslose und sexbereite Menschen in einem Raum gesehen. Jetzt, wo sie mal hier war, wollte sie sich die Orgie auf keinen Fall entgehen lassen. «Wenn ihr mich jetzt entschuldigen würdet», verabschiedete sie sich.

Helen ging zu den Getränken hinüber und goss sich ein großes Glas kalten Weißwein ein. Als sie den ersten Schluck nahm, schaute sie sich aufmerksam im Ballsaal um. Sie hatte gehofft, Colin irgendwo zu entdecken, konnte ihn aber nirgends ausmachen.

Völlig in Gedanken versunken, bemerkte sie nicht, dass ein kleiner, dünner Mann auf sie zutrat, der ein bizarres Kostüm aus Bändern und Ketten trug. Leider sah er nicht im Mindesten sexy aus, denn das Outfit betonte seinen mehr als unvorteilhaften Körperbau, und er sah sogar ein bisschen lächerlich aus. «Hallo, meine Schöne», begrüßte er sie.

Helen blieb ihm eine Antwort schuldig, schaute nur mitleidig auf seinen winzigen Schwanz und ließ ihn stehen. Sie wollte sowieso gehen, denn sie hatte einige Gäste beobachtet, die zu einer entfernten Ecke des Ballsaals strömten. Als Helen ihnen folgte, entdeckte sie ein paar kleinere Räume, die alle unterschiedlich dekoriert waren.

Der erste Raum war ein Schlafzimmer, in dem sich bereits vier Nackte tummelten und dabei von mehreren anderen Menschen beobachtet wurden. Im zweiten befand sich eine ganze Reihe medizinischer Gegenstände, die sich vielfältig verwenden ließen. In der Mitte stand ein Geburtsstuhl, auf dem bereits eine nackte, junge Frau lag, die von einigen anderen Gästen befriedigt wurde. Der Anblick ließ Helen aber kalt, und sie ging in den dritten Raum.

Dieser war nur spärlich beleuchtet und als mittelalterliche Folterkammer inklusive Folterbank eingerichtet. Ein großer, maskierter Mann war an einen gepolsterten Pfahl gekettet und ließ sich von einer dunkelhaarigen Schwester im Dominakostüm auspeitschen.

Der Mann stöhnte, und Helen fragte sich erregt, ob sie ihn wohl kannte.

«Macht dich das Zuschauen auch so an?», flüsterte Justin ihr ins Ohr. Er war, ohne dass sie es bemerkt hatte, hinter sie getreten und legte seinen Arm um ihre Taille.

«Ich finde es nur interessant. Das ist alles», entgegnete sie kühl und machte keinerlei Anstalten, sich aus seiner Umarmung zu befreien. Die junge Frau ließ die Peitsche fallen und ging um ihr Opfer herum, um ihm ins Gesicht zu blicken.

Sie nahm einen Lederharness, an dem ein schwarzer Gummidildo befestigt war. Er war größer als alles, was Helen bisher in dieser Art gesehen hatte. Allein der Anblick dieses Lustinstruments machte Helen feucht.

«Soll ich's dir damit besorgen?», fragte die Domina ihr angekettetes Opfer streng. Der Mann hob den Kopf, um den Dildo in seiner ganzen Größe zu sehen.

Seine Antwort bestand nur aus einem Keuchen, das weder als Zustimmung noch als Ablehnung zu deuten war.

«Das macht ihm Spaß», wisperte Justin ihr zu. «Er liebt es, sich missbrauchen zu lassen. Ob Mann, ob Frau – das ist ihm egal. Aber beim Arschficken zieht er Männer vor.» Justin kannte die Vorlieben des Mannes scheinbar nur allzu genau.

Als Helen Justin näher in Augenschein nahm, stellte sie fest, dass sein Aufzug weitaus gesitteter war als bei den anderen Gästen. Er trug lediglich seine schwarze Lederjeans und hohe Stiefel. Aber allein seine Nippelkette war schon aufreizend genug. Er nahm der jungen Frau den Dildo ab und ließ ihn vor dem Gesicht des gefesselten Mannes baumeln.

«Bitte, Justin!», wimmerte er. «Ich will dich in mir spüren und nicht dieses Ding.»

«Man kriegt nicht immer das, was man will», antwortete Justin mit einem grausamen, teuflischen Grinsen. Als er sich den Dildo umgeschnallt hatte, musste Helen feststellen, dass er an einem Mann noch viel aufregender und faszinierender aussah. Justin sah aus wie der Hohe Priester einer uralten Sekte, der gleich ein bizarres Ritual an einem seiner willigen Anhänger vollziehen würde. Sie zitterte vor Erregung.

Langsam kreiste Justin um sein Opfer und tropfte ihm schließlich ein wohlriechendes Öl auf seinen roten Hintern, das ihm langsam zwischen die Pobacken lief. Er rieb die Rosette damit ein und ließ dann einen Daumen in das glitschige Arschloch des Mannes gleiten, der dabei laut aufstöhnte.

Helen hielt den Atem an, als sie beobachtete, wie Justin die Spitze des Dildos in sein hilfloses Opfer stieß. Ohne auf die Schmerzenslaute des Mannes zu achten, ließ er das Lustspielzeug immer tiefer eindringen, bis es bis zum Anschlag im Loch des Mannes steckte.

«Oh, ja!», hörte Helen den Geschändeten mit gieriger Stimme flüstern. Der Gedanke an das herrliche Ausgefülltsein, das er jetzt empfinden musste, heizte ihre Lust noch mehr an.

Sie presste ihre Schenkel zusammen und rieb ihre Fotze an dem glatten PVC, das sie bedeckte. Justin bewegte seine Hüften und fickte den armen, keuchenden Gefangenen in mitleidlosem Rhythmus durch.

«Fester, Justin!», bettelte der Mann. Da durchfuhr es Helen wie ein Schlag. Sie hatte bisher noch nicht darauf geachtet, aber die Stimme kam ihr merkwürdig bekannt vor.

Ohne an die Konsequenzen zu denken, trat sie zu ihm, hob seinen Kopf und nahm ihm die Maske ab. Sie hatte sich nicht getäuscht: Die Stimme gehörte Ralph Kalowski.

«Du erstaunst mich immer wieder», sagte sie zu Justin, der innehielt und sie überrascht ansah.

«Du mich auch», grunzte er und setzte seine Fickbewegungen unbeirrt fort.

Er schlang seine Arme um Ralphs Körper, griff sich dessen steinharten Prügel und begann, ihn im Gleichklang mit seinen Stößen zu wichsen. Helen stand nun regungslos da und versuchte, ihre jüngsten Erkundungen einzuordnen. Sie konnte Ralph für sein Benehmen nicht hassen. Im Gegenteil, sie empfand sogar Mitleid für ihn. Er war von Haus aus ein sehr moralischer Mann, der sicher nicht wegen des Geldes bei dieser Sache mitgemacht hatte. Die Schuld lag eindeutig bei Justin, der Ralph als williges, aber völlig fehlgeleitetes Opfer ausnutzte.

Nach dieser weit reichenden Entdeckung fand Helen den Anblick der beiden Männer nicht halb so erregend. Sie drehte sich um und schlüpfte leise aus dem Raum. Ihre Geilheit war zwar immer noch da, aber sie verbot sich strikt, sie an diesem Ort auszuleben. Die Angst, die Kontrolle über sich zu verlieren und in dieser wilden Orgie unterzugehen, war zu groß.

Helen entschloss sich, dass es sicherer für sie sei, die Party sofort zu verlassen. Sie ging gerade auf den Ausgang zu, als sie sah, wie Ben von einem großen, von Kopf bis Fuß in schwarze Seide gehüllten Mann in einen kleinen Raum geführt wurde. Sie hatte keine Ahnung, wer Bens Begleiter war, und ihre Neugierde siegte einmal mehr über die Vernunft. Sie folgte den beiden und zog vorsichtig den Vorhang zu dem Refugium zurück. Der Raum war nur von wenigen Kerzen beleuchtet und gab der Silhouette der Männer etwas merkwürdig Bedrohliches.

Eigentlich hatte Helen damit gerechnet, dass Ben und sein Kumpan sich bereits übereinander hergemacht hätten, aber zu ihrer Überraschung schienen sie sich heftig zu streiten. Ben gestikulierte wütend, war aber durch den Lärm aus dem Ballsaal kaum zu verstehen. Außerdem stand sie direkt neben einem Lautsprecher, der mit seinen schweren Bässen alles übertönte.

Als das Musikstück zu einer weniger eindringlichen Passage überging, konnte Helen doch ein paar Worte aufschnappen. «Du geldgieriger Idiot, du gefährdest meine gesamte Arbeit!», hörte sie den großen Mann schreien.

«Ich habe es nicht aus Gier getan!», brüllte Ben zurück. «Ich brauche das Geld. Wie kannst du mir die Schuld an der Sache geben?! Du bist es doch gewesen, der ...» Der Rest des Satzes wurde vom Einsatz der nächsten, lauteren Passage erstickt. Helen schnaufte frustriert. Der Inhalt des Gesprächs hätte sicher einiges zur Aufklärung des Falles beitragen können.

Ben riss sich die Maske herunter und fletschte die Zähne vor Wut. Sein Gesicht war rot und glänzte vor Erregung. Er hob die Fäuste und sah aus, als wolle er sein Gegenüber schlagen. Der gab Ben einen Schubs, der so heftig war, dass er gegen die harte Wand prallte. Bevor Ben sich von dem Angriff erholen konnte, verließ der Fremde den Raum. Ohne Helen zu bemerken, ging er dicht an ihr vorbei, und obwohl er nur Zentimeter von ihr entfernt war, konnte sie durch die schwarze Satinmaske nichts von seinem Gesicht erkennen.

Sekunden später hatte Ben sich wieder aufgerappelt und verließ ebenfalls den kleinen Raum. Er stürmte an Helen vorbei und riss sich im Gehen den Kragen seines völlig verschwitzten Gummishirts auf. Glücklicherweise war er viel zu wütend und abgelenkt, um Helen zu entdecken. Ebenso wenig bemerkte er, dass ihm in der Eile eine silberne Halskette herunterfiel.

Als Ben aus ihrer Sichtweite verschwunden war, hob Helen die kaputte Kette auf, an der ein kleiner Schlüssel hing. Die Erkenntnis traf sie wie ein Schlag – das musste der Schlüssel zu Justins Büro sein. Helen hatte keine Taschen, also steckte sie ihn in einen ihrer Stiefel und ging entschlossen in Richtung Ausgang. Das gesamte Personal war hier und vergnügte sich. Dies war also genau der richtige Moment, um in Justins Büro einzudringen und endlich an die Beweise zu kommen.

Die Haupttür des Ballsaals wurde von einer kleinen Gruppe versperrt. Helen konnte sich zunächst nicht erklären, was dort los war. Als sie aber näher kam, sah sie, dass sich ein kleiner Kreis um Sandra und ihren Sklaven versammelt hatte. Sandra, die sich ihres Umhangs längst entledigt hatte, stand regungslos dort und starrte wütend auf den Mann, der kniend vor ihr hockte. Helen konnte ihn unter der engen Ledermaske schwer atmen hören. Der Reißverschluss, der seinen Mund bedeckte, war immer noch verschlossen. Er konnte also nicht einmal um Gnade flehen.

Sandra nickte einem Mann zu, den Helen als den OP-Techniker erkannte. Dieser zerrte den Sklaven an den Armen hoch und befestigte seine Gelenke an Handschellen, die von einem hohen Holzgestell herunterbaumelten.

Die kleine Gruppe gab ein erwartungsvolles Raunen von sich, als sie den Sklaven dort hängen sah. Er zitterte vor Aufregung und war sichtlich begierig auf die Bestrafung, die jetzt folgen sollte. Sandra trat auf ihn zu und ließ eine dünne, lederbezogene Gerte durch die Luft sausen. Das Geräusch der Peitsche war bedrohlich und ließ ihr Opfer noch stärker zittern.

Sie schlug ihm zuerst hart auf den Hintern und dann auf die Hüfte. Sein Körper verspannte sich, und er begrüßte die Hiebe mit solch ergebenem, devotem Stöhnen, das Helen in Mark und Bein drang und sie absolut geil machte. Auch die anderen Zuschauer schienen fasziniert zu sein – das merkte man ihnen an.

Helen verachtete sie alle und damit auch sich selbst. Und doch wuchs ihre Erregung mit jedem Schlag, den Sandra auf ihren Sklaven niedergehen ließ. Wieder und wieder knallte die dünne Rute auf den wehrlosen Körper hinunter, den die Schläge sichtlich erregten. Sein Atem ging jetzt stoßweise, und er schien unter der Maske kaum Luft zu bekommen.

«Was soll das Gejapse? Ich bin noch nicht fertig mit dir!», keifte Sandra und zog ihrem Opfer die Maske vom Kopf. Es war Christopher.

Er war Helen trotz der Maskierung gleich bekannt vorgekommen, aber wie dem Rest des Publikums war ihr seine Identität vollkommen egal. Aufgegeilt und wie von Sinnen, wollte sie nur noch wissen, wie die Folter weiterging.

Sandra peitschte ihn mit all der grausamen Perfektion, die sie sich in den letzten zwei Jahren angeeignet hatte. Da sie auf diesem Gebiet durchaus beidseitig bespielbar war, wusste sie genau, welches Maß an Schmerz ultimative Geilheit erzeugte. Helen wurde wärmer, ihre Muschi immer feuchter, und ihre Haut glühte vor Lust. Die nächsten, kurzen Schläge zielten direkt auf Christophers Schwanz, der durch diese Behandlung wie wild zuckte und aussah, als würde er jeden Augenblick explodieren.

Helen wurde von der Inbrunst der gaffenden Menge so vereinnahmt, dass sie nicht merkte, wie sich ihr von hinten ein Mann näherte – bis sie seinen warmen Atem auf ihrem Nacken und seinen würzigen, männlichen Geruch wahrnahm. Er legte seine Arme um ihren Körper, zog sie an seine muskulöse Brust und presste seinen erigierten Schwanz gegen ihren Po. Und doch, ungeachtet dieser überraschenden Annäherung, starrte Helen weiterhin wie hypnotisiert auf die beiden Akteure vor ihr.

Dann spürte sie, wie Finger unter den dünnen Stoff wanderten, der ihre Brüste bedeckte, und dort an ihren Nippeln rumspielten. Diese Berührung tat so gut, dass sie sich entspannt gegen den Verführer lehnte. Als sich seine Hand in ihren Schritt vortastete und dort den glitschigen PVC-Streifen zwischen ihre geschwollenen Schamlippen presste, stöhnte sie laut auf.

Sandras Peitschenhiebe waren jetzt nicht mehr ganz so stark. Sie strich nur noch mit der Spitze ihres Folterinstruments über den Penis des Mannes. Helen rieb sich mit steigender Unruhe an ihrem unbekannten Verehrer. Sie wollte unbedingt mehr. Sie musste nicht lange darauf warten. Seine Finger wanderten unter den Stoff in ihrem Schritt, drängten dort in ihren saftigen Schlitz und durchforschten das enge Tal voller Eifer.

«Gibst du dich eigentlich jedem hin, der dich haben will?», wisperte er ihr mit tiefer Stimme ins Ohr.

«Nein», keuchte sie und drückte ihren Po gierig gegen seinen harten Riemen. «Tiefer!», bettelte sie. «Stoß deine Finger tiefer rein!»

Nicht nur Helen, sondern auch die Umstehenden gaben sich ihren Gelüsten hin. Sie hörte lautes Stöhnen, schmatzende Geräusche und immer wieder den schweren Atem ihres eigenen Partners. In der Mitte schrie währenddessen Christopher, der immer noch von Sandra bestraft wurde.

Der Schritt von Helens Kostüm war so eng gearbeitet, dass der Fremde seine Finger nicht ganz in ihre hungrige Fotze stecken konnte. Ungeduldig zog er an den Haltebändern, die sich schließlich lockerten und ihm vollständig Einlass in ihre Muschi gewährten. Ohne zu zögern, stieß er tief in sie hinein, während Sandra Christopher einen letzten Schlag versetzte, der seinen malträtierten Schwanz schließlich in hohem Bogen abspritzen ließ.

Und auch Helen war kurz vorm Kommen. «Du hast eben gesagt, dass du dich nicht jedem hingibst, Helen, doch ich habe ganz andere Dinge gehört», sagte ihr Verführer plötzlich, und diesmal erkannte sie seine Stimme.

«Max!», keuchte sie ungläubig, während ihr Orgasmus ebenso überraschend wie heftig kam und ihr heißes Fleisch in wilden Wellen um seine Finger zuckte.

«Wie ich höre, warst du während meiner Abwesenheit außerordentlich beschäftigt», sagte er mit zorniger Stimme.

Helen zitterte immer noch von ihrem Höhepunkt, als Max sie gewaltsam umdrehte und ihr die Maske herunterriss. Seine kalten blauen Augen starrten sie mitleidlos durch die Schlitze seiner schwarzen Maske an.

«Ich hätte nie gedacht ...» Sie blickte ihn ungläubig und voller Erstaunen über sein unerwartetes Erscheinen an.

«Dass du das Denken eingestellt hast, sieht man, mein Schatz», sagte er sarkastisch und öffnete ihren Gürtel, sodass der dekorative Rock zu Boden fiel. «Ich habe deine aufgeregten Anrufe erhalten und bin ohne zu zögern um die halbe Welt geflogen – wie ein Ritter, der seine Jungfrau in Nöten rettet.»

«Ich war nicht in Nöten», zischte sie, während er an den Bändern zog, die ihr Kostüm zusammenhielten. «Ich wollte dich warnen.»

«Warnen, dass du deine Zeit mit endlosen Rumbumsereien verbracht hast?»

Helen war sicher, dass Ben sie angeschwärzt hatte. Wahrscheinlich in einem verzweifelten Versuch, Max' Wut über das Drogengeschäft auf sie zu lenken. «Das ist nicht wahr!», konterte sie beharrlich.

«Jeder im Krankenhaus weiß, dass du es mit Duncan getrieben hast – und wer weiß, mit wem noch», fügte Max hinzu und zog jetzt so brutal an den Bändern, dass sie in ihr Fleisch schnitten. «All die Jahre musste ich mir von meiner Familie anhören, was für ein attraktiver und erfolgreicher Kerl Duncan doch ist. Und jetzt tust du mir das an!»

«Und?», rief sie wütend und versuchte dabei erfolglos, Max' Entkleidungsversuche zu unterbinden. «Das können wir doch später in aller Ruhe besprechen. Musst du dich jetzt nicht um Wichtigeres kümmern, nach allem, was ich dir über Ben erzählt habe?»

«Scheiß auf Ben!», zischte Max wütender, als sie ihn je gesehen hatte. «Du gehörst mir, Helen. Das scheinst du vergessen zu haben.»

«Ich gehöre niemandem außer mir selbst», erwiderte sie. Mittlerweile war es Max gelungen, ihr sämtliche Kleidung vom Leib zu reißen, und Helen stand bis auf ihre hohen Stiefel splitternackt im Ballsaal. Alle Augen waren lüstern auf sie gerichtet. Max hielt sie fest umklammert, und sie konnte nicht weglaufen, um dieser schrecklichen Demütigung zu entgehen. «Nein!», flehte sie voller Hilflosigkeit und Angst. Aber in ihre Scham mischte sich ein noch viel dunkleres Gefühl, das sie zunächst nicht benennen konnte.

Als Helen klar wurde, was Max mit ihr vorhatte, versuchte sie verzweifelt, sich aus seinem Griff zu befreien. Mit aller Kraft wehrte sie sich, als er sie zu den Handschellen zerrte, die von dem großen Holzgestell herunterhingen.

Hätte nicht jemand Max geholfen, sie zu dem Gestell zu zerren und ihre Handgelenke mit den Handschellen zu fixieren, wäre Helen vielleicht noch die Flucht gelungen. Aber jetzt war daran nicht mehr zu denken. Sie hing nackt und völlig hilflos an dem Pfahl. Ihre Füße reichten kaum bis zum Boden, und die umstehenden Zuschauer kamen immer näher.

Max umkreiste sie mit langsamen Schritten. Sie versuchte noch, ihm einen Tritt mit ihren Stiefeln zu verpassen, verfehlte ihn aber um wenige Zentimeter. Max trat näher zu ihr heran und ließ eine Hand sanft über ihre Brüste gleiten. Sie biss die Zähne zusammen und bewegte keinen Muskel. Doch als er anfing, ihre Nippel zu bearbeiten und sie hart zu zwirbeln, merkte sie, wie die Lust allmählich die Oberhand gewann. «Ich werde dir jetzt eine Lektion erteilen, Helen. In Zukunft wirst du mit niemandem ohne meine ausdrückliche Erlaubnis ficken», sagte er kalt und kniff dabei so fest in eine ihrer Brustwarzen, dass sie laut aufschrie.

«Du verdammter Mistkerl!», brüllte sie. «Ich tue, was mir gefällt! Ich bin nicht dein Eigentum und werde es niemals sein!»

«Da irrst du dich, Helen. Du bist mein Eigentum, und so wird es immer bleiben.»

Max' Hände glitten über ihren zitternden Bauch nach unten. Sie presste die Beine zusammen und starrte voll angespannter Konzentration in seine grausamen Augen. Max würde keine Gnade walten lassen, das wusste sie. Entschlossen drückte er ihre Beine auseinander und steckte seine Finger in ihren feuchten Schlitz. Trotz ihrer Wut erregten sie seine Berührungen, und ihre Beinmuskeln entspannten sich instinktiv.

Dann schlug Max ihr so hart auf den Hintern, dass sie vor Schmerz wimmerte. Gleichzeitig stieß er seine Finger tiefer in sie hinein. Helen versuchte, ihre stärker werdende Geilheit zu unterdrücken, aber Max kannte ihren Körper nur zu gut und wusste, was sie anmachte. Die Augen der umstehenden Menge schienen sie förmlich aufzufressen, was in Helen ein bisher unbekanntes Gefühl auslöste, das aus einem tiefen, dunklen Bereich ihres Unterbewusstseins zu kommen schien. Das Gefühl, von so vielen Menschen beobachtet zu werden, während Max ihre Möse mit seinen Fingern fickte, war überwältigend.

Helens Wollust vermischte sich auf elektrisierende Weise mit der Geilheit der Zuschauer. Ihr Verlangen wurde dadurch so potenziert, dass sie nah am Orgasmus war. Doch Max spürte das und ließ sofort von ihr ab.

Stattdessen machte er seine Hose auf, und sein prächtiger Schwanz sprang steif aus der schwarzen Öffnung. Helen konnte den Blick kaum abwenden, und die Gier, ihn in ihrer

Fotze zu spüren, wurde immer größer. Max packte sie an den Beinen, hob sie hoch und drückte sie so weit auseinander, dass der fleischige Muschischlitz offen vor ihm klaffte. Ein erwartungsvolles Raunen ging durch die Menge.

Helens Arme protestierten unter ihrem Gewicht, das sie nun halten mussten. Max schien das überhaupt nicht zu bemerken, denn er bockte sie mit einem einzigen Stoß auf. Als sein Riesenprügel tief in sie eingedrungen war, schlang sie die Beine um seinen Körper und genoss das Gefühl seines Schwanzes in ihrem Körper. Er saugte an ihren strammen Brüsten und fickte sie hart und erbarmungslos durch. Die bisher unbeteiligten Zuschauer waren von dem Anblick so aufgeheizt, dass auch sie anfingen, übereinander herzufallen. Die Luft des Saals war erfüllt von Sex, Hitze und Lust.

Die Kombination von Max' harten Stößen, ihrer eigenen Geilheit und der Tatsache, von aller Welt beobachtet zu werden, brachte sie schnell an den Rand des Orgasmus. Max biss in ihre Brüste und bumste sie so brutal, dass ihr Körper bebte.

Nachdem Max mit lautem Schrei gekommen war, zog er seinen Penis aus ihrer Möse und ließ ihre Füße achtlos zu Boden fallen. Er stopfte seinen Schwanz eilig in die Hose und ging wortlos weg.

Jetzt war die immer noch gefesselte, hilflose Helen der aufgegeilten Menge erbarmungslos ausgeliefert. Sie gab ein furchtsames Wimmern von sich, als die ersten Willigen langsam auf sie zukamen. Helen war durcheinander und hatte Angst. Sie wollte zwar berührt werden, fürchtete sich aber gleichzeitig vor dem, was kommen würde. Völlig benommen von den Ereignissen spürte sie, wie eine Vielzahl von Händen sie an den intimsten Stellen berührten. Ein Finger glitt in ihr

Arschloch, während mehrere Zungen genüsslich ihre aufgefickte Möse leckten. Tiefer und tiefer wurde sie in diesen Wirbel fleischlicher Lust hineingezogen.

Auf einmal trat ein großer, muskulöser Mann vor und schubste ihre erotischen Peiniger so entschlossen weg, dass einige tatsächlich zu Boden gingen. Helen spürte nur noch, wie sanfte Hände sie von ihren Fesseln befreiten und sie durch den Ballsaal in ein Vorzimmer voller Taschen und Mäntel trugen.

«Alles okay?», fragte Colin mit besorgter Stimme und legte sie auf eine Couch. «Tut mir Leid, dass ich Ihnen nicht eher zu Hilfe gekommen bin, Helen.»

«Ist in Ordnung», sagte sie, immer noch zitternd. Das Erlebnis hatte sie erregt und gleichzeitig abgestoßen.

«Hier.» Colin reichte ihr einen violetten Kaftan, der auf dem Sofa lag. «Ziehen Sie das über.» Er half ihr hinein und wickelte ihn eng um ihren nackten Körper. «Und jetzt müssen Sie sofort verschwinden», fügte er mit sorgenvoller Miene hinzu.

Sie knöpfte den Kaftan zu und stand auf. «Sie kommen doch mit, oder?» Helen war so wütend auf Max, so erbost über sein brutales Verhalten, dass es ihr nichts mehr ausmachte, was mit ihm passierte. Sie war jetzt wild entschlossen, Sandra, Ben, Justin und Ralph der Justiz auszuliefern und sie für ihre Machenschaften bezahlen zu lassen – auch wenn Max seinen Ruf verlieren sollte.

«Das geht nicht», entgegnete Colin ernst. «Ich glaube, ich habe eine Spur. Ich muss hier bleiben.»

«Ich habe auch eine Spur. Hier!» Sie fischte den Schlüssel aus ihrem Stiefel und zeigte ihn Colin. «Der ist Ben runtergefallen, und ich bin ziemlich sicher, dass er zu Justins Büro gehört. Wir müssen ihn ausprobieren.»

«Sicher. Aber Sie müssen jetzt erst mal in Ihre Wohnung gehen und sich beruhigen. Warten Sie dort auf mich. Ich komme in einer halben Stunde nach, und dann untersuchen wir gemeinsam Justins Büro.»

«Wieso nicht gleich?» Sie war vollkommen entschlossen, sich an ihren Peinigern zu rächen.

«Sie können doch nicht halb nackt durchs Krankenhaus rennen», erklärte er. «Ziehen Sie sich erst mal eine Jeans oder so was an. Ich habe gerade eine Schwester gefunden, die bei den geheimen Operationen assistiert hat und meine Fragen beantworten wird. Sie ist ziemlich betrunken und scheint zu allem bereit zu sein. Es wäre zu dumm, sich ihre Informationen entgehen zu lassen. Wir haben jetzt so lange gewartet, dass die paar Minuten auch keinen Unterschied mehr machen, oder?»

«Mag sein …», stimmte sie zögernd zu.

Helen wäre tatsächlich zu ihrer Wohnung gegangen, aber dann überfielen sie doch Zweifel. Im Moment waren Ben und Justin sicher noch in irgendwelche sexuellen Abenteuer verstrickt, aber je länger sie wartete, desto größer war die Chance, dass die beiden die Party verließen. Und damit hätte sie ihre Chance vertan.

Auf dem Weg zur Pathologie begegnete Helen keiner Menschenseele. Glücklicherweise war Vollmond, und sie fand die Labors nicht so dunkel vor, wie sie es erwartet hatte. So konnte sie die Räume ohne Kerze oder Taschenlampe durchqueren und stand schließlich vor Justins verschlossener Bürotür. Erleichtert stellte sie fest, dass der Schlüssel tatsächlich passte, und trat leise ein. Der Raum war fensterlos, also konnte sie riskieren, eine kleine Schreibtischlampe anzuknipsen. Sie hoffte inständig, nicht in letzter Minute von einem der Nachtwächter entdeckt zu werden.

Das Büro war sehr aufgeräumt und konnte leicht systematisch durchsucht werden. Helen schaute nach schriftlichen Unterlagen, die als Beweismittel gegen Ben und Justin dienen konnten. Aber sie fand nichts außer normalen Krankenhausformularen, ein paar persönlichen Rechnungen und einem ganzen Schrank voller verschiedener Sexspielzeuge, die teilweise extrem bizarr aussahen. Die einzigen Computerdisketten, die sie fand, waren originalverpackt und offensichtlich noch nicht benutzt worden.

Ihre letzte Chance waren also die beiden im Raum befindlichen Computer. Als sie beide hochfahren ließ, merkte sie, dass einer von ihnen mit dem Hauptrechner des Krankenhauses verbunden war und ihr nicht mehr Auskunft geben würde als der Rechner in der Verwaltung. Das andere Gerät war ein hochgerüsteter PC, der weitaus vielversprechender aussah. Helen scrollte durch die frei zugänglichen Unterlagen. Die meisten Dateien aber waren durch Passworte geschützt – eins für Ben und eins für Justin. Sie loggte sich unter Bens Namen ein und probierte jedes erdenkliche sexuelle Wort aus. Als sich nichts tat, fiel ihr nach verzweifeltem Nachdenken ein, dass Colin in Bens Terminplaner auf das Wort PANDORA gestoßen war.

In der Hoffnung, damit tatsächlich die Büchse der Pandora öffnen zu können, gab sie den Begriff in den Computer ein. Es funktionierte, und eilig begann sie, die geschützten Dateien zu durchsuchen. Ben hatte sich nicht die Mühe gemacht, auch auf seinem privaten Rechner falsche Namen zu benutzen, und sie rief eine Datei mit dem Namen «Ampesoman.doc» auf. Dort fand sie alles: eine Liste von Patienten, medizinische Testergebnisse für die Versuchsreihen und sogar eine grobe Berechnung des Gewinns, den Ben sich erhoffte.

Blitzschnell öffnete sie die unbenutzte Packung Disketten, schob eine davon in den Computer und kopierte alle Informationen. Dann durchsuchte sie die anderen Dokumente und stieß schließlich auf «FK.Interface.doc». In dieser Datei befanden sich alle heruntergeladenen Unterlagen aus der Verwaltung und weitere ebenso wichtige Informationen.

Unter dem falschen Patientennamen stand jeweils ihre wahre Identität. Helen erkannte den Namen eines Politikers aus dem Balkan, der wegen Kriegsverbrechen von den Vereinten Nationen gesucht wurde; eines ehemaligen Diktators, der seinem von Armut gegeißelten Land Millionen gestohlen haben sollte; und eines Mannes, dem es gelungen war, eine bekannte Bank zu ruinieren, indem er dort eine große Summe Geld unterschlagen hatte. All diese Menschen waren verschwunden und wurden von den entsprechenden Behörden gesucht.

Helen wandte sich nun der Akte von Mr. X zu und fand dort den Namen Carlos Alcazar. All ihre Verdächtigungen hatten sich also bestätigt, und sie wusste, dass sie diese Informationen an die Polizei weiterleiten musste, sobald sie und Colin sie durchforstet hatten. Sie klickte auf die Maus, um den Kopiervorgang einzuleiten, und hoffte sehr, dass alle Dateien auf die Diskette passen würden.

Der Computer gab beim Kopieren ein brummendes Geräusch von sich, und nach kurzer Zeit – die Helen allerdings wie eine Ewigkeit vorkam – war der Vorgang abgeschlossen, und sie zog die Diskette aus dem Laufwerk.

Plötzlich zuckte Helen zusammen. Sie glaubte ein Geräusch aus einem der nahe liegenden Räume gehört zu haben. Konzentriert lauschte sie, konnte aber außer dem leisen Summen von Maschinen und den üblichen Geräuschen, die alte Gebäude von sich geben, nichts anderes ausmachen. Offensichtlich spielte ihre Phantasie ihr einen Streich. Mit diesem beruhigenden Gedanken stellte sie den Bildschirm schließlich aus.

Helen steckte die Diskette in die Tasche ihres Kaftans, knipste das Licht aus und öffnete vorsichtig die Labortür. Sie steckte den Kopf durch den Türspalt und sah sich vorsichtig um. Die Luft schien rein zu sein, und sie schlich mit angehaltenem Atem in Richtung Ausgang. Ein plötzliches Knacken ließ sie nervös zusammenfahren. Aufgeregt versuchte sie, im Dämmerlicht des Mondes etwas auszumachen.

Als sie von hinten gepackt wurde, blieb ihr fast das Herz stehen. Helen war viel zu überrascht, um sich zu wehren, als sie brutal zurück in Justins Büro gezerrt wurde. Die Tür knallte zu, und das plötzlich aufstrahlende Deckenlicht nahm ihr für einen kurzen Moment jede Sicht.

Als sie wieder etwas erkennen konnte, sah sie sich einem sehr wütenden Ben gegenüber. Er war in Begleitung von Justin, der ihr einen Arm auf den Rücken verdrehte und den anderen mit eisernem Griff festhielt.

«Das muss wohl das Luder sein, das meinen Schlüssel gefunden hat», sagte Ben zornig.

«Du hättest ihn gar nicht erst verlieren dürfen, du Idiot!», fuhr Justin ihn an und befummelte dabei Helens Körper. «Du hast verdammtes Glück gehabt, dass Kirsty Helen beim Aufheben beobachtet hat», fügte er hinzu und grinste selbstgerecht, als er die Diskette aus Helens Tasche zog. «Was haben wir denn hier?», fragte er süffisant.

Helen sagte kein Wort, sondern beobachtete nur nervös, wie Ben ihm die Diskette aus der Hand riss. «Glaubst du, sie hat unsere Dateien kopiert?»

«So etwas würde sie doch nie tun», erwiderte Justin ironisch, zog sie zu den Computern und stellte den Bildschirm wieder an. Er sah sofort, dass Helen es sowohl versäumt hatte, die Dateien zu schließen, als auch, sich wieder auszuloggen. «Kannst du mir mal erklären, wie sie das geschafft hat, ohne dein oder mein Passwort zu kennen?», fragte Justin und zeigte auf den Namen Carlos Alcazar.

«Ich habe keine Ahnung», murmelte Ben und blickte entgeistert auf den Bildschirm. «Das ist unmöglich. Sie ist doch kein Hacker. Das kann sie nicht allein geschafft haben.»

«Sie muss das verdammte Passwort von jemand anderem bekommen haben», zischte Justin. «Vielleicht von jemandem, der dumm genug war, es aufzuschreiben?»

Ben wurde bleich. «Sie kann es unmöglich gesehen haben», stotterte er.

Justins Zorn war kalt und gnadenlos. Er starrte Ben abschätzig an. «Ich habe dir gerade gestern gesagt, dass du alles auf eine Diskette kopieren, sie an einen sicheren Ort legen und dann alles von der Festplatte löschen sollst. Wieso hast du das nicht gemacht?»

«Ich bin einfach noch nicht dazu gekommen.» Ben sah angespannt aus. Er schien Angst vor Justin zu haben.

«Du bist ein verdammter Idiot!», schrie Justin und lockerte unbewusst seinen Griff um Helens Arm.

Sie nutzte die Gelegenheit sofort, riss sich von Justin los und stürzte zur Tür. Sie war bereit, um ihr Leben zu rennen.

«Das hast du dir so gedacht», fauchte Justin und lief ihr nach. Er konnte sie gerade noch bei den Haaren packen und zerrte sie brutal zurück in den Raum.

«Au! Das tut weh!», protestierte sie, als er sie zu sich herumwirbelte.

«Wenn ich mich nicht im Griff hätte, würde ich dir noch viel mehr wehtun!» Er zog sie dichter zu sich heran und presste seinen Daumen auf ihren rasenden Puls am Hals. «Ben, hol was, womit wir ihre Hände fesseln können. Ich will nicht, dass sie uns nochmal entwischt.»

«Was habt ihr mit mir vor?», fragte sie. Sie konnte ihre Angst nur noch mühevoll verbergen, denn Justin würgte sie nun, als wollte er das Leben aus ihr rauspressen. Die Art, wie er sie ansah, löste in ihr eine solche Furcht aus, wie sie sie noch nie verspürt hatte.

«Wir sorgen dafür, dass du deinen Mund hältst», antwortete er mit teuflischem Grinsen, während Ben den Schrank mit Sexspielzeugen nach etwas Brauchbarem durchsuchte.

«Wie wär's damit?» Er hielt ein Paar Handschellen mit Fellüberzug hoch.

«Mach schon!», kommandierte Justin und hielt Helen fest umklammert, während Ben ihr die Arme nach hinten bog und die Handschellen um ihre Gelenke schloss.

«Und jetzt?», fragte er.

«Jetzt tust du das, was ich dir gesagt habe», erwiderte Justin ungeduldig. «Kopiere alles und lösch dann die Daten von der Festplatte. Ich bringe Helen erst mal in meine Wohnung. Wir können uns dann später überlegen, was wir mit ihr machen.» Sein Ton war so grausam, dass Helen das Blut in den Adern gefror. Dass sie mit ihrer eigenmächtigen Aktion ein Risiko einging, war ihr klar gewesen. Doch jetzt schien es, als würde sie ernsthaft mit ihrem Leben spielen. Plötzlich hörte sie ein Geräusch aus dem angrenzenden Labor. Als Helen den Kopf drehte, sah sie zu ihrem Erstaunen Max in der Tür auftauchen. Ihre Wut auf ihn war wie weggeblasen, und sie hatte sich noch nie so gefreut, ihn zu sehen.

«Helen!» Er schien ebenso überrascht zu sein wie sie.

Mit einer Bewegung riss sie sich von Justin los und rannte auf Max zu.

«Wir müssen hier sofort raus! Wir sind in Gefahr!», rief sie aufgeregt, denn sie wusste nicht, was Ben und Justin als Nächstes tun würden. Max war zwar ein starker Mann, aber ob er es mit zwei Kerlen gleichzeitig aufnehmen konnte, war fraglich.

«Ist ja gut», beruhigte er sie und hielt sie eng umschlungen.

«Nein», wimmerte sie. «Bitte bring mich hier weg. Wir sind in Gefahr!»

Max sah Justin und Ben ärgerlich an. «Was ist hier los?», fragte er mit kalter Stimme.

«Sie hat alles rausgefunden», antwortete Justin mit hilflosem Schulterzucken. «Sie ist an die Computerdateien gekommen und hat sie kopiert», fügte er hinzu und zeigte Max die Diskette. «Ich nehme an, sie wollte damit direkt zu den Behörden gehen.»

Helen erstarrte vor Überraschung, wich zurück und sah Max ungläubig an. «Du wusstest, was hier vor sich geht?», fragte sie sichtlich schockiert.

«Ich hatte gehofft, dass Justins Warnungen ausreichen würden, um deinen Miss-Marple-Spielen ein Ende zu bereiten. Aber da hatte ich mich scheinbar geirrt.» Max lächelte süffisant. «Ich habe dich unterschätzt, Helen. Und zwar auf ganzer Linie.»

«Nicht eine Sekunde hätte ich gedacht, dass du da auch mit drinhängst», stammelte Helen und blickte nervös zu Justin und Ben. Die wiederum starrten Max an, als warteten sie auf weitere Befehle. «Warum?», fragte sie, wieder zu Max gewandt. «Du bist erfolgreich, berühmt, ein brillanter Chirurg.»

«Ich hatte meine Gründe. Es ging in erster Linie um Finanzprobleme, von denen ich dir nie erzählt habe.» Er trat vor, und Helen wich vor ihm in die Mitte des Raumes zurück. «Die meisten konnte ich in den letzten Jahren lösen – dank meiner Leute hier im Princess-Beatrice-Krankenhaus.»

Helen schüttelte den Kopf. «Mein Gott! Du bist der Kopf hinter der ganzen Geschichte, stimmt's?»

«Wirklich schade, dass du das herausfinden musstest», sagte Max mit Bedauern. «Eine Zeit lang glaubte ich, wir könnten uns eine gemeinsame Zukunft aufbauen. Ich wollte nie, dass du hiervon erfährst, Helen. Und in der Rückschau wird mir klar, dass es ein großer Fehler war, dir hier einen Job zu verschaffen. Tja, manchmal lernt man die Menschen eben erst richtig kennen, wenn es zu spät ist. Hab ich Recht, Helen?»

«Mag sein, Max», stimmte sie ihm zu. «Aber ich bin auch von dir enttäuscht. Ich verstehe wirklich nicht, wie du das tun konntest. Diese Männer, die du da operiert hast, sind Kriminelle.»

«Ein Rechtsanwalt urteilt doch auch nicht darüber, ob ein Klient schuldig oder unschuldig ist. Wieso sollte ein Arzt das dann tun?! Und es ist erstaunlich, wie viele Menschen bereit sind, horrende Geldsummen für ein neues Gesicht zu bezahlen, um eine weiße Weste und ein neues Leben zu bekommen.» Max lachte laut auf.

«Und was passiert jetzt mit mir?», fragte Helen und versuchte, auf seinem Gesicht abzulesen, ob er immer noch irgendetwas für sie empfand. «Würdest du mir glauben, wenn ich sage, dass ich nichts verraten werde, Max?»

«Arme Helen.» Er hob ihren Kopf hoch und küsste sie zärtlich auf die Lippen. «Leider kann ich es nicht riskieren, dir deine sicher ernst gemeinten Versprechen abzunehmen. Aber mach dir keine Sorgen um die Zukunft, mein Schatz.» Max ließ eine Hand unter ihr Top gleiten und streichelte über ihre Brust. «Ich habe nicht vor, dir irgendwas zuleide zu tun. Nein, wir beide machen erst mal einen kleinen Urlaub zusammen. Ich habe da einen Freund, der ein phantastisches Anwesen in einer entlegenen Gegend von Kolumbien besitzt. Es ist wunderschön und sehr abgelegen. Ich bin sicher, dass du die Sache ganz anders sehen wirst, wenn wir erst mal eine Weile dort verbracht haben.»

«Ben, mach dich an die Arbeit und kopiere alles», sagte Justin leise zu seinem Komplizen und wandte sich dann wieder an Max. «Soll ich dem Piloten Bescheid sagen, dass er den Hubschrauber vor...»

Er hatte keine Zeit, seinen Satz zu vollenden, denn in diesem Moment stürmten zwei Männer in das Labor. Colin stürmte auf Ben zu, während Duncan voller Sorge auf Helen zustürzte.

Mit einem Zornesschrei warf sich Justin Duncan entgegen und versuchte, ihm mit aller Kraft gegen seinen immer noch leicht lädierten Knöchel zu treten. Während Duncan dem Angreifer auswich, nutzte Max den Moment aus, packte Helen noch fester und hielt sie vor sich wie einen Schutzschild.

Duncan war einige Zentimeter größer als Justin und weitaus stärker. Er hatte im Laufe seiner Filmkarriere einige Kampfkünste kennen gelernt, und der Knöchel behinderte ihn kaum noch in seinen Bewegungen. Er packte Justin, riss ihn zu sich und verpasste ihm dann einen Faustschlag, von dessen Wucht jeder Ringkämpfer zu Boden gegangen wäre.

Helen hörte ein schauderhaftes Knacken und sah, wie Justin mit schmerzverzerrtem Gesicht in einer Ecke des Raumes landete. Als Max Anstalten machte, sie in Richtung Ausgang zu zerren, wehrte sie sich mit aller Kraft. Colin hatte mittlerweile Ben gepackt, ihn hochgehoben und gegen den Schreibtisch geworfen. Dieser verzog den Mund zu einem stillen Schrei, als er wie eine Stoffpuppe mit verkrümmten Armen und Beinen auf dem Fußboden landete.

«Lass sie gehen, Max», sagte Duncan mit vor Wut bebender Stimme.

«Nein!», zischte Max. Er ließ Duncan keinen Moment aus den Augen, als er Helens Hals umklammerte und sie zur Tür zog.

Die Sorge um Helen stand Duncan deutlich ins Gesicht geschrieben. Langsam, aber entschlossen bewegte er sich auf Max zu. «Tu ihr ja nichts», warnte er ihn. «Wenn du ihr was tust, bringe ich dich um!»

«Mistkerl!», murmelte Max und zog Helen ein paar Schritte weiter in das dunkle Labor hinein. «Hier hast du sie!» Er schubste sie grob von sich weg.

Helen stolperte und fiel fast zu Boden. Aber Duncan fing sie auf und hielt sie fest. «Ist ja gut», flüsterte er ihr beruhigend zu und unternahm keinerlei Anstrengungen, seinem flüchtenden Cousin zu folgen.

«Den schnapp ich mir», keuchte Colin atemlos und nahm die Verfolgung auf.

Duncan trug Helen zurück in Justins Büro und lehnte sie gegen die Wand, als befürchtete er, sie würde sonst umfallen.

«Ich glaube, Ben hat die Schlüssel für die Handschellen», sagte sie und merkte, dass sie am ganzen Körper unkontrolliert zitterte.

Duncan gab Ben einen leichten Tritt, und als dieser sich, immer noch bewusstlos, nicht rührte, bückte er sich, um ihn zu durchsuchen.

«Hier ist kein Schlüssel. Und seine Kleidung abzusuchen dürfte nicht allzu viel bringen», sagte er und betrachtete erstaunt den Ganzkörper-Gummianzug, den Ben immer noch trug.

«Der Schlüssel könnte auch in dem Schrank hinter Justin liegen», sagte Helen. Duncan zuckte zusammen, als Justin ein leises Wimmern von sich gab, doch auch dieser hatte das Bewusstsein noch nicht wiedererlangt. Sein Körper war völlig schlaff, als er ihn von dem Schrank wegrollte. Er öffnete die Tür und wühlte zwischen den zahlreichen Sexspielzeugen herum. «Das könnte nützlich sein.» Er nahm eine dicke Rolle Klebeband heraus und entdeckte schließlich ein kleines Schlüsselbund.

«Ich werde die Schlüssel gleich ausprobieren. Aber erst mal muss ich die beiden Kerle versorgen.» Er fixierte Justins Arme hinter dessen Rücken, indem er die Handgelenke mit dem Klebeband umwand. Dann ging er zu Ben hinüber und wiederholte die Prozedur. Als dieser ein leises Stöhnen von sich gab, zog er zwei Extrastreifen ab und klebte sie den beiden über den Mund. «Wir wollen doch nicht, dass die uns noch weiter belästigen, nicht wahr?» Er stand auf und ging zu Helen, die sich angestrengt im Raum umsah. Irgendwo musste noch die Diskette liegen. Schließlich entdeckte sie sie unter einem umgefallenen Stuhl. Aber eigentlich war sie gar nicht mehr so wichtig, denn die Informationen befanden sich ohnehin noch alle auf Justins Computer. Mit etwas Glück würden die Behörden dort sogar weitaus mehr als sie entdecken können.

«Meinst du, Colin hat Max erwischt?», fragte sie Duncan, als er ihre Handschellen abgenommen und ihr die steif gewordenen Arme gerieben hatte.

«Wenn nicht, wird die Polizei ihn schon kriegen», antwortete er zuversichtlich und sah sie dann besorgt an. «Ich glaube, wir sollten uns jetzt eher mal um dich kümmern.»

«Mir geht's gut», sagte sie mit fester Stimme, die aber nicht so recht zu der Träne passen wollte, die ihr das Gesicht herunterlief.

«Das glaube ich dir nicht so ganz.» Er trocknete ihr zärtlich die Wange. «Und du hast nicht gerade eine ruhige Nacht vor dir. Ich werde jetzt die Polizei rufen.»

«Ja, tu das», stimmte sie zu, schlang die Arme um seine Taille und hielt ihn so fest, als wolle sie ihn nie wieder gehen lassen.

Die aufgehende Sonne hatte das Krankenhaus in ein goldenes Licht getaucht, als Helen und Duncan über den Hof zu ihrer Wohnung gingen. Es war eine der längsten Nächte in Helens Leben gewesen, und ihr Kopf brummte noch von den vielen Fragen, die sie hatte beantworten müssen.

Sie hatte gesehen, wie Justin, Ben und Sandra von der Polizei abtransportiert wurden – zusammen mit Justins Computer. Bei einer Durchsuchung des Anbaus hatte man einen bandagierten Mann gefunden, bei dem es sich wahrscheinlich um einen von Interpol und der CIA gesuchten Terroristen handelte. Von Carlos Alcazar fehlte allerdings jede Spur. Er hatte das Krankenhaus bereits verlassen.

Max saß ebenfalls in Untersuchungshaft. Colin hatte kein leichtes Spiel mit ihm gehabt, und es war zu einem gefährlichen Kampf gekommen. Colin hatte unbekümmert ein blaues Auge und ein paar Schürfwunden eingesteckt.

«Und nun?», fragte Helen, als Duncan sie in ihre Wohnung führte. «Du hast mir immer noch nicht erzählt, wie es dir gelungen ist, im richtigen Moment hier aufzutauchen.»

«Das ist eine lange Geschichte», sagte Duncan lächelnd. «Viel zu lang, um sie dir jetzt zu erzählen. Wir haben nur noch fünf Stunden Zeit, dann müssen wir aufs Polizeirevier und unsere vollständigen Aussagen abgeben.»

«Dann sollten wir ein bisschen Schlaf nachholen», sagte sie.

Duncan zog sie an sich. «An Schlafen hatte ich eigentlich nicht gedacht», erwiderte Duncan und begann, die Knöpfe ihres Kaftans zu öffnen.